新大明十六皇朝

三 金陵風暴

許嘯天 著

大明十六皇朝

目錄

第六十一回　陽明求道／1
第六十二回　遊龍戲鳳／13
第六十三回　正德皇帝／27
第六十四回　微服出巡／39
第六十五回　煙花故事／51
第六十六回　芳蹤何處／63
第六十七回　寧王兵敗／75
第六十八回　香消玉殞／91
第六十九回　豹房遺詔／103

第七十回　歡喜佛緣／115
第七十一回　嚴嵩崛起／127
第七十二回　妃嬪弒帝／139
第七十三回　花枝招展／151
第七十四回　紅顏碧血／163
第七十五回　草澤恩怨／175
第七十六回　昭陽冷月／187
第七十七回　宮闈春色／199
第七十八回　巨宦褫職／211
第七十九回　邊關風暴／223
第八十回　唐祝文周／235

第八十一回　海瑞出獄／247
第八十二回　蒙古美人／261
第八十三回　東宮選妃／275
第八十四回　北疆鏖兵／287
第八十五回　禁宮刺帝／299
第八十六回　東林風骨／315
第八十七回　皇太極／327
第八十八回　魏忠賢／341
第八十九回　看破虛實／355
第九十回　兵敗遼東／365

第六十一回　陽明求道

董芳舉著象笏，只往劉瑾打去，吏部尚書張彩、光祿寺卿焦芳忙護住劉瑾，也拿象笏還擊董芳，侍候劉瑾的小監揮拳齊上；董芳究竟是個文官，又兼雙拳不敵四手，轉眼被小監們拖倒，打得血流被面，董芳兀是破口大罵。看看小監等拳足交加，董芳已聲嘶力竭，武臣班中，惱了靖遠伯王蔚雲，奮拳大喊一聲，大踏步打將而去；焦芳回身來迎，被蔚雲一拳正打中鼻梁，鮮血直噴出來。

張彩不識厲害，要在劉瑾面前討好，他見焦芳受傷，飛起一腳來踢蔚雲，被蔚雲將足接住，順勢一掀，張彩由朝房的東面直跌到西邊，仰面睡在地上，爬不起身了。蔚雲又把小監們一陣地亂打，打得小監們一個個鼻塌嘴歪，抱頭逃命；蔚雲便去扶起董芳，令他在侍朝室裏暫息，劉瑾眼見得武臣們來動手，心裏越發大怒，即召殿前甲士捕人。

其時伺候室中的值班侍衛聽得外面聲聲嚷打，忙出來觀看，認得是靖遠伯在那裏動武，自然不敢逮捕，只好上前相勸；偏是那些殿前甲士，只知奉劉瑾的命令，真個擁將上來，把王蔚雲圍在正中。蔚雲大喝道：「誰敢捕人！」話猶未了，雙拳並舉，早打倒兩個甲士，又是一腿，踢倒了兩人。

那些甲士吃了這樣的大虧，怎肯干休，況又是劉瑾的主意；當下，其中一個甲士便鳴起警號來，召集了值日的甲士，殿內外不下六七十名，如虎吼般蜂擁來捉蔚雲。平西侯王強、將軍常如龍、殿前指揮馬成梁等，看了都有些不服，一聲吆喝，並力上前；那些甲士不過恃著蠻力，又不懂甚麼解數的，因此給王強等一頓的亂打，把六七十名甲士早已打得落花流水，四散狂奔。

蔚雲見甲士打退，搶前去抓劉瑾；劉瑾滿心想甲士們去捕人，不防眾武臣一齊動手，朝房做了廝打地，一場好鬥，甲士紛紛逃避。劉瑾覷得不是勢頭，正要滑腳逃走，門上被一班文官擁塞住了，連一點兒空隙地都沒有；待往正殿上逃，又恐受眾臣的譏笑。

正在進退躊躇，不提防蔚雲直搶過來，一把抓住劉瑾的衣領，大叫：「一不做，二不休，大家索性爽爽快快打他一頓。」眾臣聽了，凡和劉瑾有怨氣的，誰不願意打他幾下？董芳雖然受了傷，還一拐一蹺地出來幫打；劉瑾被蔚雲按在地上，任眾人打死老虎似的，直打到劉瑾叫不出救命了，大家方才住手。

平西侯王強等眾人齊集了，乃發言道：「今天大打劉賊，果然是痛快的；但他是皇上的幸臣，怎肯受這場羞辱？我知大禍既已釀成了，要死大家同死，到了那時，休得畏縮。」

將軍常如龍道：「咱們趁此時，再去警誡他一番。」說罷回顧劉瑾，已由小監一溜煙，抬往私第中去了。

如龍笑道：「這賊逃得好快，今天被他脫身，禍就在眼前了。」眾臣見說，又都你看我，我看你的，各自抱怨著當時太莽撞了。

王蔚雲高聲叫道：「我拚著這靖遠伯不要了，又沒有殺人，有甚大事？英雄一人做事一身當，你們且莫自亂，等我獨自一個人對付他就是了。」說著氣憤憤地走了。

眾人又商議了一會，覺得沒有良策，大家也只好漸漸地散去。

到了第二天的早朝，大家料定劉瑾必已進宮哭訴過了，因此各懷著鬼胎，準備了貶罰受處分；誰知退朝下來，並不見正德帝有甚諭旨，一時很覺詫異。眾臣正在互相推測，只見王蔚雲在那裏暗笑；大家曉得其中必有緣故，於是圍著了蔚雲詢問。

才知蔚雲學了他師傅韓起鳳的故技，當夜悄悄地跳進劉瑾的私第裏，留下一張警告他的柬兒；又將一口鋒利的鋼刀，輕輕地置在劉瑾的枕邊。待劉瑾醒轉過來，覺頸旁有些冷颼颼的，拿手去一摸，摸著了鋼刀和紅柬，嚇得劉瑾魂飛魄散，次日只去正德帝前告病，將這場毆打的事絲毫不敢提起；大家算白打了一頓，很大的風波，竟得無形消滅。

再說兵部主事王守仁，是浙江餘姚人，孝宗弘治間成進士，正德二年才做兵部主事；現在為了彈劾劉瑾，被謫為貴州龍場驛丞。守仁到了貴州，在修文縣北將東洞改為石室，題名叫做陽明洞；是以後人稱他做陽明先生。

說到王陽明的學問，可算得有明一代的大儒；他在未成進士之前，和陳白沙的弟子多相往來，還隨著婁諒遊過學。到了成進士後，又與廣東人湛若水研究學問；不多幾時，因兩人的主見不同，便分道揚鑣，各人講各的學說。

王陽明的主張，是以良知良能為本，又說「致良知」、「知行合一」。這「知行合一」的本旨，以為天下萬事，只從口裏說得到，事實上所辦不到，就不能稱為知；辨得到的事可以說得是知，這知也就是實行，所以叫做「知行合一」。

陽明這一類的學說，從前就是名學派；這名學派流入了旁的一派，便是詭辯學派公孫龍、關尹子一類人物。南北朝時稱做玄學，南北朝時，史、文、儒與玄學並駕；宋代稱為理學，又名道學，也就是今人所稱的哲學。

哲學在宋代顯明，朱熹、陸象山、程明道、程伊川是其最著者；到了明代，要算是最盛了，國初如宋濂、方孝孺等，傳承朱氏的學說。永樂以後，如吳與弼、薛瑄，為開闢明代哲學基礎的人；如陳白沙、婁敬齊、胡以仁等，都從吳與弼遊過學的。

王陽明講學的時候，算明代哲學最盛的時期。他的學說，自少時至中年、衰老，分三個時期，曾變更過幾次；這位陽明先生是明代大儒，作書的不憚煩雜，特地說明他一下。

陽明在少時很是好道，他主張人們的學問，須從「道」的上面求來；於是把遊方的羽士、居家的黃冠，一併請在家中，苦苦拜求他們。誰知這些茅山道士一類的人，那裏懂得甚麼學問；除了唸幾句講不通的死經以外，簡直說不出別的文字來，更談不到學問兩字了。

原來陽明的求道士，想從老子入手（老子道教，為古九流之一，名列三教，非道士也。今之羽士之流，其鼻祖為漢五斗米教之張道陵，亦近世之張天師，與老子完全不同；後人誤以羽士為三教之道教，不亦謬乎！）及至見道士沒甚伎倆，才知自己走歧了路，便拋棄了從前的觀念，隨著婁諒遊學，這是他學問變更的初期。

自陽明成進士後，以婁諒的學說是崇拜宋代朱文公的，嫌他道學氣太重（王陽明學說不以禮教自守，故其弟子如王棟、王艮，頗多猖狂之論），就改與湛若水交遊了；湛若水是陳白沙（獻章）的弟子，對於禮教本來不甚重視的，所以對陽明的學說似很相近。

未幾，王陽明由兵部主事謫貶做了貴州的龍場驛丞（龍場驛在貴州修文縣北），他的學問又更變了；而且比以前高深了許多，他的「致良知」，就在這時悟出來的。

當時貴州地方有一種苗人，很贊成他的學問；陽明便把「知行合一」的本旨，慢慢地解釋給他們聽。陽明既主張知就是行，行就是知，知即行的根本，行也即是知的精微；又說自己的善忍是自己能夠知道的，進一步講，凡是人們的是非善惡，都是自己可以知道，更無須別的身外之物來證明，只自心觀心便能明白的。

陽明在龍場驛時，悟出了「知行合一」，天下萬事以為非行不知，也無事不可以實行；實行的結果，是知的原素。天下萬事都能行，也都可以實地試驗，可以達到一個知；就是個「死」卻不能行，也不可以實地試驗，因到了實地試驗死時，人已失了知覺，當然不能算知了。

王陽明把那「死」，看作天下最奇怪的一件事，以為世間做人，不論是疾病災厄、刀槍水火，沒有一樣是可怕的；只有那死，算最可怕了，是以他誠心想把那死來實地試驗一下。那時貴州的苗民，常聽陽明講學，大家成為一種習慣了；一天，眾人正聚立著在署中聽他講釋，忽聽外面一陣吆喝聲，兩個驛卒押著十幾個民伕，舁進一具石棺材來。

眾人大驚，不知這石棺材是做甚麼用的；大家正在怪詫，陽明便把自己的意思對眾人講了，說是要嘗試那死的滋味。眾苗民覺得陽明這種舉動是很奇怪的，各人的心中，都起了一種不可思議的幻想；要想解決這個問題，須看陽明怎樣去實地試驗，怎麼去嚐那死的滋味。

只見陽明令將石棺抬到大堂上，很端正地置在堂中，自己便整冠束帶地打扮好了，恭恭敬敬地臥進石棺裏去；他又吩咐驛卒和苗民道：「你們聽得石棺中有彈指聲時，速即把棺蓋揭開，千萬勿誤！」這是陽明臨死的遺言，大家領命；看陽明在石棺裏安睡好了，驛卒就慢慢地將石棺蓋掩上。

於是大家寂靜地侍立著，等候棺材中的動靜；看看過了不少的時候，不見石棺材內有甚麼聲息，又過了一會，仍沒甚舉動，也不曾聽得彈指聲。眾苗民私議道：「爺爺（苗民稱陽明為爺爺）不要真死了吧！」

眾人心中狐疑起來，大家忍不住了，一齊上前，將石棺材蓋揭開瞧時；見陽明已滿頭的大汗，兩隻眼睛往上翻了白，嘴裏的白沫吐得有三四寸高，摸摸鼻中，早氣息毫無了。大家這才發了急，忙著把陽明舁出石棺，喊的喊，推的推；苗民有種木香，專治昏厥症的，當時也焚燒了，在陽明的鼻中薰著，又在他的臉上澆了冷水，才見陽明悠悠地醒過來，睜眼一看，連連搖頭說：「乏味，乏味！」

陽明從石棺中出來，就呆呆地坐了三天，被他悟出靜坐和觀心；謂靜坐觀自己的心，初時覺得心在臟腑中蕩動不已，到了後來，那心動的力便愈動愈大，越躍越高。那周身的血液，好似大海洪波訇濤澎湃，其聲猶雷轟一般；這時的心，又似海中的蛟龍夭矯顛簸，在心血潮中忽上忽落，倏左倏右，縱有幾千萬斤的氣力，恐怕也捉不定它。

這樣的猛跳狂躍了一會，由高至於低，由猛至於弱，由動入靜，由大至細，漸漸至於纖微；血液和心，此際由蕩動至於沉寂了，甚麼波濤蛟龍，也自消滅於無形，心中覺漸入空微。反神內觀，胸臆中頓時覺得天地澄清，大地光明，雖毫髮也不能隱蔽了；到了這時，心海中又變了一個境地，但覺內外空空洞洞，杳杳渺渺，萬千境界變了個虛無渺茫之境，可算是內外俱忘了。

陽明這一路學說，和佛學似很相近了；王陽明自證到了觀心打坐，思想更較前增進。與苗民門生們，說起他臥入石棺材嘗死的滋味時，便搖頭道：「人們到了死，是最無意思的事了；當我臥入石棺

時，心中已抱定一個嘗試的主意，所以毅然決然地睡進去。又怕萬一受不了，預囑驛卒們聽得棺中一有聲息，立時揭去棺蓋；誰知待到棺蓋掩上，即覺得昏昏沉沉，裏面氣息異常的逼仄。

漸漸的氣悶起來，要待呼喚，覺這樣的一下子，算不得嘗死的滋味，於是忍氣耐著；愈忍愈是氣迫，竟至呼吸都不靈便了，正欲喚驛卒們開棺，驀覺一陣的昏瞢，就此沉沉的如睡去一般，怎麼都覺不著了。他們把我舁出棺來，我也一些兒知覺也沒有；乃至臉上覺察有一股冷氣，那時，他們已拿冷水把我喚醒了。人們的死是無知無覺的，可算是最沒意思了。」

總而言之，我們對於王陽明的學說，就佩服他能夠實行「知行合一」；不是現代的西洋哲學，文字上說得雖然精微到了十分，能實地上如科學那般試驗的，可說是沒有。那麼西洋哲學，只可算它是文章的美，並不是實地上的精美；猶之西洋哲學是紙上談兵，行軍佈陣說得百戰百勝，就是不能實用，結果還是那種書生之見，能說不能行的。我們中國的哲學，是臨陣上過戰壘的，緊要的時候，還可以抵擋一陣。

陽明於自觀的主旨，只准有一心，不許有二；只有一念，是沒有第二念的。所以我們說它和佛法很相近，因佛說也只有「一心」；而且把這種觀念去將兵，是最好沒有了，兵貴於臨事有斷，只有一心一念，自然沒別的疑慮了。

陽明在明代的文臣中，算得第一個知兵的；正德年間，起任金都御史巡撫贛南，平大帽山賊寇，又定寧王宸濠之亂。死封新建侯，諡號文成；這樣說來，王陽明不但是明代大儒，也是一朝名臣了。那是後話，暫且不提。

再講那正德皇帝，自有豹房，日夜和一班美妓孌童宣淫；不到一年，早已厭倦了。這時的劉瑾，差不多皇帝是他做了，為了輕微的一樁小事，便將朝中大小官吏三百餘人，一齊囚入獄中；李東陽聞知大驚，忙上章援救。

劉瑾那裏肯聽，直待他自心發願了，才把三百多名官員釋放；三百人中，如推官周元臣、翰林庶吉士汪元深、主事錢鉞、禮部司事馬君德、禮部禮官周昌、進士丁公諼、江硯臣等二十餘人，在獄中受了疾病，出獄時，都嗚呼哀哉了。

合當劉瑾惡貫滿盈了，那主事錢鉞，是內務監督太監錢寧的胞兄，弟兄間極其親密的；如今錢鉞被劉瑾下獄病死，錢寧得知，哀痛非常。講到錢寧，正德帝十分地寵他，甚至飲食相共，同衾寢臥；錢寧臉兒似處女，嬌嫩如脂，正德帝愛他不過，收為義兒，賜國姓為朱。

劉瑾自知藐陋年長，敵不過錢寧，內務自願退避三舍，只獨攬著外政；錢寧因劉瑾殺他胞兄錢鉞，就和劉瑾結恨，時時在正德帝面前攻擊劉瑾，劉瑾便漸漸地有些失寵起來。

正德五年，安化王寘鐇結連大盜作叛；這寘鐇是太祖高皇帝的第十五皇子名㮵的曾孫，老安化王秩炵的嫡孫，秩炵的兒子青年夭折，由寘鐇襲爵。那時寧夏地方，有個著名的風鑒家名殷五的，相人頗有

奇驗；他說寘鐇的相貌有帝王的福分，如鬚長到腹，便是登極的預兆。

其實，殷五是個江湖術士，不過阿諛寘鐇，借此賺些錢罷了；他私下對人講，寘鐇乃是蝦蟆相，雖然大貴，但不可生鬚（蟾有鬚，必受人刮酥。）如果一有鬚兒，必至過鐵（殺頭也）；鬚如過腹，那時死期便到了。但當了面，反譽寘鐇有五九之分，寘鐇信以為真話，暗裏賄通了指揮丁廣、千戶何錦、大盜楊六、楊七等，都結為死黨，準備趁機起事。

到了正德五年時，寘鐇真個鬚長及腹，不覺想起相士殷五的話；便拜殷五為軍師，丁廣為都督，何錦為總兵官，楊七、楊六各授為都指揮，總兵周昂為大將軍，連夜興兵起事。寘鐇將歷年所積的軍器搬出來充了軍用，藩庫做了糧餉；殺了巡撫安惟學、大理卿督糧漕官周東、總兵姜漢、督理太監鄧廣等，佔據寧夏諸城，聲勢浩大。

正德帝得陝西將軍呂良弼的飛奏，忙召群臣會議，令成國公朱剛往征，竟至全軍覆沒，關中大震；正德帝看了雪片般的章奏，也覺得有點著慌了。吏部主事楊廷和主張前都御史楊一清復職，令統師平亂，正德帝准了，擢楊一清為右都御史兼提督軍務，以太監張永為監軍，即日出師；楊一清奉了上諭，便點起大軍十萬，偕同張永飛奔陝西。

講到楊一清，是文武俱備的，到了陝地，第一陣把丁廣、周昂等殺得大敗；接連幾戰，斬了何錦等，生擒了安化王寘鐇，那個狗頭軍師殷五見勢頭不好，已一溜煙走得無影無蹤了。捷報到了京師，正德帝大喜，授楊一清為陝甘總督，坐鎮邊地；命張永統了大軍，押同叛藩寘鐇班師回京。

張永臨行的時候，楊一清設筵相送；張永在席上講起劉瑾怎樣的專橫，怎樣的攬權，言辭很是憤憤。張永當初與劉瑾同黨，本是八虎之一，這時因大家暗中奪權，怨仇結得很深；楊一清見張永確是真情，便囑他進京後，伺隙除去劉瑾。

張永統兵還都，在獻虜俘的當兒，把劉瑾不法的事，密稟正德帝；錢寧在旁也慫恿了幾句，正德帝便下手諭，當夜逮繫劉瑾。從他的家中抄出金珠寶物、銀錢糧稻、器械軍服等不計其數；正德帝聞奏大怒，立命將劉瑾及羽黨張彩、焦芳、劉宇及家族三十餘人一併棄市。

巨閹見誅，內監錢寧又復得勢；恰巧霸州大盜張茂作亂，游擊江彬擒了張茂，逮解進京，又賄通了內監錢寧，把著名歌妓劉芙貞獻入豹房。那劉芙貞生得妖冶豔麗，姿態明媚又善唱詞曲兒，不論是舊調新聲，一經她上口，便覺音韻悠揚，聽的人迴腸蕩氣；更襯上她的嚦嚦珠喉，唱起來如鶯簧初轉，格外比別人好聽。

正德帝這時正厭棄豹房，驀然間瞧見一個明眸皓齒的美人兒，雲鬢鬖鬖中，隱隱顯出點點梅花；愈見得雪膚花貌，可人如玉了。那美人遙看著正德帝，只微啟朱唇嫣然地一笑，萬般的媚態，都從這一笑中流露出來；把個好色如命的正德皇帝看得半截身兒都麻木了，半晌才悄悄地去問小太監，回說是錢爺（錢寧為帝義兒，宮中悉稱之為爺！）送進來的，正德帝笑了笑，忙走入後院。

見那美人倚著石欄，正看金魚池中的鴛鴦，正德帝躡腳躡手地走到那美人的背後，伸著脖子去瞰池中，卻是一對鴛鴦在水面上飛逐著；正德帝忍不住待去勾那美人的香肩，不提防那美人猛然地回過香軀，怪叫了起來，倒把正德帝大大地吃了一驚！

第六十二回　遊龍戲鳳

春風和舒，裊裊地播送著花香，那些蜂兒蝶兒都翩翩地從下風舞蹈，隨地去尋找他們的工作；深沉的院落裏，階前紅卉初豔，池中金魚跳躍，正是明媚的大好春光，萬物都呈著一種快樂的景象。

那時的美人兒，正倚欄瞧著池內的戲水鴛鴦，呆呆地發怔；驀見池水映著的倩影背後，又添映出一個白面金冠的男子來，把那人嚇了一跳。忙回過粉臉兒去，見是正德帝，不由得紅暈上頰，風吹花枝般地，盈盈跪下說道：「臣妾劉芙貞見駕，皇帝萬歲。」

這兩句鶯聲嚦嚦，又嬌脆又柔軟的話，將院落中的沉寂空氣打破了；正德帝便伸手攙起芙貞，覺得她身上的一陣異香直撲入鼻管裏，正德帝神魂早飛上了半天，只牽著芙貞的玉腕，同入侍月軒中。正德帝坐下，芙貞待重行見禮，正德帝微笑把她按在椅兒上，就問長道短地胡亂講了一會；內監們進御膳上來，正德帝笑道：「怎麼天已午晌了？朕的腹中很飽，大概是餐了秀色吧！」

芙貞見說，也笑了笑，便替正德帝斟上了香醪，自己捧著壺兒侍立；正德帝叫再設一副杯盞，令芙貞侍膳，名稱上是侍膳，實在是對飲罷了。芙貞的酒量極洪，那種小小的玉杯子放在她甚麼心上，一舉

手就是十杯；正德帝見她喝得豪爽，命內監換上高爵兒。這爵杯可就大了，一杯至少要一升以上；芙貞又連喝三杯，不覺有些半酣。

俗話說，酒能助興；芙貞多飲了幾杯，引起她一團的高興，便拿象箸兒擊著金鐘，頓開嬌滴滴的喉嚨，低低地唱了一段《雁兒紅》，正德帝連連喝采不迭。芙貞知道皇上素性好歌，這時顯出她的所長，又唱了一齣《玉環怨》；真是悽楚哀豔兼而有之，歌罷猶覺餘音裊裊不散。

聽得正德帝摸耳揉腮、坐立不安起來，口裏還哼著「此曲只應天上有，人間哪得幾回聞」的老調；兩隻眼珠子骨碌碌地只瞧著芙貞，斜著嘴兒，涎著臉，霎時間醜態畢露。芙貞見正德帝那種怪模樣，忍不住噗哧地一笑，櫻口中所喝的半盅香醪一齊噴在席上，索性格格地大笑了一陣，香軀兒直笑得前俯後仰，柳腰輕盈擺動，幾乎要撲翻身去；正德帝不禁亦哈哈狂笑，引得侍候的內監也都個個掩著嘴好笑。

正德帝和芙貞呆笑了一會，命撤了杯盤，內監遞上金盆；洗漱好了，正德帝一把拖了芙貞，走進侍月軒的東廂，這是正德帝平日午倦安息的地方。兩人斜倚在榻上，正德帝怎能制得住意馬心猿，便等不得到晚上了；芙貞也有了幾分酒意，自然是半推半就，於是任正德帝在這侍月軒中臨幸了。

此後，正德帝寵幸那芙貞，不論飲食起居，可說是非芙貞不歡；又親下諭旨，把芙貞晉為劉貴人，宮中都稱她做劉娘娘。正德帝聽說劉娘娘是江彬所進獻的，又因他有擒張茂的功勞，便由游擊擢為副總兵；江彬趁間要求太監錢寧，把自己帶入豹房，謁正德帝。

正德帝細看江彬，不過二十多歲的人，卻是齒白唇紅，面如敷粉；又見他應對如流，不覺很為歡喜，即令江彬為隨駕供奉。不上幾天，又認江彬做了義兒，也賜國姓朱，宮中稱江彬為彬二爺；這江彬本是宣府人，出身紈袴，時值太監谷大用監軍大同，江彬賄他三千金，授為游擊。

可是他那個文弱浪子，怎能做得武職？適逢張茂作亂，江彬和張茂還算姑表親，便假說附順張茂，領著部下出城，設筵相慶；張茂不知是計，只帶了十餘騎赴宴，酒到了半酣，江彬一聲暗號，左右並上，將張茂捉住，又殺了十幾個無辜的百姓，硬誣他們通盜，便取了首級，親自解張茂進京報功。

張茂正法，他的部下聞知，舉劉廿七做了首領，在大同官府一帶大肆掠劫起來，幾釀成了大患；都是江彬把百姓當強盜，以致真盜養成勢力。這罪名應該是江彬的，至少判個剮罪；但他仗著正德帝得寵，天大的事也不怕，休說這點點小罪，誰敢去扳倒他？真是老虎頭上拍蒼蠅了。

江彬又在正德帝面前讚揚宣府的熱鬧，說得那個地方怎樣的好玩，美人佳麗又怎樣的多，把個宣府形容得和天堂一般；說得正德帝心裏癢癢的，想要到宣府去遊覽它一回，只恐大臣們諫阻。

大凡皇帝出行，甚麼儀衛扈從、伴駕大臣、護輦大將軍等，便要鬧得一天星斗；正德帝以這樣一來，不免太招搖了，況有大臣們在側，動不動便上章阻攔，仍然和在京師一樣，不能任情去遊戲。於是與江彬密商好了，趁著黃昏，更換了微服；悄悄地混出德勝門，雇了一輛輕車，連夜往宣府進發。

這裏都下文武大臣第二天早朝，直俟到日色過午，還不聞正德帝的起居消息；大家正在徬徨的當兒，忽見內監錢寧滿頭是汗地跑出來，報告聖駕已微服出宮，往宣府去了。御史楊廷和、內閣學士梁儲等，忙問皇上帶多少扈從？錢寧回說：「只帶了供奉江彬一人。」

梁儲頓足道：「你身為內侍，皇上的起居都不知道；直到這時方才曉得聖上出宮，你在那裏是幹甚麼的？」說得錢寧目瞪口呆，做聲不得。

楊廷和說道：「現在且莫講旁的話，大家快去追回聖駕要緊。」當下由梁儲等匆匆出朝，選了幾匹快馬，也疾馳出了德勝門；跑了有十多里，後面楊廷和等也飛騎來，眾人就併在一起追趕。

看看過了沙河，還不見正德帝的影蹤，大家十分詫異，便向旅寓酒肆一路打探過去；方知皇上是晝夜兼程的，算起時日，大約已出居庸關了。梁儲建議道：「不到黃河心不死，且到了居庸關再說。」楊廷和等都說有理，眾官又復縱馬追趕。

再說正德帝同了江彬，駕著輕車，不分朝晚地趕著路程，不日已到了居庸關附近，暫在館驛中安頓了；一面飛報關吏，令開關放行。時守關御史張欽，聽得正德帝要微服出關，不覺地大驚道：「胡虜寇邊的警耗正風聲鶴唳的時候，聖駕怎麼可以冒險出關？」

忽關吏來報，皇上有使臣前來傳旨開關；張欽也不出去迎接，命召進使臣，高聲大喝道：「你是何人？敢冒稱皇使來騙本御史！希圖出關通敵麼？」

使臣抗聲道：「現有皇命在此，怎敢冒充！」

張欽大怒道：「你瞞得常人，怎瞞得了我？如果是皇帝駕到，有儀衛扈從、護輦百官，現都在那裏？似這樣的悄聲匿跡，還不是假冒聖駕嗎？」

使臣待要辯駁幾句，張欽已霍地拿出劍來，向使臣說道：「你如識時務的，快給我出去；若不聽我的好言，就砍了你的頭顱送進京去。」嚇得使臣不敢回話，抱頭鼠竄地下關，去稟知正德帝，說了守關御史無禮的情狀。

正德帝聽罷，又氣又恨；只是張欽侍著「奉命守關，職責攸歸」的那句話，一時倒也無奈何他，只好忍耐著。第二天又命使臣去宣諭，張欽仍是不應；正德帝忿怒萬分。這樣的幾個轉側，梁儲、楊廷和等已經趕到，大家跪在館驛門前，涕泣請正德帝回鑾；倘皇上不予允許，眾臣願永遠跪著不起身。

正德帝正猶豫不決，見驛館又捧進一堆奏疏來，都是京卿勸還駕的；正德帝沒法，只得下諭，令眾大臣隨輦，即日起駕回京。正德帝到了都中，第一道諭旨，便是把守居庸關的御使張欽調為江西巡撫，著大同監軍太監谷大用，兼署居庸關督理；張欽奉到了皇命，不敢違忤，自去摒擋往江西上任。

那時朝廷大臣，如李東陽已棄職家居，李夢陽削職為民；內閣大臣更了梁儲、蔣冕、楊廷和、毛紀等數人，楊一清遠鎮寧夏。朝中不過一個楊廷和最是忠直，但也獨木難支；大權悉歸內監錢寧、張永等輩掌握，閣臣在旁只是附和而已。

光陰如駛，轉瞬到了春社日，正德帝循例往祭春郊；大小臣工自六部九卿以下，都隨輦陪祭，待到祭畢，群臣各自散去，正德帝也乘輦回宮。次日早朝，眾大臣齊集朝房，正要升陛排班，見內監張永匆匆地捧著上諭出來；群臣跪聽宣讀，諭中說道：「朕此次暫離宮闕，國政著內閣大臣梁儲、楊廷和、蔣冕，會同張永斟酌處理，無負朕意。」云，群臣聽罷面面相覷，一句話也說不出來。

梁儲說道：「聖駕私行，必定往宣府無疑，我們宜仍往居庸關追趕。」於是與楊廷和、毛紀、蔣冕等三人，帶了五六個從人，馳出德勝門，馬上加鞭，疾如雷電般地追趕。

到了居庸關相去三四里的地方，早有太監谷大用迎上前來，代傳上諭道：「皇上已出關去了，你們眾大臣無須追趕，好好地回都監國，回鑾時自有封賞。」

梁儲、楊廷和等聽了，才大悟皇上調去守關御史張欽，是預備出關的後步；這時大家呆立了一會，梁儲說道：「皇上既已出關，追趕也是無益，只有回京再從長計議。」楊廷和等也覺有理，大家懶洋洋地快快還京。

卻說那正德皇帝自被眾臣強勸回鑾，心裏老大的不高興，遊覽宣府的心也愈熾了。正德七年，江彬密遣家僕往宣府知照家屬，在那裏蓋建起一座極大的府第來，題名叫做國公府；又把豹房中的樂女孌童，暗暗用騾馬載出京城，去安插在國公府中，諸事置辦妥當，便密奏知正德帝。

君臣兩個酌議定了，趁著春祭的機會，江彬預先雇了兩匹健驢，侍候在德勝門外；正德帝祭郊已畢，書了草詔交給張永，自己忙忙地更換衣服混出宮門，大踏步往德勝門來。見江彬已牽驢相待，當下跨上日行三百里的健驢，似飛般地往居庸關進發；不日到了關前，由谷大用出來接駕，便大開了關門，放正德帝出關，等到梁儲、楊廷和等趕到，正德帝已出關兩日了。

江彬隨了正德帝出關，一路上做了嚮導；正德帝至宣府，就在那國公府中住下。正德帝見府中女樂歌僮無一不備，地方又比豹房精緻，畫棟雕樑，朱簷黃瓦，一切的裝潢比起宮中要高上幾倍；樂得個正德帝心花怒放，連聲叫江彬為好兒子。

江彬又導著正德帝往遊各地，但見六街三市富麗繁華，確與都下不同；宣府最多的即是秦樓楚館，因該處為塞外使臣必經之路，官府特許設立樂戶教坊，專備外邦使臣遊燕之所。正德帝到了那裏，真是目迷五色，心曠神怡；每天到了紅日西沉，便與江彬徜徉街市。見有佳麗，竟排闥直入，不問是否良家婦女，任意調笑留宿；倘是合意的，就載入國公府中，充為侍女。

這樣地鬧了一個多月，宣府地方，誰不知道聖駕出遊關外？那些州縣治吏也都十分注意。那消息傳到京中，大小臣工深恐被胡虜聞知，因此鬧出大禍來，又紛紛交章請皇上回鑾；正德帝那裏肯聽，只把群臣的奏疏一起交給江彬收藏了，連疏上的姓名也不願去看它，休說是閱奏章了。

一日復一日地過去，正德帝在宣府居久了，路徑已很熟悉；有時竟不須江彬陪伴，往往單身出遊。一天，正德帝獨自一個人信步出了宣府的東門，沿途遊覽景色；其時正當春三月的天氣，關外已若初夏，

但見道上綠樹蔭濃，碧草如茵，風景異常的清幽。

正德帝愛看春景，只顧向前走去，漸漸到了一個市集，約有二三十家住戶，卻是村舍臨湖，長堤上一帶的櫻花，開放得鮮豔可愛；那一條小湖中，片片的滿墜著花瓣，大有桃花隨流水的景象。正德帝沿堤玩了一會，不覺口渴起來，遙望市集中有處小村店，酒簾招飄，分明是賣村釀的；正德帝跨進店門，見兩楹小室雖不寬廣，倒收拾得很是清潔。

正德帝坐了半晌，不見有小二來招呼，忍不住在桌角上拍了兩下；忽聽得竹簾子裏面，鶯聲嚦嚦地問了一聲：「是誰？」簾兒微微地掀起，走出一位裊裊婷婷的姑娘來。雖是小家碧玉，卻出落得雪膚香肌，臉上薄薄地施著脂粉；穿一件月湖色的衫兒，青色的背心繫一條緋色的湘裙，素服淡妝，愈顯出嫵媚有致。

那姑娘並不走到桌前，只斜倚在竹簾旁，一手掠著鬢兒，含笑問道：「客人要甚麼酒菜？酒可是要熱的？請吩咐下來，我替客人打點去。」

正德帝也笑著說道：「妳們這裏有甚麼酒？有甚麼下酒菜兒？拿來說給我聽了。」

那姑娘答道：「咱們鄉村地方，有的是村醪蔬菜；客人要山珍海味是沒有的，只好請到大市鎮上去了。」

正德帝笑道：「我所愛的是村醪蔬菜，敢煩姑娘打一壺村醪，弄幾碟子蔬菜來；等我慢慢地嚐那鄉村風味。」那姑娘睨著正德帝嫣然地一笑，搴起竹簾兒進去了。

等了好一會工夫，竹簾動了，那姑娘一手托著木盤，一手執了酒壺，斜著身軀，從竹簾旁挨了出來；盈盈地走到桌邊，放下酒壺，將木盤中的蔬菜一樣樣地擺好了，低低說了聲：「客人用酒吧！」便托了木盤兒逕自走進去了。

正德帝拿起壺兒，斟了一杯黃酒，細看碟子裏面，是豆腐、青菜、黃豆芽、鹹竹筍之類，果然都是素肴；正德帝平日吃的是鹿脯熊掌，本來有些膩口了，難得吃著這種鄉村蔬菜，反覺得非常可口。自斟自飲地喝了一會，不免有些冷清起來，便拿箸子叮叮地在杯兒上敲了兩下；那姑娘掀著竹簾問道：「客人敢是要添酒了？」

正德帝將壺搖了搖，道：「酒還有半壺。」

那姑娘道：「那麼，要添菜？」

正德帝答道：「菜是不曾下過箸的。」

那姑娘說道：「酒菜都有，客人卻要甚麼？」

正德帝見那姑娘口齒伶俐，有心要和她打趣，便涎著臉兒說道：「我要問姑娘一句話兒。」

那姑娘道：「客人有甚麼話說？」

正德帝微笑道：「這裏可有好的姑娘？」

那姑娘笑道：「好的姑娘到處都有，客人問它做甚？」

正德帝笑道：「我獨自一個人飲酒，又乏味又是冷清；煩妳替我去找一個好的姑娘來侑酒。」

那姑娘正色說道：「我只當客人打聽姑娘兒，給人家做甚麼冰人，那裏曉得說出這樣的混話來；客人想是喝醉了，人家好好的黃花閨女，怎肯給客人侑酒，不是做夢麼？」

正德帝笑道：「甚麼的黃花閨女？我在城中的酒肆裏，那一家沒有姑娘侑酒？」

那姑娘噗哧的一笑道：「那是粉頭了。」

正德帝接口道：「正是粉頭，我們燕中是叫姑娘的。」

那姑娘嚶嚶地笑道：「咱們鄉村地方，是找不到粉頭的；要她們侑酒，也得到城中去，我的哥哥又不在家裏，我一個女孩兒家，怎麼去找？」

正德帝笑道：「妳家姓甚麼？妳哥哥是做甚麼的？」

姑娘答道：「我家姓李，我的哥哥叫做李龍，兄妹兩個就是靠著這家村店兒度日的。」

正德帝道：「妳哥哥往那裏去了？」

那姑娘答道：「早晨便進城去買些下酒菜兒，快要回來了。」說著回眸一笑，簾兒一響，又自進去了。

正德帝自己尋思道：「這妮子很嬌憨可愛，橫豎閒著，樂得打趣她一會。」想罷，又擊起杯兒來。

那姑娘只得姍姍地走出來問道：「客人又有甚麼話講？」

正德帝笑道：「我倒忘了，不曾問得姑娘的芳名兒。」

那姑娘把粉頭一扭，道：「咱們鄉村人家，女孩兒的名兒是很不雅的，說起來怕客人見笑。」

正德帝說道：「人都有姓名兒，自然各人不同的，有甚麼好笑？」

那姑娘道：「那麼，我就告訴了客人吧，我的哥哥叫李龍，我便叫鳳姐。」

正德帝哈哈笑道：「真好名兒！一個是龍，一個是鳳，取得巧極了。」

那姑娘紅了臉兒：「我不是說客人要笑的！」說著，又待掀簾進去。

正德帝忙攔住道：「慢些兒走，我還有話說哩。」鳳姐真個站住了。

正德帝假裝著酒醉，斜眼涎臉地說道：「我想鄉村地方沒有粉頭，獨飲又是很冷清的，就煩鳳姐替我斟幾杯酒吧。」

鳳姐聽了，立時沉下臉兒道：「客人請放尊重些，我是女孩兒家，怎替你斟起酒來了？」

正德帝笑道：「斟幾杯酒喝喝，又有甚麼打緊？」

鳳姐說道：「客人是讀書人，難道忘了禮書上的『男女授受不親』那句話麼？」

正德帝道：「妳還讀過《禮經》？我是當軍人的，這些哼哼調的經書，早撇得不知去向了。」

鳳姐道：「不論讀書不讀書，這句老古話，是誰也知道的。」說罷一掀簾兒，姍姍地進去了。

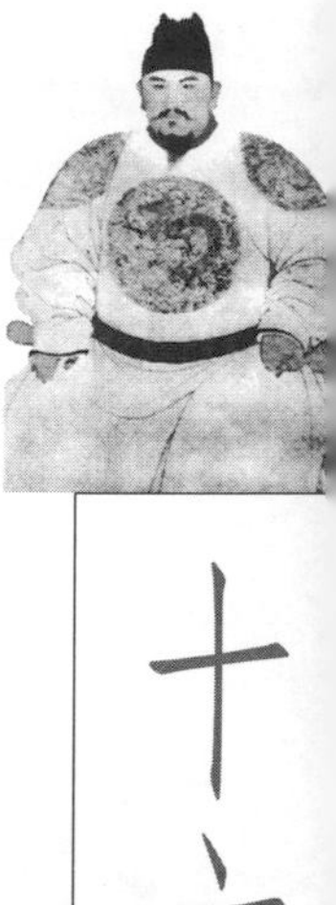

其實正德帝一面講著，見那鳳姐說話，粉頰上微微暈著兩個酒窩兒，更兼她櫻桃般的一張小嘴，愈覺十分有趣；正在有興的當兒，鳳姐忽的走進竹簾裏去了，正德帝怎肯捨得？便擺出皇帝莅宮的架子，也在後面掀簾跟著進去。

鳳姐聽得腳步聲，回頭見正德帝跟在背後，忙變色問道：「客人進來做甚？」

正德帝笑道：「我要和姑娘說幾句話。」

鳳姐道：「講話請到外面，這裏不是客人亂闖的地方。」

正德帝道：「妳哥哥又不在家中，我就進來和姑娘玩玩，怕他怎的？」說時，便想伸手去牽她的玉腕。鳳姐見正德帝不懷好意，忙縮手不迭；驀地轉身，三腳兩步地逃進閨房，砰的一聲把門關上。

正德帝上去扣門，她死也不肯來開，正德帝沒法，只好退了出來；眉頭一皺，計上心頭，故意把腳步放重了些，高聲嚷道：「哦！你就是李龍哥嗎？失敬了！失敬了！」

鳳姐聽得她哥哥回來，呀地將門開了，不提防正德帝藏在竹簾後面，鳳姐一開門，恰好挨身進去；倒把鳳姐吃了一驚，不由得嬌嗔道：「青天白日，闖入人家的閨闥，不怕王法的麼？」

正德帝笑道：「咱們皇帝的宮廷也要直進直出，休說是妳這小小的閨房了。」

鳳姐哼了一口，說道：「好個誇大的油頭光棍，我不看你是酒後胡鬧，便叫將起來；被四鄰八舍聽得，把你捆綁了送到當官，怕不責你三十大板麼？」

正德帝仰天呵呵大笑，將外罩的青緞披風掀開，露出五爪九龍、燦爛的繡花錦袍來，道：「這是油頭光棍應穿的麼？」

鳳姐怔了怔道：「我向聞皇帝是著龍袍的，你難不成是皇帝嗎？」

正德帝道：「不是皇帝，是甚麼？」

鳳姐曾聽見她哥哥說起，當今皇帝現正私遊宣府，往往踐入民家閨閣的事，耳朵裏也聞得爛熟的了；這時見正德帝風儀不凡，舉止英爽，芳心中早有幾分羨慕。又見他穿著燦爛的袞龍袍，知道有些來歷，那雙膝不知不覺地跪了下去；正德帝笑道：「小孩子！怎麼跪起油頭光棍來了？」

鳳姐道：「那叫做不知不罪。」

正德帝道：「好個利口的丫頭，我就不來罪妳，快起來吧！」

鳳姐還是跪著道：「要求皇帝加封。」

正德帝道：「妳求我封妳，那有這般容易？皇帝晉封妃子，須大臣持節授冊，怎可如此草率？」

鳳姐見說，含著一泡珠淚，起身說道：「不封也就罷了。」

正德帝原和她作耍的，此刻見她當了真，就帶笑說道：「癡妮子！我怎會不封妳？妳且聽了，我現封妳做了貴人吧！」鳳姐這才破涕為笑，盈盈地跪下來叩謝。

正德帝趁勢將她一把扶起，輕輕地摟在膝上道：「妳如今是我的人了，萬一妳的哥哥回來，又怎樣

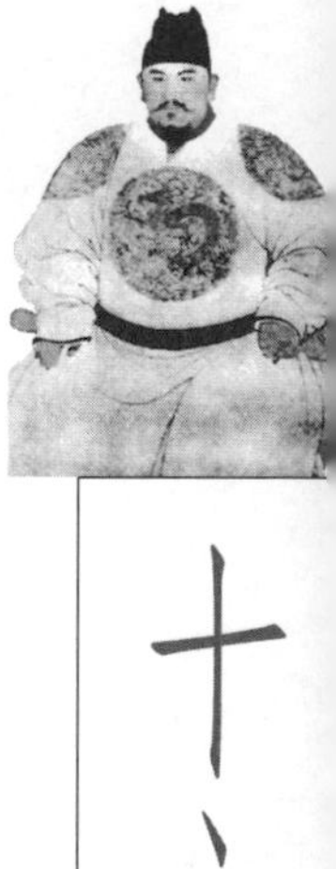

地去對付他？」

鳳姐微笑道：「皇上若肯加恩，授他一官半職，好等他娶妻成家，還有甚麼話說？」

正德帝點頭道：「這樣，等妳哥哥回來，叫他把妳送到城內國公府候旨吧！」說畢，放下鳳姐起身出門，離了那市集，自回國公府；江彬便上來請安，正德帝即將酒肆遇見鳳姐的事，和江彬講了一遍。侍役擺上酒菜，君臣談說對飲；酒到半酣，正德帝忽然想起了內監錢寧來。當在豹房的時候，正德帝每夜枕著錢寧的大腿兒睡覺的，真是溫軟如綿，好不樂意；這時，酒後不免又憶著錢寧了。

江彬見正德帝有些不高興，便湊趣道：「錢大哥遠在京師，不識彬二爺可以代職麼？」

正德帝巴不得江彬有這句話，不禁眉開眼笑地說道：「使得！使得！」當夜便擁了江彬入帷安寢。

原來江彬自入豹房，經正德帝收為義兒，因礙著錢寧，還不曾充過彌子瑕的職役；今日正德帝故意提起錢寧，拿來打動江彬，江彬幼年本做過孌僮的，也樂得趁風使舵。講到江彬的臉兒，勝過錢寧幾倍，正德帝早已看上的了；今夜的正德帝居然遂了衛靈公的心願，自然快樂到了萬分。

兩人直睡到次晨紅日三竿還沒有醒來，猛聽得門前人聲鼎沸，一陣的呼打，就聞得有個男子的怪叫聲和眾人的吆喝聲；江彬正要喚侍役詢問，接著就是天崩地塌的一聲響亮，把正德帝也驚醒了。

第六十三回　正德皇帝

江彬聽得國公府門前轟然的一聲，接著人聲嘈雜，家人們在外邊亂嚷；江彬吃了一驚，待要起身喚親隨去探詢，右臂兒被正德帝枕著，恐怕驚動了，只好耐性等待。適巧正德帝也給那響聲驚醒，朦朧著兩眼問：「是甚麼聲音？」

江彬還不曾回答，一個家人在幕外探頭探腦地張望，似想進來稟報；見裏面沒有聲息，不敢冒失，只在門外侍候。江彬回頭瞧見，喝問道：「你這傢伙鬼鬼祟祟的幹些甚麼？」

嚇得那家人慌忙搶上一步，屈著半膝稟道：「回二爺的話，外面有個少年壯士載了一位美女，說是他妹子，清晨便擁了車兒，硬要推進府中；小的們去阻擋他，他就不問好歹，也不肯通姓名，竟掄起了拳頭逢人便打。小的們敵他不得，將大門閉上了，不知他那裏來的氣力，連大門也推下來了；如今還在府門前廝打，小的們不敢專主，特來報知二爺。」

江彬聽了，正是丈二和尚摸不著頭腦；忽見正德帝霍地撟起身來，一手揉著眼兒道：「那少年不要

是李龍兄妹兩個？四兒可出去探個明白。」江彬領命，披衣匆地下榻，隨了那家人便走。

到了大廳前，已見家人們紛紛逃了進來，一個黑臉的少年揮起醋鉢般的兩隻拳頭，雨點似的打將來；江彬見他來勢兇惡，忙站在廳階上高聲叫道：「壯士且住了手，我這裏有話和你講。」

那少年聞得有人呼喚，才止住不打；抬頭見廳上站著一位鮮衣華服的美少年，知道不是常人，就走到階前唱了個喏，道：「他們這班賊娘養的，欺我是單身漢，半句話也沒說得清楚，一哄地上來和我動手，不是可惡麼？」說著，又把拳頭揚了揚道：「誰再與我較量三百回合，我便請他喝一杯大麥酒。」

江彬見那少年說話是個渾人，就笑了笑，安慰他道：「壯士不要生氣，他們的不是，等我來賠禮就是。但不知壯士高姓？到這裏來有甚貴幹？」

那少年指手畫腳地說道：「你們這裏不是國公府嗎？昨天有個漢子到我家，說是甚麼的皇帝，我妹子說要嫁給他的，所以我一早就把妹子送來的。」說時，又拍了拍胸脯道：「宣府地方，誰不認得我李龍大官人，那門上的幾個沒眼珠子的偏不認識我，竟來太歲頭上動起土來，真把我要氣死了。」

江彬聽了他的一番話，不覺暗自笑道：「世間有這樣的混蛋，他的妹子也就可以想見了；不知皇上怎麼會看中的。」於是命家人開了大門，叫李龍把他妹子的車兒推進來；李龍應聲出去，不一會，已將車輛推到大廳的臺階下。

江彬定睛細看那車上的美人，不禁吃了一驚，半晌做聲不得；心下尋思道：那美人兒果然生得嫵媚溫雅，和她那黑臉哥子相去真是千里，所謂一母生九兒，各個不相同了。江彬正在發怔，裏面的正德皇帝已梳洗過了，親自出來瞧著；一眼見鳳姐坐在車內，笑著說道：「正是她兄妹兩個來了。」

江彬也回過身來，說了廝打的緣故；一面使歌女們攙扶了鳳姐下車，姍姍地走到廳上，向正德帝行下禮去。正德帝微笑扶起鳳姐道：「妳哥哥也同來了麼？」鳳姐低低地應了一聲；正德帝便令傳李龍上來。

江彬阻攔道：「此人魯莽不過，恐沖犯了聖駕，還是不見的好。」

正德帝點頭道：「有他妹子在這裏，且叫他來見。」江彬沒法，只得親自帶了李龍上廳。

李龍見了正德帝，也只唱個喏說道：「皇帝哥哥，我這兒見個禮吧！」

正德帝看那李龍身長八尺，深紫色的面皮，獅鼻環眼，相貌威風，不覺大喜道：「李龍雖是莽撞些兒，倒像個猛將；四兒替朕下諭，送李龍進京，往禮部習儀三個月，即著其回宣府護駕。」江彬聽了，領了李龍自去辦理；這裏正德帝攜著鳳姐的玉腕，同進後院尋歡作樂去了。

再說寧王覲鈞，是太祖高皇帝十四皇子名權的第五世孫；那時，寧王權被燕王（太宗）改封江西，總算能悄聲匿跡、安分守己，不曾受怎麼罪譴。燕王反北平時，騙寧王離去大寧，及至登極，對於寧王很覺抱愧，所以寧王總保得性命；自寧王權傳至四世，就是覲鈞了。

說到覲鈞的為人，是個沒有主見的儒夫；平日除了納妓聽歌之外，其他的事，一些兒也不知道的，

休說是國家政事了。這寧王覲鈞邸中姬妾很多，只有兩個最是得寵；那大的一個是許氏，本是妓女出身，卻生了兩個世子，長的名宸濤，幼的名宸濠，寧王都十分喜歡。

那許氏恃著有了兒子，把寧王的正妃胡氏，看做半文小錢也不值，還不時和胡妃廝鬧；胡妃是個忠厚婦人，怎能夠與做妓女的去鬥嘴？許氏又譏笑胡妃生不出兒子，大凡婦人家，最痛心的是她不會生育，這是人工氣力所辦不到的事，萬不能勉強的；胡妃掙不來這口氣，只好由她許多譏訕，自己暗暗地忍氣吞聲，捋一把眼淚罷了。

世間的婦女，誰沒有妒忌心？寧王的胡妃雖嫉著許氏，因自己不曾生育過一男半女，許氏卻迭連生了兩個世子；這樣一來，胡妃先已話不嘴響了。她的心裏，當然有說不出的怨恨，又時受許氏的冷譏熱諷，胡妃越覺得自怨自艾；不久便鬱成了一病，竟嗚呼哀哉了。

許氏見胡妃已死，藩邸中的大權便由她一人獨攬；好在寧王又是個糊塗蟲，那有這精神來管家事，邸中的諸姬和用人等，見許氏雖算不得正妃，暗中卻完全是攝行王妃職務，於是大家便尊她一聲大夫人。許氏既攬了邸中全權，一時也不好向寧王要求扶正，橫豎姬妾中算做了領袖，也不必爭王妃的虛名了；這許氏是寧王的大愛姬。

還有第二個愛姬，也是青樓翹楚，芳名叫做嬌奴；年紀比許氏要輕得一半多，青春不過十八歲，寧王娶她還不到一年。這嬌奴在寧王邸中，權柄雖然不如許氏，寧王的寵幸倒要勝過許氏十倍；邸中的大小姬妾、僕役們對待嬌奴，竟與許氏不相上下，也稱她一聲二夫人。

當寧王納娶嬌奴的時候，許氏和寧王也狠狠地鬧過幾場；到了後來，勢力終究敵不過媚力，寧王仍舊把嬌奴迎回邸中。許氏實在氣不過她，便去找嬌奴廝鬧，被嬌奴笑她年紀太大了，如要爭寵，須得拿雞皮換了玉膚來再說；這句話說得許氏暴跳如雷。但人的衰老，是和不會生育一樣的無法可想，直氣得許氏一佛出世，二佛涅盤，幾乎患成了臌症，一病不起；天理循環，嬌奴可算替胡妃間接報仇了。

那兩位世子宸濤、宸濠，長成到了十七八歲，舉止很有父風；弟兄兩個最像寧王的，是喜歡嫖妓。講起嫖經來，誰也望塵莫及；惟談到史書兩字，卻連連要嚷頭痛了。寧王溺愛過甚，由他弟兄兩個去胡鬧，只做沒有聽見一樣；許氏見兩個兒子成了人，心裏怎麼不快活，而且滿心望宸濤、宸濠代她去出頭，不難把嬌奴壓倒下來。

誰知這兩位寶貝一見了那個二夫人嬌奴，不但不記他母親許氏的仇恨，反是眉開眼笑的，口口聲聲叫嬌奴做庶母；形色上的侍奉，比起自己的母親還要恭敬。許氏瞧在眼裏，這一氣又是非同小可；真好像一拳打著了心窩，說不出裏面的苦痛。

有一天，許氏正值新病初癒，扶著一個侍婢在迴廊中閒步，走過一所空房，聽得裏面有說話的聲音；許氏詫異起來道：「這裏是堆積木器的空室，怎會有起人來了？」又猛然地記得三個月前，有個婢女被自己痛打了一頓，到了晚上就縊死在這處室中；許氏想著，不由得毛髮悚然。正要避開那間房，又

聽得一陣的笑語聲是很稔熟的；許氏有些忍不住了，自己不敢上去，只叫那侍婢向窗隙中去窺探。

那侍婢戳破了紙窗，向著裏面張望去，恰好那日光照在空室的天窗中，把闔室映得通明；侍婢在窗洞裏瞧得毫髮無遺，卻又不好聲張，只裝著啞手勢，令許氏自己來看。許氏見那侍婢這樣鬼鬼祟祟的，知道空室的笑聲中定有緣故；忙親自走到窗前，閉了一隻左眼，把右眼在紙窟窿中張將進去。

這許氏不看猶可，看了之後，立時滿面緋紅，半晌做聲不得；原來空室中的木榻上，臥著一絲不掛的一對少年男女，正在那裏大做活劇。男的是誰？是世子宸濠；女的當然不消說得，怕不是闔邸稱她二夫人的嬌奴麼？

許氏這時又氣又恨，心想：怪不得兩個逆子都和妖精十分要好，那裏曉得他們暗中幹些禽獸的行為！不過要進去捉破他們，因礙著宸濠，似乎不好意思；但如任他們做去，眼睜睜放著冤家嬌奴，不趁這個機會報仇，更待何時？許氏呆立在窗外，倒弄得進退兩難了。

這樣過了一會，聽得空室內已聲息俱寂，許氏再向窟中瞧時，宸濠已不知在甚麼時候走了，剩下嬌奴還在榻前整衣；許氏見兒子已去，正好進去把嬌奴羞辱一番。偏是那嬌奴嘴強，以許氏罵她無恥，便生生地要她拿出贓證來；許氏反被她堵塞了嘴，氣憤憤地自回房中。

那嬌奴卻哭哭啼啼的，聲言許氏講她的壞話，便尋死覓活的要去和許氏拼命；正在這個當兒，宸潯從外面進來，一聽見嬌奴吃了虧，不問事理，一口氣跑到內室去，和他母親許氏大鬧。許氏見自己的兒子居然替嬌奴出頭，氣得她發昏，便使出平日的潑性，把宸濤拍桌拍凳地大罵一場；好容易宸濤才得罵走，宸濠又來尋事，而且比他哥哥宸濤更鬧得兇了。

許氏明知宸濠和嬌奴有曖昧的事情，心裏越想越氣，便搶了一根門閂，向著宸濠沒頭沒臉地打過來；宸濠也知道自己母親的性情，怕真個吃了眼前虧，趁著家人們勸住許氏，宸濠便一溜煙地往後門逃走了。許氏被兩個兒子鬧得她頭昏眼花，正在沒好氣；不料那寧王也聽了嬌奴的哭訴，怒氣衝衝地來責罵許氏。

才發作得兩三句，許氏早從房裏直搶出來，望著寧王懷裏狠命地一頭撞去，接著把頭髮也打散了，兩手隻拉住寧王亂哭亂嚷，將寧王的一襲繡袍，都扯得拖一片掛一塊的，氣得寧王面孔鐵青，連聲嚷道：「怎麼，怎麼世上有這般撒野的婦人，左右快給我捆綁起來！」家人們那敢動手，只在旁邊相勸。

寧王這時，老實人也動了火，便勒胸把許氏向地上一摔，回身往外便走；許氏待趕上去，被家人們攔阻住了，許氏就一頭倒在石級下大哭大罵，在石磚地上滾來滾去，竟似村婦使潑一樣，那裏有一點王爺夫人的身份？把那些婢女僕婦也都看呆了。

許氏似這樣地直鬧到了黃昏，氣力也盡了，喉嚨也罵啞了，才由侍女們將她扶進房中，足足睡了三晝夜，還不曾起床；宸濤、宸濠聞知母親發病，你推我挨的，都不肯來探望。寧王是巴不得許氏早死一天，自己早舒服一天；但天不由人算，許氏病了一個多月，慢慢地能扶杖步行了，那寧王自己反倒病重

起來，一日沉重一日。

半個月後，看看是不中用了，那位二夫人嬌奴索性不來奉承了，只知和宸濠在一塊兒鬼混；寧王雖病得開不出口，心裏卻是極其明白的。他把嬌奴和宸濠的形跡看在眼裏，心中越發氣悶了；到得臨死的幾天，寧王病室裏，連鬼都沒有上去，連藥水茶湯也沒人遞了，晚上燈火都不點一盞，室中黑魆魆的，好不怕人。

幸而有個寧王的老保姆，年紀已九十多了，一天夜裏，無意中到寧王的室中去探望時；只見房中几案生塵，似好久沒人來收拾了。再瞧那榻上的寧王，卻是直挺挺地臥著，口鼻中氣息早就沒有了，也不知道是甚麼時候死的；老保姆眼見得這樣淒慘情形，不禁流淚說道：「一個堂堂王爺，臨末的結局卻是如此，說來也是可憐。」於是由老保姆去報知許氏，許氏便扶病起身，召集邸中的姬妾僕人替寧王發喪。

那時宸濠和嬌奴正打得火熱的當兒，聞得寧王已死，大家樂得尋歡作樂；這兩位世子直待寧王入了殮，才見他們兄弟兩個勉強出來招待弔客。略一敷衍了幾句，宸濠先滑腳走了；宸濬也耐不住了，打一個招呼，一溜煙出了後門，自去進行他的計劃。

那寧王還不曾出殯，兩位世子已弄出了大爭點來了；原來寧王一死，這襲爵應該是宸濬的了，宸濠想奪這王爵，暗中不免要和宸濬競爭。那宸濬對於這爵祿倒不放在心上，他第一個和宸濠勢不兩立的，就是為的嬌奴；弟兄二人，一個覬覦爵位，一個志在美人，各有各的心事，互顯出暗鬥的手段來。

宸濠因要奪那王爵，把寧王的死耗瞞了起來，暫不去奏知朝廷，是以這襲爵的上諭始終沒有下來；好在宸濤也不放在心上，只和一班羽黨謀弄那嬌奴到手，他就心滿意足了。那裏曉得，這個消息有人去通知了宸濠；宸濠聽了，一面要對付謀那爵位，一面又要照顧那嬌奴，害得他忙得不得了。

一天晚上，宸濠和幾個心腹私下議論，想把嬌奴弄出藩邸，另用金屋把她藏起來，免得宸濤別生枝節；其中有一個家僕說道：「這事，世子須要秘密，否則子納父的愛妾，於名義上似說不過去。」

宸濠笑道：「那個當然的。」於是大家酌議好了，由宸濠備了一頂軟轎等在藩邸的後門；預囑嬌奴在三更天，趁人熟睡悄悄地出邸登轎，去藏在宸濠的私宅。當時那押轎子的僕人到得藩邸後門，直等到四更多天，還不見嬌奴出來；又等了一會，看看天色已將破曉，仍不見嬌奴的影蹤，那僕人沒法，只得抬著空轎回來，報與宸濠。

宸濠知是有變，慌忙趕入藩邸，親自去探看嬌奴；卻是桃花人面，玉人已不知那裏去了。這一急，把個宸濠急的滿頭是汗，比失了一件甚麼寶貝還要心痛；當下咆哮如雷，派了家人四下去打聽，方知宸濠藏嬌的計劃被宸濤的家人探得。那宸濤也備上一乘轎兒，月上黃昏，到了宸邸的後門，正遇著嬌奴的小婢；宸濤的僕人打個暗號給她，小婢自去稟知嬌奴。

嬌奴遲疑不信道：「二世子約在三更天的，怎麼這樣早就來了？」

小婢又出來詰問，宸濤的僕人扯謊道：「二世子怕遲了漏洩消息，所以把辰光改早的。」嬌奴信以為真，即匆匆收拾好了，潛出後門登輿，僕人們舁了便走。

到得那裏，嬌奴問：「二世子可來？」

只見宸濤應聲出來，涎著臉笑道：「二世子不來，大世子倒在這裏了。」

嬌奴聽見，吃了一驚，心知已受了宸濤的騙，只得低頭忍氣地服從了宸濤；宸濤得了嬌奴，滿心的歡喜，天天和那些羽黨飲酒相慶。及至第三天，宸濤喝得酩酊大醉地回到私第，忽然狂嚷著腹痛，往著地上一滾，七竅流血而死了。

宸濤既死，宸濠也替他哥哥發喪，說是暴疾死的；一面上聞朝廷，奏知寧王覲鈞逝世、世子宸濤暴斃。聖旨下來，自然由宸濠襲爵；這樣一來，不但王爵被宸濠蔭襲，就是他老子的二夫人嬌奴，也為宸濠所有了。南昌的人民，誰不說宸濤死得奇怪？然而，也沒人敢來替他出頭。

那宸濠自襲爵寧王（自後稱宸濠為寧王），漸漸地不守本分；並私蓄著勇士，往往強劫良民的妻女。又從高麗去弄到一座錦椅，椅的四周都垂著繡緞的錦幔；這座椅底下藏著機關，如遇到倔強的婦女，哄她坐上椅兒，將機關一開，任妳是力大如牛的健婦，也弄得骨軟筋疲無力抗拒，只好聽人所為了。寧王因題這座椅兒叫做「銷魂帳」；後來寧王作叛，事敗被擒，這座「銷魂帳」為王守仁經略所毀，今暫且不提。

卻說正德帝在宣府，左擁江彬，右抱鳳姐，真有樂不思蜀之概；不期這位李貴人（鳳姐）身體很是孱弱，三天中總有兩天是生病的。忽京師飛馬報到，紀太皇太后駕崩；正德帝聽了，雖不願意還京，但於禮儀上似說不過去，只得匆促回鑾奔喪。鳳姐因有病不能隨駕，正德帝囑她靜養；自己即和江彬、接輦人臣等，即日起駕還京。

正德帝到了京師，便替太皇太后舉喪，一切循例成禮；是年六月，正德帝親奉太皇太后梓宮安葬皇陵。

光陰荏苒，眨眼到了中秋；正德帝久蟄思動，下旨御駕南巡。這道諭旨下來，廷臣又復交章諫阻；其時朝野惶惶，人民如有大難將臨之景象，一時人心很是不寧。於是大學士楊廷和、大師梁儲、翰林院侍讀舒芬、郎中黃鞏、員外郎陸震、御史張縉、太常寺卿陳九皋、吏部主事萬超、少師梁雋等紛紛上疏；謂災異迭見，聖駕不宜遠出。

正德帝怎能聽從，反將萬超、黃鞏、陸震、張縉等一併下獄；陳九皋、舒芬克戍雲貴，楊廷和、梁儲、梁雋三人一例貶級罰俸。這樣一來，群臣誰敢多嘴？正德帝即傳旨駕幸江南，自津沽渡江，以金陵舊宮改為行宮。

諭旨既頒發，正德帝於是年八月，帶了劉貴人、江彬及護駕官李龍（為鳳姐之兄，在禮部習儀後，尚未遣往宣府，故得隨行）、將軍楊少華、蒙古衛官阿育黎、侍衛鄭亙、右都督王蔚雲、女衛護江飛曼

一行二十餘人，渡江南行。

不日到了石頭城（楚之金陵，在上之縣西，即今之江寧縣），早有金陵守臣裕王燿焜、蔚王厚煒（正德帝之弟）及大小官員遠遠前來接駕；正德這時也無心觀覽風景，只和裕王、蔚王並馬進城。至金陵行宮前，蔚王待扶正德帝下騎；忽一道光寒，正德帝已翻身落馬，眾官大驚。

第六十四回　微服出巡

正德帝到了金陵行宮，正要下騎進去；這時城中的百姓，扶老攜幼地前來瞻仰聖容，只遠遠地遙看著不敢近前。驀聽得人叢中一聲大喝，一個漢子疾趨直出，便有一道寒光向著正德帝飛來；將軍楊少華眼快，連忙叫聲不好，急拔腰刀去隔禦。

一霎間，那裏來得及，正德帝也覺眼前寒光一閃，慌忙躍下坐騎；「疙瘩」的一響，鮮血噴射，一人中刃落馬。護駕李龍也抽刀在手，早把那刺客截住；楊少華、王蔚雲、鄭亙、愛育黎、江飛曼等五人並上，那刺客招架不住，一刀被李龍搠著，大吼倒地。

楊少華忙上前按住，護駕禁卒已七手八腳地把那刺客捆了起來；再看正德帝已避入行宮，眾人將受創墜馬的人扶起瞧時，卻是蔚王厚煒。面如金煉、氣息奄奄，由楊少華等把他攙進行宮大門；還不曾到得殿上，只見蔚王兩腳一伸，眼往上翻，便嗚呼哀哉了。

正德帝聞蔚王死了，不禁垂淚道：「朕才得到江南，便喪了一個兄弟，叫朕怎樣地回京去見得太后！」

王蔚雲奏道：「刺客刀中蔚王，這是皇上的福大，也是蔚王命該如此，於陛下何涉？」說著，江彬護了劉貴人到了，聽說有刺客，便問可曾捉獲？

正德帝道：「朕倒幾乎忘了。」喝令把刺客推上來。李龍應著，擁刺客到了正德帝面前；那人直立不跪，李龍在他的足彎只一掃，那人站不住腳，噗的坐在地上。

正德帝怒道：「朕與你無怨，竟膽敢在白日行刺朕躬，你係受何人指使？據直供來！」

那刺客瞪著眼道：「老爺要刺便刺，有誰指使？今日被捉，算老爺晦氣；快把我的頭砍了，不必多講，否則我要罵人了！」

正德帝待要再說，江彬插言道：「這種渾人，交給地方官去勘讞就是，何必陛下親鞫？」正德帝點頭，當下由李龍把刺客帶下去，交給南京都僉劉建山，著訊明回奏。次日劉建山將刺客施以嚴刑拷問，訊得該刺客名李萬春，係受寧王宸濠的指使；前在京師，假借鬥鵪鶉為名，曾行刺過一回（事見五十九回）。因匆迫沒有得手，這次是第二次行刺，因力盡被捉；建山錄了口供，據實上聞。

正德帝聽了大怒，道：「宸濠是朕叔父行，朕未嘗虧待他，為甚麼一再使人暗算？」說罷，傳諭李萬春磔屍，並頒知江西巡撫張欽，令監視宸濠行動，待御駕還京再行發落不提。

那時，正德帝在金陵翱遊各處名勝，怕招搖耳目，便改裝做商人模樣，只帶了劉貴人及李龍、楊少華、江彬等三人；餘如愛育黎、鄭亙、江飛曼、王蔚雲等，一概留在行宮。一路上，正德帝自稱朱壽，劉貴人改劉夫人，每到一處寺觀，施捨很多；凡寺裏的佛像繡袍、神龕繡幔等，一例更易，正德帝和劉夫人各署名在上面，有朱壽、劉夫人同助字樣（今猶存鐘鼓於天寧寺，鐘鼓皆銅製，上鐫正德帝與劉貴人名）。

一天，正德帝遊覽雨花臺，臺在江寧縣的南面，據岡埠最高處，遙眺大江，好似長蛇盤繞一般；下瞰石頭城，小若盤匜。正德帝臨高四矚，不覺胸襟俱曠；細辨民間廬舍，類滄海之粟，所謂登泰嶽而小天下。正德帝見景生情，便口占兩詩道：

遙從山北望江南，秋色西來天蔚藍。城市餐霞雲夢樓，回首遠瞰洞庭柑。

澎湃騰濬走江聲，二道長垣雁齒橫，古寺至今風雨夜，鐵沙依舊照波明。

——朱壽題

正德帝吟罷，令楊少華逐字用劍頭鐫在一個石礨上，算是登臨的紀念；於是率著劉貴人等，下了雨花臺，再上聚寶山。那聚寶山就在雨花臺的側面，山上的細碎小石有光潔如寶石似的，澄黃如瑪瑙一樣；顏色鮮豔燦爛，所以稱它為聚寶山。

這座山勢，遙望高出雲表，山形很是巍峨巉峻，但走上去遊覽時，卻不和茅山似的難行；到了山

顛，俯瞰金陵城中，真是瞭如指掌，猶之三國黃忠的奪定軍山必先爭天蕩山一樣。江寧的聚寶山原為行軍必爭之地，元朝時上築炮臺，駐有營兵；軍事時代，聚寶山是極重要的，這座聚寶山如有失，金陵就在囊中了。

正德帝眺望了一會，徘徊讚歎，又遊覽了山麓的梅岡；岡上正值黃花遍地，香郁襲人。這梅岡本是江寧勝地，到了冬天，梅花數十株，芳馥之氣四溢山麓，雅人高士踏雪尋梅的絡繹不絕；正德帝故戲折了幾枝黃菊，替劉貴人簪在頭上。

大家流連半晌，才循路下了梅岡；又在山村裏玩了一會，見農民男耕女織，孜孜不輟，正德帝歎口氣道：「今日得目睹鄉景，方知黎民勞苦以生財，供國家徵取賦稅，安然不以為怨，這才算得是良民；若化外胡兒，橫蠻不知禮義，甚至集眾抗拒王師，一樣的民族，其相去真是天淵。」

說到這裏，不覺心中有感，又詠山韻即景，詩道：

鄉村峽道路迴環，滿地茱萸碧水灣。蹊徑踏來遊未倦，回瞰又見小金山。

正德帝一路遊覽，隨處題詠，都由江彬記了下來；回京之後，經翰林學士毛嗇刪整，刊行御製南遊詩集，這是後話。

當下，正德帝和劉貴人、江彬、楊少華、李龍，君臣四人觀山玩水，好不快樂；其時正德帝遊了梅岡，又經幾處鄉鎮，遙望綠蔭叢中紅牆一角，好似甚麼宮殿。正德帝指著紅牆，回顧江彬道：「那是甚麼地方？」江彬怔了怔，弄得對答不出來；因他是宣府人，於關外路徑和風俗人情，自然是很熟悉的。正德帝巡幸宣府時，都是江彬做的嚮導；如今來到江南地方，怎會有頭緒呢？

正德帝忘了江彬為關外人，平日問慣的了，這時向他問起江南的路徑來，把這個江彬掙得面頭紅漲，一時不好揑造出來回話；幸得楊少華是江都人，對於江寧的名勝古蹟，略為有些兒頭緒。他看那江彬的窘狀很覺好笑，忍不住代應道：「那裏大概是天寧寺了，我們且進寺去休息一下吧！」正德帝見日色已近晌午，便點點頭，令少華在前引路。

轉眼到了一所大寺院面前，匾額上，大書著「敕建天寧寺」五個斗來大的字；上款是「唐天鳳元年建，元皇慶（元仁宗年號）年間重修，大明洪武十二年臣朱鈞（太祖從侄）再修」。

正德帝笑道：「這寺建自唐武后年間，也可稱得上古剎了。」

江彬道：「倘使是近代建起來，那佛像斷斷及不上從前了；只瞧它門前的四大金剛，塑得多麼威嚴雄壯！」

楊少華笑道：「這四金剛，豈是泥塑木雕的？」

江彬說道：「不是木雕或是泥塑的，是怎麼？」

少華道：「我聽得老輩裏講，江寧的天寧寺中，四金剛是白石鑿成的。」

江彬驚駭道：「石頭能鑿得這樣細緻，真是鬼斧神工了。」

正德帝見那金剛長有四丈餘，少華謂是石鑿的，也覺有些不信，便與大家走進頭山門去實驗，果然是石頭所鑿就的（江寧天寧寺曾見毀於洪楊，後雖重建，石像多半毀裂，所製乃遠不如前矣）；君臣互相歎詫，驚為奇工，於是同入大雄寶殿，殿宇也是異常的宏敞。

這時，後殿走出一個知客僧來，見正德帝等進去，忙上前打了問訊，即邀入方丈；小沙彌烹上香茗，正德帝執杯喝了一口，覺茶味清芬甘芳，和御前常飲的迥然有別，因笑著問道：「和尚的茶味兒甚好，不識這茶葉兒是出在那一處的？」

知客僧笑道：「出家人有甚好東西，有的也都是檀越們所佈施下來的；這茶葉，也是一個施主饋與老和尚的。那施主是姑蘇洞庭山人，葉兒就是那裏的土產，喚做洞庭碧螺春；老和尚嫌它太好了，怕沒福消受，所以拿來藏著，專備給遊寺的檀越們解渴。」正德帝聽了，不住地點著頭。

忽聽得咳嗽聲響亮，知客僧說道：「老和尚來了。」話猶未了，只見西院的月洞門中，走出個形容古怪的老僧，鬚髮如銀，眉長垂睫，年紀當有八、九十歲，步兒卻極輕健。那老和尚走到正德帝等面前一一行禮，各通姓畢，自述法號叫做禪明，本四川人；因避明玉珍之亂才來江南，今年已二百四十五歲，當初來江南時已九十多歲了。

正德帝見說，不禁吃了一驚；原來明玉珍據蜀西，太祖高皇帝猶未定鼎，就年分算來，老和尚至少也有一百三、四十歲了。江彬站在一旁撇嘴兒，似乎不相信老和尚的話，那老和尚的耳目甚是敏銳，江彬的舉動似已被他覺察；正德帝怕老和尚沒趣，忙搭訕著說道：「和尚藏著的茶葉真不差，我們應當道謝。」

老和尚微笑道：「一杯清茶，何必相謝？況茶葉是土中所出，清水取諸地泉，都是檀越們土地上的東西；老衲不過轉個手兒，借花獻佛罷了。」說時，知客僧呈上緣簿，要求佈施。

正德帝笑了笑，正提起筆來待寫下去，老和尚阻住道：「檀越果真慷慨施捨，老衲卻不敢消受；但願得檀越早還家鄉，賜福與萬民，比施給老衲的區區阿堵，要勝上幾千百倍了。」

正德帝見老僧說話帶骨，便拱手道：「和尚可能知過去未來？」

老和尚笑答道：「過去的，人人皆知，未來的不可洩漏；老衲只略諳風鑒，與諸檀越一談吉凶如何？」

正德帝大喜，道：「君子卜凶不卜吉，幸直言無諱。」

老和尚正色道：「朱檀越（指正德帝，因其自稱朱壽，故稱）富貴已極，似無他求；惟不久慮有驚恐事發生，斂跡自能躲過的。」又指著劉貴人道：「這位夫人，年輕多福，須忌被蛇螫。」謂李龍道：「施主忠勇，將來當成其志。」顧楊少華道：「富貴壽終。」

末了看到江彬，老和尚凝視了半晌，皺眉道：「江施主的相貌特奇，他日威權必震朝野；只可惜天庭透有煞紋，這倒是很要小心的。」江彬被那老僧說得呆呆地發怔，恰好小沙彌來請吃齋，老和尚便起身告退。

正德帝和劉貴人一席，江彬、李龍、楊少華等另設一席；大家胡亂飽餐一頓，由江彬掏出三兩紋銀來，授給那個知客僧，即起身出了天寧寺。行不到幾步，只見小沙彌追上來，道：「咱家老師拜上諸檀越，銀子是不受的；倘夫人還願時，只把佛殿的佛像再裝一裝金身，是蒙惠多了。」說罷，將銀兩仍遞與江彬，竟頭也不回地去了。

江彬說道：「那老和尚似有邪術的。」

正德帝接口道：「話不是這樣講的。山寺野村，每多有道的高人；這老僧倒非常緇流，莫把他看輕了。」江彬唯唯諾諾，心裏卻十分不贊成。

這時，劉貴人已足弱行不得了，楊少華便去喚了一乘椅轎來給她乘坐。看看到了牛頭山下，那山有兩個尖峰，遙遙對峙，叫做雙闕；時人見東西兩峰矗立霄漢，好似牛角一般，因喚它為牛頭山。宋時，金邦的兀朮入寇，宋將岳武穆（飛）曾於這牛頭山下，埋伏了幾千健卒，敗兀朮雄兵十萬（六合縣亦有牛頭山，與江寧之牛頭山殊）；山勢的險巇足以設置伏兵，地據要隘可知。

正德帝親自尋得岳武穆殺賊處與紮營的遺蹟，欷歔憑弔，徘徊歎息道：「岳氏盡忠趙氏，至今猶傳芳名；做臣子的，怎不要忠心報國！」因吟一首七絕，刻在山石上道：

春秋昔傳古名相，清風今播宋賢良。歷朝祠宇都寥落，撫讀殘碑字幾行。

經過了牛頭山，便是一個大市集；那裏叫做集賢村（岳武穆屯兵禦寇處，今已更名；古蹟淹沒不彰，惜哉！）到了村中，見那鄉民、童叟、婦女都打扮得衣裳整潔，紛紛往著村西去，似赴甚麼集會去似的；正德帝看得納悶，便令江彬上去探聽。那些鄉民不懂他的關外口音，言語不通，險些兒鬧了起來；楊少華忙去打了招呼，趁間問他們往西村去的緣故。

一個鄉民答道：「今天是斗姥生誕，白雲長老在西村的荒寺裏開壇講經；據說和梁武帝時的寶志法師一樣，講到了妙處，天上會雨下花片兒來。沾一瓣在人身上，可以延年卻病，祛除不祥的；是以舉村如狂，男女老幼沒一人不想得點好處。此刻，聞本邑的人民都知道了，各村鎮上人也趕了來，說不定連寺也挨塌了呢；咱們要趕去搶花瓣兒，遲了恐怕不及，恕不和你多談了。」那鄉民說完話，一腳兩步地向西而去。

江彬聽了半晌，一句也不明白，倒不比方才天寧寺裏的老和尚說話，倒有一大半懂得的；少華對江彬笑了笑，回來把鄉民的話稟知正德帝。正德帝笑道：「那又是甚麼和尚搗鬼，隨著他們去瞧瞧熱鬧也

好。」李龍聽得有新鮮事兒瞧，他第一個最高興；於是由江彬、楊少華引道，正德帝居中，李龍護了劉貴人的轎椅，一行五人，也往西村進行。

走了有半里多路，早見一座黃牆慘澹的大寺院，赫然呈在眼前了；其時，寺面前的人，擁擠得水泄不通。幸好大寺四周都是荒蕪空地，那空地上滿搭著布棚帳篷；這些布棚帳篷中，也有賣茶的、賣食物的，凡是酒肆菜館，一應俱有。那西邊的草場上，都是一班走江湖的人；甚麼賣拳的、貨狗皮膏的、走繩索穿火圈的、針灸科、祝由科等等，真是星羅棋佈。

再瞧那座寺院，門上匾額的字跡多半剝落，只隱隱辨得出是「上方禪院」四個大字兒，原來是座年久失葺的枯廟；寺門口擁著的人，一個個仰了脖子、張開著嘴，兩隻眼睛直向寺中瞧看。正德帝想要看個究竟，卻是擠不上去，李龍便很踴躍地大吼一聲，兩臂往四下裏一揮；那些人民跌跌撞撞的一時避讓不迭，多被李龍推倒了，眾人齊聲大罵起來。

李龍也不去睬他們，只護著劉貴人的椅轎，往寺中直衝進去；後面接著是楊少華當先，江彬斷後，擁護了正德帝進寺。到得寺中，卻是一帶長廊，大雄寶殿還在裏面；於是再把眾人分開，長廊走完，正是大雄寶殿了。

殿上設著一座三尺高的經壇，壇上四面坐滿了僧人；正中一隻長案，供著諸佛菩薩的神馬，一截齊擺了九隻銅香爐，爐中香煙縹緲，僧眾寂靜無嘩。經壇是南向的，壇的後方，設有一隻蓮花寶座，虎皮氈子，繡花墊褥；座下置著一對金漆的獅兒，是作為踏腳的，座上空著，知道講經的長老還沒有登壇。

那壇下的四周，排列著百來把繡墊的緞椅，大概是備本邑官眷和紳士眷屬們坐聽講經的；有十來個知客僧，招呼著在壇後的木凳上坐著，以分男女的界限，至於那平常百姓，只好在大殿廊前廊下立聽。壇前有七八尺高的一隻大爐子，焚著滿滿的一爐絳檀；煙霧迷漫的讓殿上聽講的眷屬，都薰得眼淚鼻涕刺刺扯扯地揮個不住。

正在這個當兒，忽見一個小沙彌飛奔下來，向壇中的首席和尚附耳講了幾句，便匆匆進去了；那和尚就拿起槌兒，噹噹地連擊三下玉磬，下首的和尚也拿木魚相應，接著是撞鐘擂鼓，霎時間，鐃鈸鑼鼓一齊敲打起來。經壇上共有四十九個和尚，壇下擂鼓打鐘的小和尚不在其內；這四十九個和尚，每人手裏敲著一樣法器，叮咚鏜鎝，把人的耳膜也要震破了。

這樣地大鬧了一場，在眾響器雜遝中，忽聽得噹的一響；真所謂眾濁音的清磬，又清越又尖銳，直衝破了嘈雜的空氣，超出眾法器之外，鑼鼓鐃鈸不約而同地戛然停住。那清磬再鳴，繼這磬石聲而起的，是幽靜的絲竹聲音了；甚麼笙、簫、管、笛、胡撥、琵琶、箏篌、錦瑟，悠悠揚揚地雜奏起來，鳳鳴鶴唳，雖皇帝春祭時的細樂也不過如是了。

細聲既作，眾人曉得那長老快登壇了，大家便眼瞪瞪地爭著瞻仰佛容；不到一會，聽得殿後院中，一樣的奏著細樂，便有十二個小沙彌衣穿五色百家衣，禿頭黃鞋，手裏各拿著六對大紅紗燈。隨後是十

三名的知客僧，法衣黃帽黃鞋，手中都提著香爐；這樣一對對地在前走著，導引那長老上壇。

眾聽客一齊站了起來，但見那長老年紀不滿三十歲，卻生得面如滿月，唇若塗朱，雙目有神，長眉似蠶；更兼他的懸膽鼻，方口大耳，頭戴紫金毗盧帽，兩旁垂著繡花套雲的飄帶，衣披一襲雲錦繡金的袈裟，望上去光華燦爛。足登銜環𧿹形的朱履，雙手白得如粉琢般的，手上套著一串雲母珠的念珠；上綴舍利子九枚，光芒四射，念珠下端，垂著馬鈴式的一顆紅纓。這一副打扮，先已和平常的僧人不同，加上那長老的相貌不凡，坐在經壇上，誰不讚一聲端的如來轉世呢！

那長老上壇，誦了召神咒畢，開卷講大藏寶詮；一面講著，那兩隻眼珠兒，只望著一班婦女的座中亂瞧。驀地看見了劉貴人，那長老故意吃了一驚，立即停止講經；竟親自走下壇來，向劉貴人連連打著稽首，道：「女菩薩是菩薩的化身；小僧何緣，乃蒙菩薩駕臨，真是萬幸了。」說罷，便請劉貴人進後院，行香花供奉；李龍在旁，也弄得莫名其妙。

劉貴人被那長老說得心動，腳下不由自主地，盈盈地隨了那長老同入後院；一班聽經的人個個驚詫，一時議論紛紛的都跟入後院。

第六十五回　煙花故事

碧軒晴窗，精室裏潔無纖塵，書架上片簽滿列；庭前三四枝鳳竹，一株老幹槎椏的虯松。階下種著半畦的黃菊，正在放華的時候；這樣幽靜清寂的好去處，若是隱士高僧所居，真可以說得是「紅塵不到靜中飛，樹碧花香是隱居」了。

其時，那個長老領著劉貴人走進這靜室裏面，啪的一聲，室門便自己閉上了；外面聽講經的一班本邑縉紳及縣丞姜菽水，遠遠地跟在那長老到後院，背後護衛官李龍、正德帝、江彬、楊少華等也隨著進去。還有在經壇外的許多百姓，也似潮湧般湧入殿內；只礙著有縣丞在裏面，不敢十分放肆，只擠在院門前探視。

正德帝等進了院中，不覺詫異起來，那寺院的外貌似多年頹圮的荒寺，但內院卻髹漆得金碧輝煌；但見庭中松柏參天，階下植著無數的奇花異卉，架上的鸚鵡聲聲喚客。晶盆中養著金魚，書案上狸奴打盹；庭院深深，落花遍地。正德帝失聲道：「好一座院落！」

李龍手指著說道：「那長老引了劉娘娘，進的一所靜室裏去了。」

江彬道：「那和尚想是不懷好意，咱們緊跟著他，保護劉娘娘要緊。」正德帝點點頭，李龍和楊少華便大踏步上前。

這時，那些紳士和縣丞都走入靜室，人多地狹，頓時擠滿了一屋；楊少華與李龍也掙著擠進靜室去瞧時，卻不見那長老和劉貴人。李龍、少華齊吃一驚，忙舉頭四顧，才瞧出靜室的南面還有一扇側門，只是深深的扃著；那長老和劉貴人進去，門就關上了。

縣丞和眾紳士不得進去，大家站在門外大嘩，道：「青天白日，和尚領著良家婦女閉門不出，那算甚麼？」

縣丞姜菽水為人很是迷信，他認為那長老是高僧，那婦人也是真的菩薩化身；紳士中有性躁的，便欲敲門進去，姜菽水就阻攔道：「你們且莫慌，再等一會兒，看他怎樣；我想那長老定是施展甚麼的佛法，不然他妄引婦女入室，當著這許多人，諒他也沒有這樣的膽大。」

眾紳士聽了姜菽水的話尚覺有理，果然忍耐了起來；獨有李龍咆哮道：「人家的婦女被這賊禿關在裏面，你們還在那裏說甚麼寬心話？」

楊少華也喝道：「咱們只顧打進去就是了。」姜菽水見李龍怒氣衝衝的，知道是那婦人的家屬，便也不敢阻擋；便由楊少華和李龍兩人全力向前，把門敲得擂鼓似的。

敲了半晌，不見那長老來開門。李龍大叫，飛起一腳，轟的一響，那扇側門早倒了下來；李龍便當先搶入裏去，見室內陳設幽雅，案堆詩書，壁懸琴劍，花種階下，樹植庭前，人到了這裏，幾疑別有洞天了。李龍四面瞧了一會，那裏有甚麼長老？劉貴人更是影蹤毫無了。楊少華也趕進來，見沒了劉貴人，兩人都著了慌；這時眾紳士已湧入裏面，正德帝和江彬也來了，聽說不見了劉貴人，把個正德帝急得連連頓足。

眾紳士都大詫，道：「分明看著那和尚同了婦人走進去的，怎麼會遁走了？難道那和尚有隱身術的麼？」

大家正在混亂，忽聽楊少華失聲道：「逃了！逃了！」眾人定睛看去，見那楊少華一手托著畫軸，畫背後有一扇小小的石門；平時拿畫掩蓋著，人家只當是牆壁，萬萬想不到壁上還有這扇小門。那長老領了劉貴人進內，趁雜亂的當兒，往壁上的小門中逃走了；眾紳士才恍然道：「那和尚果然的不是好人，他推說講經，卻來拐騙婦女的。」縣丞姜菽水站在一邊不住地咋舌，正德帝卻萬分憤怒。

楊少華與李龍已飛奔出寺去追趕，半晌，先後回來說道：「村東村西都找到盡頭，沒有和尚的蹤跡；詢那村中的人民時，他們方才也到寺中來聽講經，卻不曾見有甚麼和尚走過。」正德帝見說，怔怔的好一會說不出話來，江彬也木立不知所措。

李龍很是沒好氣，一眼見了縣丞姜菽水，便一把將他抓住道：「咱們主翁的夫人不見了，須得你去給我找出來，否則老爺可不饒你的。」

菽水大怒道：「你是那裏來的野種？自己不小心，被和尚把人騙去，卻來這裏撒野！」

李龍喝道：「你這傢伙還要狡賴，當和尚入室的時候，眾人就要敲門進去，都被你阻攔著，使那禿驢得安然遠逃；若沒有你的阻隔，也不怕他飛天上去。這樣看來，賊禿是你放走的，你這傢伙還是和他串通好的。」

說得姜菽水跳起來道：「反了！反了！我職司雖卑，也是此地的父母官，怎說我拐起婦女來了，那還成個話說嗎？」菽水說罷，叫進兩個差役要想來捕李龍，引得李龍性起，抓住兩名差役，只一手一個，往著人叢裏直摜出來；外面又搶進五六名捕快，袖裏各拿出鐵尺等器，蜂擁般地上來廝打。

院裏的眾紳士和人民見鬧了禍出來，嚇得四散奪門逃走；院門前又擠著許多人，院內的人似排山倒海地奔將出來，外面的人退後不迭，跌倒的很是不少。一時人眾力巨，誰還攔擋得住？霎那間哭的笑的，人聲沸騰。

那大殿上的四十九個和尚，原兀是很恭敬地侍候在壇上，女客座上的官眷們，因婦女們不便來趁熱鬧，只坐在那裏交頭接耳地私議；忽聽得內院哭喊聲並作，人們紛紛地逃出來，接著是大隊擁出來，於是壇上的和尚、壇下的婦女，都立起身來瞧看。

不料人多地窄，似倒木排般地傾斜過來，屹塌一聲，經壇被眾人擠倒，四十九個光頭從壇上直跌下來，無巧不巧地都跌在官眷堆裏；那些少婦和光頭大家攪做了一團，有幾個光頭跌得額破血流，也有被壇上銅香爐壓傷的，還有的被壇前的大鼎灼傷。最苦的是一個青年和尚，把光頭去戳在蠟燭桿上，刺得鮮血淋漓，因此昏了過去。

其時，李龍正把那些捕快由內院打到外殿；捕快們怎敵得過李龍，一交手就被打倒，只好爬起來往外奔逃。李龍追將出來，不覺打得性起，不管是誰，逢人便打，殿上殿下秩序混亂到不可收拾；楊少華深怕打傷了百姓，忙來勸住了李龍，兩人回到內院時，院中已逃得鬼也沒有半個，只正德帝和江彬還呆呆地坐在靜室裏。

正德帝見了少華、李龍進來，便沒精打采地說道：「劉貴人恐非一時尋得到的，不如回去再說。」江彬等也說不出別的，於是大家便跟著正德帝出院。那大殿上的眾僧這時也走散了，官眷們都經家屬接去；惟經壇依舊倒在那裏，鐘磬法器之類滿地都是，還有香燭果品及供神的素饌等狼藉殿上。

正德帝是滿肚的不高興，四個人走出上方禪院，早有兩名輿伕來索取工資，就是方才抬劉貴人來的；江彬隨意打發了幾十文，兩個轎伕稱謝而去。正德帝君臣四人匆匆地回去，所謂趁興而來，敗興而返，一路上也無心觀覽風景，只低頭疾行；待到金陵行宮時，已是萬家燈火。

王蔚雲、鄭亙、愛育黎、江飛曼等，隨著裕王耀焜出來迎接進去；蔚雲因不見劉貴人，心中很為詫異，又不敢動問。正德帝上殿坐下，眾人分兩邊侍立；正德帝令裕王也坐了，就講起遊覽的情形，把在上方禪寺聽講經，被和尚騙去劉貴人的話細細說了一遍。

裕王驚道：「這禿賊的膽也大極了，不過他假經壇引誘婦女，室中裝著機關門戶，想其籌畫也不止一天了；受他害的當不止江寧一處，別地定有照樣上當的。他這次萬一漏網，不久必往別處去重施故技，那是可想而知的；陛下但密頒諭旨，令各處地方官暗裏偵察，不消半個月，這妖僧不難授首了。」

正德帝點頭稱善，當下命江彬草諭頒發，一面通知江寧縣，著偵緝妖僧，並令將縣丞姜菽水捆赴南京都督府，治以故意縱盜罪；江彬一一辦妥，正德帝自還後宮，這裏王蔚雲、楊少華等，和裕王又議論了一會，才各自去休息。

翌晨起身，正德帝因劉貴人失蹤，心中怏怏不樂；日間只同了李龍等，在金陵街市上遊玩一會便回行宮。第三天，江寧縣尹梅谷親來行宮稟見，謂當日接得上諭，派通班捕快往城鎮各處茶坊酒樓、旅寓館驛，凡足以藏垢納污之區，無不遍查，毫無妖僧行蹤，想係聞風已遠竄出境了；至於縣丞姜菽水，亦在事後棄職潛遁，現已通牒查緝，正德帝聞奏，令暫退去。

四日又得溧水縣尹報稟，言在兩日前，見有遊方道人帶一美婦過江；事後方知道人實和尚改裝，正要派人追趕，適諭旨領到，急遣快馬往追，不及而還，大概該妖僧當不出鎮江、維揚兩處云。正德帝聽了，便和江彬商議，決意親赴揚州偵探那和尚的消息；於是帶了李龍、鄭亙、愛育黎、江飛曼等，連江彬一行七人，悄悄地起程前往揚州。

不日到了那裏，住了館驛，當日玩了一天後土祠，賞玩瓊花。那後土祠的瓊花，本唐時所植，厚瓣大葉、光瑩柔澤，色微帶淡黃，芳馥之氣遠聞數里；宋改後土祠為蕃厘觀，花旁建一亭，名無雙亭。迨宋仁宗時，將瓊花掘出移植禁中；不及半月，那瓊花便自枯死，棄在道上，被揚人瞧見，仍把它載回來植在後土祠裏，漸漸地枝葉扶疏，居然復活過來。

到了元朝，瓊花又自己萎死；那時蕃厘觀中有個道士，叫金雨瑞的，把瓊花的枯根鏟去，種上了聚八仙（花名），倒也很是茂盛。那聚八仙的形式和瓊花頗有點相似，所以後人仍稱它為瓊花。

正德帝遊過了後土祠，次日又去遊萬壽觀；那座觀係建自六朝，殿宇十分巍峨。正德帝與江彬、楊少華等，先就偏殿遊歷了一會，正要去遊大殿，忽聽殿角上砉然的一響，一把劍飛來直奔正德帝，接著跳出一個大漢；那把劍似蛟龍一般，江飛曼急拔刀隔住，噹的一聲，火星四迸，兩人就在大殿下狠鬥起來。

李龍看那大漢勇猛異常，也大喊一聲，飛步上前助戰；那大漢一口劍抵住兩樣兵器，似尚綽然有餘，楊少華笑對鄭亙道：「看雌雄兩條龍兀是鬥不下那大漢（飛曼又稱龍女），我們莫給他逃走了。」鄭亙應道：「咱們上去！」於是楊少華、鄭亙兩人並出，圍住那個大漢；五個人風車兒似的打轉，愈鬥愈急。

蒙古衛官愛育黎也要去幫助，江彬攔道：「你在這裏護駕吧！不然有武藝的都走開了，御駕沒人顧

及，會被人暗算。」愛育黎聽了就也止住。

那裏楊少華等逼著大漢，一步緊一步，那大漢看看抵敵不住，忽地向屋上一躍，騰躍跳越，沿著屋檐逃走；江飛曼、楊少華也上屋追趕，李龍、鄭亙是不會縱跳的，只好眼睜睜望著他們。飛曼和少華全力追那大漢，那大漢也故意獻些本領，偏擇屋檐最窄的地方跳著，飛曼和少華已趕得氣喘汗流；那大漢呵呵大笑了幾聲，霍霍地三四個翻身，弄得飛曼、少華眼花繚亂，待定睛看時，那大漢早已無影無蹤了。

兩人知道大漢的技藝遠出己上，也不去追逐，仍下屋回到殿上；鄭亙、李龍齊聲道：「刺客逃走了麼？」

飛曼一笑道：「那人好貨兒，倒要留神他一下。」因把刺客逃走的情形稟知了正德帝；江彬怕再遇危險，勸正德帝早還館驛，正德帝應允了，一行人前護後擁的回到館驛中休息。

到了晚間，江飛曼提議道：「今天的刺客，諒必是受人的指使，或者已瞧破我們的行蹤也未可知；適才在日間又不曾把他擒獲，夜裏難保不再來嘗試，我們須要防備才好。」

楊少華道：「飛曼的話有理，我們夜間護駕，可分班輪流做事；諸位以為怎樣？」

愛育黎道：「我和楊將軍值前半夜，飛曼與鄭侍衛值後半夜，互相呼應就是了。」

話猶未畢，李龍接口道：「我難道不配有職使麼？」

飛曼笑道：「你且莫性急，要做的事兒多著，你只問楊將軍，自然有需要你的地方。」李龍便眼瞧著少華。

少華笑道：「別的都齊了，還少一個巡風的人，不知你可願意充這個職役？」

李龍正色道：「都是為主子的事，有甚不願意？」

少華道：「那就好了，煩你辛苦一點吧！」大家分派停當，各人自去預備。

這天夜裏，星月無光、迷霧重重、對面不見，這種天色，正是幹夜行生活的好機會；不論是江洋大盜、綠林響馬以及穿窬小偷行刺寄刀等事，大都揀著濛濛大霧天做的。

其時約莫有三更的光景，正德帝憶懷那劉貴人，不能安睡，重行披衣起身，和江彬燃燭對弈；驛卒擊柝鳴鑼，報告過了更點，要待顧自己去睡覺，猛聽得院中李龍嚷道：「刺客來了！」

裏面值班保護的是江飛曼與鄭亙，忙挺刀出來問道：「刺客在那裏？」

李龍說道：「我親眼瞧見屋上一個黑影子；大概這一嚷，他已躲起來了。」正在講著，那楊少華和愛育黎換班下來，還沒有安睡，便聽得叫有刺客；兩人先後搶出來，見無甚動靜，心中稍寬。

李龍說道：「如今只要防刺客下來，他既探得路，必不肯空手回去的。」

愛育黎道：「那麼，現在倒是最好的時候了。」

大家正說的熱鬧，忽聞內室大聲道：「刺客已在這裏了！」好似正德帝的聲音；眾人大驚，慌忙爭

先趕將而去。李龍當頭一腳跨進正德帝的臥室，驀見正德帝跟前跪著一個大漢，燈光下，辨出他頷下有髭，正是日間的刺客；李龍早已心頭火起，不管好歹，一聲大喝掄刀便剁。那大漢不及避讓，又沒器械抵禦；忙迫中拿臂往上一迎，嚓的聲響，左臂砍落在地。

李龍還要上去結果他的性命，正德帝親自起身阻住，再瞧那大漢已痛倒地上了。正德帝埋怨李龍道：「誰叫你這樣莽撞的？他並非是壞人，只因誤聽人家的唆使，前來行刺；此刻他已悔悟過來，情願到朕的面前自首，你怎麼將他砍傷了？快去弄些金創藥來給他搽了，扶他去休養。」

李龍被正德帝一頓埋怨，不覺目瞪口呆，做聲不得，及至正德帝命他去找金創藥，才如夢初覺；正待回身時，那江飛曼和楊少華、愛育黎、鄭亙等都站在旁邊，聽正德帝責那李龍。這時見李龍要去找創藥，飛曼喚住道：「我這裏有上好的創藥，拿來搽吧。」李龍就止住腳步，俯身攙起那大漢來；江飛曼隨手取藥，給大漢塗在斷臂上，撕一條布綳紮好了，那大漢稱謝，又向正德帝謝了恩，自去靜養。

原來那大漢，是江湖赫赫有名的俠盜，叫做馬剛峰，綽號飛天大聖；他因受寧王宸濠的囑託，令刺死正德帝。馬剛峰奉命進京，值正德帝南巡，便也趕往南京，卻不獲行刺的機會；一日，見正德帝偕著五六人下船解纜離寧，剛峰也買舟追隨。

到了揚州，和正德帝先後登陸，正擬這時下手，又被別事打混過去；一日在萬壽觀內，覷得護駕的四散閒遊，一劍飛去，滿望成功，卻給一個女子拿劍阻住。馬剛峰本疑心江飛曼是個文弱的妃子，萬不料也是護駕的女衛士；既見一擊不中，心早冷了一半，又想正德帝駕前的女子竟能保護他，足證他命不該絕，且女護衛的本領這樣強，男護衛的技藝亦可想而知了。

當下飛身逃走後，又去一探聽寧王的為人，凌辱黎民、佔奪寡婦，種種劣跡，言人人殊；馬剛峰不覺深悔自己明珠暗投，便趁昏夜來見正德帝，力述悔過自首。正德帝察他心誠，戲說了聲「刺客在這裏」，反被李龍冒冒失失地剁去一臂。

其時刺客案已了，眾人心神略定；忽正德帝傳江彬，連呼不應，不禁詫異道：「鬧刺客的前頭，與朕對弈的，怎麼會不見了？」楊少華等四處一找，卻在正德帝的榻下，見他呼呼地睡著了；眾人一齊大笑起來，忙喚醒了江彬。方知他見刺客馬剛峰進門，嚇得往榻下直鑽，工夫久了，就此睡去；眾人又笑了一會，各自散去。

於是，正德帝在揚州，終日與江彬尋柳看花，章臺走馬；這樣的玩了一個多月，劉貴人的消息依舊杳然，正德帝已有些厭倦了，聞得鎮江名花極多，便雇了艘大船往遊鎮江。到了那裏，順著訪金山寺的古蹟；這時又多了個馬剛峰，君臣一行八人步行上山，直達金山寺前。

寺在山麓，果覺殿宇巍峨，十分莊嚴；寺內鐃鈸叮咚，大殿上也設著醮壇，壇上高坐著一個大和尚。楊少華眼快，指著那正中的和尚道：「他不是妖僧麼？」李龍已大吼拔刀上前。那和尚見正德帝等似已覺察，欲下壇逃走，楊少華、江飛曼、鄭亙、馬剛峰、愛育黎等，都跟李龍殺上，把那和尚團團圍

住；那個和尚忽地從袈裟中掣出雙劍，舞得如旋風一般，眾人休想近得他。

不到一會，李龍、鄭亙都被和尚砍傷，愛育黎被剁去一指，江飛曼的刀亦被削斷；殺得馬剛峰性起，索性叫楊少華也跳出圈子，自己仗著獨臂，舞動一口鬼頭刀，從劍光中直滾而去，只喝聲：「著！」和尚叫聲：「哎呀！」撲地倒了。剛峰搶上一步，一腳踏住和尚的胸脯；和尚躺在地上猶飛劍亂砍，被剛峰用刀逼住，少華等並上，才將和尚擒住。

第六十六回　芳蹤何處

馬剛峰展施出武當山的秘傳滾刀術，將和尚一刀撷翻；那和尚還想倔強，被楊少華等全力上前，把那和尚捉住。急切中又找不到捆縛的繩索，經李龍四面尋了一遍，見大殿上懸著一根巨繩，約有碗口來粗細；李龍大喜，忙提刀割下那根繩來，只聽得轟隆一聲響亮，大殿的正中墜下一件東西，熱油四濺，弄得殿上滿地是火。

正德帝和楊少華等，都不覺吃了一驚，大家定睛看時，才知墜下來的是大殿上的一盞琉璃燈；那繫燈的繩索被李龍割斷，琉璃燈便直摜到地上跌得粉碎了。眾人很是好笑，李龍也不管它怎麼，仍拖著那根巨繩來捆和尚；可是那繩太粗了，很不容易捆縛，於是七手八腳的，硬把那和尚縛住。正德見首惡已獲，想到貴人當有著落，所以十分高興，便攜同江彬，在前後殿隨喜了一會。

這座小金山寺，是在江蘇丹徒縣的西北，那金山矗立在江心，形勢極其高峻，古時本名浮玉山；有一個頭陀僧名裴飛航的，掘山土獲到了金子，後人就改名為金山。山的西南麓下有一口冷泉，世稱天下第一泉；泉水澄澈清碧，拿來烹茗，味淳而甘，和平常的泉水相去天淵。

金山寺築在山麓，香火很盛，寺的後院建有望海亭，登高一眺，長江泛瀾，猶若銀練橫空，水天相接；浩淼煙波中，帆檣隱約，水鳧飛翱，遠瞰舟鳥莫辨，這種景致，非親歷的不能知道。

寺的左偏，又有一座釣鱉磯，是從前張侯釣鱉的地方；唐天寶中，張侯挈眷舟過金山，泊舟山下進食。舟人相誡道：「江中有大鱉，舟上忌烹肉物。」時張侯登山遊覽，眷屬忘了前言，竟然烹起肉來；忽見波濤掀天，白浪如山，浪裏擁出一隻頭如小丘似的大鱉，張口把泊舟拖入海裏去了。

待到張侯回下山來，不見了船隻；有一舟子從洪波中逃得性命的，來稟知張侯，謂侯屬等已飽鱉腹。張侯聽了悲哽欲絕，便蓄心要報此恨；當下重行雇舟，回到城中打起了一千多斤的鐵鏈，鏈上裝了幾百斤的鐵鉤，把鉤放在豬肚裏，一端鐵鏈繫在金山的石磯上。其時，金山的四面還沒有陸地（今海沙漲起，已有陸地），張侯佈置妥當，投豬入江，山下煮著肉物，香氣四溢。

大鱉踏浪而來，見了豬肉，霍地吞下肚去；誰知豬上有鉤將臟腑鉤住，再也吐不出來。那大鱉性發起來，在江中騰躍跳越，波浪山湧，直淹半山；似這樣的顛撲了七晝夜，那鱉才肚腹朝天地死了，張侯便令人工把大鱉拖到岸上，慢慢地宰割了，親嚐其肉。

那隻鱉，身長凡五丈有奇，周圍有二百七十餘尺，重三千九百斤；單講那個鱉殼，便足有七百多斤。這樣一來，江中也算誅了一個大害；那張侯於是心志俱灰，不久就削髮入山，不知所終。後人因他有殺鱉的功績，在山寺旁的石磯上，鐫有「釣鱉磯」的名兒留做紀念；金山寺裏也有石碑記著這件事，曾經遊過的人大都曉得的。

閒言少敘，再說正德帝等在寺中各處遊覽；這時，寺裏的和尚見他們使起刀槍來，嚇得屁滾尿流，一個個地躲在禪房中，死也不肯走來。及至把那和尚捉住，正德帝和江彬遊到方丈裏，將他們的警鐘撞個不住，才有寺中的拜經禪師出來；正德帝問他，寺內僧眾都往那裏去了？禪師答道：「他們聽得大殿上住持和尚被人廝打，怕累及自己，所以都躲過了。」

正德帝道：「你們這住持叫甚麼名兒？到這裏有幾時了？」

禪師道：「據他自己說，還是半途上出家的，法名叫鏡遠；當初我們寺裏本有住持僧的，上月中被這和尚殺死，投屍江中，他便做了本寺的住持。」

正德帝道：「那和尚殺了住持，你們不去出首麼？」

禪師搖頭道：「誰敢呢？就是去控告他，他有靠山在背後，地方官也是不准的。」

正德帝忙道：「他靠著誰有這樣勢力？」

禪師躊躇了半晌，道：「罪過！出家人又要饒舌了。」說著，便對正德帝道：「施主是外方人，知道也不打緊的。這個惡僧，誰不曉得他是江西寧王的替僧；他在外面作惡，都有寧王幫他出頭的。聞得這鏡遠和尚還到處假著講經的名兒招搖，引誘那些美貌婦女入寺，拿蒙藥蒙倒，任意姦宿過了，便去獻給寧王；那鏡遠在這裏也鬧出過幾樁拐案，地方官吏只做不聞不見。

好在本處（江浙兩處）的大吏，沒一個不是寧王的黨羽，大家自然含糊過去了；據說寧王的潛勢力已很大，有江西的紅纓會幫助著，將來必一發不可收拾。那時寧王早晚登基，鏡遠和尚就是國師了；你想，寧王這樣寵信他，那些手下的黨羽誰不趨奉他，還惟恐不及咧！」

正德帝聽了，點頭說道：「你這人說話很誠實，我就給你做本寺的住持，你名叫甚麼？」

那禪師不知正德帝是甚麼樣人，竟派自己做起住持來；又想：他敢捕捉鏡遠和尚，必是有些來歷的，於是笑答道：「小僧名塵空，人家都稱我做塵空和尚的。」

正德帝記在心上，便別了塵空，與江彬出了後殿；見大殿上的楊少華、馬剛峰、鄭亙、愛育黎、江飛曼、李龍等六人，在那裏守著那個和尚。正德帝吩咐下船，自己和江彬、少華、愛育黎、馬剛峰、江飛曼等先走，由李龍和鄭亙抬了那和尚在後；一路揚帆，到了鎮江的館驛門前。

正德帝暫就驛中住下，令江彬草了諭旨，著李龍、楊少華押了鏡遠，往見鎮江府王雲波，命訊明鏡遠回奏；王雲波領了旨意，當即坐堂勘鞫，李龍和楊少華自回覆命。

次日，知府王雲波率領著各邑縣令，來館驛中謁駕；雲波稟道：「鏡遠業已招供，在江寧拐的女人自稱是皇帝侍嬪，鏡遠不敢私藏，已獻入寧王府中去了。」正德帝見奏，著將鏡遠凌遲處死，金山寺住持准令塵空和尚充任；王雲波領諭，自去辦理。

這裏正德帝與江彬等商議；正德帝說道：「如今劉貴人已有消息，只是在江西寧王邸中；朕擬將寧王削爵籍家，諭知江西巡撫張欽幫同處置，爾等以為怎樣？」

楊少華道：「素聞寧王陰蓄死士、私通大盜，久存不臣之心；現若驟然奪爵籍家，必致激變，不啻促他起叛了。依臣下愚見，宜先去他的禁衛兵權，是摧折他的羽翼；他如自置衛兵，那時削爵便有名了。萬一再不受命，即出王師討賊，一鼓可擒；但在叛狀未露前，無故削奪藩封，易起諸王猜忌，昔建文帝的覆轍可鑒，自應審慎而行的。至於劉貴人在寧王邸中，下諭徵提，寧王必不肯承認的；只有別派能人，設法去把她盜出來，是最為上策。」

正德帝道：「朕為堂堂天子，怎能做那盜竊的事？」

江彬在旁奏道：「楊將軍的議論最是兩全了。因劉貴人的失蹤，是和尚所騙去，這事如張揚開來，本非堂皇冠冕；大家以私去私來較為穩妥，否則小題大做，寧王橫豎是要圖賴的。倘不幸被他預防，移藏別處，反是弄巧成拙了。」

正德帝沉吟半晌道：「就依卿等所奏，然誰去任這職役？」

楊少華、愛育黎、江飛曼、李龍四人齊聲說要去；正德帝笑道：「幹這個勾當，要膽大心細的人去；李龍太嫌魯莽，愛育黎形跡可疑，都不宜去的，還是少華和飛曼去吧！」飛曼、少華大喜，便去收拾停當，辭了正德帝起程去了。

正德帝自楊、江兩人去後，在鎮江各處又遊玩了三四天，即帶了江彬、愛育黎、李龍、馬剛峰、鄭

亙等仍回金陵；裕王耀焜、都督王蔚雲便來問安，並呈上京師賚來的奏疏。

正德帝當即批閱，見其中有御史干寶奏的一則，謂寧王宸濠隱結了紅纓會匪，輔助盜精，意圖不軌，請事前防止；正德帝看罷，遞給江彬道：「宸濠居心欲叛，天下已盡人皆知，足證世上的事若要人不曉得，除非自己莫為了。」

江彬細讀奏章，和塵空和尚的話相彷彿的，便也微笑道：「星火燎原，不如預防於未然。」

正德帝道：「朕也正是此意。」於是下諭，令江西巡撫張欽，把寧王府中的衛卒，遣調入總兵周熙部下，以厚禦寇的兵力。

明朝的祖制，藩王封典極隆，儀從的烜赫與皇帝相去一籌；藩王府邸也准設衛兵，惟不得過三千，故太祖高皇帝的祖訓上面，有「君不明，群小弄權者，藩王得起兵入清君側」一條。寧王府邸的衛兵，明是二千人，暗中實有三四千名；當時接到諭旨要調去衛兵，寧王吃了一驚，忙召軍師劉養正、參議汪吉秘密商酌。

養正說道：「皇上調我們衛兵，分明是剪除我們的羽翼了。」

汪吉道：「我們現今一事未備，倘若抗旨，彼必加兵；這樣看來，似不能不暫時忍受，再別圖良謀吧！」

養正猶豫了一會，也覺沒有善策；寧王知道自己勢力未充，只好接入使者，眼睜睜地看著衛隊長把花名冊呈上。使者點卯一過，總兵周熙也到了，收了兵符印信，別過寧王上馬去了；寧王便深深地歎了口氣，當夜傳巨盜首領凌泰、吳廿四、大狗子、江四十等，及紅纓會大首領王僧雨、副首領李左同、大頭目楊清等商議進取。

眾人當場議決，因洞庭大盜首領楊子喬英名播於海內，由寧王飭人聘請為行軍總都督，大狗子為副都督，吳廿四、凌泰為都指揮；又拜紅纓會首領王僧雨為大師公，李左同為副師公，楊清為總師父。大眾群策協力，訓練兵馬，準備與明廷相抗不提。

再說江飛曼與楊少華兩人奉旨往江西，去劫取劉貴人；兩人曉行夜宿，不日到了南昌。其時寧王將叛變的消息盛傳各處，南昌城中更是風聲鶴唳，人民一夕數驚；少華、飛曼不敢往住城內，只在近城的荒寺中息足了，到了晚上，兩人換了夜行衣服，爬城而進。

至寧王府邸中，但見邏卒密布，柝聲與金聲連綿不絕；少華和飛曼計議道：「似他們這樣防備，一時很不易下手。」

飛曼說道：「你等在牆上巡風，待我進去探個消息。」少華答應了，飛曼便輕輕縱上牆頭，施展一個燕子掠水勢，早已竄進院內去了。

少華在外面看得明白，不覺暗暗喝聲好；便潛身在牆垛上，靜待飛曼的回音。等了有一個更次，見牆內黑影一閃，少華恐是敵人，忙整械在手，定睛細看，方知是飛曼出來了；少華低聲道：「風色怎樣了？」

飛曼應道：「大事快要得手，我怕你心焦，特地來和你說一下。」

少華點頭道：「我自理會得，妳放心進去。」飛曼也不回話，兩個竄身，又自進去了。

這一去工夫可久了，左等不見，右等不來；少華焦躁道：「莫非出了岔兒麼？又不聽得有甚麼變亂的聲息。」看看到了五更，仍沒有變亂的影蹤，弄得個少華疑惑不定，盯盯眼；村外雞聲遙唱，天快要破曉了，少華這才著急起來。因自己和飛曼都穿著夜行衣服，再挨下去，天色明了，在路上很是不方便的；況南昌正在風聲緊急的當兒，被邸中瞧見，勢必要當奸細捉去，那不是誤事麼？

少華正萬分慌急，忽見屋頂上一個人似猿猴般地疾趕下來，正是江飛曼，背上負了一個大包袱，氣喘吁吁地打個手勢與少華；少華曉得已得了手，急從牆角上起身，兩人一齊跳下牆頭，踏著了平地，一前一後，施展飛行術，向前疾奔至城上，放下百寶鉤，相將下城。

路上飛曼力乏，由少華更番替換揹那巨包；幸城內外都不曾撞著甚麼人，待到館驛中時，天色恰好微明。兩人喘息略安了，吃些乾糧之類，又坐談了一會，已是辰刻了，飛曼就去解那榻上的包裹；及至解開來瞧時，不覺呆了。

少華也過來，看見包裹上蜷臥著一個玉膚香肌的美人，只是星眸緊合，頰上微微地泛著紅霞，好似喝醉了酒似的，鼻中呼呼打著鼾息，正好濃睡；大概是受了飛曼的五更雞鳴香，才醉到這個地步。再瞧那美人的臉兒，卻不像個劉貴人；飛曼也看出不是劉貴人，所以在那裏發怔。

這時，兩人面目相覷了一會，做聲不得；忽見那美人略略轉了個身，慢慢地醒過來了，飛曼頓足道：「我方才好好地揹的劉貴人，怎麼會變了個不認識的了？」

少華笑道：「這定是妳一時忙迫，錯看了人了。」飛曼自己也覺好笑。

只見那美人睜開秋波，向四面看了看，很有驚駭的樣兒；少華望著飛曼道：「人雖弄錯，劉貴人的消息倒可以假她的口中訪詢出來了。」

飛曼被少華一言提醒，便走向那美人的跟前；那美人十分詫異地問道：「我怎麼會到這裏來的？」

飛曼笑答道：「是我揹妳來的，妳夜裏忘了窗上的怪聲麼？」

那美人如夢才醒，忙下榻相謝道：「素與夫人無半面之交，今蒙援手，真是感激不盡。」

飛曼說：「這且莫管它，我只問妳姓甚名誰，為甚麼也在寧王邸中？」

那美人聽了，不禁眼圈兒一紅，含著眼淚答道：「賤妾姓鄭，小名雪裏青，是靖江人；自幼失怙，寡母誤嫁匪人。妾在十六歲時，便被後父載赴淮揚，強迫身入煙花；老母懦弱不敢抗拒，賤妾也因為了老母，不得不忍辱屈從。

今歲的春間，突來了一個北地客人，出巨金留宿；等到天色大明，賤妾醒來，發覺已睡在舟上，心裏是明白的，但不能開口和動彈。這樣地在水道上行了六七天，離船登岸，便是陸路；又走了好多日，才到寧王的邸中。妾自進邸至今已半年有餘，不曾和老母通得音息，不知還可見到面麼？」雪裏青說到這裏，嗚嗚咽咽地哭起來了。

飛曼安慰她道：「妳且不要傷心。我們將來回去，經過揚州，把妳帶去就是了。」雪裏青又再稱謝。

少華忍不住接口問道：「姑娘可在寧藩府中，見過姓劉的夫人？」

雪裏青應道：「怎麼沒有？她便住在我的隔房。據那位劉夫人自己說，倒還是一位皇妃。昨天夜裏她正和我對談著，聽得窗戶上有呼呼的怪聲，那夫人是很膽小的，便忙忙顧自己回房去了；後來我也睡著，醒時已到了這裏了。」

飛曼聽說，知自己過於莽撞，因當時在屋上瞧見劉貴人，還和一個女子講著話；飛曼在外面等了兩個更次，恐怕天明壞了事，急中智生，裝著鬼聲嚇她們，果然見那女子走了，不期走的正是劉貴人。飛曼往榻上揹人時，室內一些兒火光都沒有，以為必是劉貴人無疑，那裏曉得偏偏誤揹了雪裏青；這時飛曼見白花了心血，覺得沒精打采，勉強和雪裏青閒講了一會，預備到了天晚再去。

雙丸跳躍，又是一天過了，早已月上黃昏；飛曼與楊少華改裝好，仍出門逕奔寧王府。這次路徑比昨夜熟諳了，由飛曼前導，領了少華，到了雪裏青住過的隔房檐上，探身往室中瞧著，卻是黑黝黝的不見一物。

楊少華疑惑道：「昨夜他們失了雪裏青，不要是亡羊補牢，把劉貴人也藏過，那可糟了。」

飛曼也覺有些不妥，兩人潛步下去，撬開窗戶躡到室中；飛曼就百寶囊內掏出火繩，向四邊一耀，見室空空洞洞的，一點沒有東西。飛曼低低說道：「莫非在那邊的隔房麼？」

話猶未了，一聲鑼響，室門大開，搶進十幾條大漢來，口裏罵道：「盜人賊又來偷誰？咱們王爺果然算得到的。」說罷刀槍齊施，將飛曼和楊少華圍住。

少華恐眾寡不敵，打個招呼，飛身跳出窗外，江飛曼也隨了上去；不想窗外也有人守著，驀地一刀砍來，少華躲閃過了，卻正砍中飛曼的右腿，「哎呀！」喊了聲，幾乎跌倒。少華且戰且走阻住敵人，等飛曼從屋上下了平地，已走得遠了，才虛晃一刀飛躍落地，奮力趕上飛曼；兩人狠命地逃了一程，飛曼受了刀創，漸漸走不動了，幸喜後面敵人不追，才安安穩穩地出了城垣。

路上少華對飛曼說道：「我們這樣一鬧，寧王必嚴密防備，劉貴人看來盜不成的了；即使能混進府去，又不知劉貴人藏在甚麼秘密地方，待打聽出來，也不是三天五天的事，我看不如回去再說吧！」飛曼聽了，只得應允。

少華又笑道：「我們回去雖盜不到劉貴人，倒也弄著她一個美人；這雪裏青的名字很熟，大概是揚州的名花，看著她的容貌十分可人兒，咱們在皇上面前也好塞責了。」

江飛曼笑了笑，指著刀創道：「我卻吃了虧的。」

少華不禁好笑道：「這是妳的晦氣。」

兩人說笑著到了館驛前，叩門進去，走進房裏，只叫得一聲苦；那榻上睡著的雪裏青，連被兒去得無影無蹤了。兩人正在發怔，不提防房外一聲吶喊，十幾個打手把房門阻住，大叫捉賊；飛曼和少華慌了，棄了室中的行裝，各仗器械，拚死殺出去。好的那些打手武藝不甚高強，被兩人衝出室外，縱身上

屋逃走；少華當先衝殺，只手腕上中了兩槍。

這打手是那裏來的？是驛卒見飛曼、少華一男一女，日來夜去的，形跡很是鬼祟；又見昨夜平空多了一個女人，忙來窗下竊聽，知道是寧王府裏盜來的，便悄悄地去報知。寧王即著派了家將十名，先把雪裏青接回去，令家將埋伏在室中捕賊；飛曼、少華那會知曉，險些兒受了暗算。

當下兩人逃出館驛，身上都受著微傷，也不敢再去冒險，只好棄了衣履等物，垂頭喪氣地星夜趕到鎮江；又聞御駕已回金陵，便又趲程趕去。到得金陵，見了正德帝，把誤盜劉貴人，重進藩府，飛曼受傷，館驛被暗算等經過，細細奏述一遍；正德帝聽了，不由地長歎一聲，命江飛曼、楊少華退去。

忽報京師飛章到了，是大學士兼監政大臣梁儲，奏聞寧王宸濠已叛，南昌、南康失守，已起擢前兵部主事王守仁為左都督，即日進兵江西；又敘江西巡撫張欽抗賊殉難的情形，很為淒慘。正德帝大驚道：「宸濠這傢伙果然反了。」屈指計那日期，正是江飛曼和楊少華離開南昌的第二天，寧王便率眾起事。

再說王守仁奉了監國命令，領兵直趨豫章，時豐城已陷，守吏望風回應；宸濠聞得王師已到，分兵相禦。那衝頭陣的，是紅纓會的人馬，統率的大將是師父楊清；兩下相遇，紅纓會自恃勇猛，立陣未定便衝殺過來，被王守仁施的火攻，把紅纓會殺得大敗，一晝夜克復了新城。

捷報至京，轉上正德帝，著授王守仁為經略使，即令經略江西；做書的抽個空兒，且把宸濠部下的紅纓會來歷，仔細地敘一敘。

第六十七回　寧王兵敗

那個紅纓會，便是燕王朝的紅巾教匪，白蓮黨唐賽兒的遺裔；自賽兒授首，她的徒眾漏網很多，一時在山東立不住腳，便悄悄地往江西，改名叫做紅纓會。

當時有個大頭目伍如春，手腕極其靈敏，交際上也很圓滑；凡贛西上自督撫，下至邑令縣丞，都和他通聲氣的。伍如春落得大膽幹一下，於是創起這個紅纓會來；入會的不論男女老幼，只要納香資金兩百文，就可承認為紅纓會的會徒。

做了會徒有幾種好處：如是貧民，會裏有施米、施茶；病了有藥，冬天有衣被，一概拿來施給貧苦人家，是以一班貧民真趨之若鶩。伍如春死後，由他的徒眾承受衣缽；這樣一代代地傳到了王僧兩手裏，和他的結義兄弟李左同、楊清等，把紅纓會大大地整頓起來。有來入會的，改香資金二百為米一斗；以楊清為槍棒教師，教授徒眾拳術。

那些無賴流民爭先入會，他們學會槍棒，就好去廝打索詐；紅纓會的會務一天興盛一天，徒眾也日多一日。一班不肖的會徒，漸漸依仗著會中的勢力去欺壓平民、武斷鄉里；闖出禍來，被人將會徒綁赴

有司，只消會裏頭首領的一張紅柬，立刻可以釋放的。

因為江西的布政使袁馥為人很是迷信，他的夫人江氏忽然患了難產，經王僧雨一陣地搗鬼，竟獲母子俱安；江氏感激不過，便也入了紅纓會。袁馥本有季常癖的，見他夫人這般虔信，自然也十分贊成，還贈了紅纓會一方匾額，稱為近世的神教；江西的人民見布政使老爺都來提倡了，大家越把紅纓會當神佛崇奉了。

王僧雨又得袁馥的推薦，投在寧王宸濠的門下，這樣一來，勢力不大也大了，地方官誰敢違忤他？江西各州郡說起王僧雨的大名，人人知道，也人人害怕他。

講到這紅纓會，是信奉道教的，他們會裏的祖師是太上老君；紅纓會的規則，起初的時候定得嚴厲異常。會徒在朔望要去參謁祖師，不准茹葷酒，不得犯姦淫，疾病不求醫藥，只在祖師面前哀禱；不應死的，祖師會夜入病家，施給仙丹，無論甚麼重症便可不藥而癒。

婚嫁又要報知祖師，祖師若不答應，就終身不許婚嫁；祖師在香盤上寫出「可以」兩字，這是祖師答應了，於是才去預備婚嫁。到了迎娶的那天，乾宅須請祖師至家，由師公代祖師蒞臨（紅纓會大首領稱師公）；新郎新婦排著香案，跪接入新房。新郎叩頭退出，師公吩咐新娘把門閉上，室中燈燭一齊熄滅了；師公和新娘在暗裏摸索，名喚傳道。

這樣的直到天色大明了，師公開門出來，新郎新娘俯伏恭送；當師公在室中和新娘傳道時，新郎及親戚眷屬一例遠僻，不許私自窺探，否則祖師就要降災禍的。傳道後的新娘，人家詢她與師公幹些甚麼；那新娘便漲紅了臉，雖對自己的丈夫父母也不肯實說的。

那時，有個浮滑的會徒，心裏總覺有些疑惑；等到自己娶親那天，師公循例到他家裏，閉了房門，熄燈和新娘傳道。那會徒卻悄悄地趴在窗口上，探首進去瞧看；但見火光一閃一閃的，隱隱望見新娘一絲不掛地倒在榻上，雙足挺出在帳外。那個師公跪在榻前，低著頭，伸著脖子，嘴裏喃喃地似乎在那裏誦咒禱告一般；那會徒看得渾身膚慄，不禁怪叫了一聲，室中火光立時消滅了，眼前的現象也隨著火光而隱。

第二天，師公出來，責罵會徒窺探他的神秘；那會徒再三地狡賴，師公氣憤憤的，頭也不回地去了。過不上兩天，那會徒便被人殺死在路上，大概就是祖師所降的災禍了；自此以後，師公往人民家中傳道，誰也不敢私窺了。

還有求子女的，也和傳道相似，一樣的請師公到家裏，經師公和無子女的婦女閉了門，禱那祖師；聽說有驗、有不驗的，那是命中有子無子的關係了。總說一句，那祖師是喜歡陰性的，不論去求甚麼事，婦女去祈禱最好，美貌的婦女更來得靈驗；還有，那些會徒都要聽師公的命令，師公說怎樣就怎樣，不得稍有違拗。

那時紅纓會的大師公王僧雨、副師公李左同很有點神通，又能符策治病，甚是靈效；更有大師父楊

清習得一身好武藝，尋常幾百個壯漢休想近得他身。楊清自己說：「舞起那口大刀來，千軍萬馬都如入無人之境。」

他所使的大刀，是鄂州關帝殿裏的，係純鋼鑌鐵打成，足有一百四十四斤；楊清拿在手裏，好像燈草兒似的，展施得五花八門，呼呼風響。待到停住時，面不改色，氣不喘吁，端的好本領；江西地方都稱他為楊大刀，沒一個人鬥得過他。楊清在紅纓會中職使已很不小了，王僧雨、李左同下來，就要算著楊清；所以稱他做師父。

師父比師公只小得一肩，師公最大，祖師（指太上老君）以下第一是大師公，次副師公，再次為師父，師父以下概稱師兄；又有稱師弟的，是較師兄更小一輩，其他如師子師孫等，那是越加小了。那些師兄們猶之軍隊中的排長什長之類，專門管轄師弟們的；師弟又似軍中正目副目，管領師子師孫。統轄師兄師弟的就是那師父楊清，楊清又兼任著拳棒教師，把拳術，刀槍劍戟各樣兵器的用法，教授那些師兄師弟；真是人人學得武藝精通，手腳敏捷。寧王聞得紅纓會的盛名，滿心要結交他們，以便將來充作軍隊；於是布政使袁馥為要討好寧王，便將王僧雨舉薦與他，寧王得了王僧雨，當他如神佛般地敬重。

自正德帝命江西巡撫調去寧王的衛隊後，寧王忙和王僧雨商議，叫他弄些會徒來保護藩邸；王僧雨答應了，發令下去，便開來紅纓會的師兄兩篷，共是三千五百名，由大師兄紅孩兒統帶，駐紮在寧王府的左右。寧王見那些會徒的打扮，一例白衣黃帽、短衣窄袖的，帽頂上綴斗那麼大的一顆紅纓；一個個雄赳赳、氣昂昂，都是英雄好漢，看得寧王歡喜得不得了，立叫餉銀科每名賞給文銀二兩。

這些師兄們都經楊清親自教授過，的確個個了得；不過大半是無賴出身，有了錢就要濫嫖狂賭的。寧王府前，自到了紅纓會的兩篷師兄，南昌城中走來走去，滿眼皆是那黃帽白衣拖紅纓的人了；初到時，和人民尚覺相安，日久漸漸地顯出狐狸尾巴來，見了美貌的婦女任意在當街調笑、取了人民的東西不肯給錢、三句話兒不對胃口，撥出拳頭便打。

一班平民百姓那裏敢回手，只好忍氣吞聲的算了自己晦氣；紅纓會的勢焰熏天，小百姓卻怨聲載道。大師兄既管不了這些帳，寧王也只當沒聽見；可憐南昌的小民，真是有口難分說，含冤沒處伸，人人叫苦連天，有的攜著家眷，往別處去謀生去了。所以王經略（守仁）下南昌的時候，城中已十室九空了。

再說王守仁奉旨經略江西，即日下了新城，大敗紅纓會的師父楊清；師公王僧雨、李左同，親自領著大兵和守仁開戰。寧王宸濠也派了都督大狗子、指揮凌泰前來救應；守仁兵進豐城，王僧雨自統了徒眾迎戰。這班亡命的會徒預聽了王僧雨的鬼話，謂上陣只顧向前衝，自有神兵救應；於是大眾不顧死活地爭前殺上，王守仁怕他來勢過兇，令兵士分做兩下，任王僧雨的人馬過去，突然兩翼殺出，將僧雨及徒眾團團圍困在內。

後面李左同望見，忙率兵救應，不提防守仁部下的指揮邊英，分兵從斜刺裏殺出；那些會徒平日只知欺凌平民，那裏經過甚麼戰事，到了這時已嚇得魂飛魄散，各自棄械逃走，守仁和邊英揮眾追殺。這一場大戰，直殺得人仰馬翻，屍積擁途、血流成渠；尤其是一樣特色，就是會徒們頭上的紅纓，一時堆棄滿地。

王僧雨與李左同各自雜在亂軍裏逃命，正走之間，一支流矢飛來，射中李左同的面頰，仆地倒了；王僧雨大吃一驚，待要救他，又被自己的敗兵衝上來，王僧雨立腳不住，只得回身再逃。約走了有半里多路，忽當頭閃出一彪人馬；王僧雨大驚道：「罷了！咱家今天死也。」

驀地聽得敗兵歡呼起來，僧雨定睛看時，來的原來不是敵軍；乃是大師父楊清在新城敗走，收拾了餘眾，尚有三萬多人，楊清遂整頓一番，重振旗鼓，捲土再來。聞得豐城受困，便率部眾前來救應；恰好遇著王僧雨敗下來。

楊清讓過王僧雨，擺開人馬，迎住王師，劈頭遇著指揮邊英；楊清躍馬舞刀大喝：「敵將慢來，楊大刀在此！」邊英也不打話，挺槍直取楊清；兩人交馬大戰三十餘合，不分勝負。王守仁揮著兵馬趕來，見賊眾有了接應，隨即鳴金收兵；邊英不敢戀戰，勒馬自回，楊清也不追趕，忙收集徒眾，和王僧雨的殘卒緩緩地自還豐城。

這裏王師陣上，指揮邊英回馬，向王守仁說道：「我正要擒拿賊將，為甚麼鳴起金來？」

守仁答道：「我兵力卻猛賊，困乏已極，雖仗得勝的銳氣，怎敵得他的生力軍？且窮寇勿迫之太急，急則拚死，我軍被其反噬，因而受挫，這不是貪功的壞處麼？所以我見機而作，不致自取其咎了。」邊英唯唯。

忽報馬指揮已復得豐城了；守仁拈髭大笑道：「果不出吾所算！」

邊英驚問，守仁笑道：「我知賊眾無謀，戰必傾城而出，特著馬指揮，領一千人馬襲他的城池；竟唾手克復了豐城，賊無容身之地了。」

邊英不覺拜服道：「經略神機，下愚等所不及。」

且說楊清和王僧雨會兵一處，回往豐城，猛見東西兩方殺出兩隊人馬；王僧雨魂魄俱喪，忙撥馬先逃，敗眾隨之。只有楊清一隊兵馬，與大師兄紅孩兒分兵兩路迎敵；待到走近，細看旗幟上是副都督王、都指揮凌，方知是自己人馬。

當下，都督王大狗子、都指揮凌泰，便下馬來與楊清相見，謂寧王聞新城失守，特著我等來助戰的；楊清大喜，忙招呼了王僧雨，也和凌泰、王大狗子相見了。王僧雨見驟添許多兵馬，膽也比方才大了些，於是三路兵馬取豐城大道而進，不一會到了城下；王僧雨一馬當頭，大叫開門，城上忽地一聲鼓響，一將立出敵樓，乃是守仁部下的指揮馬群，高聲大叫道：「我已佔了豐城，你等快下馬投降吧！」王僧雨這一驚，幾乎墜下馬來，不由得心中大憤，把鞭梢指著城頭上大罵；馬指揮拈弓搭矢，只颼

的一箭，正射中僧雨的耳朵，把耳邊戳破。那支箭滴溜溜地飛過去，不偏不倚的，卻正巧射在王僧雨背後的大師兄紅孩兒頸上，翻身落馬；徒眾急忙去扶持起來，看那紅孩兒已是奄奄一息，眼見得死在陣上了。

這個馬指揮本特擅穿楊，能開五石硬弓，射出的矢力很強，所以一傷兩個；把個王僧雨氣得暴跳如雷，下令徒眾攻城。楊清便一躍下馬，掄起手內的大刀，大踏步躍過吊橋，親自來搶城池；城上的馬指揮只令軍士放箭，硬弩矢如飛蝗，射得那些會徒紛紛倒退下去，楊清也臂中兩矢，忙回頭奔回本陣。

王僧雨見城上守護很密，咬牙拍馬鞍，憤道：「我今天不奪歸這座城子，死也不回去的了！」說得王大狗子、凌泰等怨惱萬分。當下王僧雨傳令，軍士暫行休息，預備傍晚時搶城；軍士們巴不得有這一令，便一擁地散隊，各自紮營休息。

天色將晚下來了，王僧雨令軍士造飯，飽餐一頓再行攻打；誰知營裏的徒眾一聽到休息令，便一齊卸甲坐臥，連飯也懶得起來吃了，休說是再叫他們攻城了。那王大狗子和凌泰的軍隊一樣是烏合之眾，激戰後和沒事一樣，笑的笑，唱的唱，那裏有甚麼軍隊的樣兒；待王大狗子的大營裏傳下上燈令，司事兵連張了好幾道的號鼓，還不曾見他們集隊。

城內，馬指揮是個慣戰的能將，他望見敵營裏燈火散亂，不覺笑道：「賊兵一點紀律都沒有，怎好成得大事？」於是和副指揮馬榮、遊擊趙秉臣、副總管楊義等，暗自商議道：「賊人新敗得援軍，銳氣很盛；但他日間攻城受挫，人心已懈，咱們不如趁他的不備，分四路殺出去，大家總集了去踹他的大營，怕不殺得賊眾片甲不留。」

趙秉臣拍手道：「這計劃很不差，我願去打頭陣。」楊義也說要去。馬群大喜，即著趙秉臣帶兵三百人，從敵人右營殺到左營，在大營前集合；又命楊義領兵三百人，自敵人左營殺至右營，也在大營前會合。又喚郎千總率兵兩百名，專在賊人大營後擂鼓吶喊，不必交戰，以疑敵軍；又囑咐副指揮馬榮守城，如有敵人來攻，只拿強弩射住，休要出戰。馬群撥已定，自己領了一千人馬，悄悄地去踹大營。

這天的夜裏，雲黑風淒、星月無光；王僧雨因心中納悶，便和楊清置酒對飲。約有二更天氣，左營中忽然有人聲嘈雜起來；王僧雨令左右去探說，回說樹林裏似有敵人蹤跡，兵士大家疑擾。王僧雨道：「凌指揮在那裏？」回說凌將軍正在彈壓。

楊清道：「要防敵人劫寨，宜小心些兒。」

王僧雨大笑道：「他城中不滿一二千人，敢出來麼？」

楊清正色道：「王守仁極多詭計，他萬一趁夜前來，倒是很可慮的。」

王僧雨越發大笑道：「守仁屯兵的地方，距離此處有八十九里；除非他兵馬能夠飛行，否則警騎哨巡在三十里外，他一舉動，咱們先要知道。」話猶未了，右營中鼓聲大震，喊殺不絕。

楊清驚道：「莫不是真個有變麼？」說著左營喊聲並起。楊清慌忙提刀上馬，只見當頭一彪人馬殺

進大營，逢著人就砍，勇不可當；楊清知不是勢頭，想往後營奔去，猛聽得鼓聲如雷，吶喊喧天，黑暗中，正不知敵人有多少人馬。

楊清不敢再走後營，撥轉馬頭，舞著一口大刀，保護王僧雨衝出前營；官兵到底人數有限，被楊清殺開一條血路，望東便走。劈面正遇著總管楊義，兩人交馬戰有二十餘合；楊清無心惡戰，只顧奪路而逃，又值趙秉臣自右營殺出，忙來攔住楊清。

馬群恰好從大營裏兜轉來，見一將使著一柄大刀奮勇異常，所到之處，人馬紛紛四竄；只見得頭顱滾滾、熱血飛濺。趙秉臣、楊義兩將和那使大刀的廝拚，兀是贏不得他；馬群不由得暗暗喝采道：「賊人中有這樣的好本領，真是可惜了。」

想著便在雕囊中抽出鐵胎弓，扣準矢弦，往那使刀的咽喉射去；箭已在弦，馬群忽然想到英雄昔英雄的一念，轉想自己和他無仇，何必定要傷他性命?因把箭頭略一低偏了些，噹的一箭飛了出去。這馬群是著名的神箭，說一是一，沒有虛發的，何況又是暗箭；楊清苦戰兩將，那裏留心到暗算，馬群的那支箭射去，正中左膊，翻身跌下坐騎來。

楊義眼快，一槍桿掃去，楊清還沒有站穩，被楊義一槍桿打倒；兵士並上，立時捆綁起來，抬著走了。馬群見擒住那個勇將，就把鞭梢一指，軍士大喊殺上；楊義、趙秉臣如生龍活虎一般，殺人似切菜砍瓜，霎時間，積屍滿道。那些會徒恨不曾生得兩翅，飛不上天去，都被官兵殺死；楊義盡力追殺，王僧雨已趁楊清被擒的當兒，從斜刺裏逃走了。

剩下的王大狗子和凌泰，一個自右營逃出，一個從左營遁走；兩人集兵一處，往南康疾馳。想不到在大營後擂鼓吶喊助威的郎千總，聞得王師獲勝，也要想立些功績；便帶著兩百名小兵，在羊腸窄道上抄過去，劫截些敗兵的旗幟、器械、馬匹之類，倒十分得手。

正奪得起勁，驀見一大隊敗殘人馬衝下來，為頭的是王大狗子，挺著一枚畫戟直殺將來；大狗子本欺郎千總人少，毫不放在心上，偏偏郎千總的武藝不弱於王大狗子，他見大狗子的畫戟來得兇猛，趕忙讓過了戟鋒，回手就是一銅錘。大狗子拿戟去一抵，虎口幾乎震碎，叫聲：「好狠！」將手中的畫戟緊一緊，接二連三地向郎千總刺去。

郎千總也不慌不忙地舉錘相迎，不圖凌泰在一邊看得焦躁起來，大喝一聲；半腰裏躍馬橫槍，突然地刺將過去。郎千總卻不曾提防，脅下紮個正著，坐不住鞍蹬，一個倒栽蔥跌落馬下；大狗子趁勢一陣掩殺，兩百名小卒一哄時都走散了。

那裏楊義、趙秉臣、都指揮馬群等，正在搜尋餘賊，遙望東南角上火光映耀，喊殺聲隱隱可聞；馬群指揮說道：「這郎千總被賊兵圍困了，咱們快去救他。」楊義應聲向前，兵士尤其奮力。

待得趕到那裏，郎千總已被凌泰結果，正和大狗子兩人追殺兩百名小卒，方大顯威風的時候；楊義一馬飛至，後面趙秉臣和馬群並上，把凌泰圍住。大狗子急策馬待走，馬群搶了凌泰，追著大狗子交

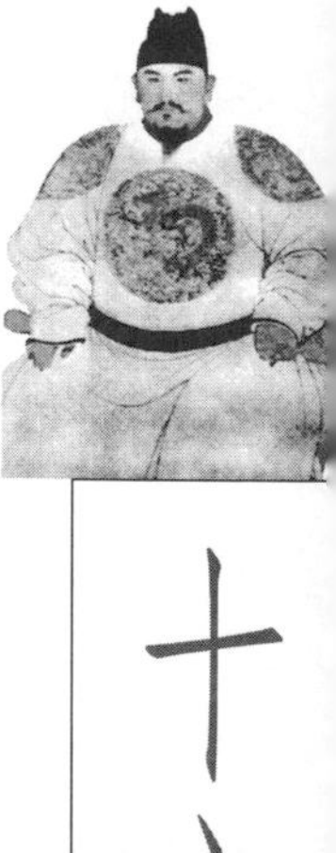

鋒；只兩三合，早被馬群帶住勒甲絲韁輕輕一拖，便活捉過馬來。

凌泰給趙、楊兩將逼得氣喘汗流，回頭見大狗子有失，心裏一慌，趙秉臣金刀飛起，削去凌泰的半個天靈蓋；秉臣以為這功勞是自己的了，誰知當他的刀劈著凌泰腦袋時，楊義槍尖也刺入凌泰前胸，直透後心了。楊義使勁拔那支槍，趙秉臣霍地下馬，割了凌泰首級；等楊義抽出槍來，趙秉臣已把凌泰頭顱懸在自己的馬項下了。

楊義眼看著趙秉臣這樣奪功，心中大怒，便放下臉兒大喝：「趙某把人頭留下了。」

秉臣也恨楊義搶他擒楊清的功績，因楊清就縛雖是馬指揮的一箭力量，假使楊義不爭功，秉臣也能砍倒他的；如今經楊義才敏眼快，一槍桿把楊清打翻，秉臣到手的饅頭被他攫去，心裏本有些不甘。這時見楊義變臉，秉臣怎肯相讓，不覺冷笑一聲道：「賊將是誰殺的？只配你有這本領，別人便不許立功麼？」

楊義愈憤道：「明明是我刺死的，你怎的賴我的？」

秉臣也怒道：「賊頂的腦蓋是你槍尖能劈去的麼？你這一槍是打死老虎，誰不會撿現成！」楊義聽見說他打死老虎，不禁心頭火起，更不回話，舉槍就搠。

趙秉臣大叫道：「你敢動手麼？」楊義又是一槍，秉臣萬分按捺不住，便揮刀相迎；兩人一來一往，一去一還，刀對槍禦地大戰起來。

馬群擒了王大狗子，指揮兵士殺賊，猛見趙楊兩將自己向自己廝殺；慌得躍馬驟馳過來解勸，一支槍想逼住兩樣兵器使他們分開，於是施展一個雙龍入海勢攬將進去。趙秉臣的刀倒逼住，楊義的槍卻不曾的，被楊義趁間一送，正中秉臣的咽喉，喊得半聲「哎呀」，倒撞下馬鞍死了。

馬群大吃一驚，道：「我不殺伯仁，伯仁為我而死，這可怎處？」

楊義仰天叫道：「丈夫一人做事一身當，我自去見經略去，斷不累及他人的。」道罷策馬自去了。

馬群只得收了兵馬，暫入豐城；次日王守仁大兵已到，馬群把他迎接進城，述了破賊的經過，又將趙秉臣、楊義的事說了。守仁令傳楊義，已不知往那裏去了；當下，王守仁親率三軍進撲南康，一面把楊清、王大狗子兩名逮解進京。

時王僧雨逃入南康，守將江四十、吳廿四等，兩指揮見王僧雨全軍覆沒逃回，吳廿四、江四十早已膽寒，竟在黑夜潛出東門逃去；王僧雨一人如何敢留，也只有溜走，王守仁兵不血刃得了南康。

寧王宸濠聞了各處警信，膽魄俱喪；又探知江四十、吳廿四、王僧雨等均遠遁無蹤，寧王慌得手腳俱顫，忙令邀謀士養正、參議劉吉。左右去了半晌，來回報稱劉軍師等不知在甚麼時候，已去得無影無蹤了；寧王聽了越發舉止無措，又頓足大罵：「王僧雨、劉養正、吳廿四、江四十、劉吉等，這班無良心負義的逆賊，被我捉住了，親把他們一個個地碎屍萬段。」

寧王正在惱恨，忽小監踉蹌來報：「瓊樓火起了！」寧王大驚，急叫家將們快去救火。

又見兵馬總管飛奔進府，喘氣說道：「王守仁大兵已圍住城下，大都督楊子喬，已被敵人遣刺客刺死了。」

寧王愈驚道：「守仁兵馬怎的來得這樣快？」於是他也顧不得甚麼瓊樓了，顫巍巍地上城瞭望；但見旌旗耀目，劍戟如林，一座南昌城圍得和鐵桶相似了。寧王忍不住打了一個寒噤，回顧見瓊樓上烈焰衝天，眼見得那些美人一個個被燒得走投無路，都向著湖中便跳；可憐這一班紅粉佳麗，從此香埋於水去了。

這座瓊樓，本是寧王新建得沒有幾時，專給豔姬美人居住的；那築造和髹漆，內外極其講究，真是畫棟雕樑、玉階朱陛。就是陳設上，也無一不是名寶的古董和異樣的奇珍；這時盡付之一炬，叫寧王怎不心痛。

當夜守仁令軍士撤去北門，使寧王逃走，卻預在十里的要隘上，著指揮邊英埋伏了；俟寧王到這裏時，人困馬乏，一鼓擒住。其餘的各門，命兵卒趁夜力攻；看看到了兩更多天，忽然東門上喊聲大振，城門大開，一員大將高叫：「予將獻城！請王經略大兵進城。」

王守仁聽了，正要躍馬向前，指揮深恐有詐，忙阻止道：「經略且慢冒險，容我去探察情形再說。」一說罷軍馬進城，那大將在前引導，後面兵馬一擁而入，竟毫無阻擋；才知寧王已率領三百餘名衛卒逐出北門，兵將等也各自散走了。

王守仁進了南昌，就在寧王府升堂，下令撲滅餘火，一面出榜安民；又令把那獻城的大將傳進來，馬群在旁吃了一驚，那大將不是別個，正是刺死遊擊趙秉臣的副總管楊義。

那楊義又見了王守仁，噗的跪下，敘述刺死趙秉臣後，自己知道罪大，連夜逃出豐城，在南京散佈流言，驚走吳廿四、江四十等；還覺功不抵罪，又混進南昌，刺死都督楊子喬，並放火焚燒瓊樓，以亂他的軍心。是夜又大鬧東門，放王師進城，冀將功抵罪；說著，探甲把楊子喬的首級呈獻。

王守仁點頭道：「你有這樣的大功，足贖愆了。」楊義拜謝，起身侍立。

不一會，邊指揮解寧王和侍姬秋娘及家人婢僕，凡七十餘名；王守仁命一併釘鐐收監。第二天，南昌的河中浮起十餘個女屍來，個個是月貌花容、面目如生，都是寧王瓊樓中的神仙眷屬，誰不說聲可惜！王守仁只叫地方官草草盛殮了。又打聽得皇上駕幸浙江，守仁便委馬群、邊英兩指揮辦理兵災善後；自己則帶了三千二百名健卒，五百名護衛押著寧王的囚車，往杭州前來獻俘。

再說正德帝在南京到處遊幸，不把寧王變亂的事放在心上；朝中大臣卻極言御駕遠遊，人心不安，將來必釀大亂，寧王還是亂事的先聲，勸正德帝審度利害，從速還都。正德帝仍是不聽，又經紀梁儲、毛紀等親到南京跪伏行宮，要求正德帝下諭回鑾，否則不肯起身；正德帝命都督王蔚雲慰免幾次，令暫行退去，梁儲等只是不應。正德帝無法，只得傳旨翌日聖駕起行；梁儲等領了諭旨，自去籌備回鑾的雜事。

到了第二天，御駕起程，裕王耀焜及全城文武都來俯伏恭送；裕王又派將軍羅兆先率兵馬五營護駕，其時隨御的有大學士梁儲、吏部尚書毛紀、都督王蔚雲，將軍楊少華、御前供奉官江彬、蒙古護衛官愛育黎、女護衛江飛曼、殿前指揮使馬剛峰、侍衛官鄭亙、護衛官李龍等，真是幡幢載道、旌旗蔽天，一路上，人民多排香案跪接。

正德帝命車駕自金陵過鎮江，經淮揚至蘇州駐蹕；由蘇至杭，遊西子湖，然後再行北還。那裏曉得天不由人算，正德帝才經揚州，便鬧出一場大禍來。

第六十八回　香消玉殞

秋光晴碧，湖水如鏡，鴻雁排空，桅檣林立；崔巍的金山寺矗立江心，一葉漁舟出沒煙波深處，山巔遠眺，景色似繪，真是一幅極佳的江山畫圖！人們到了這種青山碧流的所在，誰不要徘徊瞻覽一回，賞玩山水的佳景。

這時金山的一帶，舟揖連雲，旗幟飄空，正是那正德皇帝重遊金山寺的時候；正德帝遊過金山，下諭駕幸揚州。梁儲、毛紀等輩，見正德帝已有回鑾的旨意，不便過於幹煞風景的事，只好隨駕到處逗留遊覽；不日到了揚州。

其時的揚州府魯賢民，倒是個愛民如子、兩袖清風的好官兒；當下聞得御駕入境，忙率領揚州文武各官，遠遠地出城跪接。將揚州的瓊花觀（宋稱蕃厘觀）作為正德帝的行轅，對於一切的供張上，都很菲薄；正德帝卻不甚計較。

倒是那供奉官江彬，嫌魯賢民做事慳嗇，偏偏百般地挑剔。弄得清廉不阿的賢太尊幾乎走投無路，甚至典質了妻女的釵鈿裙衫，來供應這窮奢極欲的皇帝；在魯賢民已是竭盡綿力，江彬心裏卻還是一個

不滿意。

一天，正德帝駕舟出遊，經過那個泛光湖，見湖光清碧，波平如鏡，湖中游鱗歷歷可見；正德帝不禁高興起來，回顧江彬笑道：「倘在這個湖中網一會魚兒，倒是很好玩的。」時知府魯賢民侍駕在側，江彬正要尋他些事兒做，因忙回稟道：「揚人的水上生活本來是極有名的；皇上如要親試，叫揚州府去預備就是。」正德帝越發歡喜，即命魯賢民去辦漁舟網器等物，立待應用；賢民不敢忤旨，頃刻間將網罟、海兜、漁簹諸物置備妥當了，又雇了三四十名漁夫，及三十艘捕魚的小舟，便來見駕。

正德帝由江彬扶持著，上了大艇的頭艙，艙前早安放了一把虎紋錦披的太史椅；正德帝坐在椅上遠眺，江心茫茫一片，日光映照如萬道金鱗上下騰躍，更覺奇觀。於是江彬在船頭高聲下令捕魚，只見三十艘漁艇齊齊駛出，艇上漁人各張魚網拋向湖中；不到一刻，扯起網來看時，大小魚兒已是滿網，傾在舟中夭矯踴躍，煞是好看。

三十艘漁舟雁行兒排在御艇面前，高呼萬歲獻魚，正德帝令賞了漁夫；又見那些金色燦爛的魚兒實在可愛，正德帝欲待親自下漁艇，去嘗試網魚的滋味。魯賢民忙諫道：「皇上乃萬乘之尊，怎可輕舟去蹈危險，望保重為宜。」正德帝那裏肯聽，江彬也不阻攔，竟任皇帝去冒險。

這時因正德帝巡幸江南，未曾攜帶內侍宮監，在旁侍候的除隨駕官外，都是護兵們司役的；這天正德帝蕩舟遊湖，只帶了二十名護兵及供奉官江彬，餘如護衛李龍、侍衛官鄭亙、女護衛江飛曼等，一個也不令跟隨，侍駕的惟知府魯賢民和三四名署役罷了。

那魯賢民見阻不了聖意，只得選了最結實的一艘漁艇，與三名親隨攙著正德帝下船；船上一聲呼哨，二十九艘漁艇團團護著御舟，漸漸地蕩了開去。一葉小舟蕩漾湖心，遙望湖西，水波泛瀾、長天一色；雖不是破浪乘風，倒也滌蕩胸襟。

正德帝是生長北方的人，本不慣水上勾當，幸得屢經舟楫，不甚畏懼；把個隨在舟尾上的江彬，驚的手足發顫，艇身轉掉，害得他目眩頭昏，捧著頭，那裏敢看一看。知府魯賢民是鎮海人，很熟諳水性的，他瞧見江彬不會乘舟，趁勢要報復怨恨，便故意叫親隨把艇尾時時掉頭，弄得舟身搖蕩不定；江彬坐不住艇尾，只伏在艙舷上嘔吐。

正德帝卻很有興，還嫌四邊護衛的小舟礙事，令他們各自撒網，誰的魚網最多，另行重賞；這些民伕所貪的是錢，巴不得有這命令，就一哄地將艇四散，奮勇去打網魚兒。這樣一來，那二十九艘漁船在江面上往來馳驟，翻江攪海；平鏡般的湖水，被二十九艘艇兒擾得水波激射。舟上的人，兀是前仰後俯地站立不穩；那江彬更不消說了，幾乎嘔得他肚腸也要翻斷了。

中艙裏的三四名親隨，伴著正德帝網魚，魯賢民站在船首上撐籬；他們一網網的，倒也打著了好些大魚。正德帝看人家撒網有趣，竟從親隨手裏拖過一張魚網來；網的四周都綴著錫塊，很是沉重，因有

了錫塊，撒網時有勁，也就容易散開和撒得遠。

正德帝體質因被色酒淘虛了的，能有多大的力量去撒這半畝田大小的魚網？但一時不好下臺，便硬著頭皮，盡力地拋擲出去。網往前撒出，回勢激過來很猛，正德帝經這一激，當然立腳不住；且奮身撒網出去，眼前已覺得一黑，再被回力一激，身不自主地往後便撲。這小小的漁艇也經不起似這般大做，是以傾側過來；噗通的一響，正德帝翻落河中。

船首上的魯賢民嚇得面色如土，大叫：「快來救駕！」二十九艘漁舟棄了網罟來救；正德帝艇上的三名親隨早一齊躍入湖中，還有停泊著的御舟上二十名護兵也慌忙飛槳駛來。大家七手八腳地一陣慌亂，正德帝已經由三個親隨撈獲，一個捧頭，一個抬腳，當中一人頂在腰間，把正德帝托出水面，慢慢地泅至御舟上，由護兵等接著舁進艙中；這裏魯賢民打著竹篙，將漁艇靠攏御舟，從船舷上扶攀上去。

大家忙著救護正德帝，那湖中的二十九隻漁艇上的民伕還四處打撈，忽然都發起喊來；魯賢民和護兵等替正德帝搵衣瀝水，按肚揉胸，已有些甦醒了，猛聽得漁舟上喊聲，回頭瞧看，卻是四五個漁夫，舁了江彬上御舟來。賢民方知江彬被正德將坐艇傾側，他沒有留神，也同時落水；因救皇帝要緊，誰還去顧到甚麼江彬？這是江彬不應命絕，所以給漁夫們的鐃鉤搭住，撈了起來。

三名知府的親隨，渾身淋漓地去救江彬，見他兩眼向上，口鼻裏塞滿了污泥，氣息若有若無的，差不多要哀哉尚饗了；虧的幾個親隨皆老於世事的，一面將污泥拭去，又把他的身體倒擱在船舷上，徐徐揉著肚腹，江彬的口中就嘔出一斗多清水，手腳漸見溫暖，便悠悠地醒轉過來了。

於是由魯賢民賞了那些漁夫，吩咐護兵們加力搖櫓，趕至後土祠前，王蔚雲等早就在那裏侍候；聽說正德帝落水，慌忙搶上御舟來問聖安。其時正德帝略略能夠說話，身上還穿著濕衣；王蔚雲、李龍、鄭亙等將正德帝扶進瓊花觀，梁儲、毛紀都去埋怨江彬讓聖上冒險，不去諫阻。

繼見江彬經護兵們扶著，也弄得頭青臉腫的，衣服污泥沾遍，倒不好過於責難他；一面召揚州名醫替正德帝診治，可是藥石紛投，毫不見效，正德帝仍是昏臥著，終日不言不語的。急得梁儲及隨駕各官員如熱鍋上的螞蟻一般，毛紀還把揚州府喚到觀中大罵一頓；魯賢民回說：「江供奉的主意，卑小官吏不敢不從。」

毛紀又傳江彬，江彬已是復原了，也被毛紀責罵了一場；江彬再三謝罪。是夜，梁儲在觀內召集隨輦文武諸臣密議善後；毛紀力主還京，都督王蔚雲也贊成回輦。

梁儲說道：「如今聖體不豫，似不宜舟車勞頓；然逗留在這裏也不是了局，倘有不測，這責任誰敢擔負？」江彬聽了這句話，心裏也有點膽寒，默默地不敢假名阻撓。梁儲見眾議一致，即傳諭揚州府，備了輕快巨艇五艘、篷船十二艘，親兵兩百名立待分撥；又令裕王派來的南京留守將軍羅兆先所帶兵馬五營，仍開還應天，無庸護送。

第二日清晨，揚州府備親兵船隻進觀請命，梁儲便揀了一艘最大的船隻作為御舟，舟內鋪著黃緞錦毯，上蓋繡幔，艇首插了一面百官免朝的黃旗，所有麾鉞黃蓋一概收拾起來；御舟上只梁儲、毛紀、江彬三人伴駕，並供役親隨六名，船役十二名。其他如王蔚雲都督、鄭衛官、江護衛、馬指揮、愛侍官、楊少華將軍、李護衛等分乘五船；兩百名親兵在篷船上支配，留出一艘充為膳房。

遴派已畢，才扶正德帝下艇，隨駕官如李龍等，巴不得北還，大家紛紛上船；揚州府率領著三州七縣的屬吏都來跪送，這時後土祠前後看的人，人山人海，道上擁擠得水泄不通。梁儲恐怕匪徒趁間犯駕，預令兩百名親兵，自艇前直排列至觀門，五步一哨，三步一邏；又著護駕武官張起黃幔，掩護正德帝，下船就解纜蕩開，外人一點也瞧不見，不知那一艘是御舟，都當懸百官免朝旗的是假充的。

御舟離揚州時，的確有幾個紅纓會的羽黨，要想得隙行刺；只為看不準那一艘是聖駕所乘，未敢冒失而去，這是梁儲的細心處。於是梁儲等隨駕起碇，輕車就道，又遇著順風，張帆疾駛一晝夜，行三百，不日已至順天的北通州（非江蘇南通州）；由李龍乘著快馬，進京報知監政楊廷和、蔣冕等，備齊儀仗鑾輦，星夜出京，往通州來迎聖駕。

這時，正德帝病已好了八分，經梁儲、蔣冕等扶正德帝登輦，從北通州起駕，一路迤邐進京；前導是甲士旌旗、麾纛曲蓋，繼以馬侍衛、錦衣校尉，再次是幡幢寶幟、步行侍衛、指揮使等。隨後是金爪、銀鉞、臥爪、立爪、金撾、銀爪、金響節、白麾等；又繼以儀刀、紅杖、黃衣武護衛官和侍從武官等。

又後是黃羅傘蓋、紫蓋、黃幢、曲蓋、曲傘、黃蓋、紫幢、青幟等；又繼以碧油衣帽的殿前侍衛、值班侍衛、女侍衛等。以下便是紅紗燈、金香爐、金唾壺、玉盂、白拂、金盆、金交椅、玉爵、金水甌、玉杯、金鼎、金煙壺等；後面是白象兩對，背馱寶瓶、寶盆等，距離御駕約十丈，徐徐地走著。象的後頭又是護衛官、親王、郡王、駙馬都尉、皇族國戚等等；以下是護駕大將軍、都督、侯爵世襲等武臣。再後是中官、都總官、內務總管、監督、內監總管、司社監、御前供奉官等；這才輪到陪輦大臣，隨著鑾輦的左右，便是皇上的御駕了。

隨駕的又是文武大臣、掮豹尾槍的侍衛、御林軍、錦衣衛、禁城的禁卒、戍兵；督隊的是五城兵馬司，騎著高頭駿馬，全身貫甲，金盔銀鐙、左弓右矢，橫刀揚鞭，威風凜凜好不得意。正德帝御駕直進中門，祀了太廟、社壇；又繞行了禁城一周，才入乾清門登奉天殿，受百官的朝覲。

是年是正德十四年，正德帝自七年出巡林西，不久還輦；九年出幸宣府，十一年，太皇太后駕崩回京奔喪。到了是年的八月，又出巡江西；直到十四年的九月回鑾，足足在外遊幸了四年。十四年中，倒有七個年頭不視朝政，只在各處遊幸，所以時人稱他為遊龍；不好聽些，簡直是個荒政淫亂、沉湎酒色的紈袴皇帝。

那時正德帝退朝還宮，去謁張太后，自然十分歡喜；只有戴太妃，想起自己的兒子蔚王厚煒出駐南

京，被刺客李萬春戳死（正德帝初幸南京便遇刺客，誤刃蔚王，見六十三回）。她見了正德帝，益覺觸景傷懷，忍不住掉下淚來；又轉念刺客是寧王宸濠指使，便把寧王頓足憤罵。囑咐正德帝處懲寧王時，要將他的心臟剖出，祭奠蔚王；說時，竟失聲哭起來，正德帝忙拿話安慰戴太妃。

出了慈慶宮，皇后夏氏和何妃、王妃、雲貴人、龍侍嬪等都來參見；正德帝這時被戴太妃一提，驀然記著了寧王謀叛的事來。又見了何妃、雲貴人、龍侍嬪等，不由得想起月貌花容的劉貴人，經那惡僧鏡遠騙進寧王邸中，江飛曼往南昌盜取，受傷奔歸，從此消息沉沉；現在王守仁擒獲叛藩，逮及眷屬，劉美人定有著落了，於是正德帝重行出宮，召楊廷和至便殿，詰問寧王的處置。

楊廷和回奏：「寧王猶未囚逮京，現囚在刑部大牢的，只不過連黨王大狗子、楊清兩名正犯；聞王守仁已親押赴杭州，預備聖駕幸浙時獻俘。」

正德帝說道：「這樣，卿去傳檄王伯安（守仁字伯安），著即遞解逆藩進京發落。」楊廷和領諭，飛檄浙江。王守仁接著，不敢怠慢，星夜押了囚車進京；不日到了都中，首先去謁見刑部，這是明朝的向例。

第二天早朝，由刑部尚書夏芳奏陳王守仁逮叛到京；正德帝下旨：「文武大臣隨駕，在乾清門受俘。」王守仁朝見畢，武侍衛押著寧王及侍姬秋娘及家人等七十餘名，跪到石陛下，一一點名。

正德帝滿望劉貴人也在其內，誰知等到人犯唱名完了，卻不見劉貴人的影蹤；正德帝心中很不高興，又不好說明，因故召王守仁問道：「逆藩在江西作惡，專門劫奪良民的妻女，想他姬妾不止這區區十幾人。」王守仁便把瓊樓被毀，眾姬妾大半投江自盡的事，從頭至尾奏述一遍。

正德帝知劉貴人也逃不了這劫厄，不覺憤氣衝冠，指著寧王喝道：「朕未薄待你，你卻三番五次地遣刺客行刺朕躬，還敢舉眾稱叛；今日遭擒，死有餘辜。且看你有甚面目去見列祖列宗。」

寧王聽了，自知有死無生，樂得衝撞幾句；便也朗聲說道：「厚照！你莫閉了眼睛胡謅，忘了本來面目。我雖犯國法，卻是犯太祖高皇帝的，不是犯你的法；你說我背叛朝廷，你的祖宗燕王，還不是篡奪建文的天下麼？我見不得列祖列宗，不知你的祖宗燕王，也一樣沒臉去見太祖高皇帝。且從前燕邸是建文的叔父，我也是你的叔父；今不幸大事不成，否則，我怕不是燕王第二麼？」

正德帝聽了寧王的一番無禮話，直氣得面容發青，回顧刑曹，速擬罪名；刑部尚書夏芳謂：「律當凌遲炙屍，家族一例碎剮。」正德帝也不暇計及祖訓，立命錦衣衛把寧王拖下去。

據明朝的舊例，親王是沒有斬罪的，賜死不過白綾鴆酒，最多處了絞罪；宣宗時以銅爐炙死漢王，已經違了祖制。正德帝殺寧王，因一時氣憤極了，和處置小臣一樣，還管他甚麼祖制；所以後來的歷史上很有非議於刑部尚書夏芳，史中都論他是違法的。

再說正德帝受俘戮叛事畢，病體也大痊了，又想著那個安樂窩，和江彬重行豹房。其時太監錢寧已失寵了，又經江彬在旁攛掇，說錢寧曾私交寧王；正德帝大怒，將錢寧拿赴刑部。夏芳與錢寧本來是怨

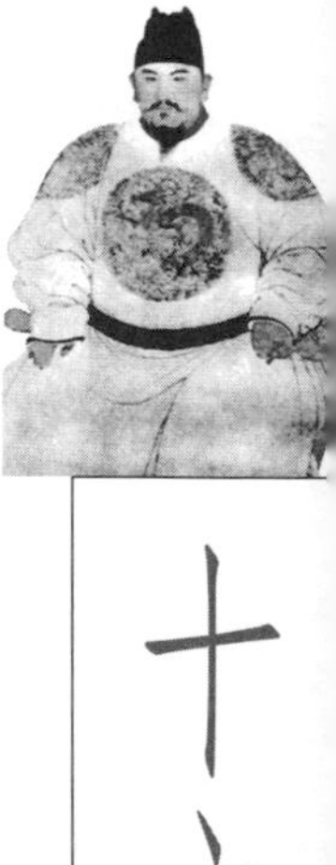

恨很深的，肥羊落在虎口，能逃得脫身麼？只略為鞫訊一下，便擬成罪名上聞，正德帝判了一個斬字，勢焰熏天的錢寧，自然頭顱離頸了。

正德帝遊了幾天豹房，天天想到劉貴人，也間接記起了宣府的鳳姐，又欲駕幸宣府；正值韃靼小王子率兵第十一次寇邊，廷臣派行軍總管朱寧去征撫。正德帝笑道：「邊寇狡猾，怙惡不悛，朕當親出征剿。」

都御史蘭賓忙奏道：「蠻夷不馴，自應遴派大將痛剿；陛下是天下至尊，豈可輕冒矢石？」正德帝不悅道：「朕便不能統師將兵麼？」當時就提起筆來，自授為鎮國威武大將軍、總督天下兵馬，即日出師居庸關；又頒佈鎮國威武大將軍朱壽的詔令。皇帝忽稱臣子，自做官自喝道的笑話，也只有這位正德皇帝做得出來。

大學士梁儲等雖上疏切諫，正德帝因急於遊幸宣府，那裏把這些奏牘放在心上；於是點起兵馬五萬，只帶了護駕官李龍、供奉官江彬，隨輦大臣蔣冕、毛紀等，浩浩蕩蕩地師出居庸關。

不日到了大同，總兵周鳳歧來迎，奏陳小王子的兵馬聞御駕親征，已率了部屬夜遁了；正德帝聽了不覺哈哈大笑，下諭駐屯了人馬，和江彬、李龍潛赴宣府，仍往國公府中，見了鳳姐，自有一番親密。過了幾天，毛紀、蔣冕也趕來，苦請回鑾；正德帝沒得推託，只好傳旨還駕，大軍班師。一面拿鑾輿迎接鳳姐進關，誰知那鳳姐又染起病來，坐不住鑾輿；正德帝便命改乘臥車，著李龍護持。

這樣地由陸路起程，看看將到紫荊關，鳳姐的病症一天重似一天；日間清醒，晚上就氣喘汗流，神志模糊了。正德帝令暫住館驛，親來看鳳姐，只見她粉面絳赤，咳嗽不止，形色似有些不妙；在行軍倥傯中，又沒有宮人侍女服侍，三四名塞外的丫頭都是不解事的。正德帝正在煩惱，恰好江彬進來，聽了正德帝的話，趁勢稟道：「臣妾現在後帳，可叫來侍候李娘娘就是。」

正德帝大喜，即傳江彬的侍姬進來，見她生得玉膚朱唇，容貌十分冶豔，心中先有些喜歡了；那知榻上的鳳姐忽地翻過身來，微睜杏眼，歎口氣道：「臣妾福薄，不進關也罷。」

正德帝安慰道：「妳且靜養著，身體好了，朕帶妳進宮共享富貴去。」

鳳姐搖頭道：「村野的女兒，那裏有這樣福命！今天恐怕要和陛下長別了；願陛下早還鑾輦，以安人心，臣妾死也瞑目。」說罷掉下淚來，正德帝也忍不住垂淚。

又見鳳姐伸出她瘦骨支離的玉臂，握住正德帝的左手，流淚說道：「臣妾死後，沒有別的掛懷，只有一個哥哥；望陛下矜憐，看在臣妾分上，格外施恩。」

鳳姐說到這裏，已嗚咽得說不出話來，粉臉更覺緋赤，氣喘愈急；勉強支撐了一會，哇的吐出一口紫血，兩眼往上一翻，雙腳挺直，嗚呼哀哉！正德帝叫她不應，不由得失聲痛哭，李龍在外面聽得，也直搶進來撫屍嚎咷；正德帝哭了半晌，下諭就館驛中替鳳姐開喪，依嬪妃例從豐盛殮。

這幾日中，正德帝沒情沒緒的，晚上便拖著江彬的侍姬馮氏侍寢；又鬧了三四天，蔣冕、毛紀等力

請回鑾。正德帝令將鳳姐的靈柩載在鳳輦上，逕入紫荊關；到了都下，正德帝又命排列全副儀衛，迎接鳳姐的靈柩，直進京城正門。

這樣一來，廷臣梁儲、楊廷和、蔣冕、毛紀等，上疏極力阻諫；時吏部侍郎楊一清新從寧夏調回，也力阻不可。正德帝決意要行，眾臣便議改東安門，正德帝還不滿意，君臣爭執了好幾日才得議定，把鳳姐的靈柩從大明門而進；一路上儀衛烜赫，為歷朝后妃所不及，這也算鳳姐死後的榮耀了。

靈柩進了城，厝在德勝門內的王皇殿中，天天有百來個僧道建壇超度；直待過了百日，正德帝又替她舉殯，附葬皇陵，又經群臣苦諫，算改葬在北極寺的三塔旁，並建坊豎碑。那座墓形，極其巍峨壯麗；正德帝還要給鳳姐建祠，到底怕後世譏評，只得作罷。

正德帝自鳳姐死後，也無心再往豹房，更不住大內，只和江彬的侍姬馮氏終日在西苑廝混；江彬盼望馮氏回去，早晚伸著脖子望著，還是消息沉沉。未奉旨意，又不敢進西苑去探聽，只有候個空兒，向那些內監探問馮氏的音耗；左等不來，右等不見，江彬這時深悔自己當時舉薦的不好。

一天，西苑中的小太監出來，江彬忙又去探聽馮氏；小監回說：「馮侍嬪已死了。」

江彬見說，大驚道：「怎麼就會死了？」

小監冷冷地答道：「馮侍嬪自己投水死的，為的甚麼事，我卻不知道了。」江彬聽罷幾乎昏倒。

第六十九回　豹房遺詔

碧草如茵，花開滿院，萬紫千紅，真可算得遍地芳菲了；這禁中的西苑，還是宣宗朝所整葺的，甚麼奇葩異卉，種植得無處不是。一到了春光明媚、鶯啼燕唱的時候，人立在萬卉中，香風襲衣，花飛滿袖；羅衣翩翩的美人兒，處身在這個花雨當中，不是當她天上的仙女，也定要疑她是個花神了。

正德帝自宣府回鑾，轉眼又是春景（正德十五年）；他見景傷懷，就要想到劉芙貞和鳳姐了，幸得那江彬的侍姬馮氏，經正德帝納為侍嬪，倒也還能解憂。遇著正德帝傷感時，便找些消遣的事兒出來，把鬱悶空氣打破，竟能逗開正德帝的笑顏，不是也虧了她麼？這樣地一天天地過去，正德帝漸漸有些離不了馮侍嬪，自然慢慢地寵幸起來了。

馮侍嬪的人又聰慧，做一樣似一樣的，有時襲著舞衣，扶了兩個小監，效那玉環的醉酒，故意做得骨柔如綿，醉態婆娑；輕擺著柳腰，斜睨了兩隻秋波，萬種嫵媚，倘使楊妃當日，也不過如此了。引得旁邊的宮人、內監，都掩口吃吃地好笑；把個酷嗜聲色的正德皇帝看得眼瞪口歪，忍不住哈哈大笑起來。

一面兒馮侍嬪又學西子捧心，又效戲劇中的昭君出塞，手抱琵琶，騎在小馬上，身被著雪衣紅氅，伸出纖纖玉手撥弄琵琶，彈一齣如泣如訴的《昭君怨》，淒惋蒼涼，宮女們都為之下淚；正德帝只是擊節歎賞，命太監斟上半盞玉壺春來，賜給馬上的「昭君」，算是餞別的上馬杯，馮侍嬪真個一口喝了。

正德帝自己也飲了三爵，道：「這叫做連浮三大白，激賞美人的琵琶妙曲。」馮侍嬪下騎謝了，便一席共飲。似這般的君臣調笑，無微不至，可稱得極盡歡娛了。

馮侍嬪又善各樣的妝飾，甚麼飛燕輕妝、貂蟬夜妝、洛水神女妝、西子淡妝、大小喬的濃妝、素小青的紅妝、蘇小小的素妝、娥皇的古妝、虞美人的靚妝、木蘭的武妝、齊雙文的半面妝、楊木真的豔妝、壽陽公主的梅花妝；諸美人的妝飾淡雅濃豔，無不別致。

尤其是雙文的半面妝（齊帝常眇一目，雙文妃作半面將侍之；後陳圓圓事闖王亦然），把半邊臉兒搽得紅紅的，鬢光釵整，真是個濃豔的美人；還有半面，卻塗了黃水，滿現著病容，更兼髮髻蓬鬆，又似鄉間懶婦，一個人變了陰陽臉孔了。正德帝每看了馮侍嬪的半面妝，雖在極懊恨的當兒，也往往破顏為之一笑。

又聞那馮侍嬪的房術甚精，據她自己說，是江彬親授的；她第一佳處，就是花信芳齡的少婦，依舊是個處子。進一步講，已經破過瓜了，還是和處子一般無二；而且真的處女，經過半年三月就有變異的象徵，她這充做女孩兒，卻是永遠這樣，不會變更的。正德帝起初不相信馮侍嬪的話，日久覺夜夜摟著處子，這才有些詫異；然若她自己不道破，誰也辨不出真偽來。

正德帝使她將這個妙術傳給宮人們，馮侍嬪笑道不肯吐露；正德帝當她是自珍，馮侍嬪正色說道：「這是從前彭祖的房術，非人盡可授，必其人有適當的根行才得學習；獲到這種異術的人，大都身具仙骨，只要悉心研習，自然得成正果。但所忌的是犯淫亂；夫婦大道，君子樂而不淫，那才配談到正道上去；如其貪淫縱欲，元神耗虛，仍舊夭促壽限，挨到一百歲也是沒益的。彭祖修道，確獲長生，後納孀婦被美色迷戀，忘卻八百年的功行，任情縱慾起來，只三個月便斷送了；顯見得功行無論怎麼深遠，一涉邪淫，就要挫敗的。」

正德帝聽了，不覺慄然，半晌方說道：「江彬家裏似妳這樣的，有多少人？」

馮侍嬪笑道：「江二爺依了古法，派人往各地去遴選；七八年中，千萬個女子裏面，只臣妾一人。江二爺在臣妾身上，不知花去了幾多心血；今日忽的來侍候陛下，江二爺正不知要怎樣懊喪和悲痛！」馮侍嬪說到這裏，眼圈兒已早紅了。

正德帝微微笑了笑，點頭說道：「江彬這傢伙，放著奇術自己享受；待朕明天叫他進宮來，把內外嬪妃宮女，都命他選擇一下，看誰是能習學那異術的，立刻跟他學習去。」

馮侍嬪見說，又暗暗替江彬捏一把汗，深悔自己說話不慎，豈不又害了江彬？因馮侍嬪自十九歲起做江彬的侍姬，兩人恰好一對璧人。馮侍嬪果然出落得治豔，江彬也是風姿俊美；婦女們誰不喜歡美貌

郎君，所以，她對於江彬死心塌地的，誓當偕老，兩人愛情的深密也就可想而知。

偏偏不識相的正德皇帝，一見了美婦便人倫不顧的，甚麼嬸母、父妃都要玩一會兒，休說是嬖臣的姬妾，當然老實不客氣地佔了再說；馮侍嬪不敢不從，芳心中，兀是牽掛著江彬。她侍寢君王，恩承雨露，枕上常常淚痕斑斑；有時被正德帝瞧破，推說是思想父母，憶懷故鄉。正德帝很覺疑惑，是以不大得寵；否則以馮侍嬪那樣容貌，怕不壓倒六宮粉黛麼？

有一次，正德帝惡她善哭，幾乎貶禁起來；馮侍嬪受了這番的教訓，就一變她的態度，一天到晚嘻笑浪謔。又弄些花樣兒出來，甚麼炫妝、歌唱之類，拿「聲色」兩字，博正德帝的歡笑；或者得趁機進言，賜恩獲與江彬破鏡重圓，這是她私心所希冀的。那正德帝本來是個嗜好聲色的君王，馮侍嬪的一拳，正打著了紅心；果然把個淫佚昏憒的正德皇帝，逗引得日夜地合不攏嘴來，馮侍嬪也漸漸得寵了。

正德帝每晨在西苑中，坐端純殿受朝，朝罷回宮，便來看馮侍嬪梳髻；宮侍們忙著梳髮刷鬢、搓粉調脂、打水遞巾的，至少有半天的奔走。正德帝躺在繡龍椅上，靜悄悄地瞧著馮侍嬪上妝；待宮女們罩好珊瑚網，正德帝便去苑中花棚裏，親自摘些鮮花來，替馮侍嬪簪在髮髻上。

這是素日的常事，宮女和冷落的嬪妃們，把皇帝簪花視為殊寵，在馮侍嬪卻是看慣了，當它是樁極平淡的事兒；可憐那班失寵的貴妃，還盼不到皇帝的一顧，幸和不幸真差得天淵呢！正德帝在清晨看馮侍嬪梳髻，一到晚上，又來坐著看她卸妝，待至卸畢，就攜手入寢；這樣一天天的過去，竟似成了老規例一般。

那老宮女們也伺候慣了，早晨到馮侍嬪起身，妝臺邊已設好了龍墊椅；妝臺上擺好了各樣果品珍餅，銀爐中烹茗，雞鳴罐裏煮著人蔘湯，杯中備了杏酥，金甌中蒸著鹿乳。正德帝退朝回宮，循例來坐在妝臺邊，一面看梳頭，一面吃著點心；宮女先進鹿乳，是苑內老鹿身上，由司膳內監去採來，專供給正德帝晨餐的。

每天的清晨，內監持著金甌去採了鹿乳，探知皇帝昨夜留幸那一宮，便交那一宮的宮女；皇帝夜宿在那裏，退朝後，必在那裏早餐的，早餐畢，才得到別宮去。倘皇帝事多善忘，聽政回宮時，記不得昨晚所宿的地方，自有尚寢局的太監預候在宮門（總門），一是侍衛散值，便來導引皇帝到昨夜臨幸的宮中；因怕皇帝錯走別宮，那裏不曾預備晨餐的，不是叫皇帝要挨餓了？

譬如鹿乳等物，每天不過半甌；皇帝那裏宿，司膳太監便遞在那裏，別宮是沒有的。萬一倉卒到了別宮，不知這些東西在那一宮，宮院又多，一時查也查不出來，必召司膳太監詢明了，才知道在甚麼地方；待去轉彎抹角地取來，已快要午晌了。所以皇帝宿那一宮，即由這個宮中置備，又有內監導引；祖宗立法，真可算得美備無缺了。

當下，正德帝飲了鹿乳，宮女們又沖上兩杯杏酥；這可不比鹿乳，侍嬪也得染指了，和皇帝各人一杯。其它如蔘湯、雞仁、虎髓沖，嬪妃一樣地在旁侍餐；最後便是一盅香茗，給皇帝和妃子漱口。到了

晚上，皇帝所幸的宮中，也烹茗煮湯地侍候著，都是宮闈的慣例；正德帝在馮侍嬪那裏，黃昏時來看卸妝，便斜倚在躺椅上，一面喝著蔘湯，還和馮侍嬪談笑，這也是日常的老花樣了。

可是這天夜裏，不見正德帝進宮，想是往幸別宮去了，本是沒有甚麼希罕的；偏是馮侍嬪不能安心，喚老宮女去探看，回說：「皇上獨坐在水月亭上，仰天在那裏歎氣。」

馮侍嬪見說，不由得驚駭道：「莫非外郡有甚麼亂事，皇帝心中憂悶麼？」於是不敢卸妝了，扶持著兩名宮人，盈盈地往水月亭上來。

這座水月亭子，當初是水榭改建的，裏面很覺宏敞；孝宗三旬萬壽時，亭上還設過三四桌的酒筵。正德帝駐了西苑，把亭子截做了兩間，外面的小室，有時也召對相卿；後室卻較寬大，正德帝令置了一張牙榻，作為午晝憩息的所在。又因御駕常幸，內監們收拾得窗明几淨，真是又清潔又雅緻；正德帝也常偕了馮侍嬪，到這裏來談笑坐臥的。

這裏，馮侍嬪是走熟的地方，便帶了宮人來見聖駕；正德帝似不大高興的，只略略點了點頭。馮侍嬪察言觀色的本領很強，知道正德帝心裏有事，就搭訕著瞎講一會兒；正德帝倒被她勾起了談興，慢慢地談了起來。馮侍嬪細探口風，知正德帝的不懌，多半是為了政事；不過，詞鋒中好像還有一樁甚麼委屈的事隱含在裏面，一時倒猜不出它了。

兩人說了半晌，正德帝見一輪皓月當空，不禁笑道：「這樣的好月色，如吹一回玉笛，歌一齣佳劇，不是點綴風景麼？」

馮侍嬪要正德帝歡喜，巴不得他有這句話，忙叫宮侍取過琵琶來，春蔥般的玉指撥弄著弦索，和了宮商，唱了一段《明月飛鴻》；正德帝屏息靜聽，忽爾頷首，忽爾拍手，聽得佳處，真要手舞足蹈了。其時譙樓打著兩更三點，內監們都去躲在角中打盹，只有兩個老宮女侍候著；正德吩咐一個去烹茗，一個去打甕頭春，並命通知司膳局置辦下酒品，兩個老宮人奉諭各自去了。

正德帝起身推開亭下的百葉窗，望著湖心正把皎月映在水底，微風吹皺碧流，似有千萬個月兒在那裏激蕩；正德帝歎口氣道：「『人生幾見月當頭』，詠的是佳景不常見；又說『今人不見古時月，古月依舊照今人』，人壽能有幾何？月缺常圓，人死便休，怎及得月兒似的萬世不滅？」

馮侍嬪見正德帝感慨人事，怕他憶起劉芙貞和鳳姐來，故而傷懷；便也來伏在窗口上，笑著說道：「人家謂李青蓮是個酒仙才子，他為甚的那樣愚呆，會到水中去撈起月兒來？」

正德帝大笑道：「妳說他愚呆了，他到底有志竟成，結果被他把月兒撈著了。」

馮侍嬪也笑得如風擺楊柳般地說道：「那裏有這麼一回事？」

正德帝睜著眼道：「妳不信麼？朕可和妳現試的。」

馮侍嬪正要回話，正德帝驀地叉過手來，趁馮侍嬪兩腳騰空的當兒，只在股上一托；馮侍嬪還沒有叫出哎呀，香軀已從窗口上直摔出去。噗隆咚的一響，只聽得湖中捧捧的划水聲和嘓嘓的灌水聲，約有

好半晌，才漸漸地沉寂了；正德帝背坐在百葉窗下，不忍去目睹。

那兩個老宮女已烹茗打酒回來，瞧見亭兒的水窗下有東西泳著水；一個宮女低聲道：「湖裏的大鱉又出水了。」

那一個應道：「湖中只有拜經的老鱉，沒見過甚麼大鱉。」

起先的宮女笑道：「老鱉是要囓蚌的，妳須得留神一下。」

那一個啐了口道：「丫頭油嘴，等一會兒不要挨鞭起來，看妳說得有趣。」

兩人一面說著玩，站在亭前的石棵上，看到水裏的東西不見了；馮侍嬪想是沒頂下沉，兩人才走進水亭。只覺亭內靜悄悄的，聽不到正德帝和馮侍嬪的說話聲音，疑是往別處散步去了；正德帝卻裝做打盹，兩個宮女似很驚駭地四面瞧了一會，不見馮侍嬪，只有正德帝在磕睡著，忙回出亭去找尋，正德帝暗暗好笑。

兩個老宮女尋不到馮侍嬪，心裏有些著慌，一路唧唧咕咕地走回亭來；正德帝假作驚醒的樣兒，說：「馮嬪人在那裏？」

兩個宮女不好說找不著，只拿「大概回宮去了」這幾個字來支吾眼前；正德帝令一個宮女去傳喚，去了半晌，便三腳兩步地回來報道：「宮裏也沒有馮嬪人的蹤跡。」宮人內監們議論紛紛，方才的兩個老宮女說起湖中的響聲，眾太監就疑心到投湖的把戲；由總管太監錢福命備了拿鉤鐵搭，四下裏往湖中打撈。不到半會工夫，竟撈獲一個女屍，不是馮侍嬪是誰？因宮中投河自盡的事本來是常有的，也沒甚稀罕；倒是一班的宮侍們竊竊私談，當做一樁奇事講起來。

當下內監們撈著了馮侍嬪，便來報給正德帝知道；正德帝聽了，似也不甚悲傷，只下諭司儀局，依嬪人例從豐葬殮。但這天晚上已是來不及了，命兩個小內侍看守屍體，預備明晨盛殮；正德帝獨自在水月亭上呆坐了一會，便冷清清地回宮中去了。

第二天清晨，西苑裏喧傳起一件怪事來，原來馮侍嬪的屍身忽然不知去向了；總管太監錢福把守屍的兩名小監再三地盤詰，甚至加刑，嚇得兩個小太監哇地哭出來了。據兩名小監說：「奉諭守在那裏，後來漸漸地睡著了，待到醒來，那屍首已看不見了。」

總管太監錢福訊不出甚麼頭緒，只有據實上聞，正德帝聽說，也覺有些奇怪；然人既已死了，一個死屍有甚麼重要？所以只淡淡地命錢福查究，並不催促得過於嚴厲；那些內監們樂得你推我讓地鬼混一會兒，把這件事就算無形打消。

但那馮侍嬪的屍體，到底是給誰弄去的呢？因當時江彬聽了小太監的話，幾乎氣得昏倒；又不知馮氏為甚麼要投河，一時又打探不出。正在沒法的時候，恰巧碰著了管事太監毛堅，平日和江彬本十分要好的；將馮氏從河中撈起，已經氣絕的話約略講了一遍。

但馮氏究竟怎樣死的，毛堅也不知底細；是以江彬便讓毛堅將馮氏的屍首盜出來，許他重謝。毛堅

是個死要錢財的人，真的去找了兩名小太監，等到半夜，趁著守監睡著時，悄悄地舁了屍身，潛出後宮；好在宮門的鑰匙都是毛堅掌管著的，人不知鬼不覺地把屍體交給了江彬，江彬見著，自去盛殮埋葬不提。

再說正德帝自殺了馮侍嬪，眼前自覺清冷寂寞，心中逐漸有點懊悔起來；至於他要殺馮氏，為的是馮氏言語行止上，不時牽掛著江彬，常常念念不忘，以致引起了正德帝的醋意，心中一恨，就把馮氏推入河中。從此，正德帝的身邊，沒有如花似玉的妃子了；這位正德皇帝，平素是風流放誕慣的，怎能過得冷冷清清的日子？所以一天天地憂鬱氣悶，慢慢地染起病來。

這樣地挨到正德十六年的春季，正德帝還扶病去行郊祀；待回到了豹房，已眼瞪舌結地不能開口了，豹房的侍監忙去報知張太后。幸得奉祭大臣未曾散值，一聞正德帝病劇，都紛紛奔集豹房；不一會，張太后也到了，看正德帝只剩得奄奄一息，見了張太后，微微點了點頭，就瞑目晏駕。

張太后痛哭一場，當即命擬遺詔；其時梁儲、蔣冕等多已致仕，唯楊廷和還在，於是由楊廷和受了遺詔，與閣臣等密議繼統的人物。正德帝在位十六年，壽三十二歲，沒有子嗣；大臣皆主張於皇族的子侄輩中，擇一人承祧正德帝，然後再議繼位。楊廷和獨排眾說，把兄終弟及的祖訓抬出來；依照英宗被虜，景帝繼統的故例，謂宜迎興王入嗣帝統。

興王祐杬，是憲宗的次子，和孝宗為親兄弟；孝宗誕正德帝的隔年，興王也生了世子，取名厚熜，與正德帝算是隔房弟兄。興王祐杭逝世，由世子厚熜襲爵，仍居湖北安陸州；這時楊廷和提議迎立興王，張太后也同意，群臣自不便爭執，當由楊廷和草詔，往安陸州迎興王。

不多幾天，興王厚熜到了都下，楊廷和忙令禮官擬了嗣位的禮節，出城迎接，呈上興王；因禮節上和太子繼位相似，興王看了便要回車。眾大臣叩詢緣故，興王含憤說道：「禮節照太子嗣統辦法，我難道是來做太子的麼？」

眾臣劈頭就碰了個大釘子，只得去報知張太后；由張太后傳出懿旨，大開中門，迎接興王入城，一切依著新君登位的禮節。眾臣奉了興王在奉天殿接位，是為世宗；追謚正德帝為武宗，改明年為嘉靖元年，大赦天下，罷革弊政，人民無不踴躍歡呼。

第二天，世宗命尚書毛紀赴安陸州，迎接生母蔣氏（祐杭妃）、妃子陳氏進京；蔣妃和陳妃到了京師，世宗著禮部擬兩太后尊號，當晉張太后為慈壽皇太后，生母蔣氏為興國太后。冊立陳氏為皇后，武宗后夏氏為莊肅皇后；還有皇太妃王氏（興王祐杭生母）晉為壽安皇太后。

太后的名號既定，又要提議興王祐杭的謚號了，由此引起極大的爭端來；世宗因興王是自己的生父，要想尊為皇考。大學士楊廷和上疏，請依武宗例，以孝宗為皇考，興王祐杭、王妃蔣氏，只可稱為皇叔父母；這樣一來，世宗變成了入嗣孝宗，和武宗成了親兄弟，興王不是便無後了麼？楊廷和謂以近支宗派，益王的兒子厚燁作為興王的嗣子。

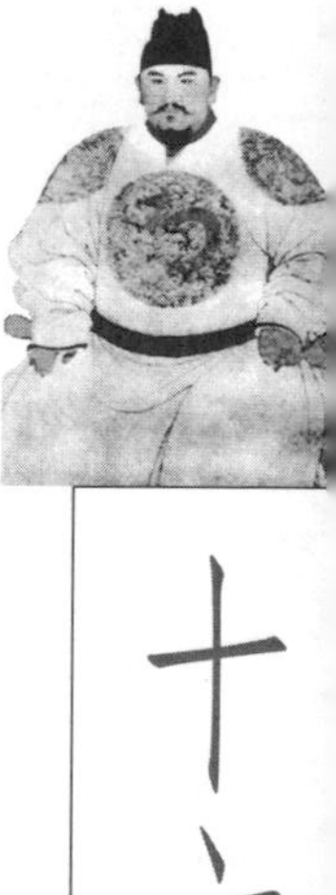

這本奏疏上去，世宗看了大怒道：「父母弟兄，可以這樣胡亂更調的麼？」就毅然提起筆來，批駁楊廷和的疏牘，仍主興王為皇考。

上諭傳下來，廷臣大嘩；翰林學士楊慎說道：「皇上如考興王，於孝宗皇帝未免絕嗣；我等叨立朝廷，這個大題目倒不可不爭。」

時太師毛紀、吏部尚書江俊、兵部尚書鄭一鵬、禮部尚書金獻民、侍郎何孟春、都御史王元正、都給諫張翀、上柱國太傅石瑤、給事中陶滋、侍讀學士余翱、大理寺卿荀直、光祿寺監正余覺等六部九卿，凡二十七人、御史二十一人、翰林二十四人、給事十九人，及各司郎官九十五人，統凡大小官職共三百五十九人，紛紛上章諫阻。

世宗只做沒有聽見一樣，把所有奏疏一概擱起，一面下旨替興王立廟；進士張璁、吏部主事萼桂又阿諛世宗，請為興王修撰實錄，世宗大喜，立擢萼桂為兵部尚書、張璁為翰林學士。

世宗以興王為皇考的諭旨宣布後，廷臣如張翀、陶滋、余翱、何孟春、王正元等凡三百七十四人，大會朝士，與張璁、萼桂等互相爭辯，呶呶不絕；大家爭了半天，兀是爭不出甚麼來。於是學士楊慎為首，領著三百多個朝臣去伏在奉天門前，齊聲大呼高皇帝、孝宗皇帝；人多聲洪，聲震大內，世宗皇帝聽了，就大怒起來。

第七十回　歡喜佛緣

玉階丹陛，黃瓦朱簷，雙龍蟠著柱，巍巍的龍鳳紋雕石牌樓，顯出威武莊嚴的帝闕；這巍峨的闕下，雁行兒一排排地跪列著無數的官員。在前的袱頭象簡、朱舄紫袍，第二列是穿紅袍的諸官烏紗方角；最後是穿綠袍的、藍袍的，一字兒列著班次跪在那裏，高聲大呼高皇帝、孝宗皇帝。人眾聲雜，直透宮闕；世宗帝在宮內聽得奉天門外喊聲喧天，便令內侍探詢，回稟是眾官員在那裏跪著號呼。世宗帝心中大怒，耐了氣，吩咐內監傳諭，著眾官暫行退去；楊慎等怎肯領旨，還是高呼不絕，呼到力竭聲嘶時，索性放聲大哭。一人哭了，眾人繼上，奉天門前霎時哭聲大震；壯麗堂皇的天闕，立刻罩滿了愁雲慘霧。

似這般悲哀愴惻的哭聲，聽在世宗的耳朵裏，不由得憤不可遏，拍案大怒道：「這班可惡的廝奴，朕想留些臉面給他們，他們反來虎頭上撲蠅了。」於是即宣錦衣校尉，把奉天門外所有跪哭的官員一齊逮繫了，驅入刑部大牢，次日早朝候旨發落；錦衣尉奉了諭旨，如狼似虎地將眾官梏桎起來，趕牛樣地一併監進獄中，自去覆旨。

到了第二天，世宗帝坐了奉天殿，叫內監錄了大牢裏眾官的姓名，凡三百七十七人；當將為首的王充正、何孟春等三十三人一例戍邊。其他官員，四品至五品奪俸，五品以下的廷杖貶職；大學士楊廷和降級，太師毛紀、太傅石瑤概令閉門自省三個月。這樣一場大風潮，總算被世宗的專制手腕罰的罰、責的責，勉強了結；興王稱皇考的議論，六部九卿沒一個再敢多講了。

世宗見眾官已經懾服，趁勢定了大禮，以興王為獻皇帝，蔣妃為章聖皇太后；孝宗皇帝為皇伯考，孝宗后為皇伯母，並親自草詔，頒佈天下。又命翰林學士張璁主祀獻皇帝，以兵部尚書萼桂為主祭官；不到一個月，獻皇帝的廟貌落成，世宗親題廟額，所示隆重。那座廟宇丹階玉陛，建蓋得異常的華美；到了大祭的時候，上有郡王公侯相卿，以及各部司員，無不蒞廟與祀，其時的熱鬧也就可想而知。

所以獻廟的街衢中，每至春秋兩季的祀日，廟的前後左右，紅男綠女都來瞧著，借此瞻仰皇帝的聖容；這個看祀祭的舉動，後來竟成了風習。都下當時有逛廟的名稱，就起自這世宗皇帝朝，流傳到如今還沒有革除；人民稱獻皇帝廟為世廟，居京中各廟之冠，直到崇禎間李闖入京，才把世廟毀去，這是後話不提。

再說世宗定了父母（興王祐杬與蔣妃）的尊號，建了世廟；並由張璁做了修纂主任，修輯實錄，種種都已做到了，心裏自然十二分的快樂。然有一樣事兒是美中不足的，就是那位皇后陳氏，為人性情冷僻，不苟言笑，和世宗的意見很是隔膜；是以世宗常弄得氣悶悶的，想在宮侍裏面，選一個有才貌的淑女立為貴妃。

一天，世宗帝從慈壽宮出來，經過大明宮時，見石廊的對面有一座沒匾額的大殿；殿門深扃，還在金環上交扣著一把大鎖，下面隱隱有一張朱印的小封條兒。世宗對於宮中的殿宇，本來是很生疏的，便詰太監們：「為甚麼把那座大殿鎖著？」

其中有個老太監稟道：「這殿是歷代相傳，鎮壓宮內妖怪的，所以永久封閉著。」

世宗不解道：「天子禁闕，怎會有起妖怪來？那定然是你們秘定作奸的所在，卻推說甚麼妖異；快將鎖開了，待朕親自驗看。」

那老太監嚇得戰戰兢兢地說道：「奴婢怎敢有謊陛下，實在是鎮著怪異的。」

世宗帝大怒喝道：「你敢阻攔不開麼？」老太監見世宗帝發怒，不覺慌了手腳，忙去總管太監趙鄞那裏去取鎖鑰。趙鄞又不肯便給，竟同那老太監來諫阻世宗；被世宗頓足痛罵了一頓，罵得趙太監諾諾連聲地退了出去。

當下，那老太監便硬著頭皮，開了殿門上的大鎖，把封條揭了，慢慢地把門打開，身體早如雪天綿羊似的，索索地發起抖來；世宗帝看了，又是好氣，又是好笑，便也不管甚麼，領了兩名小監，昂然地跨進殿去。那兩個小監心裏雖然畏懼，卻又不敢不走；一路上，時時你推我讓的，各人想縮在後面。

這時已進了大殿的中門，但見大殿上塑著普賢、觀音等像，像高約五六丈，氣象十分莊嚴；再看殿

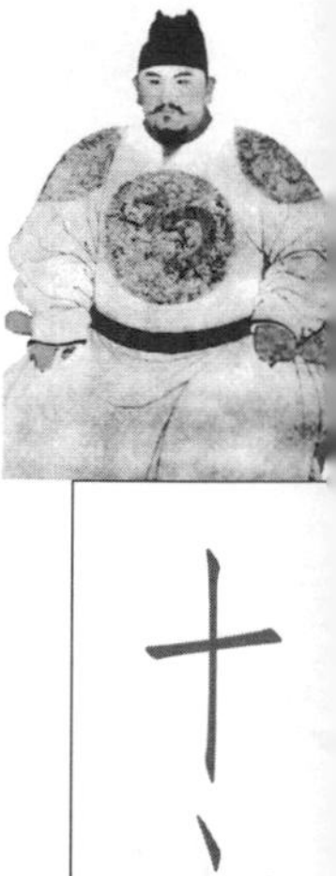

下，槐樹亭邊有一塊白石的碑兒豎著，字跡多半模糊了，只約略辨出年月，還是元代順帝時所建。經過大殿，再進就是中殿，也有彌勒伽藍等像，佛像上都是塵埃堆積，蛛絲滿布；殿階的石上，青草萋蕪，蟲蟻之類把佛龕蛀蝕得快要頹倒了。

中殿進去是寢殿了，那裏的佛像和大中兩殿又是不同，甚麼羅漢阿難等像，是銅澆成的；日光映射在殿上，金光燦爛，無異新鑄的。世宗詫異道：「大殿上那佛像多是塵垢，這裏卻乾淨得這樣，眼見得是人跡常到的了。」說著又轉入後殿去，是六扇的花格門，也緊緊地關閉著。

從門隙中望進去，門上還遮著素簾兒，似嬪妃居住的宮院差不多；世宗令小監推門進去，又捲起了簾兒，見殿上殿下所供的佛像，都是男女並坐著，約有四五十尊。一對對的像身，完全用白玉琢成的，潔白粉嫩，一點兒塵沙也不曾沾染；世宗帝賞玩了一會，轉身再入後殿，還有六間巨室，室門上加著銅鎖，那鎖匙都一個個的掛在門邊。

世宗叫小太監上去開鎖時，兩個小監互相推諉，大家都不肯去開；世宗當他們兩個是不會開的，那一個小監說道：「因常聽得宮中傳說，這殿中藏著妖怪，外殿的還不甚厲害；若最後鎖著的六間小殿，裏頭的妖魔可就不得了，所以不敢開門，否則妖怪便要跳出來吃人的。」

世宗笑道：「你們不要膽小，方才大殿、中殿都走過了，你們可瞧見甚麼妖怪麼？那是宮人們的謠言，有甚憑證？」兩個小監沒法，只得各人去開了一間，砰地將門一推，讓世宗帝先行進去；兩人懷著鬼胎，跟隨在背後。

世宗帝走進小殿，見殿中的佛像係白石鑿成的，男的、女的各種形像都有；像身並不穿衣服，一概精赤著，立的、坐的、臥的統計有五六十尊。世宗笑了笑，又走進第二個小殿，也是一樣的石像，像的面目有獠牙的、有張眉吐舌的，奇形怪狀很是可怖；世宗帝瞧了半晌，笑著對小監們說道：「你們所說的妖怪，這就是了。它會吃人麼？」

那兩個小監到了這時，膽也比適才壯了，到底是小孩子，貪看這些石像，竟不怕甚麼妖怪了；世宗命去開那第三殿時，兩個小監搶著上前，一個開第三殿，那一位已把第四殿的大門開了，世宗先便去遊第四殿。走進中門，早瞧見殿監的佛像，是拿粉質所捏成的，面貌如眉目口鼻塑得極生動，和活人一般無二；就那粉質的顏色，也與常人的膚色一樣，驟然看見，一定要當他是個真人。

那兩個小監本極膽小的，又甚冒失，猛然地瞧見了粉像，嚇得倒退，回身往外便走；世宗帝帶笑喝道：「你們逃甚麼？這裏也是石像，怕他怎的？」兩個小監聽了，才勉強站住了腳，遠遠地跟在後面，一時不敢走近；及見世宗帝照常地走到臥石像那裏瞧著，兩人才放大了膽，也走進殿中。

殿上的許多人像不但一絲不掛，還男女擁抱著，橫豎顛倒、窮形極狀；各有各的姿勢，形態活潑，舉動逼真。世宗看了，不覺歎道：「這殿是元代所建，清淨的佛地去塑這樣的春像在裏面，怪不得元朝要亡國了。」說罷，便出了第四殿，不便再繞回第三殿裏去，索性去遊那第五殿了。

只見第五殿內的佛像更覺得奇異了，卻是粉質塑的人像獸像，大家擁在一起，有美人和騾馬相配的，和牛犬相配的；有男子和豕羊相交的，有俊男與狸奴強合的。那些光怪陸離的像形，真是見所未見；大殿的正中又有一塊方匾，書著斗大的四個字，道：「歡喜佛緣」。

世宗玩了一轉，正要回出殿去，忽聽得佛龕中轟然的一聲響亮，接著是呼呼的噓氣聲，好似牛喘；世宗吃了一驚，兩個小監更是驚慌，三腳兩步、連跌帶爬地奔出殿外。世宗帝雖說膽大，倒底也有些疑懼，不敢近前；恰巧兩個內侍奉了章聖太后的諭旨，來阻止世宗帝莫入魔殿，世宗便令兩個內侍向佛龕中去探看。驀見巴掌那麼大小的一個蛇頭，雙目灼灼地伸在龕上噓氣；兩個內侍嚇得往後倒退。

原來，這座殿庭建自元末，太宗（燕王）時命封鎖起來，不論誰人未奉旨不准私入；因此殿中人跡不到，野物就踞在裏面了。世宗帝恐那大蛇留著害人，即傳集了內外宮監，各持器械奔到殿中，去撲那大蛇；那大蛇見有人去打它，忽地昂起頭來，把身體一繞，五六尺高低的佛龕已被它絞得粉碎。

佛龕既碎，現出蛇身，長約兩丈多，有蒸籠似的粗細，張開了血盆那麼大的口，對著人呼呼地吹氣；口裏噴出一陣陣的黑煙來，為頭的三四個太監聞著了煙味，都倒在地上死了。其餘的內監就遙立著吶喊，世宗帝也遠遠地瞧著，見內監們不得上前，吩咐把殿門暫行關閉了；一面下諭頒佈都中，將大蛇的形狀繪成小圖，謂有能捕殺大蛇，賞賚千金。

諭出三日，無人應招；那殿中的大蛇，兀是盤著不去。又過了三四天，給事中王康帶著一個短髯如輒的大漢，來稟陳世宗；大漢自說能夠捕蛇，世宗帝大喜，令王康領了大漢退去，次日赴魔殿捕蛇。

到了次日，世宗帝親帶了宮監十幾人，往魔殿來看捉蛇；那時文武百官及嬪妃宮侍等，聽得捉蛇的事，都隨了御駕去瞧熱鬧。章聖太后怕有甚麼危害，勸世宗不要親往；世宗帝好奇心切，那裏肯聽，一迭連聲地只叫備輦。內監們不好違忤，只得擁了世宗帝，從大明殿起，直往魔殿中來；後面隨駕的武臣緊緊地護著。

不一會，到了魔殿，王康和那大漢已預先待在那裏，世宗傳旨捕捉；但見那個大漢脫去身上的衣服，赤膊短褲，握了匕首，口內啣了解毒草，雄糾糾地搶上殿去，將大門推開。那條大蛇卻盤在大殿正中，團團的擁滿了一地；大漢站在廊下，把口裏的藥草嚼爛，如灑雨一樣地噴進去，草汁濺滿了蛇身。

那蛇忽然怒目張口，霍地飛起，直向大漢撲來；那大漢忙閃過，被蛇尾橫掃過去，正打在腳骨骨上。大漢站立不穩，翻身倒地，那蛇便將大漢纏住；眾官員和內監等都替大漢擔憂，因為蛇的絞力極大，佛龕還給它盤碎了，休說是個人體。

這時，那大漢就盡力鼓氣，一邊將身軀狠命地打著滾；似這樣滾了半天，蛇身慢慢地鬆緩下來，大漢也愈滾得急了。看著蛇力漸乏，大漢趁間抽出他的右手，將匕首刺入蛇腹，鮮血四射；那蛇怪吼一聲，由地上直躍起來，尾巴擊在殿簷，瓦礫亂飛，蛇身散開，那大漢已被擲出三四丈外，也癱在地上爬不起身了。那蛇顛簸了一會，逐漸緩了；世宗命持械的內監一哄上前，刀劍齊下，把大蛇剁做幾十段。

一時血肉狼藉，一陣陣的腥惡氣味，觸鼻難受，內侍宮人等都俯著頭不住地嘔吐；護輦大臣恐世宗帝被毒氣所侵，忙令御駕退後，世宗帝見毒蛇已誅，便命甲士等入殿，拿六殿的佛像逕行焚毀了，又賞了大漢。那大漢臥在殿廊下，動彈不得，由甲士們把他舁出殿去，才到門口，已毒氣攻心死了；甲士回稟世宗帝，世宗叫給他收殮了，諭知王康，憂恤大漢的家屬。

那時，內監甲士等，把魔殿的佛像和死蛇連軀殼一齊搬往郊外，舉火焚燒，臭穢之氣遠播四處；於是都中盛傳宮廷中有怪異出現，謠諑紛紜，似真有其事一般。那些人民以為宮闕變異，是國家的不祥，恐有大禍發生，人心多惴惴不安；京師衛戍將軍兼五城兵馬司袁寬，見無賴市民借事招搖，深怕弄出事來，當時頒出布告張貼各門，中述宮中捕蛇的經過，謂並無妖異的事。那裏曉得空言就有實在，真個釀成一場大變亂來了。

嘉靖四年的春上，世宗命舉行郊祭大典；是年的禮儀，較往歲格外隆重，自相卿以下，都隨輦往祀。往例春祭禮畢，御駕必巡遊各名勝地方一周，在聖廟午膳；膳罷，由衍聖公召集都下士人、孔門弟子等，在大殿開筵講經一章。皇帝及眾大臣等都列坐殿下聽講，直待講完，有旨宣布散席；於是衍聖公以下，各部大臣都紛紛散去，鑾駕也就還宮。

這天，世宗回宮時，紅日已經西斜，司膳局正進晚膳，猛聽得乾清門外一聲巨響，震動內外；世宗帝聽出是炮聲，便回顧內監康永道：「那裏放炮？」

康永正要出去探詢，又聽得轟天也似的一聲，接著就是喊殺聲；世宗忙起身瞧看，見乾清宮前火光燭天，照得四處通紅。世宗大驚道：「敢是有甚麼變端麼？」

話猶未了，兩名太監搶將進來，喘息稟道：「賊殺進宮牆的二門了，陛下速速走避。」世宗帝不覺心慌，忙拖了康永，往承光殿狂奔；喊聲卻越近了，報警的太監好似穿梭一般，世宗也無心去聽他們，且顧逃走要緊。

出了承光殿，對面便是大明殿，世宗想越過圍廊，繞到慈慶宮去看看章聖太后；一路上，見宮監侍女們都如驚豕駭狼似的牽三拉四，五個一群、三個一黨地，紛紛從外逃進來，口裏嚷道：「不好了！賊人殺進宮了！」世宗帝聽了，心裏愈加著急。

才出得大明殿，忽見三五個太監慌慌張張逃著，口口聲聲說慈慶宮被燒了；世宗帝驚道：「慈慶宮如被毀，太后的性命一定難保。」

康永說道：「這時沒有真消息的，等到了慈慶宮再說。」世宗點點頭，和康永攜手疾行。慈慶宮距離坤寧宮不遠，須經過華蓋殿、正大光明殿、涵芳殿、華雲閣、排雲殿等；世宗帝因慌不擇路，只往間道上亂走，康永也弄得頭昏了，君臣兩個忙忙似喪家犬似的見路就走。

將至正大光明殿時，侍衛官馬雲匆匆地逃進來道：「賊人勢大，值班侍衛恐阻攔不住，要調御林軍馬來才行。」

世宗帝道：「慈慶宮怎樣了？」

馬雲應道：「慈慶宮怕也被賊人圍住了。」說著，自往後殿出宮遣兵去了。

世宗又和康永前進，見護衛統領袁鈞滿身浴血，步履蹣跚地走過殿外，世宗帝也不去睬他，逕自走過了；到得華雲閣前，遙望排雲殿上火光甚熾，內侍邱琪搶來道：「賊人殺進銀光殿了！」

世宗帝高聲道：「慈慶宮可以去麼？」

邱琪連連搖手道：「去不得，去不得！」一面說畢，只管自己逃向後殿而去；接著是侍衛牛鏡走過，眼看著世宗帝，慌亂中也不行君臣禮，只顧各人逃命。

其時排雲殿上已到處是火，宮人內監都從烈焰中逃出來；世宗帝和康永木立在偏殿門口，見火星四迸，也辨不出甚麼路徑。不多一會兒，牆垣倒了，斷磚瓦礫把一條甬道塞滿了，越發不能走了；世宗帝卻一心掛念那慈慶宮，不由得急得眼淚滾滾，巴巴地望火早熄下來，好去瞧著章聖太后。

呆呆地瞧了半晌，連偏殿也都燒著了；世宗立腳不住，待退入涵芳殿去，回頭從儀仗道上走去。走出那條長道抬頭看時，只叫得一聲苦；康永也驚得面如土色，身體索索地發抖，一句話也說不出來了。卻是為何？因涵芳殿裏也遍地是火，對面的宮院牆上，照耀得一片紅光；畫棟雕樑盡付一炬，身邊只聽得必必剝剝地紅焰亂射，直是好一場大火。

世宗帝被困在大火當中，前無出路，後面又是燒上來，眼見得要葬身火窟了；幸得康永急中生智，忙向世宗帝說道：「事急了！奴婢記得涵芳殿的左側有一個狗洞，是從前武宗皇帝畜犬時，專門供犬進出的；此刻已萬分危急，也顧不得許多，只好往洞中鑽出去吧！」

世宗帝道：「狗走的牆洞，人怎樣鑽得過去？」

康永道：「可以走的，那時的犬奴驅狗進窠，也從這洞中經過。」

世宗帝說道：「那麼，快去找到這個壁洞吧！」

康永見說，飛步到石洞面前，那裏有煙無火，還能存身；康永便俯身開了洞上的小門，欲要探身過去嘗試時，不防那面擋著一方大石，康永的頭伸出去，恰好撞在石上。碰得眼中火星四迸，辨不出天南地北，幾乎昏倒；方悟這個石洞在正德帝末年，方士張恂謂此洞有礙宮中的風水，所以在那裏用巨石堵塞住了。

康永定一定神，奮力去推那塊巨石，好似蜻蜓撼石柱一樣，休想動得分毫；世宗站在階陛上，火勢越燒越近，渾身被烈焰迫得汗珠如黃豆般地落下來，不覺頓足著急道：「石洞找到了麼？」

康永這時見石洞不通，直急得他要死，忙來回報世宗帝道：「洞是找到一個，如今已是不通的了。」

世宗帝道：「除了這石洞，還有別處可通麼？」

康永愁眉苦臉地說道：「只有那個正門了。」

世宗著慌道：「正門早經燒斷了，去說它做甚！」這時，康永也已絕望，痛哭之外，再無別法；世宗帝見走投無路，想起章聖太后，今生諒不能會面，心裏一酸，和康永抱頭大哭。

正哭得傷心，忽見侍衛官陸炳衝煙突火地奔將而來，大叫：「陛下莫慌，小臣救駕來了。」說罷，揹了世宗帝便走。

第七十一回　嚴嵩崛起

世宗帝因在火窟中，正和內監康永痛哭的當兒，忽見侍衛官陸炳飛步搶將進來；見了世宗帝，喘息說道：「何處不尋到，陛下卻在這裏；火快要燒到了，還是冒險出去吧！」說畢，不管三七二十一，揹了世宗帝，往外便走；康永見有了救星，忙跟在後面。

陸炳揹了世宗帝在前，突煙冒焰的向著烈焰中飛奔，康永也隨後疾走；腳底下的瓦礫都被火燒得通紅了，走在上面，靴履頃刻灼穿，膚肉受焚，疼痛萬分，但要性命，不得不忍痛力行。待到出得火窟，康永的兩腳已紅腫非常；陸炳救出了世宗帝，雙腳也被火所傷，鬚髮一齊焚去。陸炳平素本稱美髯，如今頷下于思于思的，已變為牛山濯濯了。

當下，世宗帝經陸炳冒火揹出，在涵清閣坐下，看陸炳遍身儘是火泡，兩足也站立不住，撲的倒在地下，康永也弄得灼傷好幾處；世宗帝便親自去扶起陸炳，令他坐在龍墊椅上。這時陸炳已昏昏沉沉的，竟人事不省了；世宗帝點頭歎息，再聽外面喊聲漸遠，心神始得略定。

不到一會兒，宮侍內監等慢慢地走集，涵清閣中就此患了人滿；又見內侍楊任來報，賊人已被都督

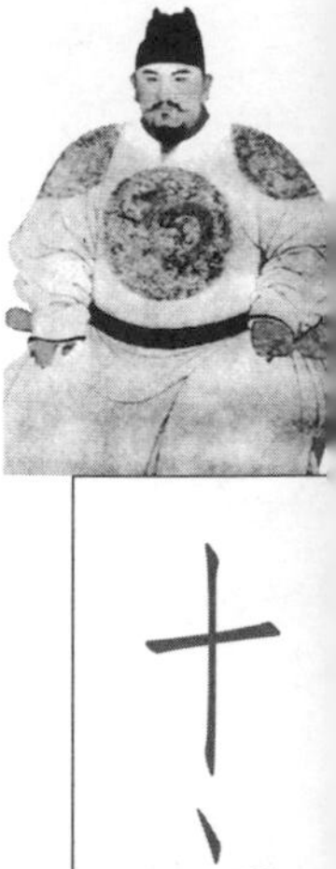

朱亮臣，帶了御林軍馬殺退了，世宗帝聽了，這才放心下來。又過了一刻，朝中內外大臣紛紛來宮門口請安，世宗帝傳諭，著侍候在華光殿；又報都督朱亮臣殺散賊眾，並捉住首逆，請旨發落，世宗帝也命在華光殿候旨，一面令請太醫院來與陸炳及康永兩人診治。

世宗帝又帶了五六名內侍，登輦赴慈慶宮，謁見章聖太后，昭聖太后（張太后）也在那裏；世宗帝見兩太后皆無恙，心中很是安慰，於是和章聖太后略講了幾句，便升華光殿。

群臣請過聖安，都督朱亮臣即出班跪奏道：「團營都督兼京師兵馬總監江彬舉叛，膽敢率領部下勁騎騙開禁城，殺進乾清門，毀了排雲、涵芳兩殿；又焚去紫光閣、玉皇閣等，經臣聞警急驅羽林軍和他廝殺，當場格殺叛賊部下副總管傑臻美、都監王雲芳、副將張達、副指揮羅公亮等。江彬見事敗要想逃走，被指揮劉光元擒獲；現及其家眷十三人，均就縛待罪。」

世宗帝聽了，勃然大怒道：「江彬是先帝嬖臣，以市井無賴迭授顯爵；不思報主，反敢擁眾變叛，實屬罪不容誅了。」說著，回顧楊廷和說道：「江彬逆罪已顯，無須再經刑讞的了。」楊廷和點頭，世宗帝就提起筆來，書了一個「斬」字，由內監將諭旨遞給朱亮臣。

世宗帝令朱亮臣為監斬官，把江彬一門十三人著盡行棄市；江彬一人，擬凌遲處死。還有王雲芳等一干人，既死應無庸議，餘黨概行免究；又令內務府撥帑將排雲、涵芳兩殿，及紫光、玉皇閣等重行建築，限日完工。

這件大逆案了結後，京師的人民轉危為安，都佩服世宗的英毅果斷；那時上有英主，下有能臣如楊廷和、毛紀等輩，世宗帝又起復前大學士楊一清、尚書王守仁等，真是萬民慶幸，天下很有承平的氣象。世宗帝也益加勵精圖治，對於外來章疏，雖經閣臣的批閱，世宗帝尚須親自過目；而且批答奏牘，多洞中竅要，為老於政事的臣工所不及。

只是有一樣缺點，就是和陳皇后不睦，常常相勃谿；所以世宗帝欲另行冊立貴妃，然宮侍當中，卻沒有一個看得上眼的。一天，世宗帝忽地記起從前武宗不時微服出行，今自己要選立貴妃，也可以私行出宮，往民間去選擇，怕不弄她一二個稱心如意的美貌佳人；主意打定，便攜了內監胡芳改裝出宮，一路往著大街上走來。

這天是四月初八，俗稱是浴佛節；京師風習，到了浴佛節的那天，不論男女老幼都往名觀巨寺進香，紅男綠女無不拜倒蒲團。是以一班紈袴浪子也打扮得如花蝴蝶似的，往來寺觀中，借此飽餐秀色；那些蕩婦淫娃亦趁間晤會情人。當時寺觀裏的熱鬧，真是難以形容，粉白黛綠的妖豔冶麗，也非筆墨所能描摹；還有各寺觀的附近，江湖技術、醫卜星相，都來趁勢做些買賣。

世宗帝由胡芳引導，先往拈花寺中去遊玩；這座拈花寺在東安門外，為京師有名的大寺，香火之盛，都下寺觀中可稱得首屈一指了。世宗帝便進寺隨喜了一會（隨喜，遊寺也）；見進香的婦女千百成群，老少妍蚩各自不同，但都妝飾得裊裊婷婷，臉上塗脂抹粉，煞是好看。

世宗帝從不曾瞧見過這種打扮，就是在興邸的時候，一年中只有出來一兩次，每次總是僕從們擁護著，前後左右差不多把他的視線也遮蔽了，那裏有這樣的悠閒；世宗帝看了那班婦女離奇光怪，不由得笑了起來。

其時拈花寺的兩旁，滿列著江湖上人的篷子，如賣拳的、售藥的、看相的、測字的；其中一個術士，布招上大書著「嚴鐵口知機測字」。世宗帝生性好奇，如硬是要開魔殿之類，遇到了可異的事，往往喜歡親自嘗試的；這時見嚴鐵口的測字很有些奇特，便和胡芳擁上前去，分開眾人，在嚴鐵口的攤旁坐下了。

嚴鐵口見世宗舉止不凡，忙笑著說道：「尊駕敢是要測字，還是問字？」

世宗帝笑道：「我就問字怎樣？」

嚴鐵口道：「如其問字，請書一字出來，在下就能測知來意。」

世宗帝隨手寫了個「也」字；嚴鐵口笑道：「尊駕是為選內助而來的。」

世宗帝見說，不覺暗自納罕道：「朕要選貴妃，怎麼他已知道了？」想著，故意沉著臉道：「怎樣見得是來選妻子的？」

嚴鐵口說道：「尊駕這個『也』字，是文辭中的語助詞，如焉哉乎也；這字既是助詞，『也』加『土』又是個『地』字，坤為地，是女子，所以我自知尊駕是覓內助來的。」

世宗帝連連點頭道：「你這個字果然測得不差，但我現在已有內助了，不知可好麼？」

嚴鐵口笑道：「就『也』字看來，恐拍難得和睦；因『也』字加『人』為『他』字，尊駕有『也』無『人』，不成其為『他』字，是有內助實和沒有內助一樣。又『也』加水為『池』，加馬為『馳』，今言『池』而無水，言陸而無馬（馳也），是夫婦不能水陸並行，明明是不和睦了。現在的賢內助，可是三十一歲麼？」

世宗驚道：「不錯！確是三十一歲（陳皇后時年卅一歲）。」

嚴鐵口笑道：「尊駕的『也』字，很像『卅一』兩字；既然講到內助，我就測機猜一下。」

世宗帝道：「我眼前氣色怎樣？」

嚴鐵口道：「我不能看相，不知氣色是甚麼；只就字論事，尊駕必已受過驚恐，這是小人的作祟。以『也』字加蟲為『蛇』，蛇是妖的意思；想尊駕是被妖捉弄過了。」

世宗帝見嚴鐵口論事如看見的一樣，不禁相信他到了十二分，隨手又寫個「帛」字道：「你看我是做甚麼的？」

嚴鐵口正色道：「『帛』字具皇者之頭，帝者之足，尊駕當是個非常人了。」

世宗帝怕他說穿了，被路人注目，忙拿別話把他支吾開了；於是給了潤筆，問嚴鐵口姓名，鐵口回說：「叫做嚴嵩，別字山嶽，號叫仁峰，是分宜人；弘治（孝宗年號）十六年曾舉孝廉，因家裏清貧流

落江湖，測字糊口。」

世宗帝記在心中，別了嚴鐵口，又去各大寺院中遊覽了一遍；在昭慶寺中看見兩個女郎，羅衣素服，都生得月貌花容，很是嬌豔。世宗帝本來是要選嬪妃，就和內侍胡芳隨著女郎們慢慢地回去，見兩人並肩走進丞相胡同去了；世宗帝記憶了地名，是日匆匆還宮。

第二天，即頒下兩道上諭；一道去召測字的嚴鐵口，一道去丞相胡同，致聘昨天目睹的兩個女郎。不一會，致聘的內監回來說，那兩個女郎，一個是方通判的女兒；一個姓張，是張尚書的侄女。方通判和張尚書的家屬聽說是皇帝要選做貴妃，自然不敢違忤；當時驗了諭旨，由方通判及張尚書的兄弟，兩家親自同了內監，把女兒送進宮中。世宗命兩個女郎入覲，果是那天所親見的，便一併納做嬪人。

其時，嚴鐵口也宣到了，世宗帝立刻在便殿召見；嚴嵩的奏對十分稱旨，授為承信郎，不到一個月，已擢嚴嵩為戶部司事。嚴嵩自入仕途，於各部上官竭力的逢迎；又能鑽謀，做事可算得小有才，阿諛的本領卻極大。

這時的禮部尚書夏言，和嚴嵩恰好是同鄉；嚴篙借了桑梓的名目，見了夏言真是小心兢兢，口口聲聲自稱小輩。一個人誰不喜歡阿諛獻媚？夏言以嚴嵩的為人誠樸而且自謙，還當他是好人，在部中事事提挈他；那些同寅因嚴嵩是皇上所識拔的人，本來已予優容了，又見夏尚書這樣地成全他，當然格外另眼相看，不到半年，嚴嵩便已擢為吏部主事了。

那時，楊一清又致仕，楊廷相罷相，王守仁被張璁進了讒言貶職家居，朝中大臣換了新進；夏言和顧鼎臣同時入了閣，嚴嵩是夏言所提拔的，值夏言為相，禮部尚書一職就推舉嚴嵩。諭旨下來，擢嚴嵩為禮部尚書；這樣一來，嚴嵩一躍做了尚書，紫袍金帶，高視闊步起來了。

世宗帝最信的是佛道，自登基以來，宮中無日不建著醮壇；光陰荏苒，又是秋深了，世宗命黃冠羽士在宮中祈斗，須撰一篇祭文，命閣臣擬獻。顧鼎臣本來是個宿儒，奉諭後立時握筆撰就；那個夏言雖是科甲出身，學問卻萬萬及不上顧鼎臣，他自己也知道自己的能力，欲待不作，又未免忤旨，猛然想著了嚴嵩，他筆下是很敏捷的，便召嚴嵩到家來，將這件祭文的事委託他。

嚴嵩是何等奸刁的人，他得著這樣的好機會，將盡生本領都一齊施展出來，做成了一篇字字珠璣，言言金玉的好文章；夏言是個忠厚長者，他那裏曉得嚴嵩的深意，當時看了嚴嵩的祭文做得很好，心中還歡喜得不得了，以為是嚴嵩幫助自己。

誰知這祭文呈了上去，世宗帝的心中只要文詞綺麗者，古樸典雅的反視為不佳；嚴嵩揣透了世宗的心理，把那篇祭文做得分外華美。嚴嵩的才學原不甚高妙的，獨有的是虛華好看罷了；偏偏世宗帝很是讚賞他，不但看不上顧鼎臣的，還說夏言的祭文不是他自己做的。夏言見事已拆穿，索性實說出來，世宗帝大喜，立召嚴嵩獎勵了幾句；從此這位嚴尚書，一天勝似一天地被寵幸起來。

嚴嵩既得著世宗帝的信任，暗中就竭力營私植黨，將自己的同鄉人，如趙文化、鄢懋卿、羅齊文等三人都授了要職；又把長子世蕃也叫了出來，不多幾天，已位列少卿。

講到嚴嵩的兒子世蕃，為人聰敏多智；不論甚麼緊急的大事，別人嚇得要死，獨世蕃卻顏色不變，談笑自若。有時世宗的批答下來，每每好用佛家語，大臣們須仔細去詳解，一個不留神，就得錯誤受斥；嚴嵩見了這種奇特的批語，弄得丈二和尚摸不著頭腦，於是遞給世蕃看。

世蕃一看便明瞭，還教他老子，怎樣怎樣的做去；嚴嵩聽了他兒子的話，照樣去做，果然得到世宗帝的歡心，是以嚴嵩更省不了世蕃了。但世蕃的貪心，比他老子嚴嵩要狠上幾倍，將納賄營私視為一種正當的事兒；嚴氏的門庭便終日和市場一樣了。

日月流光，不到一年，夏言罷相歸田，世宗命嚴嵩入閣，代了夏言的職司；嚴嵩自當國後，威權日盛一日，又有他的兒子世蕃為虎作倀。凡大臣的奏對不合世宗的心理的，只要嚴嵩一到，大事就可以立時解決；倘有決斷不下的事，最遲到了第二天，嚴嵩便對答如流，一一判別了。這都是回去和世蕃商量過了，世蕃教他怎樣回答，自能事事得世宗的讚許；嚴嵩對於世蕃的話，真是唯命是聽，果然從來不曾碰過世宗的釘子。

原來世蕃在閒著沒事的時候，拿世宗帝的批語、行為、舉動細細地揣摩，甚麼事怎麼做，甚麼話怎樣答，一一地集合起來，先叫他老子嚴嵩去嘗試；這樣的一次兩次，見世宗很是歡喜，以後世宗的心理，竟被世蕃摸熟了，所以他們父子得以專朝政二十多年，廷臣莫與頡頏了。

那時朝鮮內亂，世宗帝曾派大臣代為弭亂；國王陳斌感激明朝，把著名的朝鮮第一美人送進中國來。這位美人姓曹，芳名喚做喜子，生得粉臉桃腮、媚骨冰肌，一副秋水似的杏眼，看了令人心醉；世宗恰好少個美麗的妃子，見了曹喜子，直喜得一張嘴兒幾乎合不攏來，於是當夜就把曹美人召幸，第二天便封她做了貴妃。

這曹妃帶著兩名侍女，一個叫秦香娥，一個叫楊金英；兩人的面貌雖不及曹貴妃，倒也出落得玉立亭亭，很可人意。世宗帝見兩個侍女生得不差，各人都臨幸過一次；但那個曹貴妃妒心極重，深怕兩個侍女奪她的寵，心裏暗暗懷恨。每遇到了兩人做的事，曹貴妃總是挑挑剔剔的，非弄到兩人不哭泣不止；可是哭多了，曹貴妃又嫌她們厭煩，命老宮人把秦香娥和楊金英每人杖責四十。

兩人似這般地天天受著磨折，又不敢在世宗帝面前多說一句話；真是有冤沒處伸雪，只好在暗地裏，相對著哭泣一會罷了。可憐那個秦香娥受不過這樣的磨難，到了夜裏，趁宮人太監們不備，一縱跳到御河中死了；秦香娥一死，剩下了楊金英一個人，越覺比之前困苦了。

曹貴妃不時動怒，動怒就要加杖；秦香娥沒有死時，兩人還可以分受痛苦，如今只楊金英一個人擔受了，不是更格外難做人了麼？偏是那位貴妃又不肯放鬆，而且防範上更較平日加嚴；因怕楊金英也和秦香娥似的尋死，對金英的一舉一動，都有老宮人監視著的。

一天，曹貴妃又為了一件小事，把楊金英痛笞了一頓；還用鐵針燒紅了，去炙金英的臉兒，弄得白玉也似的肌膚烏焦紅腫，異常的難看。世宗帝突然見了楊金英，竟辨不出她是金英了，楊金英見了世宗帝，只是一言不發地流淚；世宗帝心裏明白，知道這是曹貴妃的醋意，因貴妃正在得寵，不能說為了一個宮人便責貴妃，那是勢所辦不到的事。

幸得過了幾天，楊金英面上的火灼傷慢慢地痊癒了，只是紅一快、白一塊的疤痕，一時卻不能消去；金英攬鏡自照，見雪膚花容弄到了這個樣兒，心中怎樣的不恨！大凡美貌女子大半喜顧影自憐的，金英本來自愛其貌，無異麝之自寶其臍；好好的玉顏幾乎不成個人形，在金英真是愈想愈氣，哭一會歎一會，和痴癲一般了。

曹貴妃毫不憐惜她，反罵金英是做作；那金英由憤生根，因恨變怨，咬牙切齒地說道：「我的容貌也毀了，今生做人還有甚麼趣味？就是僥倖得出宮去，像這樣一副嘴臉，怎樣去見得那人？」

要知這楊金英自幼兒和鄰人的兒子耳鬢廝磨，常常住在一起的，待到長大起來，私下就訂了白首之約；後來金英的父母貧寒不過，把金英留與一家富戶做了侍婢。不知怎的，轉輾流離到了朝鮮，被曹貴妃瞧見，愛她嬌小玲瓏，便代給了身價，把金英留在身邊；曹貴妃獻入中國，金英自然也隨同進宮。

金英是淮陽人，她隨曹貴妃進宮，心喜得回中國，將來候個機會，好和她的情人團圓；誰知金英的情人，倒是揚州的名士，家裏窮得徒有四壁。及至金英被她父母鬻去，這位名士早晚盼望，咄咄書空，茶飯也無心進口，書也不讀了；功名兩字更視做虛名，那裏還放在心上！這樣的憂憂鬱鬱，不久就釀出一場病來。

名士的父母家中雖貧，卻只有此子，把他愛得如掌上明珠一樣；名士的病症一天重似一天，他的父母疑心起來，向他再三地詰詢。名士見自己病很沉重，只得老實說出，是為了楊金英；他的父母因金英被她父母鬻去，久已消息沉沉，也沒法去找尋她，眼看著見子病著，唯有仰屋興嗟罷了。

不多幾時，那名士就一瞑目，離了惡濁的塵世，從他的離恨天而去；這名士逝世的那天，正是金英回國的時候。可憐兩下裏地北天南，那裏能夠知道；倘在金英回國的當兒，能遞個佳音去給他，或者那名士還不至於死去。名士死了，金英還當他不曾死的，心中兀是深深地印著情人的痕兒；如今金英痛著自己容貌已毀，不能再見她的情人，芳心中，早存了一個必死的念頭了。

有一天，曹貴妃帶了兩名老宮人，往溫泉中沐浴去了，宮中只留金英一個人侍候著；恰好世宗帝聽政回宮，見曹貴妃不在那裏，就在繡榻上假寐一會，不由得沉沉睡去。這時，湊巧那個張嬪人（張尚書侄女，和方通判之女同時進宮者）來探望曹貴妃；走到宮院的閨門前，卻已聽見裏面有呼呼的喘氣聲，異常的急迫。

張嬪人有些詫異起來，想睡覺的呼吸決不會有這樣厲害的，便悄悄地躡進宮去；驀見宮女楊金英很

驚慌地走下榻來，張嬪人愈加疑惑，忙向榻上一瞧，見世宗帝直挺挺睡著，頸子上套了一幅紅羅，緊緊地打著一個死結。張嬪人大驚，說聲：「不好！」急急去解那條紅羅。

第七十二回　妃嬪弒帝

張嬪人見楊金英慌慌張張地跑出去，心裏已萬分疑惑，便走得榻前來一瞧，見世宗帝的頸上繫著一幅紅羅，還打了個緊緊的死結；張嬪人大驚，立時聲張起來，外面的宮人內監一齊紛紛奔入。張嬪人忙去解開世宗帝項上的紅羅，一面使宮女去報知陳皇后；不多一刻，陳皇后即乘了鑾輿飛奔地到來，幫著救援世宗。

這時的世宗帝只剩得氣息奄奄，喉間一條繫痕深深陷進膚中，約有三四分光景；倘若張嬪人遲到一步，世宗帝已氣絕多時了。一半也是世宗命不該絕，更兼楊金英是個女子，手腕不甚有力，否則，世宗帝還得活麼？

張嬪人和陳皇后救醒了世宗帝，並令太監去請太醫院來診治；那太醫按了按世宗的脈息，回說因氣悶太過，血脈膨脹，只要靜養幾天，一到氣息寬舒時，就可以復原的。於是書了一張藥方，由內監去配製好了，陳皇后親自煎給世宗帝喝下；看看世宗帝的眼睛已能轉動了，但是不能說話，陳皇后咬牙切齒地恨道：「好心狠的逆奴，竟敢殺起皇上來了！」說著，曹貴妃已沐浴回來。

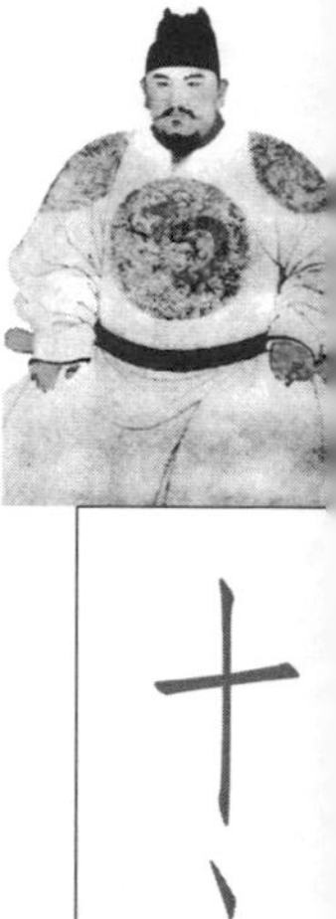

當曹貴妃方入溫泉沐浴，忽見宮人來報：「皇上在宮中假寐，幾乎被楊金英所殺。」曹貴妃聽了，慌得手腳都冰冷起來，要待起身去瞧，那身上的衣服已經脫去，穿戴是萬萬來不及的；可是心裏一著急，那裏有甚麼心洗浴，便匆匆地穿著好了，隨著宮人三腳兩步地趕入宮來。

陳皇后見了曹貴妃，把平日的一腔醋意，從鼻管中直衝到了腦門；即把臉兒一沉，含著嬌怒喝道：「皇上待妳不薄，妳為甚麼要存心殺主？快老實供了。」曹貴妃見說，驚得目瞪口呆，半句話也回答不出。

張嬪人和曹貴妃往時感情是很好的，她見陳皇后要誣曹貴妃殺主，忙走過來替曹貴妃辯白；把目睹楊金英的話向陳皇后講了一遍，陳皇后方命內監去捕楊金英。

那內監去了半晌，才回來稟道：「楊金英已自縊在宮門上了。」

陳皇后說道：「這是她畏罪自盡了。不過楊金英是曹妃宮中的侍女，她膽敢殺主，必是皇妃指使，是可想而知的了。」於是喝叫老宮女著過刑杖來；曹貴妃要待自辯，陳皇后不等她開口，先令宮女們先將曹貴妃責了五十杖。

可憐嬌嫩的玉膚，怎經得起這樣的杖責，早已打得皮裂肉綻，血染羅裳了；曹貴妃哭哭啼啼的，口中只呼著冤枉。陳皇后大怒道：「皇上在妳的宮中被人謀殺，妳怎麼會不知道？要不是妳主使，這話誰相信？像這樣大逆的罪名，妳還仗著花言巧語，脫去妳的干係麼？我知妳不受重刑，是不肯實說的。」

曹貴妃連哭帶訴地說道：「這事賤妾的確是不知情的，娘娘莫要含血噴人。」張嬪人在一旁也覺看不過去，便跪下代求道：「金英既畏罪自縊，這殺主的主意，是金英自己所出，和曹貴妃不曾同謀可知；否則金英怎肯自殺？至少也要把曹貴妃攀出來的。」

陳皇后不待說畢，嬌聲喝道：「妳能保得住曹貴妃不生逆謀麼？不干妳的事不要多嘴！」嚇得張嬪人撅起一張櫻唇，不敢做聲。

陳皇后吩咐宮人，將曹貴妃的上身衣服脫去，赤體鞭背；只鞭得曹貴妃在地上亂滾，口裏抵死不肯招認。

陳皇后冷笑道：「我曉得受刑還輕，是以妳咬定不招。」回顧宮女道：「去鳳儀殿上，把大杖取來，叫太監們用刑。」太監們奉了命令，不敢留情，這一頓的大杖，打得曹妃血肉飛濺，「哎呀」一聲，昏過去了。

陳皇后著內監將曹貴妃喚醒，強逼她招供；曹貴妃知誣招也是死，反落得一個罵名，所以星眸緊闔，索性一聲不響。陳皇后連問了幾聲，曹貴妃始終給她一個不答應；這下惱了陳皇后，霍地立起身兒，親自執杖來打。太監們也挺杖齊下，似雨點般地打在曹貴妃的嫩膚上；可憐金枝玉葉的曹貴妃一口氣回不過來，竟被打死在杖下了。

太監們杖了一會，見曹貴妃的身體有還些轉動，到了後來漸漸不能動彈了；其中一個太監去試曹貴

妃的鼻息，已一點氣息都沒有了，當下跪稟陳皇后道：「曹貴妃已經氣絕。」

陳皇后聽說，似乎有些不信，親自去驗看時，見曹貴妃花容慘白，那玉肌上的鮮血兀是滴個不止，鼻子裏的呼吸果然停止，分明是氣絕多時了；陳皇后卻聲色不動地對太監們說道：「這賤婢既死，算便宜了她，賜個全屍吧！快把她舁出去。」太監們就一哄地抬了曹貴妃的屍體出宮，自去草草地收殮。

陳皇后打死了曹貴妃，到繡榻上來瞧世宗帝；那知世宗帝口裏雖不能說話，心中卻是很清楚的。陳皇后拷問曹貴妃及楊金英畏罪自縊等，他已聽得明明白白；知道曹貴妃是冤枉，陳皇后一味用刑強逼，完全是公報私仇。

所以，這時陳皇后走到榻前，世宗帝因恨她把愛妃打死，便回身朝內，只做不曾看見一樣；陳皇后那裏曉得，且因眼中的釘已拔去，心中反十分快樂，就很殷勤地來服侍世宗帝，甚麼送湯侍藥、噓暖問寒，事事必親自動手。世宗帝卻抱定了主意，無論陳皇后怎樣的小心，她總是一百個不討好。

光陰迅速，看看已過了三天，世宗帝的精神慢慢地有些復原過來了；他病體一癒，不覺就想到了曹貴妃，每念到曹貴妃，就要恨著那陳皇后了。

一天，陳皇后在旁侍餐，世宗帝無意中提起了曹貴妃；陳皇后變色說道：「這種謀逆的賤婢，還去講她做甚？」

世宗帝聽了，不由得心頭火起，把手裏的一碗飯向著地上猛力一摔，道：「妳說她謀逆，可曾有甚麼證據被妳捉著了？朕看妳和曹貴妃究竟有何不解的仇恨，妳卻要誣陷她。如今她已被妳杖死了，妳還不肯饒放她麼？」

世宗帝說話時聲色俱厲，陳皇后不防世宗帝會這樣，又被摔碗時嚇了一跳，這時真個有點忍不住了，便一倒身，伏在案上嗚嗚咽咽地哭了起來。

世宗帝越發動氣，在案上一拍，道：「妳喜歡哭的，回宮去哭個暢快；不要在這裏惹朕的厭惡！」這一拍，又讓陳皇后吃了一驚；弄得她坐不住身兒，只得攙扶著宮人，一步挨一步地回宮。陳皇后本來已有了三個月的身孕，被世宗帝連嚇了兩次，回宮後就覺得腹痛，不到一刻，竟愈痛愈厲害了，只在床上不住地打滾；宮女內侍們慌了，一面去請太醫，一面去報知世宗帝。

那世宗帝聽說陳皇后腹痛，拍手罵道：「她這個惡婦，活生生地把曹貴妃害死了，朕不去收拾她，天也快要不容她了。」

陳皇后由內侍將世宗的話傳給她聽，氣得陳皇后手足發顫，幾乎昏厥；更兼腹痛加劇，當夜就此墮胎。陳皇后胎雖墮了，人卻病了起來，一天沉重一天；不到半個月工夫，也追尋曹貴妃，到陰間去爭鬧了。世宗帝見陳皇后已死，她杖死曹貴妃的這口氣，也算消去了一半；於是命司儀局照皇后禮安葬，謚號為孝安皇后，一切喪葬的儀節，都十分草草。

陳皇后葬畢，世宗帝以六宮不能無統率的人，急於重立皇后；於是在張、方兩嬪人中，指定張氏，

由世宗帝下諭，冊立張氏為皇后，這且按下。

再說嚴嵩自入閣後，長子世蕃也擢升為戶部侍郎；朝中的政事不論大小，均須稟過了嚴嵩，然後入奏世宗帝。嚴世蕃仗著他老子的勢力，便大開賄賂，凡要夤緣做官，只須走世蕃的門路；每官一員，納金若干兩，候補者又若干兩。倘要現缺的，必加倍奉納；金銀的多寡，定官職的大小。

吏部主事王湧，不過一個舉人出身，他投到世蕃的門下，開手就納金二萬兩；世蕃驟得他的多金，覺得無可報答，就在三個月中，把王湧迭擢六次，居然做到了吏部主事了。又有世蕃的同鄉人牛貴的，只獻給世蕃千金，不多幾日，部中公示出來，授牛貴為溧陽縣知縣；這樣一來，官職便有了價錢了，譬如窮寒的典吏，只要湊足了千金去獻給世蕃，馬上就可以做一個現成的知縣。

但自經王湧一獻二萬兩之後，世蕃的胃口愈大了；在初時不過幾百兩，最多也只有幾千兩。王湧起手就是兩萬，世蕃知道做官的人，沒一個不剝削百姓的，手頭自然很豐，樂得敲他們一下；於是鑽謀官爵，動不動要上萬了，至若幾千兩、幾百兩，世蕃眼睛裏也不斜一斜。

世蕃既有了多金，甚麼吃喝穿著，沒一樣不是窮奢極欲；單講他所住的房屋，室中的陳設富麗堂皇，和皇宮裏差得無幾，有些地方實是勝過皇宮。他廳堂中直達內室，都是大紅氈毯鋪著地，壁上嵌著金絲，縷成花紋，鑲著珠玉；還有姬妾的房裏，不但是畫棟雕樑，簡直是滿室金繡，珠光寶氣，照得人眼目欲眩。

世蕃的家裏，共有姬妾四十多人；這四十多人中，要算一個荔娘，最得世蕃的寵幸。那荔娘是青浦江畔人，年紀還不到二十歲，生得雪膚花貌、玉容豔麗，性情又溫柔聰敏；凡世蕃的窮奢極欲，都是荔娘所想出來的。如玉屏風、溫柔椅、香唾壺、白玉杯等，名目出奇，行動別致；有幾樣的花樣，真是歷史所未有的。

就是玉屏風，說來也很覺好笑，甚麼叫做玉屏風？世蕃每和姬妾們飲酒，一面擁了荔娘，一杯杯地飲著；一面令三四十個姬妾，一個個脫得一絲不掛，雁行兒排列著，團團地圍在酒席面前，每人斟一杯酒，送給世蕃一飲而盡。酒到半闌時，便抽籤點名，誰抽著籤的，就陪世蕃睡覺；她們在那裏取樂，這三四十名的姬妾，仍團團圍繞著，任世蕃點名，更換行樂。一年三百六十五天，沒一日不是如此的，就叫做玉屏風。

又有溫柔椅的，姬妾們多不著一絲，兩人並列斜坐在椅上，把粉嫩的玉腿斜伸著；世蕃便去倚在腿上，慢慢地喝酒。又用三四個美姬倒伏在躺椅上，將身體充作椅兒，以三人斜搭起來，活像一把躺椅；世蕃在這些美姬的身上起坐倒臥，當她們躺椅一樣看待，竟忘了所坐的是人體了，這就是溫柔椅。

又有一種香唾壺，世蕃每晨起身，痰唾很多，自睡醒至下床，唾壺須換去兩三個；經荔娘想出一個香唾壺的法子來。到了每天的清晨，姬妾們多赤體蹲伏床前，各仰起粉頸，張著櫻口接受世蕃的痰唾；一個香口中只吐一次，三四十個姬妾掉換受唾，直到世蕃唾畢起身為止。這個香唾壺的名稱，很是新穎

別致；想在那時已有這樣的奇行，怪不得現在的人，沒有一樣做不出了。

又有所謂白玉杯的，是在酒席臺上應用的。譬如世蕃今日大宴群僚，除了令美貌的姬妾照例侑酒外；大家飲到有三分酒意的時候，世蕃便叫拿白玉杯上來。只見屏風後面嚶嚀一聲，走出三四十個姬妾來，都打扮得妖妖嬈嬈，身上薰著蘭麝，口裏各含了一口溫酒，走到席上，拿口代了杯子；每個人口對口，如接吻似的，將酒送入賓客的口中，似這種溫軟馨香的玉杯兒，那酒味當然是別有佳味了。

據當時在座的人說：「美人的香唇又柔又香，含在口中的酒，既不算冷又不算熱，只好說是微溫。」有的故意慢慢咽著，一手勾住美人的香頸，拿口去接著美人的櫻唇，輕輕地將酒吸出來；等得吸完了酒，那美人很是知趣的，便把她那柔而又膩的纖舌，也順著酒兒，微微地送入賓客的口中。這樣一來，不論是甚麼樣的魯男子到了此時，怕也要情不自禁了。

他們正當入溫柔鄉的當兒，世蕃又是一令暗號，這三四十個人的櫻口玉杯，就紛紛地集隊，仍然排列著走進去了；這時的賓客，個個好似中了魔毒一般，誰不弄得神魂顛倒，幾乎連席都不能終，大家再也坐不住了。世蕃見那些賓客偪促狼狽的情形，忍不住哈哈大笑；一班賓客也自覺酒後失儀，被這玉杯兒引得意馬心猿、醜態畢露，所以往往不待席終，多半逃席走了。

世蕃的惡作劇，大都類是。他每宴會一次，必有一次的新花樣；這花樣兒務必要弄得賓客人人神魂飄蕩，情不自禁為止。因而那些赴宴的同僚聽到了世蕃宴客，大家實在不願來受他的捉弄，但又畏他的勢力，不敢不赴；同僚中，每談起世蕃的宴客，誰不伸一伸舌頭，差不多視為畏途。

講到世蕃的為人，性情既是淫佚，姬妾們到了他的手裏，無論甚麼事都做得出來；尤其是那個荔娘，更是為虎作倀，想出許多的方法兒來，輔助世蕃的淫樂。

世蕃最好迎新棄舊，一個姬妾至多不過玩過一兩夜，到了第三天夜就要換人了；而且他玩婦人，往往在白晝宣淫的，不管是甚麼時候，高興了，就玩一個痛快，玩過之後，仍出去辦事，辦了一會公事，又去和姬妾們鬧玩了。人家說是晝夜取樂，獨有世蕃，可算得時時取樂；俗語說「當粥飯吃」，世蕃的淫婦女，簡直可說是「當粥飯吃」了。

那麼，世蕃家裏的三四十個姬妾，日久不免厭了，自然要往外面去搜尋；凡是良家婦女，世蕃所瞧得上的，不去問她是官家還是百姓家，由那些如狼似虎的家人搶將去，把女子拖了便走。待到世蕃玩過三四天，有些厭倦起來了，依舊命家人把她送還；他這樣強劫來的，及人家送給他的和出錢買的，一年之中，真不知要糟蹋多少婦女呢。

世蕃自己也記著一種數目，叫做淫籌。這淫籌是每姦一個婦女，便留一根淫籌在床下，到了年終時，把那淫籌取出來計點一點數目；聽說最多的數目，每年淫籌凡九百七十三隻，也就是世蕃這一年中，算玩過九百七十三個婦人了。一個人能有多少精神，照上面的數目看來，每天至少要玩三個婦女了，不是很可驚麼？

這話不是做書的憑空捏造出來的，有一個的的確確的見證在這裏。甚麼見證？就是那時的青州府王僧緣，他是曾親自見過淫籌的人。

當時王僧緣的授為青州府，也是向嚴家門中營謀得來的；他要上任去的那天，往嚴世蕃的家裏去辭行。僧緣和世蕃本是通家，和平常賓客是不同的，一進門，聽說世蕃還沒有起身，僧緣就一口氣走到世蕃的房裏；世蕃正擁著荔娘高臥，只含含糊糊地命僧緣坐了，世蕃仍舊昏昏睡去了。

僧緣自幼在鄉間讀書，從不曾看見過這樣華麗的去處，但見金珠嵌壁、寶玉鑲床，地上全鋪了綢綾，案上無非是寶物；青羅為帳、象牙雕床，人們走進室中，就覺得珠光燦爛、寶氣縱橫、五光十色，連眼都要看花了。僧緣走著沒甚消遣，就在室中東瞧西看的，各處玩了一轉；凡這室中所有，都是僧緣所不曾見的東西。

忽見世蕃睡的床邊，放著一個明瓦的方架，架上疊著白綾的方巾，一塊塊的約有半尺來高低；僧緣隨手取了一方去窗前細看，那白綾有二尺見方，邊上繡著花朵，瞧上去似十分精緻。僧緣以為是女子的手帕，橫豎這許多在那裏，取他幾幅想來是不要緊的；便暗暗地偷了三四方，把它納在袖中。

不多一會，世蕃已起來了，和僧緣寒暄幾句，即留僧緣午餐；席上餚饌的精美，自然不消說得了。餐畢，王僧緣便辭別了世蕃，匆匆地起程，自去上任。

到了任上，過不了幾天，恰巧逢著同僚中宴會；席間有人提起了嚴嵩父子，同宮中都很是羨慕，只恨沒有門路可以投在嚴氏門下。因那時的嚴氏，誰不聞名？人人知道，只要阿諛了嚴嵩父子，即可升官發財了。

王僧緣聽了同僚們的話，便很得意地說道：「不才在京的時候，倒和世蕃交往過，也不時到他的家裏去的。」於是將他家中怎樣的華麗、怎樣的精緻，真說得天花亂墜；聽得一班同僚都目瞪口呆，讚歎聲嘖嘖不絕。

僧緣講到起勁的當兒，令家人取出所竊的手帕來，傳示同僚，道：「這是世蕃府中姬妾們所用的帕兒，是用明瓦架子架著的，差不多有四五百方；我愛它繡得精緻不過，隨手取了幾方。你們瞧瞧，這帕兒多麼講究？」同僚們看了，又稱讚一會。

末了，遞到一個知縣手裏，約略看了看，忙擲在地上道：「這是婦人家的穢褻東西，怎麼可以在案上傳來傳去？」同僚們見說，個個愕著問故。

那知縣笑道：「世蕃每玩過一個婦女，必記淫籌一隻；將來年終時，總計淫籌若干，就是玩過若干女子，拿來記在簿子上。據他自己說：『他日到了臨死的時候，再把簿上的婦女計算一下，看為人一世，到底玩過婦女多少了。』這一方方的白綾，就是淫籌。

世蕃在交歡完畢，便用這白綾拭淨，置在床邊；家中專有一個姬妾，管這淫籌的事，如計點數目，分別顏色，每到月終報告一次。怎麼淫籌要分別出顏色來呢？因為玩少婦和處女，淫籌各有不同；凡處

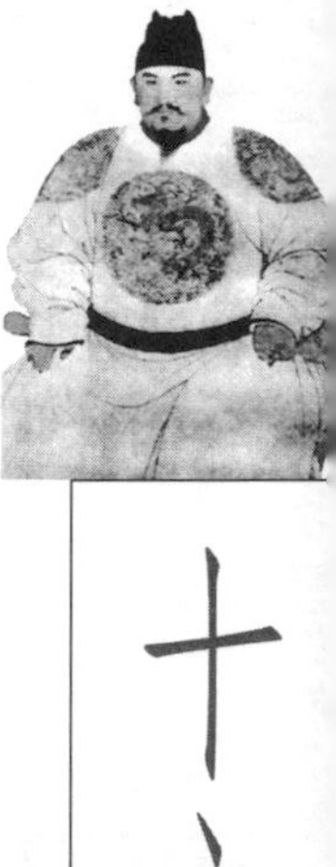

女用過的淫籌，是有點點桃花豔跡，少婦是沒有的；所以世蕃府中，淫籌有處女籌和少婦籌兩種。記起簿子來，少婦籌若干，處女籌又若干，都要分開的；那麼總計起來，少婦和處女就可以比較多寡了。」

那知縣說罷，把座上的同僚一齊都聽得呆了。

那知縣又說：「王知府所取的手帕，就叫做『少婦籌』。」

第七十三回　花枝招展

那知縣說起嚴嵩的家事，異常的熟諳，還把淫籌分別出顏色來；王僧緣卻不曾知道底細的，還當做了是女子的手帕，如今被那知縣說穿了，倒弄得不好意思起來了，連連把那幅方巾摔在地上。

這時有個同僚叫劉通判的，便笑著問那知縣道：「嚴家的閨閣，你何以曉得這樣的仔細？」這句話，反把那知縣問住了，半晌回答不出；過了一會，就借著更衣告便，竟自逃席走了。

那知縣走後，劉通判笑著對同僚們說道：「你們可知那知縣的歷史麼？」眾人都說不知。

劉通判笑道：「他說起嚴世蕃來，似數家珍一般，原來他是嚴嵩的同鄉人（分宜）；自嚴嵩進京，那知縣便投在嚴氏的門下，充一名小廝，為人卻十分勤儉，很得嚴老兒的歡心。他從十三四歲跟嚴氏到現在，對嚴氏家裏的事，當然一目瞭然了。到了去年，他就哀求世蕃，要些差使做；世蕃因他是不識字的，沒有過高的職司可做，在今歲的春間，才委他做了本處的知縣。」眾同僚聽了，不由得倒抽了一口冷氣。

劉通判也歎道：「人情有了勢力就好做事，像這樣的一個家奴，也配做百姓的父母了；我們讀書人，不是只好去氣死麼？」說著就散了席，眾同僚也各自回去不提。

再說世宗帝自陳皇后墮胎死後，繼立了張氏，但是，六宮粉黛從此便無人受娠了；世宗已是三十多歲的人了，對於這宗祧上，常常繫念著。他巴不得妃子皇后們生下一男半女來，聊慰眼前的寂寞；可是天下的事，越是希望得切，卻越覺得辦不到。看看過了一年，宮中的嬪妃仍沒一個懷孕的；世宗帝心裏懊悶不過，便暗中囑那心腹內監懷安，去探訪誕子的方藥。

那個懷安本是個市井無賴出身，因嗜賭如命，把家產蕩得精光；看看有些過不下去了，就發憤入京，投做了閹寺。這時，奉了上命去求異方，他就和蓮花庵的道士去商量；那道士便舉薦他的同道，叫做邵元節的，說元節有呼風喚雨的本領，令他設壇求嗣，是百發百中的。只是不在家中，現居太華山麓，須得有上諭前去，他才肯下山；懷安聽了，忙來回稟世宗。

這位世宗皇帝所相信的即是道士，見懷安說有道士能夠求嗣，不覺眉飛色舞、高興起來；便親自下諭，晉邵元節為道一真人，賜黃金千兩，著速即來京求嗣。並委懷安做了欽使，賚了聖旨前往太華山敦請，這且按下。

那時，世宗又聽了張璁的話，謂宮中宜多置嬪妃，以求早生太子；世宗傳諭，民間選擇秀女，獻進宮中選為侍嬪。這道上諭下去，各處地方官忙得屁滾尿流，直鬧得烏煙瘴氣，亂了一天星斗，還是小百姓的晦氣；不多幾時，外郡紛紛進獻秀女，繡車絡繹道上，脂粉紅顏滿載車中，沿途相望，真是好看極了！都下每天鬧著看秀女，凡外郡的車輛進城，看的人便擁擠道上，都嚷著：「看秀女！看秀女！」

那位世宗皇帝終日忙著點秀女，內外宮監也為了秀女，弄得手忙腳亂，把外來的秀女接進來，等世宗帝選過了，內監又忙著送出去；選中的留在宮中，選不中的退還地方官，令仍然送歸民家，這樣地忙亂了三個多月，多處的秀女統已獻齊了。

世宗帝臨翠華軒，把選中的秀女又重行選擇一遍；三百六十名秀女中，只選得一十六名。一面交給檢驗處，將這一十六名秀女一一檢驗過了，可以充得嬪人的只有九名；餘下的三百五十一名，悉拿來分發各宮，充做宮侍。

世宗拿合格的九名，盡行納做嬪人；那九名是：鄭淑芬、王秀娥、閻蘭芳、韋月侶、沈佩珍、盧蘭香、沈碧霞、杜雅娘、仇翠英。這九位嬪人，一個個出落得月貌花容，非常的嬌豔；其中的杜嬪人，更生得落雁沉魚、羞花閉月。

還有那個盧嬪人，也一樣地冶豔無雙；世宗帝對於杜、盧兩嬪人，比較別個侍嬪格外來得寵幸。其他如鄭嬪人、王嬪人、閻嬪人、韋嬪人、沈嬪人、沈嬪人、仇嬪人等，世宗難得臨幸一兩次；一個月中，杜嬪人召幸至二十次，盧嬪人四五次，挨到仇嬪人等，一個月中還不到一次，有時一次也不去召幸。

宮闈的規例雖嚴，這爭夕拈酸的風習，帝王家的嬪妃和百姓家的妻妾是沒有兩樣的；況且女子們的性情，狹窄妒忌是天生成的，一樣是個嬪人，杜嬪人何以這般得寵，韋嬪人等怎麼如此冷淡呢？這樣一天天下去，不得召幸的嬪人，自然要由恨生妒，由妒而怨，大家就要慢慢地暗鬥起來了。

講到韋嬪人、沈嬪人（佩珍）、沈嬪人（碧霞）、王嬪人、鄭嬪人、仇嬪人、閻嬪人；這七位嬪人裏面，學問要推韋嬪人，聰敏伶俐要算王嬪人，奸惡狠毒要算沈嬪人（佩珍），乖覺是閻嬪人，鄭嬪人最是忠厚，仇嬪人極其和藹，沈嬪人最是呆笨（沈嬪人指碧霞）。

七個嬪人中，性情行為各別，容貌卻是彷彿的；可是做人，總是聰敏伶俐的佔先一點，乖覺的也還不吃虧。王嬪人雖不十分得寵幸，但侍著她的聰敏，想出許多妝飾的花樣兒來，打扮得和天仙似的；俗言說得好，三分容貌七分妝，王嬪人本來算不得醜惡的，再加她善於修飾，真覺得玉立亭亭，臨風翩翩了。

一天，世宗帝駕遊西苑，九位嬪人都侍候著，那位王嬪人站在眾人當中，自和別人不同；世宗帝定睛細看，只見她豔光照人，嫵媚可愛，不由得心中一動，便伸手拉住王嬪人的玉臂，細細地打量一下，愈看愈覺可愛，便賜王嬪人坐了，世宗帝就和她同飲起來。

嬪人見皇帝，無論她是怎麼樣寵幸，皇帝不賜坐，嬪人是不敢坐的；所以世宗帝叫王嬪人坐了，最得寵的杜嬪人和盧嬪人，倒在一邊侍立著，還有沈嬪人等，更較杜嬪人站得遠了。

最是可惱的，是世宗帝命沈嬪人（佩珍）斟酒，沈嬪人斟過了世宗帝的酒，不能不給王嬪人斟酒；王嬪人雖低低謙遜一句，在沈嬪人的心中，卻已老大的不高興了。她想，同樣是個嬪人，為甚麼一個飲酒，一個卻如侍女般的在旁給她斟酒呢？這是誰也咽不下的；當時因是世宗帝的旨意，不好違忤，任沈嬪人怎樣的刁鑽，也有些倔強不來，只得硬著頭皮勉強去做。

這天晚上，世宗帝就著王嬪人侍寢；自後，這位王嬪人也漸漸地得寵了。還有那個乖覺的閻嬪人，因她能侍世宗帝的喜怒，深得世宗帝的歡心，還常常稱讚閻嬪人的為人伶俐；這樣一來，那個閻嬪人也跳出龍門了。於是杜嬪人、盧嬪人、王嬪人、閻嬪人四個人一樣得寵，可算得是並駕齊驅了。

這四位嬪人，暗地裏又爭妍鬥勝，各顯出狐媚的手段來籠絡那個世宗皇帝；只有那兩個沈嬪人，和韋嬪人、鄭嬪人、仇嬪人這五位嬪人，始終爬不上去，心裏怎麼不憤恨呢？尤其是那個沈嬪人佩珍，在背地裏不時地怨罵，結果施出她狠鷙的心計來；弄得最寵幸的杜、盧、王、閻四位嬪人互相猜忌，大家在世宗面前互相攻擊，幾乎兩敗俱傷。你想，沈嬪人的為人厲害不厲害！

杜、盧、王、閻四位嬪人暗鬥的開端，是盧嬪人首先失敗；她在世宗帝諷經的當兒，匿笑了一聲，觸怒世宗，就把盧嬪人貶入冷宮。第二個是閻嬪人，過不上一年，產下一個太子，賜名載基，世宗帝倒十分歡喜，閻嬪人的寵幸幾駕杜嬪人之上；誰知她沒福消受，滿月後，載基一病死了，世宗帝心中一氣，將閻嬪人立時幽禁。

杜嬪人也險些兒被王嬪人傾軋出宮，幸得她的肚子爭氣，忽然生下一個太子來，世宗帝又高興得不得了；接連王嬪人也生了一個皇子，杜嬪人生的賜名載厚，王嬪人生的賜名載壑。在冷宮中的盧嬪人，也生了一個皇子，賜名載璽；世宗帝接連生了三個兒子，這快樂是可想而知的，當時還親自抱了三個皇子，去祭告太廟。

到了彌月的那天，把三個皇子的日期定在一起，朝中大小臣工紛紛上章慶賀，外郡官吏都來獻呈禮物；其中，要算浙江撫臺進的那座長命百歲龕最是講究了。那座神龕是金絲盤繞成的，龕中一個南極仙翁，像係珍珠綴出的；兩旁福祿兩位星官，福星拿著如意，祿星捧了壽桃。

龕下有個小小的機關，只要將手指兒微微的一按，龕門自會開了，走出福祿兩星；一個將如意一搖，變成了一座小亭，亭中一隻白鹿，銜了一朵靈芝，名喚靈芝獻瑞。那祿星的蟠桃也化開了，變成一株梧桐；桐樹上棲著鳳凰，樹下伏了一隻麒麟，名叫麟鳳呈祥。

到了最後，南極仙翁出來了，手裏的一根龍頭杖兒，只略略地一揮，就變成了一幅黃緞的匾兒；匾上大書「長命百歲」四個金字，這時機關也止住了，須得再撥一下，才得恢復原狀。世宗帝看了，很歎它造得精工，便把這樣玩意兒賜與皇子載厚；世宗帝所最喜歡的是載厚，愛屋及烏，那位杜嬪人也侍著這個聰敏伶俐的皇子，由嬪人一躍而為貴妃了。

那時內監懷安，往太華山去請道人邵元節；待到得太華山，邵元節已往四川峨眉山去了。於是又趕到那峨眉山，適邵元節又往泰山去了；懷安又趕到泰山，仍遇不到邵元節。再行一行探，方知他往江西龍虎山，拜會張天師去了；懷安沒法，重又起往江西，才得和邵元節見面。

呈上聘金，開讀了聖旨；邵元節回說：「一時沒得空閒，須三個月之後，方能一同赴京。」懷安沒奈何，只得耐著性兒，在江西等了三個月，始得與邵元節起程。

這一路上，懷安借著奉旨的名兒到處索詐，地方官吏被他弄到叫苦連天；他經過臨清時，硬責地方官吏供應。其時臨清的知縣海瑞，別號剛峰，為人剛愎倔強，做官卻很是清廉；他自到任臨清，已做了三年多的官了，依舊是兩袖清風，一副琴劍而已。

這時，他聞得懷安太監經過，勉強帶了個差役出城去迎接；那懷安偕著邵元節，沿途是作威作福慣的了，差不多的府郡縣邑，聽得懷安是皇帝親信的內侍，又是奉旨的欽使，誰不想巴結他一下？凡一切的供應鋪張，務求奢華，以博取懷安的歡心；所以把個懷安奉承得趾高氣揚，幾乎忘了自己的本來面目。

他所經的州縣，那些知府、縣尹除了挖自己的腰包竭力供應之外，至少要送他一千和八百；懷安的行車上，後面累累的都是金珠寶物，數十車接連著行走，引得一班綠林中人，一個個垂涎三尺。但懷安每到一個去處，地方官總是派兵護送出境的；到了鄰縣，自有該縣的地方官派了親兵來接，宵小沒有空隙可趁，只好望洋興歎。

誰知到了臨清，不是縣尹上飭人來接，懷安心中很是詫異；那鄰縣護送的兵士，見已出了自己的境界，照例辭了懷安自回。懷安眼巴巴地望著臨清縣有人來迎，走了半晌，鬼也沒有半個；懷安不覺大怒道：「這瘟知縣難道聾了耳朵、瞎了眼的麼？為甚麼還不來接我？」說罷，回顧從人道：「你們給我把那個瘟知縣抓來，等我來發落！」

從人領命，正要回身去臨清縣署，狐假虎威地發作一會；遙見遠遠的兩個敝衣破履，如乞丐般的鄉民，

從大路上一步一蹶地走來。看看走近，懷安大聲問道：「你那兩個花子，可知本縣的知縣在甚麼地方？」

那兩個人當中，一個面色白皙，略有微鬚的人拱手說道：「卑職就是本縣的縣尹；得知張公公（懷恩姓張）駕臨，特來迎接。」

懷安聽了，不覺呆了半晌，才高聲喝道：「你這傢伙窮形極相的，這樣瘸腳的人，也配做得父母官麼？」

那人正色說道：「為吏只要廉潔愛民，豈在相貌的好壞？」

懷安被他一句話塞住，弄得開不出口，怔了好半晌，又喝問道：「你既是本處的父母官，為甚麼裝得這般窮乏，連做官的威儀都沒了；你自己看看，可像個甚麼樣兒。」

那人笑道：「本縣連年荒歉，百姓貧苦得不得了；知縣為人民的父母，應該要與人民同嘗甘苦的。況卑職生性是不願剝削小民的，只有拿自己官俸去賙濟小民，怎麼不要窮呢？」

懷安聽了，也拿他沒法想，便問：「你叫甚麼名？」

那知縣應道：「卑職就是海瑞。」

懷安猛然地記起海瑞的名兒，一路上聽人道起，他是個清廉官兒，也算得是個強項縣令；知道今天到了這裏，只好認了晦氣。看他那個樣子，是敲不出甚麼油水的了；於是垂頭喪氣的，和邵元節兩人一同跳下馬來，跟著那知縣海瑞到了館驛。

但見驛中也沒有驛卒，只一個老婦、一個少女在那裏當差；懷安便問海瑞，為甚麼不用男僕？海瑞答道：「那些僕人嫌這裏窮不過，做不到幾天已自行潛逃走了；卑職不得已，令老妻和女兒暫來此處侍候公公。」懷安見說，方知這驛令的老婦、少女，還是知縣的太太小姐哩。

及至走進館驛裏面，見一張破桌，四五張有底沒背的竹椅兒，兩張半新不舊的臥榻，榻上各置著一床粗布的被兒；懷安看了，一味地搖頭。過了一會，海知縣供上午餐來，卻是黃虀淡飯，非常的草率；懷安在平日間，穿的綺羅，吃的肉食，像這樣的粗茶淡飯，他那裏能夠下咽？還是邵元節，算勉強吃了一些。

到了晚上也是一樣的，海知縣又親自掌上一盞半明不滅的氣死風油燈來；懷安到了這時，好似張天師被鬼迷，有法沒處用了。這一夜冷清清的，在破窯似的館驛裏面，寒風颯颯，村外的犬吠狺狺，野樹上的鴞聲惡惡；那種淒涼的景況，真是生平所未經的。

又睡在這粗布被上，不蓋又冷，蓋了又實在有些難受；把個窮奢極欲的懷安弄得翻來覆去的，一夜那裏睡得著？好容易聽得遠遠的雞聲三唱，天漸漸地破曉了，懷安似坐了一夜牢獄，巴不得天色早明；忙忙地起身，胡亂梳洗好了，和邵元節兩人帶了從人，匆匆地趕往別處去了。

懷安離了臨清，剛出得臨邑的地界，走不上半里多路，忽然的一聲喊起；十九個大漢馳馬飛來，不問皂白，把懷安載著的金銀珠寶擁了便走。從人要想上去爭奪，被一個大漢挺刀搠翻了三四個，餘下的就不敢上前了；懷安見遇了暴客，性命要緊，便棄了所有的東西空身逃走。

狂奔了一程，邵元節也追上來，看那後面不見強盜趕來，大家才把心放下；不一刻，從人等也齊集

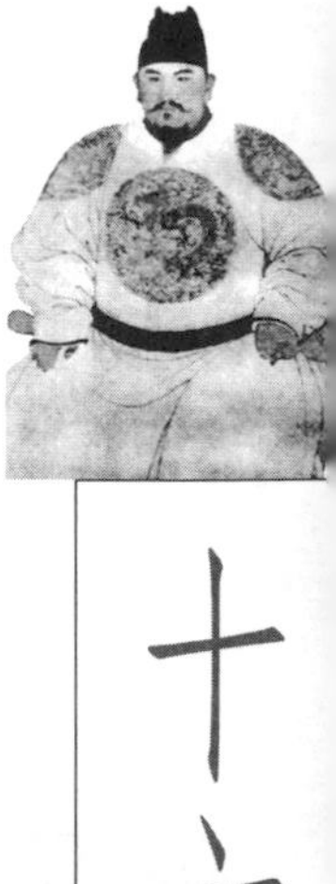

了，受傷的三四人及索詐來的金珠一樣也沒了，連車輛也被強盜搶了去，懷安這時的懊惱，比宿臨清的時候更要加上幾倍。但是強盜的事，他們是不畏王法的，任你懷安怎樣的威風，也拿他們沒法的；只得兼程趕往鄰縣，前去報失。

那知縣雖竭力地替他去查緝，一縣的差役忙得一天星斗，仍是毫無影蹤；懷安限定他們一個月破案，到了期限，休說是強盜了，竟然連小竊也不曾捉著半個的。算晦氣了兩個差役，把兩股幾乎打爛了；懷安等得不耐煩了，便擇日起身走路。

那知縣雖想巴結懷安，無奈捉不到強盜，也是沒奈何的事；只好等懷安臨行的時候，拼拼湊湊地送了他三千兩。在那知縣已掙出一身大汗，懷安卻連正眼都不覷一覷；他認為再多也失去了，這點兒自然不放在心上了。不過，懷安自經過這次巨創，把那個海瑞恨得牙癢癢的；他恨的是海瑞不派從人護送，以致多日的收羅亡於一旦。

當下懷安一路進京，他搜括和剝削兼施，手段愈弄愈兇，務要把失去的金銀珠寶依舊搜刮過來；這樣遊遊宴宴地到京，果然滿載而歸。那時已是冬末春初，又是一年了；總計懷安去請邵元節，足足一個半年頭，才把邵元節請到。於是領了邵元節覲見世宗帝，將路上尋覓的經過，細細地述了一遍；好在世宗帝的幾位嬪妃都已生了太子，無須邵元節求嗣了。

元節見了世宗帝，禮畢，世宗帝問過了姓名；看那邵元節道骨仙風，與平常的道士不同，就問他長生的方法。邵元節說是寡欲清心，世宗帝很嘉許他這個意思，就把邵元節留在宮中，替他建起一座真人宮來；又在內宮特地築了一座醮壇，邵元節天天登壇祈禱，世宗帝也親自叩頭禮拜。只見得香煙縹緲中，常有一隻仙鶴翱舞煙霧中，護住那個爐鼎；世宗看了暗暗稱奇，於是越發信任邵元節了。

世宗帝因一心求那長生方兒，日間聽政回宮，就來壇上行禮；晚上只宿在壇下，甚麼杜貴妃、王嬪人等，好久都沒有召幸了。一天，世宗帝和邵元節談禪，直到三更多天方回壇下安寢；其時經過那個壇臺的左側，叫做青龍門，見有三四個少女，在那裏打著鞦韆玩耍，世宗帝也看得她們好玩不過，呆呆地站在青龍門邊，一聲不響地瞧著。

那幾個少女，妳推我擁地鬧了一會兒；其中一個十五、六歲的，才攀上鞦韆，只甩得兩下，鞦韆的繩兒忽然斷下來，把那少女直拋出丈把來遠，恰好撞在世宗帝的身上。世宗帝怕她閃痛了，慌忙伸手把她扶住，那少女直笑得前仰後俯，鶯鶯嚦嚦的，一時立不起身來；驀然回過她的粉臉，見是世宗帝站在她旁邊，不由得嚇得花容失聲，低了頭，花枝招展也似地跪了下去。

世宗帝一面把她扶起來，細看那少女，一張嬌小的臉兒，覺得她很是嬌憨可愛；世宗帝忍不住心裏微微的一動，牽著那少女纖纖的玉腕，到了壇下的禪室裏，就在雕牙床前，按她並肩坐了。世宗帝一面摟著她的酥胸，笑嘻嘻地問道：「妳喚甚麼名兒？進宮幾年了？」

那少女似驚似喜地，紅著臉兒答道：「民女叫萍兒，青柳人，那年和杜娘娘（杜雅娘）一塊兒選進

宮來的。」

世宗帝想了想，卻又記不起來；因又笑說道：「妳可有姊妹兄弟，家中還有父母沒有？」

萍兒低低地答道：「民女是自小沒父親的，家裏很清貧；這次選秀女，是被縣令錢如山強行指派的。母親只生了民女一個，心中很是捨不得，又沒銀兩去孝敬縣令，母女兩個只好生生地分離了；似隔壁陳家五小姐的，他們有錢去賄那縣令，便可設法不致被選了。」萍兒說時，不禁想起她的老母來，眼圈兒一紅，噗簌簌地流下淚來。

世宗帝一面從袖中掏出羅巾替萍兒拭淚，口裏安慰她道：「妳不必傷心，將來朕也封妳做個嬪人，妳想可好麼？」說著，故意把臉兒似笑非笑的，瞪著兩隻眼睛，一眨一眨地對著她。

萍兒本來還是天真爛漫的孩子氣，被世宗帝這樣一逗引，眼淚還掛在眼下，卻噗哧地笑出來；自己也覺得不好意思，向世宗帝手中搶過羅巾，掩住她半個粉臉，往著世宗的懷裏一倒。世宗帝哈哈大笑，萍兒伏在世宗帝的膝上，也格格地笑起來；世宗帝趁勢將她一抱抱在膝上，俯身去嗅她的粉頰，嗅得萍兒倚身不住，倒在榻上打滾。

那香軀卻又被世宗帝按住了，萍兒動彈不得，只把兩隻凌波的纖足，一上一下的亂顛；世宗帝還伸手到萍兒的懷中去呵她的癢筋，萍兒挨不住癢，索性放聲大笑。兩人在禪室裏正在得趣的當兒，不提防禪室門外啪的一響，跳進一樣東西來；世宗帝和萍兒都吃了一驚。

第七十四回　紅顏碧血

秋水盈盈，春情如醉，脂香陣陣，意緒纏綿；精緻的禪室裏，充滿了洛陽春色，那嚦嚦的珠喉，發出一陣嬌憨的笑聲來，真似出谷的黃鶯，令人聽了心醉神蕩，情不自禁。這萍兒是個情竇初開的小女兒，天真未泯，憨態可掬；世宗帝和她鬧著玩，引得萍兒笑聲吃吃，媚眼帶妍，香顰微暈，似有情又似無情的，小女兒家往往有這樣的表情。

世宗帝正和萍兒打著趣，不防門外跳進一個神頭鬼臉的東西來，把萍兒和世宗帝都嚇了一跳；只見那怪東西似人非人的，慢慢地走進榻前，往燈光下望去，更覺得十分可怖。萍兒素來膽小如鼠的，這時已嚇得往榻上亂躲，拿一幅繡被掩住了頭臉，索索地發抖；世宗帝倒還膽大，待那個怪東西走近，便從榻上直躍起來，只飛起一腳，把那怪東西踢了一個觔斗，早哇的哭出來了。

世宗很是詫異，忙拿燈去照看，卻是一個十二、三歲的小宮人，反披了一件繡服，將羅裙繫往兩肩，頭上套了一個鬼臉，遠望去似巨木的一段；又兼在夜裏，突地和它遇見了，誰也要嚇得跳起來。世宗帝看了也覺好笑，問：「誰叫妳扮得這個樣兒？」

那小宮人見是世宗帝，慌得她身體打顫，含著一泡眼淚答道：「外面的姐姐們聽得室中笑得起勁，特地推我進來嚇人的。」世宗帝聽說，回身向門外瞧看，那些宮女已逃得無影無蹤了。原來一班宮女聞得禪室中格格的笑聲，辨出是萍兒和人鬧玩，又知道她是膽小的，所以叫小宮人扮了鬼臉來嚇她；及至瞧見世宗帝從榻上跳起來，方知萍兒是和皇帝玩笑，嚇得一個個魂不附體，回轉身來，沒命得逃向僻處去了。

當下世宗帝也不動怒，只喚那小宮人起身出去，隨手把禪室門輕輕地掩上；再看榻上的萍兒，兀是在那裏發抖，世宗帝向她肩上微微地拍著，說道：「痴兒休要驚慌了，那不是怪物，是宮侍們扮著鬼來嚇妳的。」

萍兒聽了，才敢鑽出頭來，眼對著燈火，只是呆呆地發怔；世宗帝曉得她驚魂乍定，尚有餘恐，就順勢把萍兒的粉臂一拖，擁在懷裏安慰她。過了好一會，萍兒漸漸回復了原狀，依舊有說有笑的，顯出她一派的天真爛漫來；世宗帝一面和她說笑著，一面便替她解去羅襦。

這時的萍兒，又似喜歡，又似驚懼狀態，就是有十七八個畫師，怕也描寫不出來哩；是夜，萍兒便在禪室中侍寢。但她年齡到底還在幼稚，不懂得甚麼的情趣，只知一味的孩子氣；這一夜在禪室裏，一會兒嘻笑，一會兒又啼哭，像這樣的直鬧到雞聲亂唱，才算沉靜下去。

世宗帝很寵愛萍兒，從此命她侍候在禪室裏；世宗帝每晚諷經，萍兒就在旁侍立，等世宗帝誦完了經，方攜手入寢。那萍兒到了此時，卻不似前日的啼哭了，世宗帝也愈加憐愛；又諭總務處，賜給萍兒的母親黃金二千兩，作為養老之費。

一天，世宗帝無意中問萍兒道：「妳們民間的女兒，為甚麼聽見選秀女時都要害怕？難道將來不去嫁丈夫的麼？」

萍兒把粉頸一扭，道：「充秀女和嫁丈夫差得遠咧！女孩兒們嫁了丈夫，雖說和父母暫時別離，不久就可以見面的；若是做了秀女，一經被選進宮，永世不能與父母相見的了。那麼，有女兒和沒有女兒，又有甚分別？所以女兒被官吏選中，做父母的只當那女兒是死了。

僥倖到得京裏選不中，退回來時，可算得是再生了；那時做父母的重得骨肉相逢，像天上掉下一件寶貝來，也沒有那樣的歡喜。可是選中的人家，眼睜睜地瞧著別人的女兒回來了，自己卻消息沉沉；這時的傷感和悲痛，就是心頭剮一塊肉，也沒有這般的難受。」

世宗帝見說，不由得惻然道：「生離死別，本是人生最傷心的事了。」於是下諭命總管太監，凡宮中所有的宮侍，在二十歲以上的，一概給資遣回原籍，令其父母自行擇配。

這道諭旨下來，闔宮的宮侍歡呼聲不絕，由總事太監一一錄籍點名，滿二十歲的，便列在這遣歸的籍中；那些宮女拔簪抽珥的，紛紛賄賂那太監，巴不得自己名早列籍中。可憐深宮裏面，竟有年齡在三、四十歲以上的老宮人，半世不見天日了；一朝得到這道恩旨，真連眼淚都幾乎笑出來。

管事太監錄名已畢，共得一百九十二人，有四十幾名，還是孝宗朝的老人，都有四十多歲了；世宗帝著將一百九十二名老宮人，每人賞白銀三百兩，各按籍貫，令該處的地方官查詢宮人父母的名姓，即日遣歸。到了遣散宮人那天，車輛絡繹道上，那老宮人款段出都，大半是半老徐娘；所謂「來時綠鬢青絲，歸去已是白髮蕭蕭」，當時確有這種景象。

她們回到家中，父母多已亡故；憶起和父母分別，今日回來，只剩得一抔荒土，麥飯糊漿、欷歔奠弔，淒涼狀況，真有不堪回首之歎了。世宗帝既遣散了一百多個老宮人，自然要添進新宮人；於是選秀女的風潮，又鬧得烏煙瘴氣。

這一次挑選宮侍，經世宗親自過目，四百五十二人中，只選得一百十七人；一個個都是丰姿秀麗、美目嬌盼。單講其中一個宮女，是青陽地方人，芳齡還只有十九歲，生得秀靨承顴、眉目如畫，一捻纖腰、輕身如燕；世宗帝見她嫵媚動人，便把她留在禪室中侍候。

這個青陽人的宮女，姓徐名喚翠琴，為人很是伶俐，尤是會善侍色笑；不過每遇到世宗帝和她說笑時，總愁眉苦臉，不是推託趨避，就是默默地垂淚。世宗帝細察翠琴的形色，知道她一定別有心事；但是盤問她時，卻怎麼也不肯吐露。

光陰荏苒，轉眼又是春初；鳥語花香，微風如暖，人們最好的光陰要算是春天了。世宗帝這時除了參禪之外，就是攜著杜貴妃、王嬪人等遨遊西苑；那個聰敏伶俐的王嬪人採了百花，釀成了一種香釀，世宗帝稱她的酒味甘美，特在西苑的涵芳榭裏，設了一個百花釀會。自王公大臣、后妃嬪人，每人賜三杯百花釀；世宗帝又傳諭，大臣各吟百花詩一首，君臣王相唱和。直飲到日落西山，王公大臣由太監掌上明角燈送出宮門，方各自乘轎回去。

世宗帝待大臣們散去，見東方一輪皓月初升，照著大地，猶如白晝一樣，不覺高興起來；命嬪妃們侍著，重行洗盞更酌。這時，那個張皇后也在旁侍飲，她見世宗帝鬧酒，越喝越起勁了，心裏早有八分不悅的了；恰好那個宮女翠琴也侍立在側，世宗帝命宮侍賜給她一杯百花釀，翠琴謝了賜，才起身把酒喝了。

但她是個不會飲酒的，一杯下肚便臉泛桃花，白裏顯紅，紅中透白，愈見她嬌豔可愛了；世宗帝已微帶酒意，忍不住一伸手，拖了翠琴的玉臂撫摩展玩，看了又看，嗅了再嗅，大有戀戀愛不忍釋的概況。張皇后在旁邊目睹著世宗這樣的醜態，心裏很是難受；那一縷酸意由丹田中直透腦門，便霍地立起身來，把手裏的象箸向桌子上一擲，回身竟自地悻悻走了。

世宗帝是素來剛愎自持的，又兼在酒後，怎肯任張皇后去使性；當下也勃然大怒道：「妳那時不過是個侍嬪，朕冊妳做了皇后，也沒有薄待妳；妳倒在朕面上來發脾氣了，看朕不能廢了妳麼？」說罷，擎起了手中的玉杯，往著張皇后擲去。

虧得張皇后走得快一些，還算不曾擲著，只衣裙上的酒汁已稍微有點兒濺著了；張皇后回到宮中，

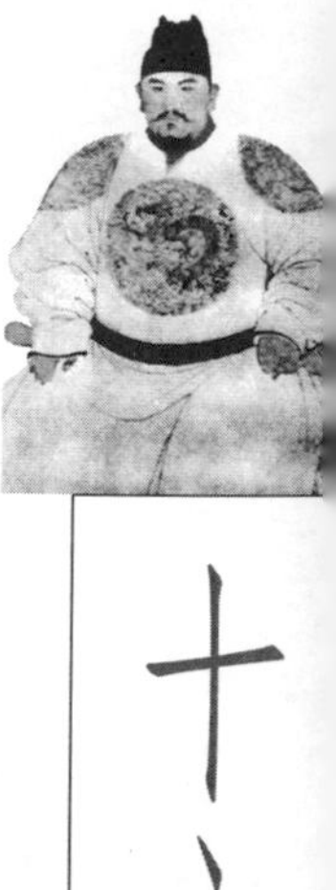

心中越想越氣悶，不禁放聲大哭起來。這裏世宗也怒氣不息，立命內監取過筆硯來，下了廢去張皇后的手諭；蓋了璽印，吩咐內侍早期頒示閣臣。

那翠琴怔怔地站在一邊，見世宗帝對於皇后尚且這樣的暴戾無情，其他的嬪妃可想而知；人說帝王多是棄舊憐新的，一厭惡就棄如敝屣，毫無情義的，這話的確可信。翠琴呆呆地想著，心裏十分膽寒；忽見世宗帝擬好了諭旨，醉醺醺地走過來，一把握著翠琴的手腕，往禪房裏便走。兩邊侍候的太監，慌忙掌燈引導；世宗帝不等太監燃燈，已趁著月色，走出涵芳榭去了。

翠琴見世宗帝酒氣直衝，不敢藉故推託，以致觸怒於她；但是芳心之中，卻必必剝剝地亂縮，正不知世宗帝是怎樣的意思，又想到剛才世宗帝對皇后的情形，覺得還有餘悸。這時，後面的內監提著紅紗燈，紛紛地趕上前來；世宗帝聽得腳步聲，回頭見四五個內監手裏都掌著燈，便叫他們退去，不必來侍候。太監們領會，就立住腳不走；直等世宗帝走得遠了，他們才回身各自散去。

翠琴察覺世宗的舉動似有些不妙了，他連侍候的內監也屏去了，這不是明明要翠琴去侍候麼？看看到了壇下的禪室面前，世宗帝和翠琴並肩走進禪室，令翠琴閉上了門，就老實不客氣地呼她解衣侍寢。翠琴見說，這一驚非同小可，她所怕的即是這個；今天瞧透世宗帝是心懷不善，這一遭或是不能免的，現在果然不出翠琴所料。

此刻的翠琴真有點為難了，她要是不領旨，違忤了上意，罪名很不小；倘然低首應命，豈不是白璧受玷？思來想去，一時找不出一個兩全的法兒來。翠琴心裏如十七八隻桶似的上上下下，身體僵也不動；世宗帝上榻，擁著繡被，一迭連聲地催促，弄得聰敏伶俐的翠琴，好似船頭上的跑馬，走投無路了。

世宗帝見她還是站著挨延，當她女孩兒家怕害羞，故意在那裏作態；於是赤體跳下床來，一把擁了翠琴，往那榻上一按，一手就替翠琴去鬆鈕解襦，差不多要用強了。翠琴萬不料這位堂堂的皇帝，竟會做出急色的手段來的，想把身體強起來，兩條腿已被世宗帝軋住，先已動彈不得，左手又被世宗帝緊緊地握著；兩個轉身，上衣已被世宗帶解開，酥胸微袒，露出兩個又白、又嫩、又紅潤的新剝雞豆。

世宗帝帶笑用手去撫摩，覺得溫軟柔滑、細膩無儔；世宗帝得了些便宜，又要進一步去解她的小衣了。那時女子的衣服，不比現在的滿人裝束，前襟胸旁都有鈕扣兒的；明代的女子，大都衣著斜襟（領如僧衣），大領的半衫，下面再繫一條長裙，那衣服裏面不過縛一條絲帶罷了，只要把那條絲帶解去，上身的衣服就此卸下來了。

倘要解那羅褲，可沒得這樣容易了；何以呢？因那羅褲的樣子和現代的相彷彿，不過褲子的外面，更多加上一條短裙，要解褲子，非把短裙去掉不可。世宗帝是個慣家，自然首先拉去翠琴的短裙，手要解那褲子了；這時翠琴著急的不得了，又不敢高聲叫嚷，即使妳叫喊起來，任妳叫破了喉嚨，也不會有

人來救援的。

值此千鈞一髮的緊急當兒，翠琴忽然柳眉倒豎、杏眼圓睜；嬌嗔一聲，羅襪中驀地掣出一把鋒利的尖刀來，向著世宗帝的喉間刺去。世宗帝眼快，燈影下只覺得白光一閃，忙將頭避過，頸上已劃了一條刀痕，鮮血直流出來；世宗帝頸上微覺有些疼痛，用手一摸卻是濕膩膩的，燈下瞧出是鮮血，不禁喊了一聲：「哎呀！」

這一聲喊，恰巧侍衛總管陸炳，從壇下巡過，聽得世宗帝的喊聲不是無故而發的，好似驚駭的極叫；陸炳是個心細的人，他自前次在火焰中救出世宗帝之後，兩腳受了火灼的傷痕，經太醫院給他治癒。世宗帝嘉他的忠勇，授為伯爵，又擢他做了侍衛總管兼京營的兵馬都督；陸炳既做了侍衛總管，他在每晚的黃昏，必親自進宮，往四下裏巡逡一遍，叮囑那些侍衛小心值班，自己暫出宮回都督府。

這是陸炳平日的規例，風雨不更的；這天夜裏，陸炳為了應酬同僚，進宮遲了一點。那也是世宗帝合當有救，所以喊了聲「哎呀」，正被陸炳聽得。這陸炳是心細的人，他聽得聲音有異，心裏先已疑惑的了，便昂起著脖子，向那禪室的窗洞中來張望；不望猶可，這一望之下，嚇得陸炳魂靈兒飛上了半天。

原來，他往窗內望進去，見世宗帝精赤了身體，頸上胸前都是鮮血；榻上一個美貌的女子，手裏執著明晃晃的一把尖刀，正從床上跳下來，一手似在那裏緊著衣襟，粉臉上殺氣騰騰，一雙杏跟瞪著世宗帝，好像要動手的樣兒。

這時，陸炳已知道間不容髮了，便大叫一聲：「休得有傷聖體！」只盡力一腳，那禪室門被他踢倒下來。世宗帝和翠琴都吃了一驚，乃至見是陸炳，世宗帝忙道：「卿快來救朕！」話猶未了，陸炳已大踏步搶將進來，又開五指向翠琴抓去。

翠琴瞧見陸炳雄赳赳的那副形狀，深恐受辱，就反過尖刀，往自己的喉中便刺；陸炳怕翠琴一死，沒了活口，追究不出主使的人來，怎肯輕輕地放過她呢？說時遲，那時快，翠琴的尖刀才到項前，陸炳急忙扳住她的粉臂；翠琴見不是勢頭，索性一刀對準了陸炳的頭上刺來。

陸炳把頭一偏，翠琴戳了個空，又兼她用刀太猛，香軀兒和刀一齊直撲過來，刀尖巧巧地刺在陸炳的右腕上，鮮血咕嘟咕嘟地直冒。陸炳也顧不得痛了，罵一聲：「好厲害的潑婦！」兩手將翠琴的粉臂只一搭；想翠琴那樣弱不禁風的嬌女兒，怎經得陸將軍的神力，早被陸炳掀翻在地，纖腕握不住尖刀，噹啷的一響，已拋出在丈把外的門邊上了。

陸炳搏住了翠琴，一手就自己身上解下一根絲帶兒，把翠琴的兩手結結實實地縛好了，回身來瞧世宗帝；且說宗帝赤身蹲在榻邊，兩眼只是呆瞪。陸炳知他受了驚恐，忙俯身下去，把世宗帝扶上了牙床，取個枕兒做個背墊，合斜坐在那榻旁；又拉幅繡被替他輕輕蓋上了，低聲說道：「陛下受驚了麼？」

世宗帝已噤了口，不能答應，只略略點了點頭；陸炳回頭去倒了一杯熱蔘湯，遞給世宗帝慢慢地飲著，自己三腳兩步跑到警亭下面，叮叮噹噹地打起一陣雲板來。這警亭的雲板，非有緊急事兒是不打的；當時闔宮的太監、宮人、侍衛紛紛奔集，陸炳令侍衛退去，一面只吩咐內監去召太醫，又選了幾個靈敏的宮女，去禪室裏服侍世宗帝。

且慢，做書的講了半天的混話，幾乎要前文不對後話了。因為世宗帝在禪室中，難道連宮人、太監都沒有一個麼，卻要等陸炳來打雲板傳喚？世宗帝身邊的那個萍兒，又到甚麼地方去了？這都有個講究的。

須知禪室不比宮廷，是世宗帝參佛的禁地，太監、宮人不奉召喚，是不敢進來的；在世宗帝回禪室的時候，本來有五六名內侍跟著，都被世宗帝和翠琴打發走了。那個萍兒，自翠琴進宮，世宗帝是嫌舊愛新的，便命翠琴在禪室中侍候；萍兒封了嬪人，另居別宮去了。陸炳在匆促中，不知道傳喚哪一宮的太監，所以只好去打雲板了。

過了一會，太醫來了，診脈已畢，處了藥方，內監忙熬煎起來，給世宗帝飲下；又過了好半晌，世宗帝心神漸漸地定了，才能開口說話。那時，太醫替世宗帝把頭上的傷痕裏好，拭去血跡，起身退出；太醫走後，世宗帝令陸炳將翠琴帶過來跪在榻前。

世宗帝徐徐地問道：「朕和妳有甚仇怨，卻來持刀行刺？朕看妳身上帶著利刀，起意應已不止一天了，妳係受誰人的指使？從實供出來，朕決不會難為妳的。」

翠琴朗聲答道：「今天的事，全是出自我自己的主意，並沒有誰指使的；至於我要刺你，不是和你有怨，更不是與你有仇，實在是你逼人太甚了，我才拔出刀來自衛的。」

陸炳在一旁稟道：「陛下無須多問，侍臣帶她到部中去刑訊去。」

世宗帝搖頭道：「朕已明白她的用意了，只傳總管太監進來，把翠琴領到景春宮去暫居。」這景春宮就是從前的景寒宮，為專貶嬪妃的所在。

是夜陸炳留在宮中，到了明日的上午方行出宮；世宗帝居禪室裏養傷，足有三天沒臨朝政。那個翠琴被禁在冷宮，知道世宗帝不加殺戮，尚有不捨之意；但自己終抱定了主旨，無論如何，寧死不辱就是了。這翠琴為甚麼要如此堅決？後文自有交代。

再說嘉靖年間，有個著名的北方大俠，叫做紅燕的，是順天人；他生平沒有名姓，江湖上都稱他做紅燕。這紅燕往來大江南北，都行些俠義的事兒，專殺貪官污吏，幹下了案子，就留一隻紅絨的燕子在事主家裏；紅燕的聲名於是遠震四方。

一班做官的聞得紅燕的名兒，一個個魂銷膽落；那時，也曾派得力的探捕四處偵捕紅燕，不但紅燕捕不到，承擔這差使的捕役倒已被他殺死了，這樣一來，捕役們要顧性命，從此誰也不敢去嘗試了。

一天，這紅燕經過通州，見一群少年在那裏練武；其中一個美少年正在使一對虎頭鉤，雖不見得十

二分的高妙，卻也算得是後起英雄了。那群少年使完傢伙，各人又在比箭；湊巧天上有一陣鴻雁飛過，那美少年連射了三矢，三隻雁兒先後墜下地來。

這時，看得全場的人暴雷也似的喝一聲采；紅燕看了，不覺暗暗點頭，便上去和那美少年打了招呼，問起了姓名。那少年說姓尚，單名一個玉字，是本處人；紅燕與尚玉一交談，倒是很投機，兩人就交起朋友來了。

第七十五回　草澤恩怨

紅燕見尚玉技藝不弱，就和他敘談起來，兩人的主張很相契合；尚玉也久聞紅燕是個俠士，心裏十分傾倒。那尚玉自幼便沒了父母，投靠他的族叔過活；但他五六歲時已喜歡舞槍弄棒，不太喜歡讀書。他那族叔說道：「現在天下太平了，用不著甚麼武藝，還不如棄武習文的好。」

尚玉答道：「我學了武藝，即使不替國家出力，專誅那亂臣賊子，給百姓除害也是好的。」他族叔聽了點點頭，從此也不去禁止他習武了。

後來，尚玉投著了一位名師，叫做李勝芳的，是個有名的拳教師，十八般武藝樣樣皆精；勝芳在京中專教那些官家子弟，俸金極大，普通人家是請不起的。他生平的弟子，在疆場上立功業的很多，如靖遠侯永希，做到三邊總制，也是勝芳的弟子；他那許多蔭爵封官的弟子，都要叫他做官，勝芳卻是淡於名利，除了授徒自給外，真是個一介不取的硬漢。

嚴嵩父子專政，嚴世蕃出重金延聘勝芳，命他教授家將；勝芳只推說年衰力竭、技術荒疏，堅辭不就。世蕃再央人去請他時，勝芳已揹了旅囊，跨著一匹健驢，回他的通州原籍去了；尚玉聞得勝芳告老還鄉，知道他的技術很好，便要求投拜門牆。

勝芳再三的不答應，說自已年老，回家息養，從今以後不再收弟子的了；怎經得尚玉苦苦哀求，勝芳見他心誠，不覺有些動容，於是就允許尚玉做他的最後徒弟。

那知尚玉很是聰敏，勝芳也因尚玉是老年的關門（謂不再收徒也）弟子，盡心極力地指授他；又教他使一對虎頭金鉤，端的有神出鬼沒的技能。不到三年，勝芳的所有本領，十分中，尚玉已學會了九分了；勝芳因尚玉伶俐，又肯用心，說他將來定有大為，所以就把最小的親生女兒嫁給他。

尚玉既學得一身好功夫，又獲到一個美麗的嬌妻，他這時的心中，還會不快活的麼?原來勝芳有三個女兒，終身沒有兒子，把生平的絕技，都教授給他三個女兒；不過三人之中，要推小女兒本領最強，面貌也最美，是以尚玉高興得不得了。

得到迎娶的那天，親朋都來賀喜，一半是看看新娘的絕技；這新娘芳名叫做珍姑，是勝芳老頭的得意女兒，附近村莊中，誰不知道珍姑有著好身手。尚玉迎娶過門，一到了三朝，許多的親朋都嚷著要新娘獻技，否則大家不走，非等新娘獻了本領才行；尚玉也急於要瞧瞧他妻子的武藝，便幫著親友們去勸珍姑，叫她胡亂使一會刀或槍，好令親友們死心塌地。

珍姑被逼不過，便吩咐婢女，箱篋中取出兩把寶劍來，又命將兩枚雞子去放在地上；珍姑便卸去了外衣，露出一身銀紅的緊身襖褲，拿手腕擄一擄，仗著兩把寶劍，慢慢地走出房外，輕啟朱唇地嫣然一笑，說聲：「獻醜了。」飛身上了雞子，那一雙凌波的纖足踏在雞子上面，滾滾如飛；手中的劍光霍霍，直舞得呼呼風響，寒氣逼人，親友們看了都為之戰慄。

珍姑舞了一會，房中那個婢女笑嘻嘻地撮了一笸斗的黃豆出來，分給一班親友，令他們各抓一把，向珍姑擲去；但聽得灑灑的豆聲不絕，等到豆撒完了，珍姑的劍也舞停了，卻屹然地在雞子上，顏色不變、氣兒不喘。

再瞧黃豆時，離珍姑一丈以內，一個圓的大圈子，圈子裏面連半粒黃豆屑也沒有的；圈子以外卻堆有半寸來高，而且那黃豆不偏不倚，整整地斬做了兩半，一斗多黃豆，竟找不出一個囫圇的來。這時，那些親戚朋友忍不住齊聲叫好；珍姑在這喝采聲中跳下雞子，一笑進房去了，親戚們才紛然散去，口裏兀是讚歎不絕。

尚玉在旁，見他妻子有這樣的絕技，是自己所萬萬及不到的，於是早夜求著珍姑，要她教授技藝；珍姑正色道：「你保身本領已足夠了，還要學它做甚？何況你的性情暴急，藝若過精，必然招禍，那又何苦。」

尚玉那裏肯聽，一定要她傳授；珍姑沒法，只得說道：「你如學會了我的技術，倘出去闖了禍回來，我自會知道的；那時你休怪我，我可要終身不許你出門一步了。」尚玉因急要學藝，諾諾連聲答應；自後，尚玉便隨了他的妻子珍姑天天習武，這樣的有兩年光景。

尚玉的族叔欲作客山西，命尚玉護行；尚玉因自己是族叔撫養長大的，不好違忤，於是叫珍姑料理了行裝。尚玉想把金鉤帶在身邊，珍姑不肯，道：「你有了鉤在身旁，又要出去鬧事麼？」尚玉只得把鉤留下。

臨行的那天，珍姑囑咐道：「你此去有叔父相隨，自然不至於胡為；但回來的時候，你只剩得單身了，我怕你沒有耐性，因而受別人的虧。須知天下多奇人，能的還有能的，你萬事不可莽撞。」說罷，在尚玉的臂上，用指掐了七下，現起七點紅痕。

珍姑說道：「這紅痕便是記號，你一鬧事，紅痕就要消去；七點如消去其五，你從此休來見我！」又把一樣東西塞在尚玉的靴統裏，道：「這是你的護身器具，切莫遺失了。」尚玉一一受教，護送著他族叔起程。

光陰流水，不日到了山西，他族叔自去營業，尚玉就辭別回家；一路上忽水忽陸，倒也不曾遇著甚麼。尚玉自己暗笑道：「珍姑諄諄囑我不要惹禍，就是這樣的往往來來，我不去擾人，人也不來惹我，有甚禍事去闖出來？真是愚人多慮了。」

尚玉在陸地上走了兩天，前面是玉帶河了；這河雖不甚大，卻沒有石梁，須得靠人民的渡船渡過去的。尚玉慢慢地走到河岸上，見二十幾艘渡船，一字兒排在那裏；尚玉便選擇一隻最空廣的，落船坐在艙中。坐了一會，渡船上客已坐滿了，那船還是不開，一船上的乘客一齊嘩噪起來；那船伕忙來安慰道：「客人們莫性急，如今不比往時了，如沒有和尚爺爺的命令，是不敢開船的。」

其中一個客人，雄赳赳地大聲道：「甚麼的禿驢，我不怕他，快替我開船。」船伕不肯答應，那客人就破口大罵；早有和尚的惡黨，飛也似地去報知那和尚。

不多一會，那個和尚來了，生得身長面黑，身體魁梧，相貌極其兇惡；右手提著一根銅錢綰就的銅鞭，長約五六尺，後面跟隨了十幾個無賴，蜂湧般地起到船頭，惡狠狠的問道：「誰敢罵和尚，和尚便與他來較量較量。」

那船上的客人驀地從船中直跳起來，手裏掄著一條木棍，逕奔那和尚；和尚忙拿銅錢鞭相迎，打了有四五個照面，那客人的木棍被和尚一鞭打斷，趁勢一鞭掃來，將那客人的足骨掃折，倒在地上爬不起來。和尚哈哈大笑道：「這樣的囚囊，也想在太歲頭上動土麼？」和尚說罷，倒拖著銅鞭走了。

那二十多艘船上的客人見和尚仍不令開船，眾人都有些憤憤不平，但畏和尚猛勇，誰敢多一句口？尚玉坐在船上，不覺心癢難搔，要待試試自己的手段，記起了珍姑的囑咐，就此又忍耐了下去。

看看日色過午，船依舊停泊著，毫無動靜；有幾個客人悄悄地去問船家，據說不到日落，不見得會開船，因和尚的命令要到那時才下來咧。眾人聽了面面相覷，做聲不得，那些有要事的客人，差不多要哭出來了；且除了這個渡口，又不能飛過江去，只好耐心守著，等那和尚的吩咐。

等到日色斜西，和尚影蹤全無；尚玉真有點忍不得了，就立起身來，低低向那些客人說道：「你們

要立時過江去麼？」

眾人齊聲道：「怎麼不要？可是那和尚厲害不過，也是沒法的事。」

尚玉笑道：「我能除這個和尚，你們肯幫助我麼？」

眾人說道：「我們都是手無縛雞之力的，怎能相助？」

尚玉道：「我不要你們動手，和尚自有我去對敵；只是他有一根銅鞭，我急切間弄不到傢伙，就空拳和他廝鬥，唯恐和尚兇猛，一時制不住他。你們見我往來趨避時，各人將銅錢一把撒向地上，並齊聲叫道：『和尚銅鞭打散！』那時，我自有法兒打倒他。」

眾人聽了，見尚玉神采奕奕，知他不是個沒本領的人，於是都點頭答應了；各人去預備拿錢，眼睜睜等著。尚玉便走到船梢上，故意做出要解纜開船的樣兒，又大喝船伕道：「快給我開船！和尚來時，我去對付他就是。」船伕也聽了尚玉的囑咐，巴不得將和尚打死了，他們得以自由渡人；當下船伕真個去拔篙掠船，那和尚的黨羽又去飛報。

和尚提了銅鞭趕來，高聲叫道：「誰敢不奉我的命令開船？」

尚玉挺身應道：「是我說的。」

那和尚見尚玉是赤手空拳，諒來是有幾分本領的，便微笑道：「剛才使棍的被我打倒了，你是瞧見的，此刻，你空手來和我較量麼？」

尚玉看和尚的背後，跟隨著的不下三四個人，深怕眾寡不敵，因激和尚道：「你持器械，我是空拳；好漢只獨自放對，不許叫人相助。」

和尚欺尚玉空手，欣然說道：「要人幫助的，算不得英雄好漢！」說罷，令眾羽黨退下去，揚一揚手裏的銅鞭，往尚玉的頭頂如泰山般打下來；尚玉忙閃過，回手就是一拳，和尚用鞭架開了，一僧一俗，兩人在空場的地上，便往往來來地鬥了起來。

這樣地戰到三四十回合，和尚越鬥越勇，拿一根銅鞭舞得水也潑不進去，端的使得好鞭法；尚玉倒底是空手，鬥到五六十回合，漸漸地有些乏力了，便忽地變了一回猴子拳，只上下左右地跳躍趨避。和尚那裏肯捨，他想：自己用了傢伙還打不敗尚玉，心裏又急又氣，那根銅鞭更使得神出鬼沒的，一步緊一步地向尚玉逼來；尚玉這時已累得一身是汗，手裏雖和那和尚狠鬥，卻只能遮攔架格，並無還拳的力量。

正在危急的當兒，船上一班客人和船伕見尚玉逐漸倒退下去，似有些不濟的樣兒；於是發個暗號，各人將銅錢抓了一把，豁郎一響，一齊撒在地上，口裏大嚷道：「和尚的銅鞭打散了！」那和尚正使鞭如風，猛聽得眾人說他鞭散了，不覺吃了一驚；忙抬頭看那鞭時，驀然狂叫一聲，倒在地上亂滾。和尚的黨羽要想來救，被尚玉的一頓拳腳，直打得落花流水，四散逃個乾淨；眾人再瞧那和尚，已躺在地上動彈不得，眼孔中插著兩枝象箸，跟珠突出，箸尖直透腦後，流著花紅腦漿死了。

原來尚玉令眾人撒錢，齊嚷「和尚銅鞭散了」，知道和尚一定要著急顧鞭；尚玉趁和尚向上看鞭的空兒，從靴統中抽出象箸，戳入和尚的眼中，手腳的敏捷迅速，真出人意料。眾人當時瞪著眼看著，只見尚玉略一俯身，和尚已倒在地上了；那知有本領的人，眼兒斜不得一斜，就被人趁了隙去了。

這時二十艘船上的客人，無不讚尚玉的技藝精極；船伕見和尚已死，便解纜開船。從此這個渡口，人民隨時可以安渡，沒有人來攔阻了；眾人渡到對岸，都向尚玉稱謝，船伕也再三叩謝尚玉替他們除了一害，尚玉頭也不回的顧自己走了。

又走了幾天，看看將到家了，瞧手上的紅痕消去了四點；及至到了家裏，珍姑驗看紅痕，七點消去了四點，便詰問尚玉鬧了甚麼事？尚玉不好隱瞞，便把用象箸戳死和尚的經過說了一遍。

珍姑大驚道：「這個和尚，是我父親的同師兄弟，叫做烏缽和尚的；你如今把他弄死了，他還有一個徒弟金靈子，本領十分高強。他打聽得是你下的毒手，金靈子不要來報仇的麼？」尚玉見說，急得面色如土，半晌說不出話來。

珍姑歎口氣道：「我叫你路上不要多事，現在真的闖出禍來了；倘我父親尚在（李勝芳時已逝世）倒不必害怕，現在我父親已死，金靈子若來，沒人敵得過他，那可怎麼好？」

尚玉道：「我打死那和尚，又不曾宣布姓名，金靈子怎會曉得？」

珍姑頓足道：「交手時，你所用的象箸，這一路秘傳，除了我父親，誰都失傳的；內行人一瞧，就曉得是我父親手下的人，還要打聽姓名做甚？」尚玉見珍姑這般的著急，料想不是假的，心裏很是憂慮。

韶華不居，又是春盡夏初了。一天，通州來了個少年和尚，沿路問李勝芳家裏；有人來告訴珍姑，珍姑驚道：「金靈子來了，等我前去會他。」

尚玉說道：「他又不尋上門，我們反去找他麼？」

珍姑說道：「他既來了，躲也是躲不過，總是有一番廝鬥的；不如和他去拚一下再說。」於是珍姑匆匆地結束停當，帶了應用的利器，逕自出門去了。

尚玉在家裏眼巴巴地望著，自辰到了午後，還不見珍姑回來，尚玉心裏萬分著急；看看日色西沉，明月東升，珍姑依舊影蹤也沒有，尚玉不由得心慌起來。正要出門去探視，忽聽簷上瓦聲一響，珍姑躍下地來；燈光下見她玉容蒼白，一言不發地走進室中，撲的倒在炕上，沉沉地睡去。

直到三更多天，尚玉翻來覆去地睡不著，驀見珍姑從炕上躍了起來，歎了口氣，仍又睡下；過了好一會，才回身過來，握住了尚玉的右手，垂淚說道：「我和你三年恩愛夫妻，不圖分別在今日。」

尚玉聽了，忍不住眼淚紛紛地道：「妳好好的人，為甚麼說出這樣的話來？」

珍姑答道：「我晨間出去，正與金靈子相遇，他施出平生的絕技和我對敵，用金爪法把我抓傷，創及心肺，恐不能活了；但他也被我擊著一次仙人掌，雖不至於死，治癒後必成殘廢。我死之後，那殘廢

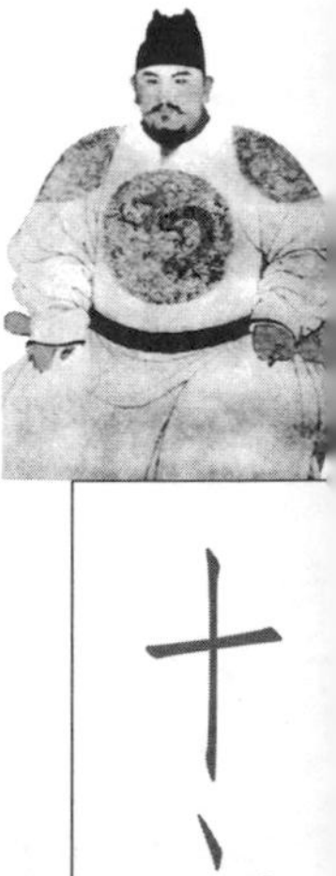

和尚就是我的仇人，此怨要你給我報的。」珍姑說到這裏，聲音慢慢地低了下，兩眼往上一翻，嗚呼哀哉了。

珍姑死了，尚玉大哭一場，拿上等衣棺盛殮了，即日舁往南山麓安葬；當尚玉遇見紅燕時，珍姑已死了一年多了。

尚玉自結識了紅燕，曉得他武藝比自己好，便要求紅燕助他替珍姑報仇雪恨；紅燕慨然允許了，兩人一路去打聽金靈子的住處，聽說在江西狼山的山麓裏，搭著茅篷子在那裏靜修。尚玉前去見他，那金靈子的一隻左臂已經廢去，只剩得一隻右臂了；可是金靈子雖然獨臂，鬥起來還是甚為兇猛。

尚玉看看有些抵擋不了，紅燕在旁，暗暗發出一支金鏢，打在金靈子的右腕上；金靈子「哎呀」一聲，右手的刀便拋去，就奮著獨臂狠鬥。尚玉手裏有了器械，究竟佔著上風，又經紅燕前後夾攻，金靈子終不能抵禦；回身待要逃遁時，紅燕大喝一聲，飛劍將金靈子的半個天靈蓋劈去。尚玉搶上一步，對準金靈子的前胸只一刀，早已了帳；兩人將金靈子的屍首抬入茅篷中，放起一把火來，連金靈子的死屍也燒得精光。

尚玉報了珍姑的仇恨，紅燕即和尚玉分別，往西蜀而去；尚玉這時也和紅燕一樣的飄流江湖，做些安良除暴的勾當。那時，通州圓光寺裏，有個老和尚叫普明的，年紀九十多歲了，還能使得百四十斤的鐵禪杖；尚玉不時到圓光寺裏和普明閒談，交情很是深厚。

一天，尚玉又到圓光寺去，見了普明，寒暄過了，就講些閒話；尚玉無意中回顧，見禪房中坐著一個秀士打扮的少年，似在那裏落淚。尚玉問道：「那少年是誰？」

普明歎息道：「說起那個少年來，話很長咧。據他自己說，是青陽人，因打探他那愛妻的消息，從青陽趕到北京來，也著實受些風霜的勞苦；到得本寺，資斧日盡，聞得他妻子也被幽禁了，他心裏感傷不過，便在寺後解帶自縊。老衲聞得隱隱的哭聲，往寺後去看時，正見他在那裏弔上去，老衲便把他救了下來；然老衲已衰敗無能了，待替他設法，倒也沒有好的機會，此時正在為難咧。」

尚玉聽得那少年秀士千里來尋他的妻子，必是個有情的男子；況他的妻子怎會到北方來的？其中當有隱情，於是令那少年秀士出來說個明白。

那少年見尚玉相貌不凡，英俊之氣流露眉宇，知是非常人，忙行下禮去；尚玉謙讓了一會，相對坐下，便問那少年自盡的緣由。那少年還沒開口，先噗簌簌地滾下淚來；尚玉安慰他道：「你且不要心傷，有甚麼不好對人講的隱情，只顧和我說了；我可以替你出力，決不推諉的。」

那少年謝了，才慢慢地自道了姓名，說是姓程名鵬，字萬里，是青陽人；妻子姓徐名翠琴，還不曾娶過門，就被縣令甘黎棠強選為秀女，獻進宮中。之前曾輾轉託人，送進一封信兒去，始終沒有回音出來；現在聞得內監們傳言，妻子充了宮侍，因拒絕皇上的召幸，被幽禁在深宮裏，從此越發音訊沉沉、玉人杳然了。程萬里說到這裏，又不禁痛哭起來。

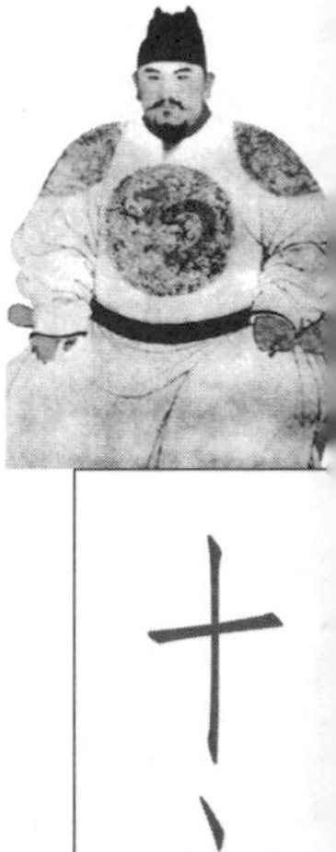

尚玉奮然說道：「專制的皇帝，又有那些貪官為虎作倀，拆散人家的夫婦；這罪惡還是那班汙吏造成的。皇帝雖尊，他一天到晚踞在宮裏，那裏知道外面的事。」說罷，對程萬里道：「你要和妻子見面麼？」

程萬里忙答道：「那是小可日夜所希望的，只是辦不到罷了。」

尚玉笑道：「我既許你設法，你安心住在這裏；我早晚自有佳音給你。」程萬里聽說，連連叩下頭去。

尚玉一面把程萬里扶起，一面笑看著普明和尚道：「被你們出家人說起來，我又要多事了。」普明也笑了笑，尚玉便起身辭去。

這樣過了有半個多月，程萬里天天望那尚玉，把脖子也望長了；一天晚上，猛聽得敲門聲急迫，程萬里出去開門時，只見尚玉同了一位美人進來，定睛細看，那美人不是翠琴是誰？兩人見面，好似在夢中一樣，不知是悲是喜，弄得一句話也說不出來了。還是程萬里想著，忙回過來和翠琴向尚玉拜謝；等到兩人起身，抬頭看尚玉，已不知那裏去了。

第七十六回　昭陽冷月

翠琴和程萬里雙雙向尚玉跪下去拜謝，等到抬頭起來，已不見了尚玉；萬里詫異道：「怎麼他聲息也沒有，人就看不見了？」

話猶未畢，普明也走出來，笑著說道：「俠客做事，功成不肯自居，都是這樣的。」萬里見說，和翠琴感激著尚玉，自不消說得了。

當下，程萬里與翠琴、普明和尚三人同進了禪房；普明便向翠琴笑道：「姑娘是新從宮中出來，可能把宮闈的情景，說給老衲聽麼？」

翠琴說道：「我自進宮到現在，侍候了幾個月皇帝，就被貶入了冷宮，對於宮裏的事，卻一點也不熟悉的；大師既要聽宮廷瑣事，就把我的經過說一遍吧。」

普明道：「姑娘不說，老衲也要動問了。」

於是翠琴說道：「我自被選為秀女，進宮時，再由皇上親自挑選的；別人都遣發各宮，去侍候一班嬪人、妃子了，只獨有我在禪室中服侍皇帝。那個禪室，算是皇帝修行的所在；但召幸宮嬪等事，也都

在這個禪室裏。那時，我深恐皇帝要我侍寢，心裏總是懷著鬼胎，身邊還暗藏著一把利刃，預備到了緊急時候，藉此自衛；萬一不幸，我就一刀了卻殘生，以報我的程郎。」

翠琴說到這裏，斜睨著萬里嫣然地一笑，她這時芳心中的得意，也就可想而知了；那程萬里聽了，瞪著兩眼，似很替翠琴著急，普明在旁，卻聽得不住地搖頭擺尾，津津有味。

翠琴又繼續說道：「我既侍候皇帝，一天，宮中開甚麼百花釀會，皇帝飲得大醉，強拉了我進禪室，諭令侍寢；我在這個當兒，應許是萬做不到的，不答應又怕得罪，真是進退兩難，只好呆立著不動，挨延一會再說。」

萬里忙道：「竟被妳挨過的麼？」

翠琴笑道：「他滿心的不懷好意，你想挨得過的麼？當時我站著不動，皇帝便親自跳下榻來，生生地把我橫拖倒拽地拉上榻去。」

萬里嚇得跳起來，道：「有這般的野蠻皇帝，後來怎麼樣呢？」

翠琴說道：「我在這間不容髮的時候，就要用著我那把利刃了；我右手拔出尖刀，猛力地刺去，明明是對準那皇帝咽喉的，不知怎樣被他躲過了，這一刀卻砍在他的頸子上，鮮血便直流出來了。」

普明聽了，撫掌說道：「善哉！這叫做皇帝不該死，吃苦了頭頸。」翠琴噗哧地一笑，引得萬里也笑起來。

翠琴又說道：「我這一刀，那皇帝便負痛逃下床去；我想禍已闖大了，橫豎活不成，索性追下榻去刺殺了他，我就是死了，也還值一些。正要跳起來去追趕，不提防天崩地塌的一響，禪室門倒了，搶進一個雄赳赳的莽男子來，口裏嚷著救駕，又張開薄扇大般的手，來把我捕住；我見他有了救星，自知一定無法倖免，就提起刀來，往著自己的頸上便戳。」

萬里怪叫道：「不好了！」

翠翠笑道：「你莫著急，等我慢慢地講下去。」

普明笑道：「那叫一擊不中，兩擊當然不會著的了。」

翠琴笑了笑道：「我拿刀要自縊時，一隻右手被那莽男子扳住，他的氣力極大，我的手便不由自主了；因此引得我的心頭火起，一不做二不休，趁他握住我手臂的一股餘勢，往那莽男子一刀刺去，他的手腕上著了一刀，也戳出血來了。」

普明大歎道：「勇哉！勇哉！吾所不及也。」

翠琴笑道：「大師不要說笑話，那時我也是萬不得已，真所謂一夫拚命了；莽男子被我刺了一刀，似牛般地大吼一聲，將我的雙手執住，一把刺刀也拋得老遠的，不知擲到甚麼地方去了。我既受縛後，知道皇帝心裏定要發怒，將我自然非殺即剮了；誰知事偏出人意料，皇帝似乎還很憐惜我，竟一點也不為難我，只傳進管事太監來，將我幽禁在景春宮裏，冷冷清清的，意思是想我悔過罷了。

我住在冷宮裏面，雖暫時脫了虎口，諒那皇帝未必便肯心死；一天，我正獨自坐在桐蔭樹下垂淚，忽見一個老宮人進來，遞了一樣東西給我，道：『為了妳這件小事，提心吊膽的，不知轉了幾十個手咧』。我把那件東西拆開來瞧時，卻是程郎寄給我的書牘。」

翠琴說著，笑向萬里道：「我一見你的筆跡，便想起你的人來；這時傷心慘惻，無論怎樣的事，也沒有這般可悲了。那時，我持著信箋，讀一句，滴一點淚兒；直到讀畢，便大大地哭了一場。」

普明笑道：「傷哉！情之為崇也。」

萬里也笑道：「大師為甚麼只在一旁挖苦人，我就對你磕幾個頭吧！」

普明哈哈大笑，立起身來說道：「走休！走休！以後便是尚玉來救姑娘了，可是不是？我都知道的了，莫聽，莫聽，去休！去休！」普明說罷，狂笑著走出去了，萬里和翠琴也含笑著相送。

普明走後，程萬里回顧翠琴道：「我們不如他，這個老和尚才算得灑脫咧！」

翠琴點點頭，又續說道：「我自接到你那封信後，要想寄個回音給你，只是宮廷不比得在外，裏面規例嚴密；想來想去，總沒有投書的機會。那時，我寫好了回信，連同你的來書一塊兒放在身邊；不料，皇帝又來召幸，因怕我身上帶著利器，命宮女們把我的遍身一搜，兩封書牘一起被她們搜去。

皇帝將書信看了一遍，才曉得我別有所屬，於是把我送入昭陽宮；這座宮院是最冷落、最僻靜的所在，我獨自一人住在裏面，真是形影相弔、淒涼萬狀。我本來早該自縊了，為的有你在外，我總希望叨天之幸，還能有重逢的一日。

那天夜裏，我正在傷心慟哭的當兒，忽聞簷瓦上有足步聲音；我那時又是詫異，又覺得心慌，不由得索索地抖起來。猛見宮門『呀』的一聲開了，走進一個短衣窄袖的男子；他對我說道：『妳那人兒望得妳眼也要望穿了，快隨我走吧！』我正要問個明白，那人卻不由分說，取出一條搭褳，向我的腰上一套，翻身揹著便走。

我在他的背上，只覺得耳畔呼呼的風響，好似騰雲駕霧似的；這樣走了一程，天色已經大明，那人把我放在僻靜的樹林裏，自去弄些東西吃了，兩人相對，直到了黃昏。這時我昏昏沉沉的，也忘了饑餓，看著明月東上，那人又揹了我疾走；到了這裏的寺面前，他就推我進來，不期竟得和你相見，我還當是做夢咧。」

萬里歎口氣道：「人生的遇合，本來有天定的，愈是要合，偏是相離；今天的相逢，實出我的意料。」翠琴想起了前後離合的經過，不禁也深深歎息；這事且按下不表。

再說嚴氏父子自專政以來，越發跋扈飛揚，差不多全朝的大小臣工，都在嚴氏門下；那時權柄最重的，第一個是鄢懋卿，第二個是趙文華，第三個是羅龍文。這三個奸臣在朝列為鼎足，助著嚴嵩狼狽為奸；三人中，尤其是趙文華，籠絡的手段又好，鑽營的本領可算得第一。

他除了趨奉嚴嵩以外，又拜嚴嵩的妻子歐陽氏做了乾娘；趙文華曾出使過海外，便帶些奇珍異寶回

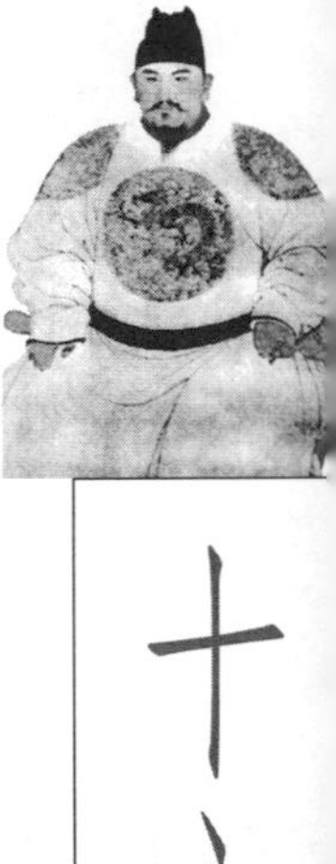

來，去獻給歐陽氏。那個歐陽氏是貪財如命的人，得了趙文華的珍寶，心中歡喜得不得了；每見了文華，總是眉開眼笑的，口口聲聲稱著孝順兒子。

文華仗著歐陽氏在嚴嵩面上替他吹噓，由員外郎升擢，做到了工部尚書，位列六卿；官職一天天地大上去，作惡也一天天地厲害起來，甚麼強佔民田，強劫良家婦女，種種萬惡的事，真可算得是無所不為了。別的不去說他，單講他賣官鬻爵的造孽錢，也不知積了多少；文華既有了這許多錢，家裏便造起房子來，崇樓疊閣、畫棟雕樑，真築得和皇宮不相上下。

又在這高樓大廈的後面，建造了一個極大的花園，甚麼樓臺亭閣、池塘花軒，沒有一樣不具；那座花園的正中，又建起一座樓臺，這個樓臺是面面都走得通的，四面八方、千門萬戶，不識的人走進了這座樓裏去了，休想走得出來。

樓的花樣多了，工程自然非常浩大；它的形式好像古時西國帝王的迷宮，趙文華就稱它做「走馬樓」。因騎了馬在這樓臺的四面去走，橫直斜圓，沒有一處走不通的；現在人們所蓋的樓房，四面團團兜得轉的，俗稱它為走馬樓，就是趙文華所想出來的。

文華建築了這座走馬樓，樓中還有七十二個精緻的房室；每一個室中，居住一個美姬，兩個美貌的婢女。趙文華每天公事辦完回來，就在走馬樓的正中廳上設著酒筵；文華南向坐了，令七十二個姬妾在一旁侍飲，酒至半酣，文華便親手取出七十枝牙籤來，令姬妾們隨意抽取。

這七十二枝籤中，有兩枝是紅頭籤兒，七十枝是綠頭的；誰抽著了紅頭籤，就命抽著紅頭籤的兩個姬妾侍寢。每日都是這個樣兒，那乖覺的姬妾暗暗在籤上做了記號，臨取籤時，自然一抽就著；抽不到的姬妾，只好自怨著運氣不好，不免就要孤燈一盞、單裯獨抱了。

講到這座走馬樓，本是趙文華的秘密私第，他還有正式府第在京城裏面；府第中，自文華的正夫人以下，也有四五個姬妾，文華有時也少不得要去應酬一會。你想，一個人有了這許多美貌的姬妾，無論他有彭祖那麼的精神，怕也未必來得及哩。

那時，文華有一個外甥，叫做柳如眉的，年紀才得弱冠，卻是個風流放誕的少年；這如眉自幼兒便不喜歡讀書，所好的是問柳尋花，進出的是秦樓楚館，總而言之，專在女人面上用工夫就是了。三月三的上巳辰，京城中的婦女都會到郊外去踏青；柳如眉是個著名的遊浪子弟，遇著這種春明佳日，他豈肯落後？自然也要去流連勝地、飽餐秀色了。

那時，他信步遨遊郊外，但見仕女如雲，春花似錦，粉白黛綠與萬卉相爭妍，愈顯出她們的嬌豔和嫵媚來；如眉貪著佳麗，戀戀不忍遽去。看看紅日銜山，攜酒高會的，一個一個挈榼回去了；夕陽西沉，牧童歸去，烏鵲返巢，遊覽的人霎時紛紛都走了。

荒郊之中，剩下一個探花遊宴的柳如眉，在這碧草萋萋、老樹槎枒的所在，孤身踽踽獨行，怎不要心驚膽怯、毛髮為戴呢！如眉越走越是心慌，天上微細的月兒又不甚光明，更兼他性急步亂，連連跌了

幾跤，跌得他頭昏眼花，不辨天南地北，一時走差了路頭；如眉狠命地往前亂闖，仍不見城門，心想：莫非錯了路徑麼？

又走了有半里多路，見一座大廈當前，抬頭望去，那巨廈的側門開著；如眉探首去望了望，卻是一個極大的花園。園裏的花香一陣陣地直送出來，不由令人心醉；如眉是個得著佳處便安身的人，遇見這樣一個好去處，又恰好開著園門，他也不管好歹，便信步走進園去。

到得門內，果然又是一番氣象，路上碧草如茵，樹木蔥蘢可愛，高樓峻亭，朱簷碧瓦；草地上每離五步，便燃一枝長約七尺的風燭燈，滿園中計算起來，不下千百盞，照得一座花園大地光明猶若白晝。如眉雖也是個富家子弟，卻從來不曾遊過這樣的佳地；他愈看愈愛，慢慢地走進去，竟忘了身入重地了。

如眉正走之間，見一座八角四方的琉璃亭子，亭內純燃的雪燭；這種雪燭是外邦進貢來的，遇風不滅，一枝燭晝夜燃著，經年不熄，也不見它短少。據世臣說，那個雪燭是真犀精做成的，夏日燃起來，雖在烈焰之下，也頓覺微風習習，一室生涼了；而且它的光線又明亮，一枝雪燭可抵到平常的油燭百枝，那燭光的耀眼可想而知了。

如眉見那座亭中獨明，就大著膽子走上亭去；亭內的陳設都是白玉為几，紫檀作案。椅上一概披著大紅的錦披，緋紅繡花的墊子，地上鋪著青緞的氈子；人走在亭中，好似進了仙人洞府，世外桃源怕也沒有這樣的精美富麗咧。

如眉在亭上徘徊了一會，驀然聽得外有嗆咳聲，這一咳，可把如眉驚覺過來；看亭中的景象，似貴族人家的閨闥，今無故闖入他人的閨闥，是有罪名的。如不幸捉進官裏去，不是弄得一個沒下場麼？如眉心中一想著，倒有幾分害怕起來。再聽那足步聲，可越來越近了；如眉深怕被他們瞧見，急切中沒法藏身，只好進亭後去躲避了。

當下如眉走入亭後，側著頭，大睜著眼睛，在屏縫內望出去；來的那個人卻並不上亭，逕自低了頭，匆匆地走過去了。如眉這才放了心，慢慢地要待走出來，回頭見亭後有一座樓梯，梯級上都平鋪著銀緞，向樓上望上去，卻是珠光寶氣，滿罩一室；那裏是甚麼人間樓臺，竟是龍王的水晶宮了。

如眉不禁又垂涎起來，暗想道：「進是進來了，橫豎沒有人瞧見，就上去玩他一個爽快，也算廣一廣眼界。」主意已定，便一步一躡地走上樓去。

到了樓上，那裏的擺設和佈置，與亭中又有天淵之別了；只就那壁上嵌著珍珠寶石，先已價值連城了。還有許多玉石的雕器，甚麼玉馬、玉獅，白玉的虎象等；高有三四尺光景，雕琢的精巧，神工鬼斧，似非近代人所能做得出來。

其中有一頭白玉的小狸奴，渾身潔白如雪，紫鼻金睛，眼中閃閃地放出光彩；細看它的眼珠，是用真貓兒眼鑲成，能按著時辰忽大忽小，條尖條圓，確是一件寶物。如眉一樣樣地展玩，真如身入了寶山，目不暇接了。

正在玩得有趣，猛見身旁的那張古畫，砉的一響，自行捲了上去；如眉吃了一驚，不提防懸畫的地方突然開出一扇門兒，走出一個盈盈的美人來。那美人見了如眉，也好似很詫異的樣兒，忙回身去喚了一聲，早搶出兩個使女打扮的丫頭；如眉有點心虛，想溜下樓去，卻是萬萬來不及的了。

那兩個丫頭跑到如眉的面前，嬌聲喝道：「你是何處來的莽男子？私自窺人的閨閣！我們告訴了老爺，捉你到有司衙門去。」

如眉見丫頭連笑帶說，料想她並無惡意，便假做著害怕，低聲哀求道：「小子莽撞，錯走了貴府；望姐姐饒恕了這一次吧！」

那一個丫頭喝道：「天下有這樣容易的事麼？」說罷，掩口格格地笑個不住。

那先前開門出來的美人，向兩個丫頭丟個眼色，姍姍地進去了；那一個丫頭笑道：「我們且莫管他，拖了去見老爺再說。」

如眉聽了才有些心慌，只得向她們懇情；那兩個丫頭只當沒有聽見，擁了如眉，往著那扇門內便走。經過幾重閨門，就見一個香房，繡幙珠簾；鴨爐中焚著蘭麝，牙床錦帳，陳設的精美，可算得生平目所未睹。那兩個丫鬟將如眉直推到裏面，見剛才開門的美人含笑坐在床前；如眉忽然地計上心頭，向那美人的面前撲地跪了，流下兩行眼淚，求她釋放。

那美人噗哧一笑，把如眉輕輕地扶起，令他在一旁坐了，徐徐地詢問了姓名和年歲；那美人笑道：「既來則安，你就在這裏暫住幾時吧！」於是不由分說，命丫頭仍排上酒盅來，和如眉對面坐下；美人親自替如眉斟酒，兩人有說有笑的，漸漸地親熱起來。

這時如眉才知道，這座花園是趙尚書的私第，那美人是趙尚書的第十九個姬妾，芳名喚做娟娜；青春還不過花信，出落得玉容如脂、肌膚如雪，真可算得是人間尤物了。如眉色膽似天，眼對著這樣一個美人兒，還管他甚麼趙尚書；樂得飲酒對花，過他賞心的境地。

兩人正在唧唧噥噥，情趣橫生的當兒，忽聽得門外一陣格格的笑聲，擁進六七個裊裊婷婷的美人兒來；見了娟娜和如眉對飲，一齊笑說道：「好呀！趙姨娘倒會作樂咧（娟娜姓趙，與文華同姓；府中凡是姬妾，通稱姨娘）！」

娟娜見眾人都瞧著她，不由得紅暈上頰，一面令丫頭看座，添杯盅，讓那七個美人兒入席同飲；如眉見粉白黛綠滿前，脂香撲鼻，弄得頭都鬧昏了，只覺昏沉沉的，正不知應酬誰的好。

三杯之後，那娟娜便給如眉介紹，指著那個穿青衫的道：「那個是吳姨娘。」又把櫻唇一撅，瞧著那穿紫羅衫的道：「那位是秦姨娘。」又指著碧衫的道：「這是羅姨娘。」又指著穿淡紅衫子、梳雙寶心髻的道：「這個是洪姨娘。」又指著自己身旁穿淺湖色衫的說道：「這位是常姨娘。」又指著那個衣大紅衫的，說道：「這便是沈姨娘。」又回顧右邊穿秋香色衫子的說道：「這是苗姨娘。」

如眉一一點頭，心裏暗自尋思道：「我的舅父真好豔福，這裏卻藏著許多的美人兒；怪不得城內的府第中，早晚不見他的影蹤了。」眾美人歡飲了一會，各自紛紛散去。

那洪姨娘臨走時，回眸向著如眉嫣然的一笑，把個如眉的魂靈兒直笑上了半天去了；是夜，如眉和娟娜便雙雙攜手入了羅幃，共遊巫山十二峰去了。第二天，便有羅姨娘差了丫頭來，請柳如眉到她的房中去飲宴；娟娜明知她也想鼎嘗一臠，但這時自己私下幹的事，又不能阻擋她，只得任如眉前去。

誰知接二連三的，明天秦姨娘來請如眉，後天又是常姨娘，這樣地一個個地輪下去，如眉好像入了群芳之中；那娟娜卻仍弄得冷月照窗，孤衾獨宿，這一氣，就慢慢地成了一病。

第七十七回　宮闈春色

冷月淒涼，香魂欲斷，隔簾花影，疑是倩人。那個趙姨娘娟娜，滿心想和柳如眉雙宿雙飛，償她願作鴛鴦不羨仙的素志；萬不料春光易洩，被秦姨娘、吳姨娘、洪姨娘等撞破。一個個都是年少佳人，誰不愛那風月的勾當？於是今日吳姨娘把柳如眉邀去飲宴，明日苗姨娘請柳如眉去看花；此來彼往，弄得個柳如眉應了東，顧不得西，雖說是左擁右抱，卻也有些疲於奔命。

尤其是那個洪姨娘，芳名叫做湘娘，是吳縣人，年紀要算她最輕，容貌也推她最是漂亮；說起話來，那種鶯聲嚦嚦的嬌喉，先已令人心醉。柳如眉在群芳當中，和湘娘最是親密，差不多你戀我愛的，形影不離起來；旁邊的吳姨娘、沈姨娘、常姨娘、羅姨娘、秦姨娘、苗姨娘等，這六個美人兒，誰不含著一腔酸意。

娟娜是不消說了，她是個起頭人，倒落在最後，芳心中的氣憤和嫉妒，真有說不出的憤恨；於是鬱悶惱恨交迫起來，把個玲瓏活潑的趙姨娘弄得骨瘦支離、病容滿面了。如眉明知她是為著自己，一時又捨不得豔麗嬌媚的洪湘娘；只有偷個空兒，難得去探望一下。

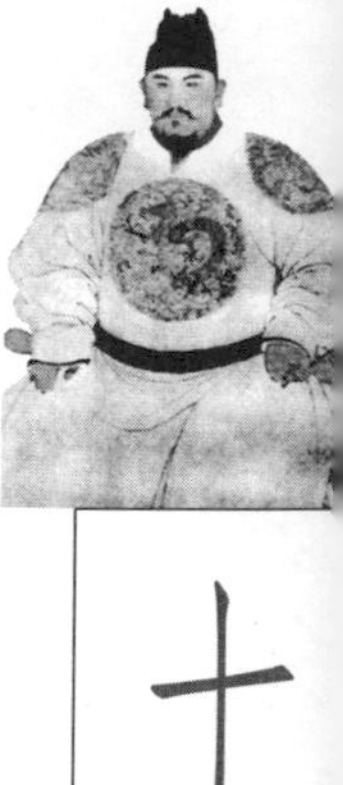

娟娜見如眉來瞧她，自己高興得不得了，好似獲著一樣異寶般的，病也好了四五分；那裏曉得如眉心在洪湘娘身上，和娟娜說話，也是心不對肺地胡亂敷衍了幾句，多半是前言不搭後語，冬瓜去拌在茄子裏。娟娜是何等聰敏的人，早已瞧透了八九分；心裏一氣，眼前立時地昏天黑，哇的吐出一口猩紅的鮮血來，恰好吐在如眉的衣袖上。

這時如眉也覺得良心發現，不由得垂下幾滴眼淚來，再看娟娜時，已嗚咽得不能成聲了；如眉見這樣的情形，料想是不容易脫身了，這天晚上，便算睡在娟娜的房裏。那不知趣的洪湘娘，還叫丫頭來叫過如眉好幾次；只氣得個娟娜手足發顫，拍著床兒痛罵：「賤婢好沒廉恥！」

那來叫如眉的丫頭，被娟娜罵得目瞪口呆，半晌不敢回話；只悄悄地溜回去，把娟娜大罵的情形一齊告訴了洪湘娘，還加些不好聽的穢語在裏面。俗語說得好：「攛掇的尖嘴丫頭。」洪湘娘被那丫頭一頓的挑撥，不禁粉臉兒通紅，也恨恨地說：「那人自己也是偷漢子，難道是當官的麼？我明天叫姓柳的不許到她房裏去，看她有甚麼方法兒來和我廝拚。」

那如眉其時見娟娜發惱，忙拿話安慰她道：「妳是有病的人，應當要自己知道保養，怎麼這般的氣急；萬一惱動了肝火，還是自己多吃苦。」

娟娜聽了，深深地歎口氣道：「我這病是生成的死症，只怕是不中用的了；我總算和你是前生的冤孽，今世已把身子報答你了，這怨結諒來可以解開。但我如死後，你能念生時的恩情，在我墳上祭奠一會，燒幾弔紙錢，我已受惠不淺了。」娟娜說到這裏，忍不住伏在枕上，抽抽噎噎地哭了起來。如眉和她並頭睡著，一手緊緊地摟著她，再三地向她勸慰，一面還拿手巾兒，輕輕地替她拭著眼淚；娟娜越想越是傷心，含著眼淚說道：「我是個上無父母，下無兄弟姊妹的人，自十七歲時進了趙府，到現在依舊是伶仃一身；生時做了孤女，死後，還不是做孤魂麼？將來我的骸骨，正不知葬身何處，冷月淒風，繞著一坏黃土，有誰來記得我呢！」說罷，淚珠兒紛紛地落下來，把衣襟也沾濕了一大塊。

如眉倒也沒話好慰藉了，只好陪著她垂淚；兩人哭了一會，娟娜覺得神思困倦，就在如眉的懷裏昏昏沉沉地睡去。待到一覺醒來，早已紅日三竿，柳如眉不知在甚麼時候已起身走出房去了；娟娜想起那個洪湘娘來，料如眉一定是到那裏去的，心中氣憤不過，便在榻上要待掙扎起來，和洪姨娘去廝鬧。兩個丫頭見娟娜面白如紙，氣喘汗流，神色很是不好，忙來勸住道：「姨娘不要這樣，還是等養好了病再說。」

娟娜那裏肯聽，勉強起得床來，已喘得坐不住嬌軀，只得重又睡下；養息了一刻，又要掙起來。這一次可不比前一回了，竟鼓著勇氣，由兩個丫頭左右扶持著，身體兒巍顫顫的，一步挨一步地走出房去；沿著樓臺，慢慢地往著洪湘娘的寢室中走來。

丫頭攙著娟娜，到得洪湘娘的房門前，湘娘的丫頭一眼瞧見，慌忙回身報知；娟娜已一腳跨進門

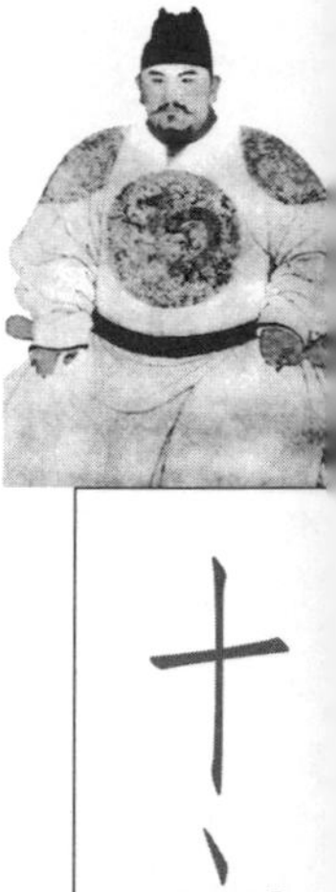

口，看見柳如眉和湘娘正在執杯共飲。最叫娟娜觸目的，是湘娘坐在如眉的膝上，兩人臉兒對臉兒並著，一種親密的狀態，誰也見了要眼紅的；何況如眉是娟娜口裏的羊肉，被洪湘娘生生地奪去，心中已是萬分懊惱的了，還要做出這樣的醜狀來給她目睹，任你是最耐氣的人，到了這時，也無論如何忍不住的。

當下，娟娜只看了柳如眉一眼，冷冷地說了聲：「你好……」這句話才脫口，娟娜的香軀兒不知不覺地便昏倒下去；兩個丫頭支撐不住，三個人一齊撲在地上了。如眉和湘娘見了這樣的情形，都大吃一驚，也忙著立起身來，幫著丫頭們把娟娜扶到了榻上；如眉去倒了一杯熱水來，慢慢地灌入娟娜的口中。

可是娟娜此時銀牙緊咬，星眸乍闔，鼻息有出沒進的，好像有些不妙的樣子；如眉回顧湘娘道：「趙姨娘的病體甚覺危急，還是叫丫頭們送她回房吧！」湘娘點點頭，正要吩咐丫頭們動手，忽覺娟娜粉臉兒逐漸變色，雙腳一挺，嗚呼哀哉了；娟娜的兩個貼身丫頭見娟娜死了，不由得嚎啕大哭。

湘娘嬌嗔道：「妳們不料理把她的屍身舁回去，卻要緊在這裏痛哭；萬一鬧出去被老爺知道了，那可不是玩的。」

兩個丫頭本來懷恨著湘娘的，如今娟娜已死，一口不平之氣正沒處發洩；此時被湘娘把話一打動，那個年紀大的丫頭也翻起臉兒，向湘娘說道：「妳倒好說太平話兒；我家姨娘活活給妳氣死了，連哭也不許哭麼？」

湘娘聽說，忍不住心頭火起，嬌聲喝道：「好不識高低的賤婢，妳們姨娘自己病死的，卻干我甚麼事？妳敢來誣陷我嗎？」說著，伸出玉腕，只把那個丫頭一掌；打得那個丫頭眼中火性直冒，掩著臉兒，索性大哭大罵。那年紀小的丫頭也幫著罵人，湘娘的兩名丫頭當然也要加入戰團，於是丫頭對丫頭謾罵，罵得不爽快，就實行武力主義，四個丫頭扭做一團；柳如眉見她們鬧得太厲害了，上前相勸，也休想勸得住。

湘娘因被丫頭罵了一頓，氣得臉都發青，心中愈想愈氣，也嗚嗚咽咽地哭著道：「我們到了趙府裏來，誰也不敢得罪一句，現在反被丫頭來糟蹋了。」湘娘哭著，想起身世，更覺感傷了。那四個丫頭兀是扭著，一面哭一面亂撞，一座閨房中，霎時鬧得烏煙瘴氣，一片的啼哭聲不絕；隔房的姨娘都聞聲來瞧，還當做是怎麼一回事。

那時榻上臥著一個死人，房內哭的哭，打的打，弄得柳如眉站也不是，坐又不安，勸是更勸不住了；那吳姨娘、秦姨娘、常沈兩姨娘、苗姨娘、羅姨娘等，也都紛紛走過來，看了這種情形，又好氣又好笑。又為了洪姨娘霸佔著如眉，大家心裏本和她有些不睦；既見娟娜死在榻上，倒又覺替她可憐起來，不禁微微地歎息。

那丫頭等只顧著尋鬧，也沒人去勸她們，更忘了榻上還有死者；只有柳如眉心裏暗暗地著急。大家

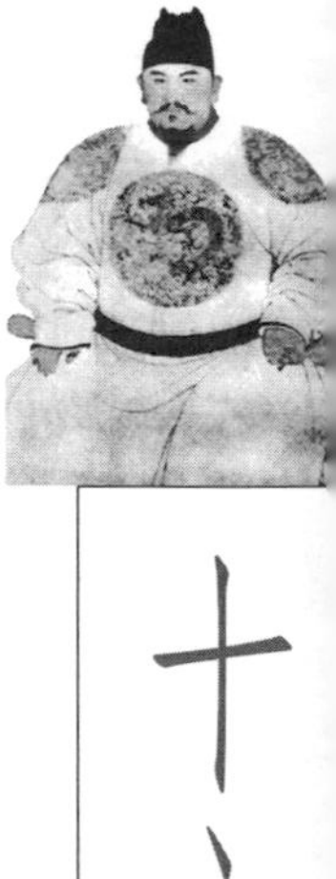

正議論紛紛，不提防門外靴聲橐橐，走進一個紫裳微髭的中年人來；那些姨娘見了，便一哄地散去，房中剩下了柳如眉和湘娘，及四個廝打的丫頭。那中年人是誰？正是那位尚書趙老爺了。

四個丫頭見趙文華進來，忙放了手，各人撅著一張嘴，一言不發地站在旁邊；這時，把個柳如眉嚇壞了，渾身不住地打顫，要想做得鎮定一些，越想鎮定越是發顫，只好硬著頭皮走上來，低低叫了一聲舅父。趙文華對他瞧了一眼，也不問說他怎樣會到這裏來的，也不去答應他，管著自己走進房內；一眼看見榻上直挺挺睡著娟娜，不覺怔了一怔，一手拈著髭說道：「趙姨娘怎會死了？怎麼卻死在這裏？」

湘娘緋紅了臉，那裏還答應得出來；幸得那個丫頭屈著半膝，稟道：「趙姨娘方才還是很好的來玩耍，和洪姨娘講了一會話，忽然倒在地上死了。」

趙文華見說，回頭看柳如眉，早已影蹤沒有，想是趁間溜走了；文華又冷笑一聲道：「如眉這傢伙，妳們是怎樣認識他的？」

這一問，可把丫頭們問住了，洪湘娘是自己心虛，更覺回對不來；文華察言觀色，心中已明白了八九分，當時也不說穿，便立起身來，負著手踱出去了。不多一會，就有府中的老媽子和家人等，忙著把娟娜的屍體抬出去，草草地盛殮了，安葬在東郊的荒地上，算是了結。

又過了幾天，京城的長安街上，發現一個被人殺死的無名屍首；有人認了出來，就是那著名的探花浪子柳如眉。如眉的母親聽得兒子被人殺死在路上，哭哭啼啼地去哭訴她的兄弟趙文華，要求緝凶雪冤；文華答應了，傳牒各衙門捕捉兇手，鬧了一個多月，連兇手的影兒都不曾拿獲的。這件暗殺案只好暫時擱起，晦氣了柳如眉，白白地送了一條性命；人家說，那是如眉淫惡的報應，到底怎樣，終成一個疑問罷了。

再說世宗皇帝，自那天宮中開百花釀會，醉後和張皇后大鬧了一場，還下諭把張皇后廢去；廷臣見了那道諭旨，要想上章阻諫，卻不見世宗臨朝，無法奏陳。原來，世宗帝當夜被宮侍翠琴戳傷了頭頸，所以不能聽政了；眾臣見不著皇帝，只得循例散朝，那個張皇后也就此廢定了。

世宗養了幾天傷，總算復原，於是又要提議冊立皇后的事了；那時眾嬪人中，除了杜嬪人生了皇子，進封貴妃之外，如閻嬪人、盧嬪人、沈嬪人（碧霞）、韋嬪人、仇嬪人、王嬪人、鄭嬪人等，也都誕了皇子。但這七人裏面，要推王嬪人最是寵幸，盧嬪人和閻嬪人稍次；世宗帝主張立后，以杜貴妃的希望最高。

王嬪人聽了，想杜嬪人和自己同時選進宮來，此刻她生了皇子，便晉為貴妃；自己也生有皇子，排起名分不在杜貴妃之下，因而不免起了一種競爭心。況皇后位居中宮，領袖著六宮，為天下國母；這個位兒誰不想上去坐一坐?休說是王嬪人了。

杜貴妃的心裏，也以為這皇后是穩穩的了，想自己做了貴妃，她們只不過是個嬪人，名分也越不到那裏去。後來聞得王嬪人在私下競爭，並賄賂了中宮，在宮內傳頌王嬪人的德容；杜貴妃怕真個被王嬪人得了手，忙也去賄通中宮（有職分的太監），替她宣傳盛德。

於是內監宮人就此分出兩派來，得到王嬪人賄的，竭力地贊成王嬪人；得著杜貴妃錢的，自然要認杜貴妃好。兩下裏互相讚揚，你說你的，我講我的，漸漸地各存了意見；初時只雙方暗鬥罷了，末了，索性大張小鬧，竟明爭起來，由口頭爭執一變而為武力上的爭鬧。

當時，兩面的太監頭兒各約集了黨羽，擇定日期，在西苑的碧草地上鬥毆了起來；大家正在死命相搏，恰好世宗帝輦駕回宮，見內監這樣的不法，那還了得麼？立時下諭，傳總管太監王洪問話。王洪早已知道了這件事，把為頭的太監十二名縛見世宗帝，鞫詢鬥毆的緣故；內監們曉得賴不去的，便將王嬪人和杜貴妃私下競爭的話，老實直供了出來。

世宗帝不聽猶可，聽了不禁大怒，道：「立后自有朕的主張，她們敢在私下預爭，連禮儀都不顧了；這樣的嬪妃，怎能做得皇后？看朕偏不立她兩個。」

過了幾天，冊立皇后的上諭下來，冊立的卻是方侍嬪；這位方嬪人（方通判之女），是世宗帝在拈花寺選中的，與張廢后（張尚書女侄）同時被選進宮，經世宗納為侍嬪。自杜貴妃等進宮，這方侍嬪便不甚寵幸了；但論起資望來，方嬪人進宮最早，為人也端莊凝重，世宗帝冊立她為皇后，自是不錯的。唯那位杜貴妃，因到口的饅頭被一班內監們鬧糟了，心裏很是懊喪。

其時是嘉靖二十九年，道一真人邵元節病死，薦他的徒弟陶仲文自代；陶仲文上書，說京師的城西常有仙氣上騰，必有仙人降凡。世宗帝信以為真，令陶仲文去找尋；第二天仲文就來覆旨，說是仙人已找到了，但是個女的。世宗帝大喜，立刻駕起了輦輿，去迎接仙女；道上旌旗招飄，侍衛官押著甲士一隊隊地過去，最後是一座龍鳳旗幟的鑾駕，鑾駕上端坐著一位女仙。

鑾駕直進東華門，趨大成殿，到水雲榭停駕；仲文領了那女仙謁見世宗帝，禮畢賜坐，那女仙便嬌聲謝恩。世宗帝聽了她那種清脆的聲音，先已覺得和常人不同了；再瞧她的容貌，只見她生得粉臉桃腮，玉顏雪膚，頭戴紫金道冠，身穿平金紫綢袍，腰繫一根鸞帶，足下登著小小的一雙鸞靴，愈顯得她媚中帶秀，豔麗多姿。

世宗帝大喜道：「朕何幸獲見仙人，昔日漢武帝告柏梁臺，置承露盤，未見有仙人下臨，朕今勝似漢武帝了。」說罷哈哈大笑。於是下諭傳六宮嬪妃，在御苑侍宴；又命司膳局備起酒筵大宴群僚，並慶賀仙人。

那時正當炎暑，一輪紅日懸空，好似火傘一般；看看夕陽西墜，御苑中已齊齊地列著筵席，世宗帝令內侍燃起雪燭來，頓時一室生光，清風裊裊。這時眾臣陸續到了，就在御苑的落華軒中賜宴；世宗帝自同那位仙女洪紫清、羽士陶仲文在涵萼榭中設席，宮嬪妃子一字兒排列了，在一邊侍宴。

酒宴之上，雪藕冰桃，碧水軒中，沉瓜浮李；那軒外的眾臣歡呼暢飲，世宗帝和洪紫清、陶仲文

等，也喝得興高采烈。酒闌席終，已是月上三更了，眾臣謝宴散去；世宗帝令各妃嬪回宮，陶仲文辭出，那位仙女洪紫清，是夜便在紫雲軒侍寢。

到了次日，上諭下來，冊立洪紫清為瑜妃，就把紫雲軒改為宜春宮，給那瑜妃居住；瑜妃又教世宗帝煉丹，係用將成人的少女，天癸初至，把它取來，和人蔘蒸煉，叫做元性純紅丹。謂服了這種丹藥，可以長生不老的；世宗帝最信的是這句話，即傳諭出去，著各處的地方官，挑選十三、四歲的女童三百名，送進宮中任瑜妃使用。

經過三個月後，瑜妃煉成了紅丹十丸，獻呈世宗帝，每日晚上，人蔘湯送服；那裏曉得世宗帝服了丸藥下去，竟能夜御嬪妃六人，還嫌不足。陶仲文又築壇求仙，甚麼蟠桃、瓊漿、火棗、交梨；凡仙人所有的食品，無不進獻，世宗帝也越發相信了。

瑜妃又說：「眾大臣中，唯尚書趙文華具有仙骨，可命他佐真人（稱陶鍾文）求仙。」世宗帝聽了，下諭趙文華留居御苑，幫著陶仲文煉丹。這樣一來，趙文華的勢力頓時大了起來；平日出入宮禁，和自己的私第一樣。

嚴嵩見文華權柄日重，聖寵漸隆，不覺大怒道：「老趙自己得志，忘了我提攜他的舊恩麼？」

這話有人去傳給文華，文華微笑道：「皇上要寵信咱家，也是推不去的；萬一要砍咱家的腦袋，我也只好任他把頭顱搬場，這都是各人的運氣，和嚴老頭兒毫不相干的。」

嚴嵩耳朵裏聽得趙文華有不干他的事的話，直氣得鬍鬚根根豎起來，拍案大怒道：「我若扳不倒趙狗兒這傢伙（狗兒，文華小名），誓不再在朝堂立身了！」於是，嚴嵩把趙文華恨得牙癢癢的，時時搜尋他的短處，授意言官，上章彈劾；然世宗帝正在寵任文華的時候，無論彈章上說得怎樣的厲害，他也一概置之不理。

偏偏嚴嵩不肯放鬆，令一班御史天天上疏，連續不絕；疏上所說的，都是文華往日作惡的事實，甚麼強佔民婦、霸奪良田，私第蓋著黃瓦，秘室私藏龍衣等等。世宗帝雖是英明果斷，也經不得眾人的攻擊，看著彈劾趙文華的奏疏，堆積得有尺把來高，世宗不免也有些疑心起來；最後都御史羅龍文上的一疏，說趙文華出入禁苑，夜裏私臥龍床，實罪當斬首。

世宗帝看了這段奏章，倒很覺得動心，便慢慢地留心趙文華的形跡；可是宮中的內侍宮人，無不得著趙文華的好處，在世宗帝面前，只有替文華說好話，沒一個人講他壞話的。世宗帝是何等聰敏的人，早已瞧出他們的痕跡來，知道內監宮人必定和文華是通同的；否則無論是一等的好人，總有幾人說他好，幾人說他壞的，那裏會眾口一詞的，這樣齊心呢？

所以從那天起，世宗帝便細察趙文華的舉動，卻總瞧不出他的一點破綻；因為世宗生疑，已有內監報知趙文華，文華便格外小心斂跡，任世宗帝有四隻眼、八隻耳朵，也休想瞧得出他的壞處來。這樣地過了半年，那叫做日久生懈，世宗帝對於疑心文華，逐漸有些淡忘了，文華的狐狸尾巴，也要顯出原形

來了。

有一天晚上，世宗帝召幸閻嬪人，不知怎樣地觸怒了聖心，氣沖沖地往著宜春宮來；皇帝幸宮，照例是有兩對紅紗燈，由內侍掌著引道的。這天世宗帝匆匆出宮，趁著月色疾走，內監們忙燃了紅紗燈，急急地從後趕來；世宗帝早已到宜春宮前了，進了宮門，忽聽裏面有男女的笑語聲。

世宗十分詫異，便放輕了腳步，躡手躡腳地進去，只見妝臺上紅燈高燒，繡榻上錦幔低垂；世宗帝揭起錦幔來，見榻上睡著一對男女，兩人擁抱了在那裏鬧玩，那女的兀是不住地吃吃笑著，世宗帝看了，不禁大怒起來。

第七十八回　巨宦褫職

世宗帝在宜春宮外，聽得裏面有男女的歡笑聲，就輕輕地躡將進去；到繡榻面前，驀然地揭起羅幔來瞧時，見一個宮侍和小內監摟著在那裏鬧玩，一看床前巍然站著世宗皇帝，嚇得兩人滾下榻來，如狗般地伏地地上，叩頭同搗蒜一樣。

世宗帝大怒，喝道：「這裏是甚麼地方，容得你們這般胡鬧？洪娘娘（瑜妃）到甚麼地方去了？」宮侍和小內監見問，不由得目瞪口呆，半晌回答不出來。

世宗帝益覺疑心，正在惱怒的當兒，忽見瑜妃姍姍地來了；世宗帝看她雲鬢蓬鬆，玉容帶著紅霞，嬌喘吁吁的，似急迫中受了驚恐的樣兒。瑜妃見了世宗帝，行過了禮，徐徐地說道：「臣妾嫌宮中塵濁，方才到玉雪軒去清靜一會兒，卻不知不覺地睡著了；聽得內侍來報知，忙忙地趕來，致勞陛下久待了。」

世宗帝見說，也不去和她辯駁，只點點頭，是夜就宿在宜春宮中；自後，世宗帝對於這位號稱仙女的瑜妃，不免也有些疑心起來了。

光陰如箭，又是秋盡冬初，江上芙蓉，開來朵朵；御苑中的芙蓉花，是西林的異種，有紅白紫三色。每到芙蓉開放的時候，世宗帝便和嬪妃們飲酒對花，相與談笑；吃得高興時，還和嬪妃們吟詩聯句，做些半通不通的歪詩，也算為好花點綴。

那天世宗帝飲罷，帶醉往那涵春宮去了；這涵春宮的嬪人，就是從前的萍兒。那裏曉得，這天晚上的涵春宮裏，忽然鬧起甚麼鬼來，內侍宮人逃得一個也不剩；世宗帝見她們這樣的膽小，只得出了涵春宮，重行回到宜春宮來。

這時宜春宮的宮侍、內監，都已睡在黑甜鄉裏，萬萬想不到世宗帝會臨幸的；當下世宗帝走進宜春宮門，見闥門半掩著，推將進去，裏面只燃著一枝綠燭，光景很是黯淡。世宗帝知道瑜妃已經睡了，便故意咳嗽了一聲，把榻上的瑜妃驚醒；只見繡幔中似有兩人的影兒，世宗帝隨手揭開繡幔瞧時，這一瞧，大家都呆了。

原來瑜妃同著趙文華兩人，一絲不掛地挨在榻上發怔，正在上不得、下不來，進退維谷的當兒，恰好世宗帝揭開幔帳來；瑜妃嚇得只是索索地抖著，趙文華也不覺驚得和木雞一般了。世宗帝心中十分大怒，便放下了幔帳，憤地向繡龍椅上一坐，只一言不發；等瑜妃和趙文華穿好了衣服，走下榻來，跪在世宗帝面前不住地叩頭求恕，世宗帝冷笑了一聲，霍地立起身兒，逕自出去了。

趙文華知道這事不妙，逃又逃不了，兩人相對著，除了痛哭之外，真是一籌莫展；過了一會兒，果然見兩名太監進來，不管三七二十一，似沙鷹拖雞般的，將趙文華一把拉了便走。這時的瑜妃，已哭得和淚人兒一般，正不知自己是怎樣了局。

但這個瑜妃，就是陶仲文去找來的女仙洪紫清，又怎會和趙文華鬼祟祟地，做出那樣的勾當來呢？原來，瑜妃便是從前和柳如眉相戀的洪姨娘。那時，趙文華瞧破了他們的情形，暗地裏飭人將柳如眉殺死在道上；他殺了柳如眉之後，本來也想把洪湘娘了結的，不知怎樣，他想利用起湘娘來，便私賄通了羽士陶仲文，拿湘娘更名為洪紫清，只說是城西的仙人，把湘娘獻進宮去。

世宗帝是個好色的君王，管她是真女仙、假女仙，當夜就臨幸了，冊封始為瑜妃；那瑜妃感念文華不殺之恩，在世宗面前替他吹噓，說甚麼文華身具仙骨，可令他求禱仙丹。世宗帝正寵信瑜妃，自然聽從，於是把趙文華宣進宮來，命他留居御苑；趙文華得了這樣一個機會，當然和瑜妃藕斷絲連的，少不得要舊調重奏起來。

那天世宗帝見宮侍和小內監在繡榻上鬧玩，正是文華和瑜妃在朵雲軒私敘的時候；及至宮人悄悄地去報知，瑜妃慌忙趕來，已被世宗帝瞧出了形跡，心中早已疑雲陣陣的了。事有湊巧，世宗帝又從涵春宮回來，趙文華和瑜妃真是做夢也想不到的。

其時，世宗帝把趙文華親自勘訊一過，將這些隱情一齊吐露了出來；瑜妃進的元性純紅丹，也是趙文華教給她的春藥方兒，並不是仙丹。這樣一來，連那個素號神仙，為世宗帝所崇信的道士陶仲文，也

一併弄得西洋鏡拆穿了。

世宗帝不由得憤怒萬分，立刻將趙文華和陶仲文下獄，一面拿鴆酒賜給瑜妃；那瑜妃到了這時，諒來也逃不出這重難關的了，只得痛哭了一場，端起鴆酒來一飲而盡。過了一刻，毒就發作起來，七孔鮮血直流；一位如花似玉的美人兒，兩腳一挺，在地上滾了幾滾，便已嗚呼哀哉了。

瑜妃死後，趙文華在獄中聽得這個消息，知道自己一定也不免的了；當下央了一個和嚴嵩最親近的鄢懋卿，再三地向嚴嵩求情認不是。總算嚴老兒念在前日的舊情，替文華從中斡旋；把個怒氣勃勃的世宗皇帝，居然氣恨消了一半，只拿趙文華判了個遷戍的罪名。

這道諭旨下來，看是趙文華要遠戍千里，實在他並不到甚麼戍所，而是暗中去賄通逮解的人，在路上將趙文華放走；文華便星夜悄悄地回來，收拾了金珠細軟等物，把姬妾大半遣散了，只帶了兩名最寵幸的愛姬，潛回他的原籍享福去了。

那時，剛正不阿的海瑞已做到了吏部主事；他見嚴嵩父子朋比作奸，眼中那裏看得過？就和御史楊繼盛聯名疏劾嚴嵩。世宗帝讀了奏牘，因有幾句話似乎是譏著自己，不覺大怒起來；嚴嵩倒不去追究，反把楊繼盛與海瑞詔逮下獄。

都御史鄒應龍心中氣憤不過，也上了一本，說嚴嵩陰有不臣之心，家中的室宇都蓋著朱簷黃瓦，和皇宮一樣；世宗帝是器重鄒應龍的，常常讚他的忠勤，這時看了他的奏章，心中不免有些疑惑，想要微服出宮，臨幸嚴嵩的私第，借此去看看真假。

那裏曉得宮中的內侍，已將這個消息秘密傳給嚴嵩，嚇得嚴嵩走投無路，連夜雇了匠人把廳堂上的雕龍鑿去，黃瓦朱門一齊塗黑了；室中的許多陳設都搬到內堂密室裏，外舍草草地擺了些屏風桌椅之類，甚麼古玩金珠，一概先行潛藏起來。

明朝的功臣家中，大門本來朱漆的，還是太祖高皇帝所賜；自嚴嵩怕皇帝疑他，把朱戶改為黑門，都下的大臣私第便統更了黑色，自後官吏的宅第和百姓家，也沒有甚麼分別了。到得世宗帝幸嚴嵩的私宅，見闔室通是黑色，並無所謂黃瓦朱簷；還當鄒應龍是有意陷害嚴嵩，反而越信任嚴嵩了。

世宗帝既倚嚴嵩為左右手，朝廷大事多任嚴嵩去辦理，世宗帝不過略略諮詢罷了；又不時到嚴嵩的私第中，去和嚴嵩飲酒對奕，往往深夜才行回宮，由嚴嵩親自舉著紗燈，送世宗帝返還西苑。這是常有的事，君臣相習，也沒有甚麼猜嫌的了。

一天的黃昏，世宗帝忽然想起了冷宮裏幽居的徐翠琴來，命內侍去宣召；不一刻，翠琴經內侍宣到。世宗帝恐她暗藏兇器，著老宮人向翠琴的身上一搜，搜出了程萬里的情書和翠琴的回信；世宗帝讀了一遍，只點點頭，令將翠琴仍禁在冷宮裏去。

誰知過了幾天，內監來報：翠琴失蹤了；世宗聽說，便令內監去四處查詢，連御河荷塘、魚池、水亭中都打撈過了，終沒有翠琴的影蹤。世宗帝很是詫異，還親自去驗看一會，見宮門深扃，窗戶高峻；

翠琴如要跳躍下來，除了跌死之外，沒有別法可想的，顯見得宮監侍女有放走她的嫌疑。於是把看守宮禁的內侍兩名、宮女六名，一併交給總管太監；總管太監便親加拷問，宮監們死也不肯承認。

總管太監只得回奏世宗，世宗帝驀然記起憲宗帝時，也有嬪妃失蹤的事；或者有本領高強的人進宮來盜去的，當下立召武宗時的護駕、舊臣前來詢問。其時護駕官李龍、侍衛官鄭亙、右都督王蔚雲、蒙古衛官愛育黎、殿前指揮馬剛峰、將軍楊少華等一班人多已死了；只各人的兒子襲著爵，也有在外郡做武官的，也有不做官的，他們後輩對於那時的舊事，卻一點也不曉得的。

後來被內監查出一個人來，想讀者也還記得，你道是誰？就是正德帝時的女護衛江飛曼。她還住在京中，年紀已有五十多歲了，世宗帝知道她曾赴南昌，盜過一回劉妃，技藝是很好的；於是由內監將江飛曼召來，世宗帝令她在禁宮裏查勘了一遍。

飛曼也瞧不出甚麼形跡，只說有本領的人，似宮牆那般高度，是可以越得過的；世宗帝叫她面試，飛曼就顯出少年時的身手，兩腳在地上一頓，輕輕地一縱，早已飛上宮牆了。看得宮監們都咋舌不已，世宗帝才相信那翠琴確是被人盜去了；隨即賞了江飛曼，飛曼謝恩退去。

世宗帝因翠琴失蹤的緣故，心裏老大的不高興；又值嚴嵩請的病假，世宗帝就換了便服，往嚴嵩的私第中去。到了相府面前，世宗帝因是走慣的了，家人不及去通報，便任他自己進去；因世宗帝怕外間招搖，聲稱和嚴嵩是舊交，家人們都不知道他是皇帝。

這天，世宗帝帶了兩名小內監，直入嚴嵩的府中；一路走將進去，到了二堂，還不曾遇見甚麼人，世宗帝便往嚴嵩的書齋中走去。見齋中也是靜悄悄的，連書僮也不見一個，世宗帝方令小內監去通知內室；回頭瞧見書齋後面，一扇角門兒開著，這個角門從來不開的，平日用書齋櫥掩著，世宗帝還是第一次看見咧。

再向角門內看時，裏面一個小小的天井，正中是一座小亭，也一樣有廳堂軒榭，建造得十分精緻；甚麼雕樑畫棟、碧瓦朱簷，望進去儼然是座小皇宮。世宗帝尋思道：「鄒應龍謂嚴嵩私第中蓋著黃瓦，或者就是指這個所在，倒不曾曉得究竟的，何不進去察勘一會兒？便能知道虛實了。」主意已定，叫兩名小監跟在後面，世宗帝自己在前，慢慢地跟將進去。

到得那個小廳上，只見左右列著石獅、石象，都不過如黃犬似的大小；廳的四周，白石雕欄，雲磚砌階，鐫著獅虎等紋。堂中是紫檀的桌椅、玉鼎金爐，擺設異常的講究；世宗帝看了，埋頭自語道：「怪不得人家說他私宅猶若皇宮了。」又見壁上的名人書畫極多，書畫上的署名，不是義兒就是弟子，大半是六部九卿；世宗帝暗暗記在心中。

遊過了外廳，走進去是第二進的後廳，卻是珠簾雙垂，裏面笑語聲雜遝，聽上去十分熱鬧；世宗帝跨上臺階，掀起珠簾，不禁吃了一驚。原來那座後廳上，正中設著龍案寶座；座上高高地坐著一個冕冠袞龍袍的小皇帝，御爐內香煙縹緲，案旁列著繡衣大帽的小侍衛。

寶座背後，六名綠衣太監，也不過十三、四歲；還有兩個女童，張著曲柄黃蓋侍立。嚴嵩和他的妻子歐陽氏及尚書鄢懋卿、翰林王廣、侍郎羅龍文等，雁行兒列坐在案旁；殿前卻是玉階丹陛、金碧輝煌，那種堂皇的氣象，活像一個小朝廷。

這時，嚴嵩和他的家人萬不料世宗帝會突然走進來，鄢懋卿眼快，慌快起身俯伏在地；嚇得嚴嵩手忙腳亂，率領著一群妻女都來跪接，口裏連稱死罪。世宗帝這時也弄得怔了半晌，忽然想到自己身在虎穴，恐怕激變，便故意裝出沒事的一樣，微笑著把嚴嵩扶起；命羅龍文、鄢懋卿、王廣及嚴嵩的妻女，都令起身賜坐。

嚴嵩面上惶愧的形狀，自不消說得了；還有龍案上那個小皇帝和侍衛、宮人，仍是呆呆地在那裏發怔。經嚴嵩把他們喝下來，叫小皇帝也對著世宗帝磕頭；嚴嵩在一旁危顫顫地稟道：「這是愚臣的幼孫嚴鵠，居家無狀，真是該死。」

世宗帝不待他說畢，忙笑說道：「小孩子鬧著玩，作得甚麼真來。卿是朕的股肱，這點兒小事，何必放在心上。」說罷，吩咐嚴鵠起身，去換了衣服，又回顧嚴嵩道：「卿乃朕的老臣，素知卿是忠心的，但恐被廷臣諫官知道，未免就要蜚言四起了；以後卿不要使小孩們這樣鬧玩，免得被人指謫，起君臣間的嫌疑。」這一片話，說得嚴嵩真是感激零涕，跪著再三地叩頭拜謝。

世宗帝命嚴嵩的家人們都迴避了，叫設上筵席來，和嚴嵩、鄢懋卿、羅龍文、王廣等，相與其飲；

嚴嵩的心中總覺有些侷促不安，及見世宗帝談笑自若，心裏早寬了一半，便也開懷暢飲。這一桌酒宴，直吃到三更多天，世宗帝才起身，嚴嵩親自執燈相送；世宗帝只叫小內監掌燈，令鄢卿和羅龍文兩人在後相隨。

兩人不知世宗帝的用意，很高興地陪侍著，一路進了皇城；到得乾清門口，值班侍衛跪列接駕，世宗帝突然沉下臉兒，喝令把鄢懋卿、羅龍文兩人拿下。鄢懋卿和羅龍文齊聲說道：「嚴嵩不法，臣等不悉底細，實是冤枉的。」

世宗帝冷笑道：「你們兩人既推不知道，為甚麼也坐在那裏？為甚麼不預為告發？」說得兩人啞口無言，低頭就縛。

因為世宗帝這時已知羅龍文和鄢懋卿是嚴嵩的黨羽，深慮自己走後，他們三三兩兩地人多好商量，致弄出了大事來；所以先把鄢懋卿和羅龍文帶走，使嚴嵩勢孤，不至生變。當下侍衛縛了羅、鄢兩人，世宗帝又下諭，派錦衣校尉十二名，率禁軍兩百人，連夜去逮捕嚴嵩父子；校尉等領了旨意，飛也似地去了。

做書的趁這個空兒，把嚴嵩家的小皇帝來敘述一下。那做小皇帝的嚴鵠，是嚴嵩的幼孫，也是世蕃的兒子；世蕃有三個兒子，大的嚴鴻，次的嚴鶴，最幼的就是做小皇帝的嚴鵠。嚴鵠下地，門前有白鶴往來飛鳴，嚴嵩以為瑞徵，心裏十分歡喜；又曾替嚴鵠推命，一班術士都說他有九五的福分，將來必登

大寶。嚴嵩聽了，曾拈鬚自笑道：「光嚴氏的門庭，想不到在孺子身上。」

嚴鵠到了十二三歲，已然自命不凡，口口聲聲稱孤道寡，是以家裏的人，概呼他為小皇帝；嚴嵩見他孫兒志向很高，就替他製起冕冠龍服，闢了一間密室，作為上朝的金鑾殿。又去雇了十幾名的男女童子，充做小太監和小宮人；嚴嵩每日領了愛孫，便到密室中來坐殿上朝。

鄢懋卿、羅龍文、王廣等幾個無恥的小人，為要討嚴嵩的好，甚至一樣的俯伏稱臣，三呼萬歲；嚴鵠年紀雖小，居然做起皇帝的架子，引得嚴嵩和歐陽氏等都大笑起來。嚴嵩天天同嚴鵠在密室中做皇帝，他這樣鬧著，外面人是不知道的；就是家中婢僕人等，也不許他們進密室去。

那天卻天網恢恢，歐陽氏領了她媳婦進來，忘了把密室門帶上；又因嚴嵩在密室中，僕人們趁間都去躲懶，因此世宗帝直闖進來，一個也不曾去通報，恰好被世宗帝遇個正著。嚴嵩謂這個孫兒光耀門楣，不料幾乎因他而滅門，只做了幾年的關門皇帝。

那時，嚴嵩送世宗走後，世蕃從外面回來；嚴嵩把世宗闖入密室，瞧破機關的話講了一遍，還說皇上很是寬容，倒反加一番的安慰。

世蕃見說，頓足說道：「糟了！糟了！你做了一世的官，連這點進出也不曉得麼！他這樣安慰你，明明是不懷好意。他身在咱們家中，恐一時激變，不得不暫為忍耐；又拿好言安了你的心，使你不疑，他好借此脫身。你怎麼會放他走的？你想，皇上是個多心猜忌的人，他肯輕輕放過你麼？」

嚴嵩聽了世蕃的話，驚得目瞪口呆，半晌說道：「還有鄢懋卿和羅龍文兩人，送皇上回宮去的；待他兩個回來，再探消息吧。」

世蕃大聲道：「你真在那裏做夢，他令鄢、羅兩人相送，是調開你的羽翼；羅、鄢兩人，此刻怕已在獄中了，還能回來咧！再過一會兒，眼見得緹騎就到了。」

嚴嵩忙道：「可有甚麼辦法？」

世蕃道：「咱們手無寸鐵，只好束手待擒，再另謀良策吧！否則靠幾個家將和他去廝鬥，橫豎不中用的，反落了謀逆的痕跡。現在不加抗拒，只推在小孩子身上，倒還可以強辯一下哩；只怪我不在家，不然斷不會放他走的。」話猶未了，門外吶喊一聲，如狼似虎的校尉，早率領禁卒趕到，把嚴嵩闔門大小家口一百三十三人，連同嚴嵩父子及嚴鴻、嚴鵠等一併捆綁起來；只有一個嚴鶴，被他預先逃走了。

第二天早朝，眾臣紛紛上章彈劾嚴嵩父子；鄒應龍主張將嚴嵩抄家，世宗帝准奏，即命應龍辦理。鄒應龍奉諭，帶同錦衣校尉，把嚴嵩家產概行檢點一遍，錄登冊籍，備呈皇上聖覽；總計嚴府庫中，金銀不算外，珍珠寶石、羊脂玉器、白璧珍玩之類，真不知其數。應龍忙忙碌碌的，足足抄查了半個多月才算理清，自去覆旨。

那時世宗帝把嚴嵩父子親加訊鞫，嚴世蕃賣官鬻爵，私通大盜，被廷臣查著了實據，世蕃無從抵

賴，只得承認了；嚴嵩卻沒有別的贓證，只不過是縱子為非的罪惡，於是由世宗帝提筆親判，嚴嵩褫職、世蕃交結海盜，賄賂公行，遷戍邊地。還有那鄢懋卿、羅龍文、王廣，及世蕃的兒子嚴鴻、嚴鵠，當然也和世蕃同遷戍所，家產一例抄沒；世宗帝處置嚴氏父子的罪名，也算輕極了，廷臣竊竊私議，很是憤憤不平。

當世宗帝提訊嚴嵩時，見他家屬中，有一個雪膚花貌的美人，盈盈地跪在丹墀下面；世宗帝看在眼裏，私囑內監榮光，去把那美人暗自送進宮中。到了晚上，世宗帝便往杏花軒來瞧那美人，見她黛含春山，神如秋水，姿態婀娜，容光煥發，果然生得豔麗如仙；世宗帝看了不覺意亂神迷，微笑著向那美人詢問姓名。那美人一面行禮，口裏稱著罪女，自言是嚴嵩的女兒月英；當夜，世宗帝便在杏花軒中，召幸那嚴月英。

雖說是極盡歡娛，但那月英總覺不高興；經世宗帝再三地詰詢她，月英垂著珠淚，要求世宗帝額外開恩，把嚴嵩從輕發落。世宗帝點頭允許了，那月英才眉開眼笑，不似那天的愁容苦臉了；嚴嵩得這一路後援，那罪就此輕了一半。誰知嚴世蕃偏不爭氣，和羅龍文等，竟闖出一樁大禍來。

第七十九回　邊關風暴

嚴嵩去職，率著眷口自回他的分宜；那時嚴世蕃和他兩個兒子嚴鴻、嚴鵠，及黨羽鄢懋卿、羅龍文等，奉旨充戍邊地。

世蕃卻賄通了逮解官，竟潛回京師，把私宅中藏著的珍寶，捆載了幾十車，星夜奔歸家鄉；嚴嵩才得到家，世蕃也從後趕到，於是擇吉興工，在家大建舍宇。又出重金，招募有男力的工人，聲言搬運土木，實是暗暗招兵；府第中蓄著死士三百名，叫做家將。這些死士都是綠林著名的大盜，經世蕃收在門下，差不多無惡不作，橫行鄉里。

一天，袁州的參議盧方，乘轎經過嚴氏私第，伕役們正在搬運磚石，把官道也阻了起來；盧方的家僕上前叫他們讓道，恰值府中的家將們出來，見乘轎的是個官人，便一齊大喝道：「甚麼的鳥官，要咱們讓路給他？識時務的快繞道他去，不要吃了眼前虧吧！」盧方待要和他們爭執，那些如狼似虎的家將不管三七二十一，磚石泥土似雨點般打來，盧方見沒理可諭，只得把轎退了回去。

但盧方吃了這個虧，心中氣憤不過，便去謁見御史羅鏡仁，說嚴氏父子在家大興土木，借名招工，

實是私蓄勇士，謀為不軌；羅鏡仁正告假家居，他和嚴氏本來素有仇怨，聽得盧方的話，匆匆進京，上疏奏聞。世宗帝看了奏疏，不禁大怒道：「朕對於嚴嵩父子，也算得格外成全了，他卻這樣不法。」於是立即下諭，著袁州州尹，將嚴嵩父子逮解進京。

這一次不比那一回了，世宗帝命把嚴嵩和世藩交給刑部尚書勘訊；正值徐階掌管刑部，從前徐階未發達時，被世蕃在當庭叱罵，並喝令侍役把徐階亂棒打出。徐階有這口怨氣在胸中，如今犯在他手裏，就不問皂白，略一訊鞫，便入奏世宗，謂嚴世蕃私蓄死士，明存不臣之心是實；只這一個罪名，已足夠世蕃受用了。

上諭下來，判世蕃棄市，嚴嵩發配；可憐這行將垂老的嚴嵩，只得踉蹌就道。後來世宗帝萬壽，遇赦回來，家產蕩然，向親戚處依食，被人驅逐出門；茫茫無歸，到那看墳的石廓中居住，又當雨雪霏霏的時候，嚴嵩日夜不得飯食，饑餓了兩天，竟餓死在荒叢中。

嚴嵩在未成進士時，有相士走過，說他異日必官至極品，列位公侯；但是最後的結果，必患餓死。嚴嵩笑了笑道：「既做了這樣的大官，還愁餓死麼？」所以相士的話，他也不甚放在心上；不期今日果然應了。乃知人的好惡，在乎收成；中年的富貴算不得數的，到了暮年的結局，才能分出善惡咧。

世宗帝殺了嚴世蕃，又把嚴氏的黨羽，如鄢懋卿、羅龍文、王廣三人一併判了絞罪；餘如萬寀、項充、胡世賴等，均行下獄。以後萬寀等一干人，多半死在獄中；還有那位道士陶仲文，為了趙文華的事，也被連累下獄，其時在獄病死，世宗帝重又懊悔起來。

忽報韃靼俺答入寇大同，轉往古北口，此時已兵到通州了；世宗帝聽了大驚，道：「俺答進兵這般迅速，邊將們卻在那裏幹些甚麼？」當下忙召眾大臣商議，立即召集京城人馬，嚴行戒備；一面下檄外郡勤王。

這道詔令一頒發，各處的兵馬紛紛北來，最著名的，如大同總兵仇鸞、保定參將王文山、巡撫楊守謙、山西總兵夏珪、安慶都僉杭星坡、義烏義民戚繼光等，都領了所部軍馬，入衛京師；這許多兵馬當中，算仇鸞最是沒用，戚繼光最為勇敢。

那戚繼光是義烏人，生有大志，平日間不輕言笑；又曾排石列陣，引人進他的陣中。那人只覺得天昏地暗、風雨驟來，嚇得在陣內狂叫起來；繼光將他導出石陣，那人四顧，仍是些石頭，東三西四地亂堆著，瞧不出甚麼特異之處。

繼光笑道：「這就是從前諸葛武侯困陸遜的石子陣。看看是些亂石，卻按著五行八卦；不識得陣圖的，誤走在死門、杜門、驚門上，就有風雷雲雨阻住去路。無論你是一等的好漢，休想走得出去。」人家聽了戚繼光的話，無不相顧駭詫；於是一鄉中的人，沒有一個不敬重他。

那時聽得韃靼入寇，皇帝下詔勤王，戚繼光便攘臂大呼，道：「大丈夫立功在今日了！誰願立功沙場的，跟我打韃靼去！」一聲號召，從他的不下千人。戚繼光見這些人多不曾上過陣，對於行軍上，大

半是不懂甚麼的；單就步伐說起來，也不能整齊。但要訓練起來，怕韃靼已飽掠北去了，還來得及麼？更有一樁最困難的事情，有了人沒有兵器，戚繼光沒法，只得東奔西走地去找刀槍。

忙了一天星斗，刀不及百把，槍只有二三十枝，而且大半是鏽壞的，不能行軍用的了；戚繼光在急迫憂愁中，忽地被他想出一樣特別軍器來：就是拿山中的淡竹，去了枝葉，把頭上削尖，強硬的枝幹留著，用刀削出鋒頭來，好似狼牙棒一般，又輕巧又鋒利。擊起人來，比鐵蒺藜還要厲害；那削成的竹尖猛然戳在人身上，居然也能穿透衣甲。

戚繼光有了這件東西，不由得大喜道：「這是天助我成功了。」於是率領著千餘的民兵，直奔通州而來。一路上連走帶行操練，待至通州相近，這一千多名民兵已是步伐整齊、進退有方了；戚繼光見自己的計劃能一一如意，這一高興，真是手舞足蹈了，一面就頒佈軍令，道：「聞鼓者進，鳴金者退；不准搶掠，不許擾亂，違者斬首。」

令下之後，有一個民兵私取了鄉人一枚蘿蔔，被戚繼光瞧見，大怒道：「我令出如山，你敢違背麼？」即拔出刀來，將那個民兵砍下頭來，向軍中號令；這樣一來，全軍為之肅然。

一日，到了通州，和仇鸞等相晤；仇鸞因戚繼光是個平民，很瞧不起他，令繼光膝行入見。繼光大怒，道：「亂世時候，大家為國出力，誰是該搭架子的？」於是便自引一軍去紮在城外，不和仇鸞合兵；巡撫楊守謙知道繼光是個英雄，私下著人拿牛酒等物，去犒賞他的民兵。

第二天，俺答領兵搦戰，楊守謙大集各路軍馬，問誰敢出去應戰？那些參將遊擊都怕俺答勢大，不敢出應，獨戚繼光挺身上前道：「我雖不才，願引部兵出戰。」

楊守謙大喜，便授給戚繼光令箭一支，吩咐道：「今天和韃靼第一次見陣，切莫折了銳氣。」繼光領令出營，統了一千名民兵正要出去交鋒；那官軍見繼光的兵士都拿著竹器、身上揹了黃布袋，好似爬山樵夫的樣兒，不覺一齊笑了起來。

仇鸞因戚繼光不去參謁他，心裏本有些不舒服；這時瞧著繼光的兵士形狀萎靡，手中又無軍器，因而勃然大怒道：「像他那樣的兵士，可以出陣衝得鋒麼？那天山西的兵馬要比他強壯得十倍，還殺得片甲不回，他這種沒用的人出去，明明是送死去了。」

楊守謙勃然作色道：「人不可以貌相，戚繼光既口出大言，諒他必有些來歷；萬一不能取勝時，咱們後軍接應他就是了。」仇鸞不好阻擋，眼睜睜地看戚繼光領了兵士，耀武揚威地出營去了；這裏，楊守謙自統部卒在後聲援。

那戚繼光率著一千多名民兵蜂擁出陣；韃靼兵見了，都大笑道：「漢人想是餓慌了，卻令幾個老弱兵來試刀了。」話猶未了，繼光一聲令下，兵士持了竹槍，飛也似地衝鋒過去，俺答忙揮兵抵敵。不提防戚繼光的兵士從黃布袋內摸出石子，乒乒乓乓地一陣亂擲，只打得韃靼兵頭破血流；石子過去，接著是竹槍上來，刺尖鋒利地打在人身上，血肉狼藉。戚繼光命兵士只往著人叢打去，拿竹槍四面

橫掃；被掃著的肚腹，即刺開流血倒地死了。

一班韃靼兵自進兵以來，沿途勢如破竹，未曾逢到敵手，本驕惰萬分的了；在他們眼光中看來，當漢兵個個是酒囊飯袋，不圖繼光的兵士是這樣的兇狠，這是他們做夢也想不到的。又見漢兵使的兵器既非狼牙棒，又不是鐵蒺藜，打人戳人卻是十分厲害；大家疑繼光的兵卒是有妖術的，不待主將下令，眾韃兵已回身狂奔，自相踐踏。

戚繼光趁勝揮動兵士，拿竹槍橫排成陣，一字兒從後追逐；逃得慢的，都被竹槍戳破了肚皮，走得快的算逃了性命。楊守謙在後望見官軍大勝，便下令鐵騎向前，步兵在後；韃靼的人馬狂命地奔走，戚繼光也盡力地追殺。

俺答領了敗兵正在走投無路，又被楊守謙的馬軍趕到，一陣的衝殺，殺得韃靼兵七零八落，各自棄械逃生；還有跌在潭中河內的，都活活地淹死了。這一場好殺，把俺答三萬多兵馬殺剩至六七千人，立腳不住；連夜出了古北口，逃往塞外去了。

戚繼光大獲全勝，得了韃靼兵的器械馬匹無數；楊守謙鳴金收兵，親自對戚繼光慰勞一番，並殺牛宰馬大犒三軍。仇鸞見戚繼光成功，自覺無顏，悄悄地領了本部人馬，回他的大同去了。

楊守謙勞軍已畢，一面捷報奏聞，通州鸞兵已退，京師解嚴；楊守謙入都覲見，世宗帝也獎勵了幾句。論功行賞，以戚繼光功勞最大；因係義民，授為參將，令統兵五千追逐俺答。又拜楊守謙為征虜大都督，率兵五萬，出師大同；楊守謙奉諭，即日誓師起程。

到得大同，戚繼光已和俺答見過兩陣；俺答增了人馬捲土重來，都被戚繼光殺退，並奪回明軍的老營，佔領敦煌九處。俺答屢打敗仗，銳氣盡消，那些韃靼兵馬見了戚繼光的竹器兵士，即不戰而逃；時塞外的人皆稱繼光部為「戚家兵」，遙望得戚字的神字旗，韃兵便相顧驚駭道：「戚家兵來了，咱們快走吧！」就一哄地散了。

俺答沒奈何，只得率著部族民兵，來作最後的一戰；繼光知俺答的兵馬猶作困獸之鬥，若沒有奇兵，恐遭挫敗。他到了第二天發令，命自己的民兵衝鋒，各人手裏拿著一個紙包，一見了韃兵就把紙包打去，官兵卻在後掩殺；那紙包裏面，儘是化開的石灰，一經打將過去，紙包破了，白霧紛飛，將韃兵的眼睛濛了起來，各自去擦眼睛，那裏還有心厮殺。

官兵發聲喊，如猛虎撲羊似地上去，韃靼兵抵擋不住，大敗而走；俺答喝止不及，也只好回馬狂奔。不提防戚繼光從斜刺裏殺來，和俺答交馬。繼光一支點鋼槍真是神出鬼沒，俺答雖然勇猛，這時已無心戀戰，虛掩一刀，撥馬落荒而走；繼光那裏肯捨，把馬加上兩鞭，那馬便潑剌剌地趕上去。

要知戚繼光的那匹坐騎是有名的，叫做桃花胭脂馬，疾行起來，一日可以走八百餘里；塞外雖多駿馬，怎及得繼光的神駿？不上半里多路，看看已將趕上，繼光從袋中摸出一件東西來，好似捕魚網似的，只往空中一撒，咻唧一聲，將俺答連人帶馬牽住，奮力一拖，把俺答倒拖下馬來。

繼光也一躍下馬，想去縛俺答時，不期俺答力大，雙手向上一掙，早把繩索拉斷了一半；繼光眼快，一手執住俺答的右臂，兩人就在草地上廝打起來。正揪著各不相讓的當兒，那面的韃兵都騎著快馬，三十騎飛似地趕來救援。

繼光只有單身，又和俺答揪著不得脫身，其時危急萬分；幸得繼光的衛兵馳到，一擁上前，七手八腳地把俺答橫拖倒拽地拉著走了。韃兵趕至，剛剛只相差得一步，早已給繼光兵士擒著走了；接著，繼光的民兵又到，韃兵自度兵少，不敢來搶，眼看著漢兵唱起凱歌得勝回去。

戚繼光又獲了大勝，還擒住韃兵主將俺答，自來楊守謙軍中報功；守謙大喜，手撫著繼光的背道：「將軍立功疆場，功在國家；將軍鎮邊，胡奴自然喪膽，中流砥柱唯將軍是賴了。」繼光遜謝了一會，楊守謙便令戚繼光留鎮宣府，自己押著俺答班師回京。

不多幾時，上諭下來，擢戚繼光為宣大總兵官，節制兩處人馬，隨時得便宜行事；這道旨意頒到，別人都不在心上，邊地人民齊聲歡呼，卻把個仇鸞氣得一佛出世、二佛涅槃，想自己從前笑他是個鄙夫，如今反要受他的節制了，那不是長人做了矮人麼？

那時，仇鸞部下有個幕府，叫做柳廣地的；本來是個桂林的苗種，輾轉流入漢族中，也就充了漢人。講到柳廣地的為人，奸刁譎猾，想出來的計劃沒一樣不是斷橋絕路的；當俺答初寇大同，仇鸞不敢出敵，忙向柳廣地問計。

柳廣地笑道：「胡人所愛的是金珠，你只要肯賄他多少金銀，叫他到別處去，沒有辦不到的。」仇鸞大喜，便令柳廣地為使，到俺答的軍中，將仇鸞的意思向俺答轉述了。俺答索金五萬兩、米三百石，仇鸞一一如命送去，還和俺答訂了密約；這件事除了柳廣地之外，只有三五名心腹家將知道，其餘連仇鸞的妻妾也不使她們曉得的。

那時，仇鸞滿心要陷害戚繼光，因自已是嚴嵩的門人，如今嚴嵩已經革職，少了一個後援，在勢力上，當然敵不過戚繼光的；繼光職分既在仇鸞之上，又有楊守謙竭力的保舉，仇鸞弄得沒法擺佈了，於是召那柳廣地進署，託他想個計策扳倒戚繼光。柳廣地點頭答應了，便去和繼光的親隨締了交，兩下裏異常的莫逆。

繼光有個護印的親隨，被繼光痛笞了一頓，心裏氣憤不過，出來和別個親隨講起，把繼光恨得牙癢癢的；恰好給柳廣地聽見，忙上去安慰了他幾句，那護印的親隨見是同伴的朋友，和柳廣地倒也一見如故，於是柳廣地又與那個護印親隨交好起來。

一天，柳廣地裝做得愁眉苦臉的，似乎擔著莫大的心事；那個護印親隨不知柳廣地的奸計，問他為甚不高興？柳廣地搖搖頭道：「說也是辦不到的。」

那護印親隨發急道：「既是知好的朋友，說出來又有甚麼要緊？」

柳廣地歎口氣道：「我有一個愛女，今年及笄了，還不曾出閣，卻被鬼魅迷惑住了；看看迷得要

死，我眼下著急得不得了。後來有人說道，只要武官或巡撫的印信拿來鎮壓一夜，鬼魅就不敢來了；但這顆印信，我又要到甚麼地方去找呢？」

那護印親隨不知柳廣地是仇總兵的走狗，就脫口答道：「要武官的印信倒有，不知我們老爺的印信可能用不能用？」

柳廣地大喜道：「若得你們老爺的印信去鎮壓一宵，那還有甚麼話說？即使有十個鬼魅也嚇走的了。」

護印親隨拍著胸脯道：「這事包在兄弟身上，給你辦到就是了。」柳廣地謝了又謝，那護印親隨立起身來走了。

不多一刻，果然把宣大總兵官的印信取來，交與柳廣地道：「這是緊要東西，關係很重，你用了之後須立時送還，切莫多延時日！」

柳廣地答應了，懷著印信歡歡喜喜地去見仇鸞，道：「這次可以扳倒戚繼光了。」仇鸞大喜。

第二天，借著催糧的名兒向總兵官署中去請印；戚繼光命取印信時，只剩一個空盒，不覺大驚，急召那個護印親隨。護印親隨只得老實供了來，謂是某親隨的朋友借去了；又喚那親隨詰問，回說那人是仇總兵署中的幕府。

戚繼光聽了，心中已明白了八九分，也不責那親隨；一時沒印可用，只好託病不視事，慢慢地設法取回印信。那仇鸞卻一步都不放鬆，天天差人來催索，氣得個戚總兵官幾乎眼中發出火來；又不好向仇鸞說明，恐他傳揚出去，鎮臣失了印信，至少褫職，辦個失察的罪名。

其時，戚繼光幕下有個幕賓，叫做徐渭，字文長的，浙江山陰人，工文詞，善書畫，是個有名的才子；戚繼光仰慕他的才學，便羅致在幕下。繼光行軍剿寇，頗得文長的臂助；當下，戚繼光便將仇鸞騙去印信的事，和這位徐文長先生商議。徐文長沉吟了半晌，拍案說道：「有了！有了！」跟著，便在戚繼光的耳朵旁輕輕說了幾句；繼光欣然說道：「此計大妙！我就依著做吧！」

這天晚上，總兵官署廚下失火，各處的屬員都率領著兵士和衙役前來救火，仇鸞也和十幾名親兵在著前巡邏；只見戚繼光捧著印盒，從署中直搶出來，手忙腳亂地把印盒遞給了仇鸞，又回身進去了。

仇鸞在急迫中忘了所以然，待繼光進去不出來了，才猛然省悟道：「上了當了！他印信已失去的了，如今將空盒授給了我，當場又不曾啟視，這護印的責任就在我的肩上；等一會兒火熄了，叫我怎樣拿空盒交上去？這分明是要加罪在我身上了。」

仇鸞想著，又和柳廣地去計議；廣地頓足道：「你怎麼會接受它的？現在除了把印信放在盒中，沒有別法。」仇鸞不得已，只好將總兵官的原印安置盒中。其時火已救熄，仇鸞進上印盒，戚繼光親自驗看，見印已有了，心裏暗自好笑，又大讚徐文長的妙策，面上卻不露聲色地慰勞了仇鸞幾句；仇鸞自知開著兩眼吃毒藥，只有責著自己冒失罷了。

這場鬧印的事過去了，蒙古人又來寇邊，直撲大同，要求索還俺答；仇鸞慌忙又使柳廣地和蒙人商量，情願賄金十萬，令蒙人退兵。蒙人假意允許了，待仇鸞的金珠送到，仍率兵攻城；仇鸞大驚，親自作書，責問蒙人部酋那顏；誰知這封書信被戚繼光的哨兵獲得，進呈繼光，繼光將原信固封了，連夜齎入都中，交與兵部尚書楊守謙。

守謙看了大怒，把仇鸞通敵的事據實上聞；世宗帝即下諭，將仇鸞褫職解京。聖旨到大同時，仇鸞已經得病死了，家屬扶喪回汴梁而去；欽使撲了個空，正要上疏奏聞，不料俺答因在獄中供出，前次入寇古北口、擄掠通州，皆是仇鸞所指使的。世宗帝聽了，這一怒非同小可；頒諭汴梁守吏，將仇鸞戮屍，家口悉行就地正法。

汴梁官吏接到諭旨，立時將仇鸞滿門逮捕，一面掘起仇鸞的棺槨，開棺取出屍首來，卻一點也不曾腐爛，看上去竟面目如生；行刑吏砍下屍身的頭顱，屍體中竟會流出鮮血來。當時目睹的人很為詫異，都說仇鸞應該要受王法，遭身首異處的罪名；這且按下不提。

再說世宗帝自罷嚴嵩為相，便令徐階入閣，正擬整頓朝綱，忽然章聖皇太后駕崩；世宗帝大哭了一場，即日發喪舉哀，喪儀十分隆重。那裏曉得章聖太后的梓宮未曾安葬，昭聖太后又復崩逝了；世宗帝也按例給昭聖太后（孝宗張皇后）發喪，不過沒有章聖太后（興王妃蔣氏，世宗之生母）豐盛罷了。

世宗帝迭遭兩場大喪，不免哀傷過甚，聖躬就不豫起來。

第八十回　唐祝文周

世宗帝聖躬不豫，朝廷的大事都由徐階相國一人主持，好似武宗時的楊廷和一樣，的確算得是調和鼎鼐，燮理陰陽了。

講到這位徐相國，本是吳中人，二十一歲入了翰苑，慢慢地升擢到現在，居然位列公孤（明有三公三孤，為太師、太傅、太保、少師、少傅、少保）；那時徐相國的家眷還在吳中，於是派了幾名得力的家人，把那位相國夫人去接進京來。

相國夫人魏氏，是很相信敬佛的，自到了京中，每日到各處的寺院中進香，還帶了她那位小姐眉雲；母女兩個各乘著青布小轎，往來那些庵廟寺院。就是在吳中的時候，也沒有一天不是這樣的；魏夫人這般好佛，徐相國極其不贊成，然也沒法去禁止她。

其時，吳中有三個名士，第一個，即是人人所知道的唐寅（字伯虎，號六如），第二個是祝允明（枝山），還有一個叫做文璧（徵明）；這三位名士一樣的文采風流、學問淵博，可惜他們都不在功名上用功，只喜歡吟風弄月，盡幹些尋花攀柳的勾當。

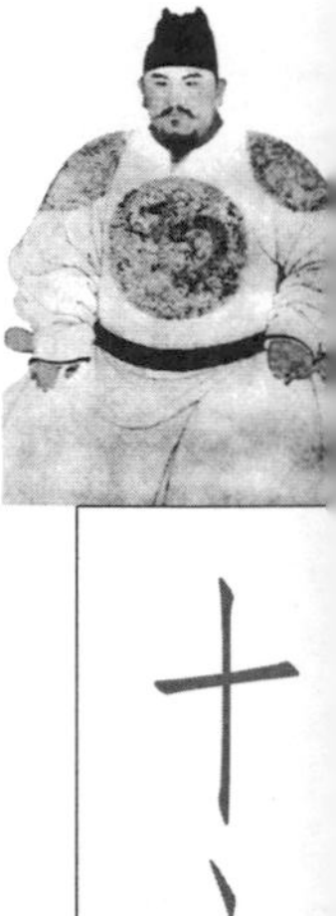

尤其是唐伯虎，最是放誕不羈；他又工詩善畫，每一絕出，吳中閨秀爭誦一時。那班放蕩的侯門姬妾，往往借著求畫為名，暗底下免不得藍橋偷渡；所以唐伯虎在吳中豔情的事跡很多，都是和那些大家閨秀通書聯句，情詩豔詞，正不知嘔盡了多少心血。

有一天，那魏夫人同了眉雲小姐進香淨壇寺，順道遊一會虎邱；誰知冤家路窄，偏偏那個風流才子唐伯虎，同了文徵明、祝枝山、徐昌谷等一班名士，也在那裏徘徊吟哦。魏夫人領了這位千嬌百媚的眉雲小姐走過他們的面前，把這幾位風流名士眼都看得花了；因眉雲小姐一副玉容，的確生得落雁沉魚、豔麗無儔，在吳下的美人中，算得是首屈一指了。

唐伯虎看了又看，真覺得越看越愛，便捨了眾人，悄悄地跟在後面；一陣陣的翠袖餘香，弄得自命不凡的唐伯虎神迷意亂，幾乎連走路也走不明白了。魏夫人和眉雲小姐見背後有人相隨著，只是不離左右，疑是市井浪子，忙叫僕人打過轎來；母女兩個上了轎，飛也似地回去了。

唐伯虎直待瞧不見了轎子的影兒，兀是呆呆地站著；文徵明遠遠看見，心裏十分好笑，輕輕地躡將上去，在伯虎的肩上一拍，道：「紅日快要斜西了，你還癡站在這裏做甚?」

這一拍，把唐寅大大地吃了一驚，回顧見是文徵明，不覺也好笑道：「美人、名馬，是人人喜歡的；你不看見方才的美人兒，只怕夫差的西施也不過這樣了。」說罷，大家笑了一陣，也就各自走散了。唐寅獨自一個踽踽地回去，心中還戀著那美人，真要算念念不忘了；他到了家裏，吮筆揮毫，把美人的美豔笑貌，閉目靜靜地意會出來，畫成一幅玉容，早晚相對著咄咄書空，廢寢忘餐。

五月的五日，吳中風俗在湖中競賽龍舟；到了那時，仕女如雲，都來看水上競渡。唐寅也沒精打采地信步到得湖畔，見十餘隻龍舟雁行兒排列著，舟中數十壯男赳赳地持著划槳，在那裏等待著；只聽得畫角一聲，十幾艘龍船一齊用力駛著。

看著馳了半里多路，其中一艘黃龍的船兒，猛然地一個翻身，全船像傾覆似的往前直瀉出去；在這間不容髮的銀濤駭浪中，已超過了後面的龍舟，飛般地馳去了。這裏有一艘青龍金頭的龍舟倒也不弱，他們見黃龍舟爭了先去，那舟上划槳的壯丁大家吆喝一聲，施展出一個蛟龍攪海勢，舟身由浪中傾了過來；驀然地船首往下一沉，龍尾朝上一翹，潑鹿鹿地在水上直追過去。

那划水的槳聲好似狂風驟雨，訇訇如狂濤奔驟，龍舟進行的速度比之前增加了數十倍，早越過了同行的龍舟，向前追逐那只黃龍舟去了；餘下的紅龍舟、黑龍舟、藍龍舟等，也一齊使勁追趕，那裏追得上？遙見青龍舟已追著了黃龍舟，兩隻船兒廝並著划回過來。

這時，舟在水上如同飛箭離弦，眨眨眼，已馳到了出發的所在，相距約有十來丈光景；青黃兩舟雌雄未判，大家不甘心，狠命向前競爭，兩舟此時緊緊相並著。正在千鈞一髮的當兒，青龍舟上呼嘯一聲，百十片划槳奮力在水中只幾十下，舟身似高山倒瀉，瀑布銀浪洶湧，竟飛馳在黃龍舟的前頭，超過半隻船身；這時岸上看的人，不由得齊聲喝采，那掌聲如轟雷也似地響起來了。

黃龍舟上的人都發急起來，但聽得一聲吶喊，龍船往河邊斜瀉過去，全身傾翻在湖中；幾十名壯丁都覆在水裏，龍舟便頭輕腳重，咕嘟嘟地沉下水中去了。其時，青龍舟佔了優勝已經停住了，後面的十幾艘龍舟也趕到了，大家七手八腳把黃龍船內的眾人一個個地撈救起來；幸得他們這班划槳的壯丁大都識得水性，倒也不曾淹死一個，只不過船上的花彩等等被水浸過，顏色褪下來，湖水都染紅了。

那天的競渡，知縣太太領了家人，雇了一隻大船在湖邊泊看；船頭上設了一把太史交椅，那位太太端坐在船上瞧看。一班划龍舟的，認得是本縣的縣太太也在那裏，大家格外划得有興；青龍舟勝了黃龍舟，幾十個壯丁得意洋洋地向知縣太太討賞。那位太太吩咐僕人，每名賞給白銀五錢；青龍舟上的人得了賞錢，自然歡歡喜喜地去了。

不期，黃龍船上的眾人因爭不著錦標，反把船都翻覆了，心中已有些氣憤；又見青龍舟得著賞金，越發覺得不快活，一唱百和，將青龍船上的人攔住了，定要和他們分肥。青龍舟上的壯丁本來是無業的遊民，多是巴有事、愁太平的一類人物，忽見黃龍船上來與他們為難，怎肯低頭忍氣？大家你一言、我一語地鬥起勁來，三句不是路，拔出拳頭便打。

街上瞧熱鬧的人，怕事的紛紛走避，唯有那些店肆他們是走不了的，深恐他們打起事來，忙上前去竭力地解勸；總算停止了打，大家互扭著，到縣太太的船上來評理。眾人哄著擁上船去，轟隆的一聲響，把縣太太的坐船踏翻，縣太太和家人、僕婢都跌入水中；岸上站著保護的差役連連喝著叫救人，一面將為首廝打的人捉了。

眾人把縣太太救起，她已是渾身淋漓，似落湯雞一樣了；況這位縣太太又胖得不得了，五月裏的白羅衫子被水濕透了，都貼牢在肥肉上，翹起著一雙乳峰，真是好看煞人。引得看熱鬧的一班無賴哈哈大笑，縣太太漲紅了紫膛臉兒，幾要無地自容了；虧了衙役去喚了幾乘小轎來，那縣太太踉踉蹌蹌地上了轎，丫鬟、僕婦坐轎在後，蜂擁著去了。還有衙役們將肇事的遊民捉著，帶往縣署中去，不提。

再說唐寅看了一會龍舟，負著手，在河沿踱了一轉，覺得薰風拂拂，吹人欲懶，心中很是沒趣；正要去找文徵明、祝枝山等，才回身走得幾步，忽然空中墜下一樣東西來，拍的打在頭上，甚是疼痛。便抬起頭來要待發作，只見朱樓數幢、碧窗半掩；窗沿上憑著一個美人兒，秋波盈盈地，睨著唐寅嫣然地一笑，就縮身進去了。

唐寅被她這一笑，憤氣早已消得無影無蹤，又覺得那美人十分面善；驀地記起那天虎邱的美人，不是她是誰？再俯身看那地上掉下來的東西，卻是一柄牙骨錦雲的摺扇，扇上題有詩句，簪花妙格，書法非常的秀媚，分明是閨中人的手筆。

那扇一面畫著一幅晴雲嵐靄，上款是「眉雲大姊雅正」，下款署著：「妹麗雲繪題」；那畫兒雖不見得好，筆法卻含有古意，唐寅是個中能手，自然判得出好壞來。他正在把玩得愛不忍釋，陡覺衣袖上有人輕輕地牽了一下；唐寅回過身來，見是一個雙髻垂髮的丫鬟，粉臉微泛紅霞，掩口微笑道：「咱們

小姐拜上相公，適才得罪了尊駕，甚是慚愧；問那把扇兒可否賜還了？他日自當相謝！」

唐寅聽那丫鬟說話伶俐、珠喉清脆，不由得暗暗羨慕道：「強將手下無弱兵，主人是天上仙眷，侍兒自然是人間尤物了。」想著，便笑答道：「妳們小姐貴姓？」

丫鬟道：「姓徐。」

唐寅笑道：「這扇上的題款，可是妳家小姐的芳名麼？」

那丫鬟微微把臉兒一側，道：「閨中人的名兒，我不便對相公說，相公也正不必問她。」唐寅笑了笑，收了扇兒，將自己的一柄換給了她，那個丫鬟持著扇兒匆匆地去了。

唐寅昂了頭兒向窗上望了一會，不見美人的影蹤；回顧河畔綠水茫茫、泉聲雜沓，便點頭歎息，徘徊半晌，玉人杳然，只得一步懶一步地自回。

不到半個月，這河邊隔岸小樓一角，雙扉對啟，一個少年的士人不時倚窗流覽，江上帆影扶疏，水鳥往來掠著湖波；那士人忽然伏案吟哦，很覺自得。每到月上黃昏，便焚起雲檀盤膝撫琴；一闋未終，對樓碧窗呀的開了，一個雪膚花貌的美人似借著玩月，來聽士人的撫琴。

那士人見了美人，不由得心花怒放，施展他平生的本領，格外彈得好聽，真是琴韻悠揚、令人神往，大有此曲只應天上有的概況；這彈琴的士人不消說得，是六如唐寅了，那個美人，不是徐家的眉雲小姐又是誰？

這樣一天天地過去，光陰流水，轉眼深秋，籬邊黃菊落英，江上的芙蓉隔岸；這個時候，吳中的士大夫多往勝地看花，攜榼高會、任情題詠、互相唱和。唐寅也邀著文徵明、祝枝山、徐昌谷等一班人，終日玩山遊水，到處吟詩留句。

一天黃昏，唐寅正從文璧那裏豪飲歸來，微帶醉意；忽見那天索扇兒的丫鬟，笑嘻嘻地走過小橋來，到了唐寅的小樓上，把個紙封兒往著桌上一丟，格格笑著，飛般地下樓去了。唐寅把紙封拆開來瞧時，卻是一張紫蘭花的濤箋；箋上書有詞兒兩闋，左邊的角上寫著「求正吟壇」四字，字跡娟秀，尤令人可愛。唐寅便把詞兒朗聲誦讀道：

> 碧窗秋露冷如冰，素月半簾明，白雲依舊，夜色涼深。何處步雲行？蟲聲懶，草霜輕，不勝情，湖畔琴韻，樓下吹簫，夢回乍醒。（訴衷情）
>
> 人生悲秋無限，韶華去難見，山水重重，遙瞰天遠。院落沉沉，人聲寂寂，圖書仙館，葉凋殘蕭瑟，柔情似水，佳人腸斷。（撼庭秋）

唐寅讀罷，點頭自語道：「詞雖做得草率，還不失初學的門徑；待我也書一闋兒答她。」就提筆寫道：

綠窗朱戶，小樓聽微雨。意無聊，爐火溫香醑，江邊候信潮。花香含粉黛，寒雨打芭蕉，
情深有誰知？恨迢迢？（女冠子）

晴窗明，綠楊前，倚花邊，燕掠水，日如年、風裊裊，香陣陣，望嬋娟。花兒好，滿庭
院，蝶流連。山起雲，柳鎖煙。松濤急，湖水碧。不盡言。（三字令）

唐寅寫完，仍把原封封固了，等那個丫鬟來取。

第二天晚上，那丫鬟果然來了，笑著問：「詞兒可曾改好了麼？」

唐寅也笑道：「早已封好了，不過我的文字很粗俗，請妳們小姐莫要見笑！」說著，把紙封遞給她。那丫鬟也不回話，只向著唐寅的手裏攫了紙封，下樓渡過小橋去了。從此以後，那丫鬟做了牽線的紅娘，這樣的朝往夜來，眉雲小姐的香閨中，漸漸有了唐寅的足跡；從前的琴音吟聲都是隔河相應的，現在卻是一對璧人，並肩倚窗、對月唱和了，其時無限的快樂，也就可想而知。

不圖好事多磨，徐相國打發家人來接著進京，魏夫人忙著收拾東西，那位小姐卻和唐寅在那裏分別；兩人依依不捨，相對著涕淚縱橫，連那個丫鬟秋香，也在一旁替他們垂淚。

唐寅和眉雲小姐正哭得傷心欲絕，忽然魏夫人走進繡房來，嚇得眉雲小姐花容失色，唐寅更是無地自容；兩人不約而同地齊齊跪在魏夫人面前，把個魏夫人弄得怔了過去，半晌做聲不得，又見眉雲小姐哭得婉轉嬌啼，好似一朵帶雨梨花，看了真叫人又憐又愛。

魏夫人雖然心中動氣，到底是親生的女兒，膝下又沒有第二個人，事到其間，不由得深深地歎了口氣；一手將眉雲小姐攙扶起來，回頭叫唐寅也起身了，吩咐秋香立刻送他下樓去，不許在這裏逗留。唐寅如遇了特赦的犯人，又似喪家狗般的，隨著秋香匆匆地下樓；到了樓梯口，兀是回轉來瞧那眉雲小姐，只見她玉顏帶暈，淚盈盈地倚在妝臺邊，只顧俯首弄帶。這時的唐寅，真是一步三回顧，心裏好不難受。

唐寅走後，魏夫人怕眉雲小姐鬱出病來，所以並不多說甚麼；只令眉雲小姐趕緊料理好了，準備明日起程。到了次日，江畔兩隻青篷的巨艇解纜起行了，正是徐相國的官眷進京；唐寅眼睜睜地瞧著心上人北去，他怎捨得，便待雇舟追蹤前往。正值文徵明、祝枝三、徐昌谷三個孝廉公進京會試去，四人在一塊兒，也揚帆北上；不日到了都下，文徵明等自去籌劃赴試。

唐寅一心只在眉雲小姐身上，暗暗打探徐相國的私第，在東安門外被他尋到了；但侯門似海，沒法可以通得消息。幸得魏夫人相信佞佛，不時帶了眉雲小姐往各處寺院裏進香，唐寅遠遠地隨著，和眉雲小姐相逢，大家心中會意，就是不能說話；又經那個丫鬟秋香替他們兩人設法，偷偷地在相府後花園幽會過幾次，卻總及不上吳中那時的快樂，眉雲小姐因此愁眉不展，憂容滿面起來。

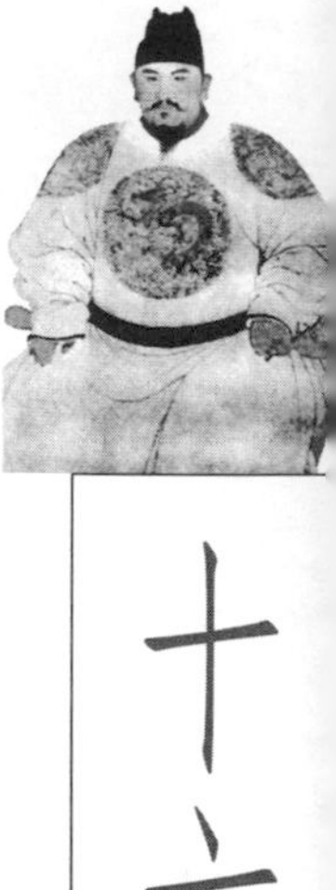

女孩兒家一到了長大，都該有幾分心事的，休說是眉雲小姐了；魏夫人知道她女兒的紅鸞星動了，便在徐相國面前，屢屢提起眉雲小姐的婚事。徐相國說：「一時沒有相當的人才，且暫過幾時再講。」那知是年的文徵明，官星照命，在三千舉子中，竟佔了魁首，又聯捷入了詞林；少年登第，這得意自不必說了。那時的老師便是徐相國，榜發之後，新科翰林都要去參謁老師；徐相國見自己的門生，一個個是少年英俊，不由得眉開眼笑，私心中就觸起了擇婿之念。於是送出了眾門生之後，忙回到內室與魏夫人商量；說起眾翰林都是少年高才，尤其是那個姓文的同鄉人，更來得才貌雙全。

魏夫人聽了，一口就極力地贊成，徐相國便使人去打探，知文徵明中饋尚虛；徐相國大喜，於朝見時在駕前，將文徵明保舉了一下。不多幾天，上諭下來，授文徵明為翰林院待詔，少年學士益顯得得翩翩風流；徐相國召文徵明到了私第，面許婚姻，文徵明因不知有唐寅的隱情在裏面，見宰相的小姐肯配給自己，又兼徐相國是老師，自然十二萬分的願意。

誰知徐相國和文徵明師生兩人，在內堂談婚姻的事，湊巧被乖覺的丫鬟秋香聽得了，忙去報知眉雲小姐；眉雲小姐聞得婚姻兩字，先已觸目驚心。她和唐寅本早訂有白首之約，但在老父面前又不好明言；正在千愁萬慮的當兒，聽說老父替她擇定了佳婿，是個少年翰林，不覺芳心一動，便攙著秋香，懶懶地走下樓來，在屏風背後悄悄地偷瞧了一會。

見文徵明藍袍玉帶、雲錦烏紗，那一種瀟灑出生、文采風流的氣概，正不亞於唐寅，或者勝過幾分咧；大凡女子的心理，羨慕虛榮的多。眉雲小姐初見唐寅，覺他風儀俊美、舉止雋雅，以為普天下的男子沒有再比唐寅好的了，是以一意傾心，誓必嫁他；如今眼見得那個文徵明又勝過唐寅，而且是少年登科，若嫁給了他，不是一位翰林夫人麼？

眉雲小姐一面想著，又偷瞧了幾眼，覺那文徵明的品貌真是愈看愈愛，越瞧越勝過唐寅；又想他外貌這般瀟灑，內才一定也不差，否則怎麼會金榜題名？今世能和這樣一個美郎君做夫婦，那才算得不枉一生，也不辜負我的花容月貌了。眉雲小姐呆呆地沉吟了半晌，低低歎了一聲，仍沒精打采地扶著秋香上樓去了。

這裏，徐相國翁婿兩個歡笑暢飲，酒到了半酣，徐相國向文徵明要索聘物；文徵明從腰間解下一雙玉燕漁舟來，很鄭重地奉給徐相國。徐相國笑道：「天緣巧合，不可無詩；敢求珠玉一章，以作團圓的預慶。」

文徵明笑了笑，命家僮取過文房來；文徵明要顯他的才學，研墨吮毫，略一思索，便颼颼地寫道：

珠翠飄燈畫小舫，簫聲引鳳月映窗。佳釀還須花前醉，玉潔冰清燕一雙。

徐相國讀罷讚不絕口，忙叫侍婢持向閨中，呈給眉雲小姐。過了一會，那侍婢拿了還聘下樓，卻是

一支羊脂玉的釵兒，晶瑩潔白，似漢代的佳品；外有雲箋一紙，簪花妙格，書著和詩一章。徐相國和文徵明看那上面的詩兒，也是七絕一首，寫道：

碧水舟輕趁急流，十灣九曲落花江。堤邊垂有絲絲柳，繫住穿簾燕一雙。

徐相國看了笑道：「珠玉在前，獻醜極了！」文徵明謙遜了幾句，就起身告別。

光陰流水，又過了半月。那時的唐寅，天天來相國府第中，刺探眉雲小姐的消息，想趁那丫鬟秋香出來，趁個空兒和眉雲小姐晤會；他對於徐相國把眉雲許給文徵明的事，卻一點也不曾知道的。

因為這時的祝枝山和徐昌谷會試名落孫山，早已匆匆南歸；只有文徵明身登仕版，唐寅是個傲骨天成的，見徵明登第，就不大願意與他相見。徵明所謂貴人多忙，自然無暇去訪唐寅了；這樣一來，兩下裏就此隔膜起來，弄得音訊都不通了。

有一天，唐寅又到相府的後園，正見秋香兩眼紅紅地走出來，見了唐寅，忍不住流淚滿臉的，嗚咽得說不出話來了；唐寅忙道：「妳怎的這樣傷心？」

秋香含淚答道：「我家小姐死了，你不知道麼？」唐寅聽了大驚。

第八十一回　海瑞出獄

滿園的梨花都含著悲意，斜陽射在黃牆上，慘紅如血；被風吹皺的一池碧水，似美人盈盈的秋波含著珠淚，要下墜的樣兒。

那時，秋香顫巍巍地說道：「我家小姐已於昨天的晚上死了。」這死字才得出口，把個唐寅聽得幾乎昏倒在地上，舉頭瞧那四面的景色，覺得沒有一樣不可悲的；便很淒慘地問到：「妳家小姐是怎麼死的？患的甚麼病兒？竟死得這樣快！」

秋香一面彈著淚珠兒，嗚咽著說道：「還不是為了你麼，否則也不至於死咧。」

唐寅驚道：「真的為我死的麼？」

秋香歎了口氣道：「說起來話長，我也不願意講它，實在也不忍講；我的小姐留有絕筆遺書，你自己去瞧吧！」說著，就貼身取出一封信兒遞給唐寅。

唐寅接在手裏，不住顫著，只見信上寫著一行「六如知己親啟」六個大字；又把那封信拆開來，裏面寫著蠅頭小楷，道：

六如知己者如覽：

一別吳江，再逢燕地，兩意纏綿，雙心愴測；夫以家庭受制，難締鸞鳳之儔，月老無情，未定鴛鴦之譜。古云君子，本淑女好逑；昔者相如，調求凰之曲。憶曩者，小樓並肩對語，促膝共談，相偎相依，情猶水乳，至憐至愛，義若芝蘭；素手攜來，金鉤鳴乎羅帳；玉藕挽處，春心動於衾中。雲雨巫山，入襄王之好夢；激灩逝水，會神水之陽臺。斯情斯景，寧堪為外人道乎？

詎知好事不長，偏來磨折，老父書至，於是乎屏當而北行焉；幸君多情，追蹤北來，雖別離黯然魂銷，不久復重續舊，竟謂從此天長地久，作永遠之歡娛，將來得冰人之一言，即可偕老白首矣。孰之禍事之來，有出人意料者，老父毅然為選佳婿耳；彼人者，新進學士，翰苑才人，爾雅溫文，少年俊美，相偶固不辱沒，亦堪稱一對璧人。

無如吾之與君，已訂約在前，豈容改志於後？然堅守吾約，則違父母之命；苟順親情，期負君矣。就事而論，兩不可背，以情而言，烏能獨從；轉輾思維，進退皆難，追本尋源，是吾之命薄耳。

嗟乎六如！今且別矣。紅顏如花，其豔不永，是古人已先為吾言之。蓋吾欲從君，則遺羞老父，世將詈為無恥，留醜名於千古；進而從父，則君必百志俱灰，遂至磨折以終，我不殺伯仁，伯仁為我而死，吾心豈忍出此乎？吾計之熟矣，不幸事急，賴有三尺白綾，作吾護身之符；身既屬君，則唯有一死報君耳。

噫！吾之死期至矣！吾死之後，君幸無悲，天下多美女，以君之才，能奮力上進，掇高科，取杏紫，猶拾芥耳；身登仕籍，則區區如薄命人者，何患不得，屆時恐嫌其多且煩也。雖然，果有此日，君志得意滿，志高氣揚，而薄命人則夜臺孤眠，嘗風餐露，白楊楓樹繞吾荒丘；誰復有憶及斯薄命人者呼？悲已！顧君有情人也，倘能金榜題名，洞房花燭之夜，三呼吾名而稽首者，吾死亦無憾矣！

更有一言，為君告者，秋香小婢，事吾多年，情同骨肉，君如情深念吾者，可納秋香而列諸妾媵，吾之兩願也；則君見秋香，猶對吾無異，要知彼一孤女，伶仃可拎，得君援之，亦屬功德，而吾心亦從斯安矣。

別矣唐郎，幸自珍攝！薄命如吾，不足憐惜，祈君毋過哀，致吾在九泉因此而增吾悲，亦所以增吾之罪孽也。嗚呼！不謂花亭（相府後圃有花芳亭，為六如、眉雲幽會之地）一見，乃成永訣；紀念之言，遂為讖語，吾憶及是，吾心傷矣！悲已哉！夜漏三更，春寒多厲，吾書至是，淚濕雲箋者數重，吾乃不忍書矣。

妹徐眉雲絕筆

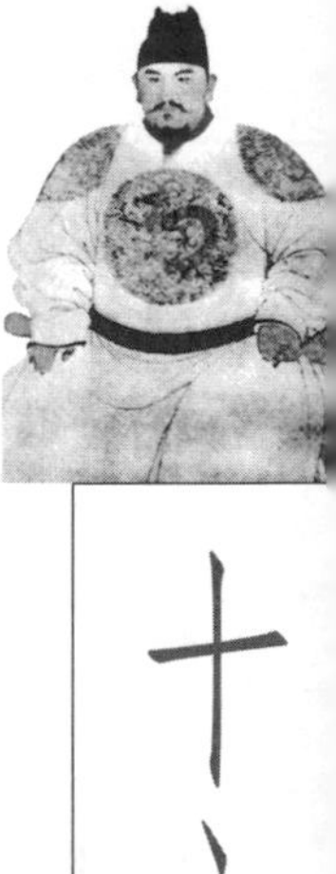

唐寅一邊讀著，真是一字一淚，到了讀畢，那眼淚已如黃梅時的霖雨一般連綿不斷；袖襟上早濕了小半幅，掩淚回顧秋香道：「不料妳們小姐真個為我而自盡的，此後我的希望已絕，從今當披髮入山，不復再染紅塵了。」

秋香也嗚咽著說道：「唐相公莫說這樣的話，叫人聽了傷心；我家小姐在畢命的隔日也再三囑咐，寄語相公不要灰心自傷，致增小姐的罪孽。」說罷，已哭得回不過氣來；唐寅也哭得抬不起頭，幾乎失聲大哭。

正在相對著如楚囚似的對泣，傷心人遇著了傷心人，兩人越哭越覺悱惻；不提防園門的小閣上，忽然有個嬌小的聲音，很清脆地叫道：「秋香姐！老夫人喚妳了。」秋香聽了，忙收淚回身，一面擦著眼兒，三腳兩步地去了。

唐寅獨自一個人，呆呆地站在園門口，似發呆般的在那裏出神；那邊走過一個園門的老僕，見唐寅在門口發怔，當他是個市井的輕薄兒，便上前將唐寅一推，道：「請你走遠些兒，我們裏邊有事，要關園門了。」說罷，也不等唐寅回話，「砰」的一聲，逕自關上了園門，門裏咭咭咕咕地走了。

唐寅在園門前木立了半晌，只得長歎了一聲，一步懶一步地回他的寓中；正在咄咄書空、萬分淒寂的當兒，忽見文徵明垂頭喪氣地走進來。兩人相見，略略寒暄了幾句，文徵明劈口就說道：「奇事都是我遇見的，你可知道，我又遇著一樁怪事嗎？」

唐寅因自己有心事，便淡淡地答道：「甚麼怪事？」

文徵明拍著膝蓋道：「就是那徐相國的女兒，承相國親許我的婚姻；不知怎樣的，今天據相府裏的僕人來報知，說他家小姐昨天晚餐還好端端的，黃昏忽然死了，不是令我莫名其妙嗎？」

唐寅見說，不由得吃了一驚，道：「你所說的，敢是那徐階老相國的女兒麼？」

文徵明道：「你想有幾個徐相國！」

唐寅驀然地立起身來，道：「那可糟了！」

文徵明詫異道：「為甚麼連你也這樣著急？」

唐寅不等他說畢，從袖裏拿出那封眉雲小姐的絕命書來，往著案上一擲，道：「你且看了，就能明白。」

文徵明把信從頭至尾，慢慢地讀了一遍，連讀帶歎的搖頭晃腦；讀至「徐眉雲絕筆」，不覺目瞪口呆，做聲不得。唐寅便把在吳中時，與眉雲相識之經過詳細說了；文徵明歎道：「我若早知道，就不至允許她的婚事了；這樣一來，倒是我害了你們了。不過書中，眉雲小姐囑咐你納秋香為妾，這件事，我必成全你的。」說著，起身去了。

那時，徐相國聽他女兒無故自盡，悲痛欲絕；但不知眉雲為甚麼要自盡，傳秋香及侍婢等詰詢，終

得不到頭緒。後來，魏夫人從無意中，吐出吳中的事兒來；徐相國大怒，立刻把秋香拷問起來，方知眉雲已私和唐寅訂了婚約。

徐相國恨恨地說道：「這賤婢該死，她自己沒福去做現成的夫人，還可惜她做甚？」於是命草草殮葬了，一面密諭左右，令逮捕唐寅。

風聲傳進了文徵明的耳朵裏，忙去通知唐寅預先避去，又親往相府，求徐相國把秋香見賜；徐相國和魏夫人一商量，認為眉雲小姐已死，膝下又無兒女，秋香為人很是伶俐，服役府中也多年了，不如收她做了義女，仍嫁給文徵明，做眉雲小姐的替身。

徐相國將這層意思對文徵明說了，徵明不好不答應；因秋香雖是婢女，經徐相國收做義女，即立時變了小姐身分了。過了幾天，秋香便正式嫁給了文徵明；結婚的那天，廷臣都來賀喜，大家不知道其中底細，齊說相國小姐的豔麗，和文翰林真算得一對璧人。

世宗皇帝聞得徐階的女兒嫁與文徵明，特賜徵明龍鳳金鎖一具，彩紬百端，黃金五百兩，繡袍一襲；翰林夫人徐氏（秋香）賞貢花一對，鳳釵兩雙，碧玉龍紋玉簪一對，又御製《燕爾新婚詩》二十四首，賜給文徵明夫婦，一時傳為佳話。

只苦了個唐寅，弄得麻繩縛蛋——兩頭落空；文徵明的初意，是想把秋香要來送與唐寅的，萬不料以假作真，依舊拉在自己身上，倒幾乎無顏去回覆唐寅了。唐寅曉得了其中的情節，只有歎息一會兒，也不去見文徵明，竟嗒然南歸；自後，唐寅在吳中也不似從前狂妄了，他閒下來時，拿書畫自遣，流傳到了現在，他的書畫很有價值，和祝枝山、文徵明、徐昌谷，並稱吳中四才子，這且不提。

且說世宗帝嘉靖三十年，所立第三個方皇后又崩，世宗帝悲感之餘，對方皇后的喪儀十分隆重；方后梓宮安葬永陵，世宗帝還親自執紼送至大明門，經群臣的跪請才含淚回駕，是年便冊立杜貴妃為皇后，這是世宗帝第四次立后了。

日月流光，韶華不居，其時的方士陶仲文，已死了多年，世宗帝又記念那仲文起來；經中官把仲文的兒子陶世恩、侄子陶仿，徒弟高守中、申世文等，這一班術士又陸續召進宮。世宗帝令舊日的醮壇重行修築起來，諭令陶仿、陶世恩均上壇煉丹；以申世文、高守中祈禳災禍，拜求上天甘露。

那時，世宗帝的諸子也都長大了，只閻妃所生的皇子載基已死，謚號哀沖太子；王妃所生的皇子載壑才冊立東宮七天，便一病死了，謚號莊敬太子。世宗又改立杜貴妃所出的皇子載厚為太子，並封載圳為景王、載薊為薊王、載墉為威王、載珮為均王、載璽為穎王。那時朝中大臣以徐階為其中翹楚，統率百官總掌朝政；好在世宗帝常患病痛，對於朝事本來不大聞問，悉聽徐階主裁。

到了嘉靖四十四年的冬時，世宗帝忽然聖體違和，漸漸臥床不起；有時於朝政大事萬一免不來的，只好勉強倚榻裁決，但每到時候坐得久了，就覺得眼前發黑、神志不清。在這時的太醫和司醫監正，一會兒驗脈搏，一會兒進湯藥，真是忙碌得不得了；世宗帝吃了藥下去，仍如石沉大海，一點也不見效

驗，而且睜眼開來，就見有一團黑氣在榻前滾來滾去，把個膽大心豪的世宗帝嚇得心驚膽戰，半夜裏往往叫醒過來，敘述他所見的怪象。

一班宮侍內監等都信為真話，於是宮中傳說發現了甚麼黑煞，須得建醮祈禱；世宗帝召陶世恩等面諭，令施五雷正法鎮壓妖邪。陶世恩等奉諭，便去招了幾十個方外道士，在宮中叮叮咚咚地鐃鈸喧天，實行做起法事來了；其實，宮中何嘗有甚麼黑煞？不過世宗頭昏目眩、體虛心悸、眼中發暗，望出去好似一件鬼物，這叫做疑心生暗鬼了。

世宗帝因藥石不靈，又想到了仙人的丹汞，命陶世恩等晝夜提煉，煉成了一種仙藥，名喚九轉還元丹；由陶世恩、陶仿、申世文、高守中等，用玉盤盛了金丹三粒，上獻世宗，謂吞丹之後，可以立除痼疾。世宗帝大喜，倚身在床，取過玉盤中的丹藥來瞧時，見金光閃閃、香氣馥郁；世宗帝不待把丹化開，隨手往口裏一丟，咕的咽下肚去。

誰知服了金丹，到了半夜光景，世宗帝忽然從榻上直跳到榻下，竟似發了狂一般；太監等慌了手腳，忙去奏報杜皇后及六宮嬪妃等，都齊集榻前，又飛召閣臣如徐階、高拱、郭樸等諸人入內。

眾人見世宗帝這樣的情形，徐階說是藥餌投錯了，內監忙將世宗帝服丹丸的事，細細講了一遍；又說：「未吞金丹以前，言語很是清楚；自吞丹丸後，就此牙關緊閉，弄得說不出話來了。」徐階聽了大怒，即命把陶世恩、陶仿、申世文、高守中等四人暫行繫獄，再行懲辦。

世宗帝像這樣地又鬧了三四個月，看看又是冬盡春初，是世宗嘉靖四十五年了；世宗帝的病體一天不如一天，內外臣工進內請安，只略略點一點頭，既不能說話，聽聞也失了知覺，唯眼睛還有些瞧得見罷了。是年春月的中旬，徐階循例入覲，見世宗帝氣色不好，面已帶青、雙耳變紫，眼見得不中用的了；徐階傳諭，速召東宮載厚。

不一刻，太子載厚來了，一眼瞧見世宗帝容色改換、白沫滿口，父子間的天性發現，不由得大哭起來；徐階頓腳道：「現在豈是哭的時候，快替皇上料理大事要緊。」於是，徐階就即草了遺詔，呈給世宗帝過目；世宗帝在這時，那裏還能看甚麼詔書，只拿在手裏，含含糊糊地往旁邊一瞥，就算看過了。

那詔中的大意無非說，朕承皇兄（指武宗）託付社稷之重，兢兢然勵精圖治，圖國運之日昌；惟以多勞獲疾，遂以誤信長生之方，修短天成，寧能賴乎丹汞之術。於是小人群進，共為草藥之呈；方士相逞，乃以邪氣為惑。至令士民失望，賢者退避，杖史諫之臣，自蔽言路；茲以今建始，舊日獲罪者悉行召用，褫職諸吏開復原官，而政令之不便者，盡行罷之云云。

這道諭旨完全是世宗帝自罪，假使這位英睿驕傲的世宗不是在昏憒的當兒，怎肯這樣的說法？只怕擬詔的大臣早就頭顱離了身了。是夜的三更，世宗帝人事不知，嬪妃又復齊集，徐階等都來榻前聽受遺命；太子載厚更是痛哭流涕，哭了一會，世宗帝忽然兩眼一瞪、雙足一挺，氣息回不過來，嗚呼哀哉

了。

載厚和群臣及嬪妃等大哭了一場，便由徐階傳出遺詔，召集群臣宣讀既畢；看看天色破曉，徐階、高拱、郭樸即扶載厚登位，是為穆宗，改明年為隆慶元年，追謚世宗為肅皇帝，廟號世宗。

又尊生母杜皇后為孝恪皇太后，立妃陳氏為皇后；以徐階為上柱國右丞相，高拱為吏部尚書兼謹身殿大學士，郭樸為工部尚書兼文華殿大學士。並大赦天下，前監禁諫官御史楊繼盛、羅文炳已死，奉旨開復原官，追蔭其子爵祿；吏部主事海瑞，這時也繫在獄裏，今釋出，擢為吏部侍郎。

海瑞出獄，見新君登極，想起昔日的弊政，欲竭力地整頓一番，所以遞疏上去，就是彈劾上柱國右丞相徐階；說他擅專朝政，扼止言路，於是觸怒了徐階，將海瑞調任外省。不上幾個月，擢為都御使，巡撫江南；海瑞奉命，就便衣赴任。

到了江南，把那些貪婪的官吏一一將姓名記了下來；一至任上，拿這些官吏劾的劾、革的革，差不多去了一大群。江南的屬吏一聽到了海瑞的名兒，無不望風畏懼，相戒不敢為非；海瑞既廉明又善斷獄，江南的人民都呼他作海青天。

時上元縣有個著名的惡訟，叫做馮如岡的，為人奸險譎詐；一縣的人，上他個徽號喚作馬熊，謂熊和虎皆能噬人的意思。又同縣有個土豪叫侯馥堂的，他自己雖不是善人，對於馮如岡的行為，卻很不贊成的。

有一天，如岡和馥堂在紳士家祝壽，兩虎相逢當然不能相容的；馥堂便使酒罵座，把如岡往日的劣跡似數家珍一樣，一面訕笑、一面大罵。如岡只做沒有聽到，仍持著酒杯歡飲自若；馥堂見挑撥不動，罵了一會也就罷了。

第二次，馥堂又在河邊遇見了如岡，正當炎暑天氣，馥堂正脫得赤條條的在河中洗澡，待得起身，恰好冤家路窄，一眼瞧見了如岡；馥堂拍著肚皮，戟指頓足大罵，如岡卻一點也不生氣，只含笑向馥堂遍身打量了一下，負著手自去。馥堂還帶笑罵道：「馮如岡這混廝，你看爺爺的玉體，敢是替你的妻子、女兒、媳婦們擇漢子麼？」這句話，說得路上的行人一齊哄笑起來；如岡並不在意，反而仰天哈哈大笑。

如岡在平素是不肯輕易讓人的，一枝筆尖更來得厲害，不論甚麼案子碰在他馮如岡的手裏，沒理可變有理，確是個僻處縣邑的惡訟（俗名刀筆師爺）；如今被侯馥堂幾番辱罵，竟會忍氣吞聲了，若是那些鄉人這樣地糟蹋如岡，不是被他捆送縣署，就是使你株連訟事，少不得家也破了。於是大家知道如岡也是懼怕兇狠的，街市上的眾人正紛紜議論著。

不到半月工夫，上元縣忽然出了一樁命案，是婦人謀殺親夫；誰知那婦人到了縣堂上，堅說丈夫不是她謀殺的，是侯馥堂來強姦她，她大喊起來，她的丈夫聞聲趕入，侯馥堂急了，順手取了案上的菜刀，把她丈夫趙狗活活地砍死。

縣令見供，將侯馥堂拘案，馥堂便極口呼冤，且要求強姦和殺死趙狗的證據；縣令問那婦人，婦人朗聲說道：「侯馥堂來強姦我時，衣已經褪去；我見他小肚上有一點紅痣，還長著很長的黑毛，是以我瞧得很清楚的。」縣令叫驗著馥堂的小肚上，果然有粒小小的紅痣。這樣一來，把個馥堂的口堵住，再也強辯不出來，只好俯首承認；縣令就錄了口供，作為定案，馥堂以強姦不遂、刀殺本夫，依法擬斬。

這案子申詳上去，正逢海瑞巡查案卷；見了上元縣的詳文，沉吟半晌，拍案說道：「這案尚有疑竇，據文中謂，侯馥堂腹下的痣並不甚大；說在強姦急迫恐懼的當兒，那婦人何以瞧得這般仔細？分明有隱情在內，非我親鞫不可。」於是行文上元縣，命解人犯來省，重行勘訊。

不多幾天，上元縣押著人犯到了，海瑞當即坐堂，先帶那婦人上來；海瑞和顏悅色地說道：「當日，侯馥堂強姦妳時，是在晚上麼？」

婦人答稱：「是！」

海瑞又道：「馥堂推妳進房門時，妳知道是馥堂麼？」

婦人搖頭道：「那時因房門前暗黑，不曾瞧得明白。」

海端微笑道：「難道妳房中沒有燃燈嗎？」

婦人道：「燈在房門的桌上，他躡手躡腳進來，只能瞧得他的背面，卻未看見他的臉兒；直走到近床前，才知道不是丈夫，我就嚇得喊起來了。」

海瑞道：「這樣說來，妳睡在榻上，離燈是很遠的，所以妳看不清他的面目，是不是？」

那婦人應了一聲：「是。」

海瑞突然把驚堂木一拍，變色喝道：「妳這淫婦，謀死了親夫，還敢誣攀他人，希圖逍遙法外；左右給我夾起來！」

婦人大叫：「青天老爺，小婦人是冤枉的。」

海瑞冷笑道：「妳方才自己說的，睡在床上，距離燈光是很遠的，馥堂又是背燈而來；妳連面目都瞧不清楚，他腹下的紅痣又是很細小的，妳何以獨能瞧見？這顯係有人指使的了。」這一片話，說得那婦人啞口無言。

海瑞令把那婦人用刑，那婦人似殺豬般地喊起來，一時熬刑不住，只得老實供道：「趙狗是姦夫劉健三殺死的，侯馥堂確是誣攀。」

海瑞喝道：「妳和侯馥堂有甚怨恨？卻要陷害他致死？」

那婦人垂著眼淚說道：「健三殺了趙狗，便去求教那訟棍馮如岡，是如岡教我這樣說的。」海瑞聽了，立把婦人收監，命往上元縣提馮如岡和劉健三來省。

如岡還要狡賴，被那婦人當面質證，如岡圖賴不得，就歷敘與侯馥堂結怨，心想中傷他，終沒有機會；一天，在江畔見馥堂赤身入河洗澡，瞧見他臍上的小痣，恰好劉健三來相商，是以教他強攀馥堂，

以報復私怨。

海瑞怒道：「好刁猾的殺才！」令左右重責百杖，將馮如岡立斃杖下；一面傳劉健三上堂，也沒法抵賴，直認殺人不諱。於是海瑞提筆，判劉健三和那婦人論抵，侯馥堂薄責釋放，馮如岡已死勿論；這樁案件判畢，吳江的人民齊聲傳頌海瑞是個活閻羅，上元縣的縣令也為了這案撤職。

那海瑞做了五六年的外任官，到卸任時，依舊是一肩行李、兩袖清風；他臨行時，百姓誰不零涕，還攀轅去挽留他。海瑞因上命難違，只得向人民安慰一番，匆匆進京；穆宗皇帝也知道海瑞正直廉明，授為禮部尚書。那時朝中的群臣都有三分懼怕他，連太傅高拱也畏海瑞剛直，做事不敢過於放肆了；那位穆宗皇帝英明更過於世宗，廷臣相戒，兢兢的不敢蒙蔽。

到了隆慶二年，穆宗皇帝選備六宮，在宮侍中選了三人，又選了四個大臣的女兒；這樣一來，宮闈便鬧出一件天大的禍事來。

第八十二回　蒙古美人

穆宗是世宗的第三子，他做東宮的時候很是聰敏，世宗本封他為裕王的；有一天，世宗帝見中宮失火，登高瞭望，裕王載厚忙牽住世宗的衣袖避往暗處。世宗問他做甚麼？裕王稟道：「時在黑夜，天子萬乘之尊，不可立於火光下，被人瞧見了，恐有不測。」

其時裕王還只有五歲，世宗見說，歡喜裕王穎慧，從此便存下了立他做太子的念頭；恰好莊敬太子載壑又殤，世宗下諭，繼立裕王載厚。及至世宗崩逝，載厚接位，是為穆宗，時年紀已三十歲；穆宗在東宮冊妃李氏，生子翊鉤，三四歲就夭折，李妃痛子情切，不久也謝世了。

穆宗又冊繼妃陳氏，生子翊鈞、翊鈴；登位之後，立陳氏為皇后，翊鈞立為東宮，翊鈴封為靖王。尊杜貴妃（穆宗為杜貴妃所出）為孝恪太后，故方皇后追諡為孝烈太后；張廢后追諡為孝貞太后，陳皇后追諡為孝潔太后（世宗凡立四后，陳后、張后、方后俱逝，惟杜后尚在）。

時餘姚王守仁已逝，穆宗追念他的功績，封新建侯，諡號文成；又下旨將陶世恩、陶仿、申世文、高守中等一班羽士概行斬首。又加三邊總制戚繼光為大將軍、晉武毅伯。這時，徐階忽上本乞休，穆宗

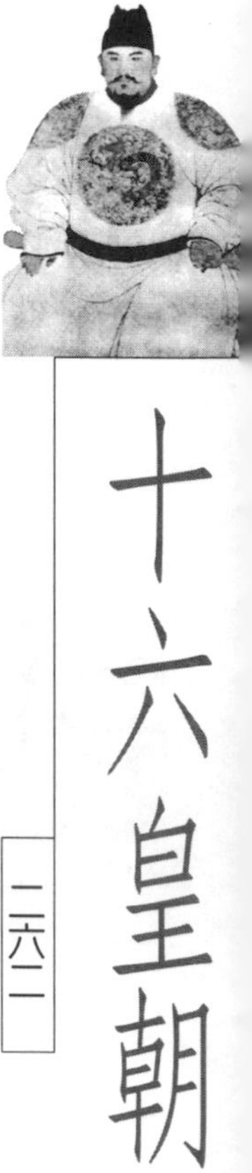

帝挽留不住，賜田三百頃、黃金萬兩作為養老俸祿，擢徐階子徐璠為光祿卿，襲蔭父爵；徐階拜辭出都，還鄉後，又六年病終。

這裏，穆宗帝以張居正為大學士，高拱為內閣大學士，徐貞吉為文淵閣大學士，李春芳為戶部尚書；那時君明臣謹，天下漸有承平氣象。北番（蒙裔）遣使求和，進貢珠寶請釋俺答回國；俺答為番奴部酋，世宗時，被戚繼光擒獲，囚在天牢中將近有十多年了，穆宗諭邊撫王崇古與北番訂約，歲入朝貢，才把俺答釋回。

穆宗又選立六宮，以宮侍王氏、李氏、阮氏封為嬪人；又冊立錦衣衛杭瓔的女兒、尚書梁寬的女兒、侍郎江葉田的女兒，均為貴妃。這三位嬪人與三位貴妃都很賢淑，一樣的知書識禮；就是那位陳皇后也很諳大體，所以宮闈中倒十分和睦，穆宗帝天天享著快樂的光陰，真可算得是和融雍穆了。

那北番的部酋俺答自回國後，把部族整頓一回，還一心想報復被囚的仇恨；俺答的兒子巴勒圖中年夭死，遺下一個孤兒叫做巴罕那吉。俺答見那吉已經弱冠，便替他在部族中聘下一房妻子，即日迎娶過門；胡奴本不識甚麼吉日良辰，也沒有日曆的，下了聘物，就可以迎親成婚了。

那吉的妻子，是番部頭目杜納烏拉西的愛女，小名叫花花奴兒；生得神如秋水、臉若芙蓉，楊柳蠻腰、凝脂玉膚，在北番有第一美人之稱。杜納烏拉西對於花花奴兒異常的疼愛，說她誕生時，香氣繞室，終日不散，人家都說花花奴兒必然大貴；杜納烏拉西越發當她掌上明珠樣地看待。

尋常的族中少年向杜納烏拉西來求婚，即一口被他峻拒，道：「我的女兒不做皇后、皇妃，至少也要做個夫人；豈肯嫁給常人做妻子，你們快絕了那妄想吧！」人家聽了杜納烏拉西的話，就再也不敢來求親了。

俺答聞知，便遣使和杜納烏拉西說了，給他孫兒巴罕那吉求婚；杜納烏拉西見是部酋的命令，又是俺答的孫兒，將來俺答一死，那吉繼位，自己女兒怕不是個部酋夫人麼？當下便允許了，請求來人回報俺答。俺答大喜，於是整備些牛皮、鹿皮、虎皮，及牛羊百頭為聘儀；杜納烏拉西收受了，也回過禮物，是一匹高頭的青鬃馬，算是給巴罕那吉做坐騎的。

等到把花花奴兒娶過門來，那班親戚族人以及部中的人民兵卒，誰不讚一聲新娘的美麗；巴罕那吉也唇紅齒白，戴著金邊緯帽，穿了箭袖的繡袍，愈顯出英姿奕奕，不讓漢時的溫侯（呂布人稱溫侯，封號也）。這一對璧人在紅氍毹上，盈盈地交拜，把親友們看得出了神，嘖嘖讚美聲不絕。

蒙古風俗，三朝新娘進謁翁姑，又去參灶（祭灶神也），都是新娘獨自前去，新郎不和她偕往的；那時，花花奴兒參過了灶，又去拜見阿翁巴勒圖的遺像及阿姑那馬氏，再後去參拜祖翁俺答。俺答見花花奴兒貌麗如仙、風姿綽約，不由得興致勃勃起來；忙親自把花花奴兒扶起，一手牽住她的玉臂，細細地打量一會。

看那花花奴兒穿著銀紅的繡服，外罩青緞氅衣，頭上裝了燕尾金鳳寶髻，粉頰上垂著兩行秀髮；

瓠犀微露，笑窩帶暈，玉容的嬌嫩，瞧上去似吹彈得破的，覺得白裏透紅，嫵媚中含有幾分妖冶。再加上她一雙勾人魂魄的秋波，看了真是蕩人心志；俺答愈看愈愛，忍不住拉著她的玉臂，向鼻子上亂嗅。

蒙古人的女子是不講貞操的，也不知羞恥是甚麼，亂倫的事常常有的；那更算一種風俗，益發不打緊了。俺答嗅著花花奴兒的玉臂，引得花花奴兒一面縮手，一面俯著頭，格格地笑了起來。若在我們漢人，做祖翁的這樣不長進，孫媳早就變下臉兒來了；但他們蒙人以為是祖翁喜歡孫媳，甚麼嗅臂、接吻、按乳、舐面，是算不了甚麼一回事。

俺答見花花奴兒一笑，好似一朵海棠被風吹得傾體倒身，在那裏婆娑起舞，益顯她的婀娜嬌豔了；俺答這時怎的還忍耐得，便轉身輕輕地將花花奴抱在膝上。花花奴兒待要掙扎，俺答力大，緊緊地把她揪住；花花奴兒脫身不得，只有倚在俺答的襟前，吁吁地嬌喘著。

不提防俺答一手擁了花花奴兒的纖腰，還有一隻手已把她衣鈕解開，探手去撫摩她的酥胸；只覺膩滑溫馨，只怕塞上酥也沒有這樣軟嫩柔綿哩。花花奴兒是個初嫁的女孩兒，正當春情藹藹的時候，被俺答那樣地一引逗，弄得花花奴兒只是吃吃地笑，香軀挨坐不住，索性倒在俺答的左臂上；俺答就用左臂托住她的粉頸，慢慢地挽起來，親親密密向她吻了一下櫻唇。

再看花花奴兒，卻是雙窩淺笑、媚眼斜睨，雲鬢蓬鬆、神情如醉；像這樣地倚在俺答身上，儼然是一幅美人春睡圖。俺答其時早已情不自禁，便一手勾住花花奴兒的香頸，一手摟住她的纖腰，霍地站起身來，把花花奴兒抱進後帳去了；那時，老翁少女自有一番樂趣，這且按下了。

再說巴罕那吉娶了花花奴兒，俊男美婦、天緣巧合，那吉當然是心滿意足了；誰知花花奴兒進大帳去到他祖父那裏去謁灶，自晨至午都不見出來。那吉正當燕爾新婚，恨不得打做了一團的時候，忽的叫他離開了半天，不是比吃奶子找不到娘還難過麼？那吉看看花花奴兒還不出來，知道定要吃了午膳才回來；害得那吉中餐也咽不下了，只在帳篷前踱來踱去，一會探首遙望，一會兒又回身走到帳後，返個身又走了出來。

那吉坐立不安地，直等到紅日斜西，仍沒有花花奴兒的影蹤；那吉詫異道：「我的祖父和母親也不懂事，將來住一起的日子多咧，何必要在此刻留住她做甚？」說著，令小校到大帳面前去探望，回來說，不見甚麼動靜；那吉沒法，諒花花奴兒想是進了晚餐才回來的了，只得再耐性等著。

金烏西墜，玉兔東上，又是黃昏了，花花奴兒依舊消息沉寂；那吉走進走出地在帳中忙了好半天，遠遠看見燈光閃閃，疑是小校送花花奴兒回來了，就飛也似地迎上前去，卻是往山中打獵的民丁，不覺滿心失望，一步懶一步地回入帳中。

過了一會，遠處燈光又見，那吉大喜道：「這次定是她回來了。」立刻叫小校也燃起燈來，一路迎將上去。待至走近了一瞧，原來是巡更的兵士，那吉心裏沒好氣，把那幾個巡兵痛罵一頓；那巡兵無故

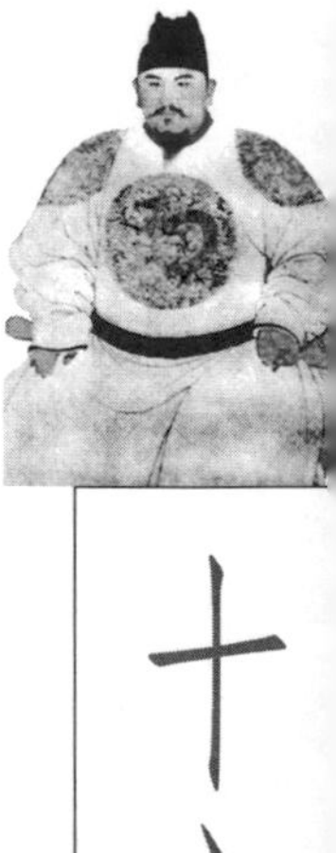

挨罵，正是丈二和尚摸不著頭腦，看他是部主的孫兒，不敢得罪他，大家諾諾地退下，自去巡更。

那吉一口氣罵回帳中，算那小校晦氣，被那吉罵的罵、打的打，如瘋狂似的，見人就尋事打罵；這樣地挨延到了三更多天，非但花花奴兒不來，連送她去的兩個小校也影蹤不見。那吉忍不住了，叫燃起大燈來，由小校掌著燈，往大帳中來探聽消息。

到了帳篷門前，那吉是走慣的，管帳篷門的把門開了，讓那吉進去；那吉匆匆進帳，先到他母親的房裏，一問，花花奴兒還是上半天來的，行過禮就回去了。那吉道：「那怎麼還不見她回來？」

他母親道：「也許你祖父那裏留她，否則，想是順道到她的母家去咧。」

那吉聽了，忙到他祖父的帳內去探望，又不敢進去，只在門口向那親隨詢問；回說晨間看見的，這時想已走了。那吉見說，飛奔地回到自己帳裏，牽出那匹青鬃馬來；也不掛鞍，就飛身上了禿鞍馬，加上一鞭，騰雲駕霧般，趕到他的岳家。

杜納烏拉西是不睡覺的，還獨自在帳中看書，驀見他的東床新婿匆匆地半夜裏到來，就起身接他進帳；那吉不好說來尋妻子的，推說打獵經過，天色晚了，馬也走乏，所以暫時息足的，說罷便行告辭。杜納烏拉西知道他們新婚夫妻恩愛正濃，不便強留，只令巡卒護送；那吉苦辭不了，只得和四名護卒上馬同行。

那吉在路上，私下探那護卒道：「姑奶奶來未？」

護卒笑道：「姑奶奶自在你姑爺家裏，她怎肯回來？」

那吉點點頭，一路到了自己的帳前，便打發那四名護卒回去，獨自下馬走進帳中，見小校們都倚在門兒上打盹，裏面靜悄悄的聲息毫無，知道花花奴兒是不曾回來的；走向房中一瞧，果見錦幔高捲，連半個人影也沒有。

那吉便沒精打采地坐下，尋思道：「花花奴兒母家是沒去的，我母親那裏又沒有，莫非是祖父把她留著麼？祖父是七十多歲的人了，不良的念頭想是不會有的，可是，他要留著孫媳婦兒做甚？」轉想，不要花花奴兒走岔了路徑？但是有小校跟隨著；那麼被強盜劫去了麼？

那吉一個人胡思亂想，忽見剛才替自己掌燈到大帳裏去的兩個小校，同了日間護送花花奴兒的兩名小卒一齊走進帳來。那吉忙站起來問道：「你們新夫人沒有同來麼？」

兩名護送的小校答道：「新夫人被部長爺留著，要明天回來。」

那吉躍起來道：「為甚麼要留她過夜？你這兩個狗才，不會同了新夫人一塊回來的嗎？」

兩名小校半跪著答道：「部長爺的吩咐，誰敢違拗？」那吉沒話駁他，揮手叫他們退去。

這一夜，那吉孤伶伶地睡了，真是淒涼滿眼，幾乎要哭了出來；好容易挨到了雞聲遠唱、東方發白，那吉一骨碌爬起身來下榻，草草梳洗過了，也不帶小校，竟獨自入大帳裏，見了他母親，把祖父留住花花奴兒的話說了。

他母親皺眉道：「你快去接她出來，恐你祖父別有用意了！」那吉聽了越發著急，趁了一股火氣，向他祖父的帳中走去。

到了門前，被幾個民兵攔路道：「那吉！你來找新夫人的是不是？」

那吉應道：「是的！」

民兵笑道：「部長爺有命，無論誰人不許進去。」

那吉道：「卻是甚麼緣故？」

民兵笑道：「部長爺和新夫人，此刻正摟著睡得濃酣哩。」

那吉不聽猶可，一聽到了這句話，不由得怒火上升，鼻子裏青煙直冒，頓足大叫道：「天下有這樣的事麼？我那吉就是死也要進去的！」

嚇得那些民兵慌做一團，顫巍巍地向那吉哀求道：「小部主且暫息怒，都是小的們多嘴不好；這時你若聲張起來，不是害了小的們麼？」

那吉被民兵一陣的哀求，心早已軟下來，只是一股醋意，鼻子裏兀是酸溜溜的，一時那裏會得消滅；當下也不進帳去，恨恨地仍到他的母親房中，把他祖父霸佔孫媳婦的事，氣憤憤地講了，他母親聽說，也呆了半晌做聲不得。

那吉拍案大怒道：「俺答這老賊，他如做出那種禽獸行為來，我不把他一刀兩段，今生誓不為人！」說罷，去壁上抽下一口劍來，回身待要去殺俺答。

給他母親那馬氏一把抱住，垂淚說道：「兒快不要如此！你父親只有你一點骨血，倘你這樣莽莽撞撞地前去，他萬一變下臉來，現在兵權都握在他手裏；兒雖勇猛，倒底寡不敵眾的，還是慢慢地想法圖他不遲。」

那吉被那馬氏一說，不覺提醒過來，將劍歸了鞘中，歎口氣道：「依母親的主見，怎樣辦理呢？」

那馬氏道：「你肯聽你母親的話，如今只做沒有這件事一般，看他怎樣把你打發；況天下美女多得很，何必定要那花花奴兒，假如花花奴兒死了，你又有甚麼法兒？」那吉怔了一會，起身一語不發地，自回他的帳中。

其時，恰巧家將阿力哥進來，見那吉悶悶不樂，便笑著說道：「小部主為甚麼這般不高興？不到外面去打獵玩玩？」

那吉長歎道：「誰有興兒去玩這勞什子。」

阿力哥笑道：「我看小部主有甚麼心事麼？」

那吉低聲道：「不要去說起，我連人也要氣死了。」

阿力哥故意吃驚道：「這是為何？」那吉便把祖父強佔他妻子的話，細細說了一遍。

阿力哥奮然說道：「那是笑話了，他竟做出禽獸的事來；別的可忍，這事也可以忍耐得麼？」

這一激，把那吉激得咆哮如雷，大叫道：「我非把這老賊宰了，方出得我這口怨氣！」

阿力哥忙勸道：「小部主既有這心意，且從緩計議，包你出這口氣。」

那吉大喜道：「你有甚麼法兒，可以殺得老賊？」

阿力哥附耳說道：「我趁個機會，把新夫人盜出來何如？」

那吉道：「就是盜了出來，老賊也不肯放過我的。」

阿力哥道：「拚著大家沒分，將新夫人進獻給明朝的皇帝；我們便投降了明朝，統他個一千八百人馬，殺出關來，打得他一個落花流水，你道怎樣？」

那吉拍手大笑道：「這計大妙！我們準這樣辦吧！」兩人計議好了，阿力哥出帳自去。

第二天晚上，阿力哥提了一方牛腿，一大罈香醪，笑嘻嘻地走來道：「我們大家醉他一飽，夜裏就好幹事。」那吉笑了笑，兩人就走進帳中，擺上酒來，開懷暢飲。

酒到了半酣，阿力哥起身說道：「時候到了，咱們去幹了再來。」說著，取出夜行的衣服換好了，悄悄地開了門，如飛鳥般的一瞥就不見了；那吉便獨斟獨飲。

約有四更天光景，忽見那阿力哥滿頭是汗地走進來，背上負著一件東西；那吉知道他已得手了，急急地叫醒了小校，備起一頭健驢，並率出那匹青鬃馬來，兩人匆匆上馬。那吉回頭對小校道：「我有緊急事兒遠去，你們須好好地看守著篷帳。」小校答應了，那吉和阿力哥兩騎，一前一後，盡力往前奔馳。

走不上幾十里，天色已經大明；阿力哥說道：「白日裏奔路，身上揹著人，走起來很不方便，還是覓個地方，暫行躲避一下的好。」那吉答應著，兩人把馬勒慢了，四處找那隱蔽的地方。

可是沙漠地方，除了喇嘛殿、喇嘛宮之外，廟宇很少；兩人尋了半晌，在石棚瞧見一所漢人的故寨，有三四個窮困的蒙民在那裏居住，不過聊蔽風雨而已。那吉與阿力哥下騎，走進寨中，幾個貧民見那吉衣服華麗，想來是貴族公子，便殷勤出迎，還進些馬乳牛羔；那吉和阿力哥兩人，就蹲在地上飽啖一頓。

借過土炕，由那吉把阿力哥揹著的包袱解開，只見花花奴兒星眸微闔、朱唇半啟；看她似昏昏沉沉的，像睡醒過來而酒未醒的一般。那吉叫阿力哥去打了半盞馬乳來，慢慢地給她灌下；花花奴兒嘓嘓地咽了，那吉仍把她包好，兩人在寨中直挨到天色薄暮，又再一同上馬，向關中疾馳。

直到是日的五更，已到了居庸關前，恰好關官傳諭開關，放商貿通行；那吉一馬當先衝進關去，被關吏瞧見，因那吉服裝是蒙人，便攔住問道：「你往那裏去？進關做甚麼？」那吉便把自己來投降明朝的話，對關吏說了，關吏忙去報知關官；關官見事情重大，就親自下關，帶了那吉、阿力哥兩人，去見守關御史胡濬昌。

濬昌也不敢作主，又同了那吉、阿力哥，去見邊撫王崇古；崇古見了那吉和阿力哥，低頭沉吟了半

晌，令暫在館驛中居住，一面飛章入奏。廷臣聽得這個消息，都主張拒絕他；獨張居正力持收容。穆宗帝說道：「外夷來歸應招納他，以示天朝大度優容。」眾臣見穆宗帝也這樣說，大家自然沒得講了。

不多幾天，由邊撫王崇古派了五十名護兵，護送一輛朱紼繡幰的高車，車內端坐著塞外第一美人花花奴兒，兩旁隨行的兩位大將，一個青鬃馬，繡袍、戴大緯帽的就是那吉；還有一個短衣窄袖，騎著一匹健驢，即是阿力哥。

兩人和花花奴兒一路到了都下，先投兵部衙門，諭令館驛安息；次日早朝，兵部侍郎何茂濬帶了那吉入朝覲見，奏陳了來意，又獻上美人。穆宗帝大喜，授那吉為殿前指揮，又授阿力哥為遊擊；即令更換服色，著內監兩名接美人進宮。

穆宗帝諭畢，正要捲簾；徐貞吉大學士忙跪下奏道：「關外女子係在草野，不宜貿然入宮。」穆宗帝道：「卿可無慮，朕自有處置。」群臣不敢再陳，只得散朝。

那兩名內監奉旨，駕著安車到館驛中接了花花奴兒；車進宮來，穆宗帝聞報，命在春深柳色處召見。內監引了花花奴兒謁見穆宗帝，花花奴兒便盈盈地行下禮去，俯伏著不敢抬頭；穆宗帝令內侍把她扶起來，細看花花奴兒，的確是個沉魚落雁的美人，遍身蒙裝，更顯出濃妝淡抹，異常妖媚。

穆宗帝自有生以來，那裏見過這樣的美人，不覺暗叫一聲：「慚愧！朕枉為天子，六宮嬪人一個也及不上她。」於是這天的晚上，穆宗帝便在萬春宮中召幸花花奴兒，一夜恩情勝過百年夫婦；第二天，穆宗帝下諭，封花花奴兒為宸妃。那時的寵幸，遠在六宮之上，宮中的嬪妃，誰不含著妒忌？

那裏曉得蒙古侍衛官中（明朝設蒙古侍衛十人，為英帝時北歸攜來之蒙人；武宗時有蒙衛愛育黎，歷朝遂成為規例），有個名努亞的，從前和花花奴兒是舊相識；花花奴兒進宮，努亞正在值班，兩人見面，花花奴兒未免不能忘情，往往在宮中私晤。不到幾時，宮內太監宮人以及六宮嬪妃無不知道，所懵懵不覺的，只有一個穆宗皇帝了。

光陰荏苒，忽忽已是隆慶五年的冬月。一天，穆宗帝祀農壇，回宮經過漱玉軒，驀見花花奴兒正和蒙古侍衛官努亞相摟著低語，那種親密和穢褻的狀態，真令人不堪目睹。穆宗帝不禁怒火中燒，喝令左右校尉把努亞拖出去立時砍了；花花奴兒與努亞兩人不知穆宗帝來了，正在相親相愛、神魂飄蕩的當兒，突然搶進五六名校尉，如黃鼠狼抓雞似地，將努亞橫拖倒拽地牽出去了。

花花奴兒這時如當頭一個晴天霹靂，驚得手足無措，回顧穆宗帝站在門前，怒容滿面；花花奴兒慌了，曉得事已弄糟，便霍地立起身來，將銀牙一咬，索性大著膽子衝出門去。那漱玉軒旁本來有一口眢井，名叫漱玉泉，是通玉泉泉脈的；花花奴兒跑到了井前，噗通的一聲，跳下井中去了。

穆宗帝因憐愛花花奴兒，並無殺她之心，不提防她會自己去尋死的；花花奴兒投入井中，令穆宗帝大吃了一驚，忙令內侍和侍衛等趕快撈救。等到將花花奴兒拖起來，見她的頭已在井欄邊磕破，腦漿迸出，眼見得是香消玉殞了；穆宗帝不覺頓足歎息，也流下幾滴淚來，一面諭知司儀局，命依照貴妃禮從

豐葬殮。

穆宗諾自宸妃（花花奴兒）死後，終日鬱鬱不歡，短歎長吁，十分淒涼；又在宸妃投井時，吃了一個驚嚇，不久就染成一病，漸漸沉重起來。到了隆慶六年的春時，遽爾駕崩，遺詔命太子接位；那時，朝廷大臣自有一番忙碌。

第八十三回　東宮選妃

穆宗晏駕，遺詔命張居正、高拱、高儀等，扶太子翊鈞接位，是為神宗皇帝；改明年為萬曆元年，追尊陳皇后為孝安太后，晉貴妃李氏為太妃，後來尊為孝定太后。追諡穆宗為孝莊皇帝，廟號穆宗；以張居正為大學士晉太師，高拱為太傅兼華蓋殿大學士，高儀為吏部尚書兼武英殿大學士。

神宗皇帝繼統，立妃王氏為皇后，冊鄭氏為貴妃，以劉秀嫚為晉妃；鄭貴妃是侍郎鄭揚的妹妹，劉秀嫚是劉馥的女兒。劉馥山西人，本是個古董商，往來塞北等地；蒙古王裔貧乏的，便拿些古物出來賣錢，劉馥隨意估價，值百的說二三。蒙古貴族子弟是毫不懂得的，任劉馥胡說一會罷了；因此劉馥逐漸富有起來，不到十年工夫，居然富甲一郡。

恰好神宗在東宮選妃，劉馥和中官馮保在暗中結連，把自己的女兒秀嫚送入京中；但是只相去得一步，神宗已冊立了王氏，幸馮保百般的轉圜，又將秀嫚送進宮內。神宗帝見秀嫚丰姿綽約，便也納為侍嬪；這時神宗登位，秀嫚也立為妃子。

不到幾時，神宗又納鄭揚的妹妹做侍嬪，進宮比劉秀嫚來得後；現在鄭妃的封典反在劉秀嫚之上，

秀嬡當然十分不高興，私底下不免有了怨言，又和馮保密計，想抑止鄭貴妃，一時卻弄不出個辦法來。

秀嬡還有一個妹子秀華，芳齡才得十七歲，容貌卻比較秀嬡更來得出色；馮保便獻計，讓秀華也帶她進宮，故意打扮得妖妖嬈嬈的，時時在園亭樓閣中姍姍地往來，或是在花蔭徘徊，有時坐在樹蔭下低唱，這樣的有一個多月。

一天，神宗帝遊覽御苑，見綠樹蔭中，似有個美人的倩影；神宗帝心中疑惑，便負著手，慢慢地向樹蔭中走來，那個美人噗哧地一笑，逕自縮身進那竹林去了。神宗帝覺得那美人甚是豔麗，驚鴻一瞥就不見了，他心中怎肯捨去？就循了一帶的竹徑追蹤前去。

瞧見那美人還盈盈地在前走著，神宗帝跟在後面，足音橐橐地作響；那美人似已知道神宗在後跟著，腳步較前走得更快了。神宗帝也放著快步追上去，卻見那美人忽地走進春華宮去了；這春華宮是晉妃（劉秀嬡）所居的，神宗帝追進宮門，只見晉妃獨自一人默坐著，卻不見美人的影蹤。

這時，晉妃起身來迎接，神宗帝笑說道：「方才進來的美人兒，到甚麼地方去了？」

晉妃忙跪下稟道：「那是臣妾的妹子，新自那天進宮來，臣妾未曾奏明陛下，萬祈恕罪！」

神宗帝隨手將她扶起，口裏笑道：「朕不來罪妳，快叫妳的妹子出來見朕！」晉妃奉諭，命宮人去請劉小姐。

不多一會，但聽得宮鞋細碎，剛才進去的美人，已裊裊婷婷地站立面前，行下禮去；神宗帝一面攔住，還賜她坐了，回顧晉妃道：「她喚甚麼名兒？」

晉妃答道：「小名叫做秀華。」

神宗帶笑道：「好名兒！秀媚華麗，真個名副其實咧。」秀華聽了，粉臉就微微地紅起來，愈顯得她嫵媚冶豔，真是令人愛煞。

神宗帝忍耐不住，伸手牽了她的玉臂，涎著臉道：「卿今年多大年齡了？」

秀華低垂蛸螓，答應了聲：「臣妾菲年十七。」神宗帝點點頭，和晉妃搭訕了幾句，自出春華宮去了。

晉妃等神宗走後，急召中官馮保進宮，告訴他皇帝已將上鈎，我們須預備以後的進行；又囑咐她的妹子秀華，要留心那個鄭貴妃，得間在皇帝面前指謫她的壞處，咱們姊妹兩個，早晚要扳倒鄭貴妃。又令馮保暗暗去打探那鄭貴妃的行動，隨時來報告消息。

晉妃那種計策，用得著兩句古話，叫作「設下窩弓擒猛虎，安排香餌釣鰲龍」了。你想，他們三四個人合算一人，任鄭貴妃有三頭六臂，也休想逃得出他們的掌握；所以不多幾時，就鬧出一樁宮闈疑案來。

原來，晉妃的妹子劉秀華，也曾讀書識字，而且善畫花卉；當她就傅的時候，是在她姑表親任芝卿家附讀的。兩人因有親戚關係，又是同學，自然格外比別人親熱一些；芝卿小秀華兩歲，生得雙瞳如

漆、齒白唇紅，一派的天真爛漫，人人見了都喜歡他的。秀華的母親因芝卿是自己姑娘的兒子，也另眼相看。

芝卿那時只得十三四歲，雖說童子無知，對於秀華也甚覺相愛；每天秀華回去，芝卿一手提著書包，和秀華手攙手地直送她到家中，一年三百六十五天，沒有一天不是如此的。他們年紀一歲歲地大上去，情竇漸漸開了，兩下就起了一種愛戀之心；在秀華母親的意思，把秀華配結任芝卿，是親上加親，心中也很願意的。秀華探出了她母親的口風，私底下去告訴芝卿，兩人暗自慶幸。

秀華到了十五歲，就撇了書包，是年的春季裏，又患起病來了；芝卿得知，也去對自己的母親說了，謂表姐病中嫌寂寞，日間去陪伴她，講些笑話給她解悶。芝卿的母親是愛子情切，又知道秀華將來便是自己的媳婦，平日本也喜歡秀華的，於是對芝卿的要求就一口答應下來。

芝卿很高興地跑到秀華家裏，坐在秀華的床前，扯東拉西地說些故事給秀華聽；諸凡遞湯授水，都是芝卿一手擔任的，秀華於是也非芝卿不歡。芝卿到了晚上回去，秀華便悶沉沉地睡了，連口也不太開了；待到天色微明，就問芝卿來了沒?回說是沒有，秀華便淚盈盈地不做聲了。晨餐之後，芝卿才來，可憐秀華已問過五六遍了。

有時，秀華的母親要討她女兒歡心，等秀華問芝卿時，假意說已來了，推說在外面澆花咧；一面卻打發了小廝去喚芝卿速來。秀華聽說芝卿在外面，心就安了一半，自然而然地眉開眼笑了；過了一刻，芝卿真個走進來，秀華也不暇細詰，兩人就唧唧噥噥地講他們纏綿的情話了。

似這樣的足有三個多月，秀華病還沒有痊癒，芝卿的母親卻著急起來；因芝卿天天去伴秀華，書卻沒心思讀了，便吩咐芝卿仍去讀書。秀華見芝卿不來了，強迫她的母親去喚芝卿，不一會，小廝來回話：「任公子讀書去了。」秀華見說，又嗚嗚咽咽地哭了，那病也加重了幾分。秀華一病足有一年多，直到十六歲的暑天，忽然能夠起床步行；芝卿讀書的功課也完了，便依舊和秀華來談笑。

光陰流水，又是一年；芝卿的母親正要提起芝卿和秀華的婚事，突地京中來了使者，奉著晉妃的命令接秀華入都。秀華見是她姐姐來接她，不好過於違她的意旨，便對芝卿說了，隨著使者乘了繡車起身；芝卿還來相送，一程又一程的，只是戀戀不捨，秀華也巴不得芝卿一塊兒進京，但是辦不到罷了。

芝卿和秀華一路談談說說，轉眼已三十多里；秀華垂淚道：「相送千里，終有一別；你家中母親要掛念的，就此止步吧。」芝卿那裏肯捨，不覺也滴下淚來，兩人哭哭啼啼的，倏忽間又是十里了。秀華苦苦地勸芝卿回去，芝卿只是不應；正在推讓著，驀聽得背後騾聲噗噗，兩個小廝騎著騾子追趕上來，大叫：「任公子！老夫人命你回去。」芝卿不得已，只得和秀華分別了；由小廝讓出一頭騾子，兩小廝共騎一頭，一頭芝卿騎了，三人騎騾回來，秀華的繡車也疾馳而去。

芝卿一步三回顧地，直等秀華的車子瞧不見了，才含淚自回；秀華坐在車上想著了芝卿就哭，曉行

夜宿，兼程進京。秀華在路上，差不多沒有一天不是哭得和淚人兒一般的；到了都中，進宮去謁晉妃，姐妹見面，自有一番的快樂。

秀華入宮，雖然天天遊樂林園，心中卻總覺得鬱鬱不歡；晉妃又使宮人們導著秀華遊覽各宮，她這意思是把秀華當做了香餌，去引誘那個神宗皇帝。一天，秀華在御苑中看花，恰好被神宗帝瞧見，就悄悄地跟在她的背後；秀華已看出神宗帝不懷好意，卻不知道他是皇帝，所以三腳兩步地逃進春華宮裏。

神宗帝隨她進宮，晉妃便叫秀華出來見駕，秀華沒法，只得硬著頭皮走出來；行過了禮，神宗帝把她打量了一遍，見秀華嫵媚入骨、豔麗多姿，比起晉妃直同小巫見大巫，神宗帝不由得暗暗喝采。是夜，神宗帝便在永寧宮召幸秀華，尚寢局的太監捧著綠頭籤兒，逕到春華宮來宣秀華；秀華不肯領旨，經晉妃做好做歹、連嚇帶騙，不怕秀華不答應。

秀華隨了太監到得永寧宮前，顫巍巍地不敢進去，被宮侍們擁她進宮，替她打扮一會，卸去外衣，扶上繡榻去；這時的秀華真是心驚膽寒，芳心兀是必必剝剝地亂跳，玉容紅一陣、白一陣的，好似上斷頭臺的囚犯，香軀不住地發顫，那些宮人們又都在一邊竊竊地好笑，弄得秀華越發無地自容了。

待自錦帳下垂，宮侍們退出，繡榻上只有秀華和神宗帝兩人，秀華嚇得縮在那裏，一動都不敢動彈；神宗帝倒是個慣家，曉得初近男子的女孩兒家，多是怕害羞的，所以也格外地溫存體貼。秀華到底年紀還輕，更兼在情竇初開的時候，過不多一會，也就有說有笑了；神宗帝見秀華嬌憨不脫天真，也萬分地憐惜。

一宿無話，第二天，神宗帝即冊立秀華為昭妃，一時寵幸無比；晉妃見她妹子得寵，心裏說不出的歡喜，私和馮保種植勢力，威權就一天天地大了起來。

那時，神宗帝的王皇后性情很是懦弱，為人溫和謙恭，神宗帝甚是敬重她；明宮的規例，朔、望時，嬪妃須朝皇后，晉妃卻不去朝見，又囑昭妃也不去參謁。王皇后心中雖不高興，但終是容忍下去，並不露一點聲色。

一天，晉妃和昭妃在御苑軒中侍宴，恰好皇后鳳輿經過，神宗帝命她停輿入席侍餐；當時，王皇后下輿掀簾進軒，對神宗帝行了個常禮，正要落座，回顧見晉妃、昭妃坐著不動，連站也不站起來。故例，妃子在皇后面前，無論晉位到了貴妃，也是沒有座位的；皇后不賜坐，妃子便不敢就坐；現在晉妃和昭妃當著皇帝面，似這般無禮，王皇后怎能容忍得下，不禁變色離席，拂袖登輦回宮去了。

神宗帝知道皇后生氣，向晉妃說道：「妳們也太大意了，她總算是個皇后，不應對她這樣放肆。」晉妃聽了就垂下淚來，昭妃更是撒嬌撒癡的，珠淚盈盈，嗚嗚咽咽地哭起來了。神宗帝見兩個妃子都哭了，弄得好沒意思，只得低低地安慰她們；晉妃、昭妃始各收了淚，仍舊歡笑侍宴。

那王皇后回到宮中，心裏愈想愈氣，便伏著妝臺在那裏飲泣；忽然杜太后有懿旨，召皇后去赴宴。

王皇后不好違忤，草草梳洗了，乘輦往壽聖宮；杜太后見皇后眼兒紅紅的，忙問皇后為甚啼哭？王皇后也不隱瞞，把晉、昭兩妃無禮的話，老實告訴了太后。太后大怒道：「以下欺上，連綱常也沒有了。」傳諭內侍，立宣神宗帝和晉妃、昭妃進見。

內侍奉了懿旨，來御苑中宣召神宗帝及兩妃；神宗帝正在歡飲，聽了內侍來傳諭太后相召，只得領著晉、昭兩妃往壽聖宮來。杜太后一見，便大聲喝道：「不肖逆子縱容妃嬪、酒色荒淫，難道忘了先帝遺言麼？祖宗立業艱辛，不圖在你手中斷送；我如今不必定要你做皇帝的，你敢再這樣做出來，看我在近支宗派裏立給你看。」

這一番話，把神宗帝說得諾諾連聲，跪在地上抬不起頭來；後面昭妃和晉妃也嚇得俯伏著打顫。杜太后指著兩妃怒道：「妳這兩個賤婢狐媚皇帝，別人難妳不得，看我能夠打妳不能。」說罷，令宮侍看過鞭子來，每人責打二十鞭。

宮人就來褫兩妃的上衣，神宗帝見太后真個要褫衣行刑，覺得太不像樣了，跪在地上只代昭妃、晉妃苦求；杜太后也不欲太過，就改口道：「你既替她們求情，刑罰卻不能減的。」回頭叫宮侍，將兩妃隔衣各責二十鞭。

可憐昭妃那樣的嬌嫩身體兒，怎禁得起二十下鞭子；雖說是隔著衣服的，已打得雙淚交流，幾乎哭出聲來。杜太后叱兩妃退去，晉妃和昭妃姐妹兩個才敢含淚起身，一路垂淚回宮；神宗帝侍候杜太后宴畢，回到春華宮中，見昭妃也在那裏，兩妃瞧見神宗帝進來，分外哭得傷心了。

神宗帝一面撫慰晉妃，一面把昭妃擁在膝上，低低地附耳說道：「今天都是皇后的不好，她去壽聖宮挑撥，因此太后發怒，才將妳們責打的；但是太后是朕的生母，她要怎麼樣，就是朕也拿她沒法。皇后這口氣卻是很容易出的，將來捉著了錯處，朕可以廢去她的；妳且莫悲傷，莫哭壞了身子，朕總替妳報復就是了。」

昭妃聽了，頓時破涕為笑，一手接著眼淚，傾身倒在神宗帝的懷裏，故意嬌聲說道：「皇上肯替臣妾做主，臣妾雖死也瞑目的了。」

神宗捧著昭妃的粉臉嗅了嗅，笑道：「癡丫頭，甚麼死不死，妳這樣的年紀，那裏說得到個死字。」

昭妃把粉頸一扭，道：「不幸太后要臣妾們死，那不是只好去死麼？」

神宗帝笑道：「這可有朕在著，決不容妳們去死的。」

晉妃在旁接口道：「到了那時，怕不由皇上做主了；像方才的挨打，皇上只有看了太后擺佈，為甚麼不阻擋一下呢？」

神宗帝被晉妃一句話駁得沒有口開，忙搭訕著說道：「按太后的意思，是要褫去妳們的上衣行刑，不是朕阻攔下來的？」晉妃還要說時，昭妃恐她姐姐言語上觸怒了神宗帝，便拿別的話岔開去。

那天神宗帝廢皇后的話，原是安慰昭妃的，即使真個要廢去王皇后，上有杜太后，也不由神宗帝作主的；昭妃卻當做了真話，還時時去探聽王皇后的行止，說她詛咒皇上、怨恨太后等，種種誣衊王皇后的話，常來搬給神宗帝聽。神宗帝也不過付之一笑，連怒容也沒有一點；昭妃倒忍不住起來，每到神宗帝來臨幸她的當兒，便行枕上告狀，並催促神宗帝廢去皇后。

一天，神宗帝帶醉進宮，昭妃又提起那句話來；神宗帝已有了幾分酒意，不覺勃然變色道：「皇后是天下的國母，豈是容易廢去的？不比妳們妃子，要立便立，要廢就廢。如要廢去皇后，非有天大的錯事做出來，那裏好胡亂廢去？朕若做了出來，上有太后要責難，下有廷臣們諫阻；別的都不去講它，異日在歷史上面先有許多批評，朕怎肯做那失德之君！妳快把這念頭打消了吧！」

昭妃被神宗帝一頓搶白，好似兜頭淋了一勺冷水，頸子也短了半截，淚汪汪地呆立在一旁做聲不得；還是神宗帝叫她侍寢，她才勉強卸妝登榻，忍氣吞聲地去奉承那位皇帝。

從此，昭妃把個熱辣辣想做中宮的心，就冷去了大半；對於神宗皇帝，也不似似前地歡笑承迎了。知道做皇帝的，大都是無情的，喜歡是愛妃，厭了就是冤家；於是不免舊調重提，漸漸想到了在家時，相憐相愛的任芝卿了。

因為，普通女子第一是愛虛榮，無論甚麼都打不破它的。昭妃進京的辰光，和任芝卿依依不捨，恨不得把心挖出來，大家捏做了一堆；及至入宮，也還不時想著芝卿，她這顆芳心遙遙牽掛著家裏的情人，得些空兒，便去珠淚偷彈，向她姐姐說要回去。

晉妃總用溫言安她的心，後來經神宗帝召幸，封了昭妃，眼界立刻高了起來；以為嫁給芝卿，不過一個平民的妻子，那裏及得到做皇妃的威風呢？這樣一來，早把任芝卿早拋在腦後，再也想不著甚麼恩深義重、鰈鰈鶼鶼的話了。

自被杜太后毒打，昭妃心中已有三分悔悟，漸知做妃子的難處，還是做常人的妻子快活；怎經得神宗帝用美言一哄，謂將來要廢去皇后，昭妃的心重又熱起來。甚至生了做中宮的妄念，巴不得神宗帝立刻實行；豈知神宗帝在醉中，把真情一齊吐露。

昭妃聽了，方知廢后的話，神宗帝完全是假說的，自己受了他的欺騙了；思前想後，便轉想到芝卿身上。覺得他年紀又輕，品貌又俊秀，言語的溫存、舉動的體貼，實在天下男子當中少有的；昭妃越是想著芝卿，愈覺神宗帝的無情可厭了。

適值任芝卿北來，央托中官寄個消息給昭妃，那個中官恰好是馮保；當下，馮保懷了芝卿的信，逕來永寧宮見昭妃，把遇見芝卿的事，細細講了一遍。又謂幸而撞在他手裏，萬一落在鄭貴妃羽翼們的掌握中，那不是糟了嗎？昭妃點頭謝了馮保，並笑著說道：「相煩的事正多，這可要拜託你的了。」

馮保笑道：「都包在我的身上就是。」說著辭別自去。

這裏，昭妃拆開芝卿的信來，書中大半是怨恨之語，說昭妃貪戀富貴，忘了舊情；昭妃讀畢，淚珠

兒已點點滴滴地流個不住，頓足咬牙，只恨她的姐姐。因這事，全是晉妃要扳倒鄭貴妃，才弄假成真的。

再說任芝卿自送秀華起程，回來狠狠地哭了一場，弄得他茶飯也無心吃了；一天到晚如神經病似的，獨自去坐在書房裏，一會兒大笑，一會兒又痛罵，忽然又放聲大哭起來了。這樣地鬧了有十多天，飲食只喝些粥湯，要叫他吃飯比吃藥還要難過；一個人能有多少的精神？經得這般地糟蹋，不上一個月，已是面黃肌瘦，不像個人了。

好好的少年變成這個樣兒，朋友親戚們見了，幾乎不認識芝卿了；芝卿一天不如一天，就病倒榻上，休想支持得起身。他母親只有這個兒子，急得求神問卜、請神禳鬼，鬧得一天星斗，芝卿的病還不曾見效；他母親倒快要同他走一條路了，芝卿平日是很孝順他母親的，知道自己太不愛惜身體，致令老母親憂心，於是便耐心調養，病漸有了起色。

那裏曉得禍不單行，一天的清晨，芝卿扶杖起來散步；驀見他的母親一個倒栽蔥，跌在地上，一動也不動了。

第八十四回　北疆鏖兵

任芝卿見他的母親忽然跌倒在地上，嚇得一身冷汗，忘了自己有病，忙撇了杖來扶持；誰知病後乏力，腳骨一軟，也撲倒在地。芝卿一面掙扎起來，一手將他的母親攙起，慢慢一步步地扶入內室；芝卿的母親怕芝卿病後急壞，故意強打精神，不肯就榻上去睡，經芝卿苦勸，他母親才勉強去倚在榻上。

誰知一睡到床榻，立時覺天地昏暗、頭眩眼黑，身體不住地打起顫來了；芝卿心慌，扶杖挨到門外，叫隔壁的小厮去請了一個大夫來。一診脈，說是體虛受驚，須用調和安心的藥劑，當下書了方兒；芝卿仍請那小厮去撮了藥來，親自煎好了給母親服下。

到了天色傍晚，芝卿的母親神氣已經清爽了許多，芝卿心裏才得放心；但是母子兩個成了一對的病人，一時很覺得不便當，便由芝卿去叫了鄰人王媽媽，來幫著料理些雜事。芝卿家裏本來有一個老媽媽的，在請館的時候，書房中還有一個館僮；自芝卿染病，西席先生辭去，館僮被西席帶去，芝卿的母親見芝卿久病，家中想縮省些用度，把老媽媽都打發了，所以只剩得母子兩人。

秀華的母親聞得芝卿的母親有病，便親自來探望，姑嫂相見，無非論些家常；秀華的母親忽然眼圈兒一紅，又要提起秀華了，被芝卿的母親在她手上搭了一下，秀華的母親心中明白，就也止住不說了。那裏曉得芝卿見了秀華的母親，連帶著想起了秀華，心裏早已十分難受，眼淚幾次要滾出來，因怕被他母親瞧見，竭力地忍著；秀華的母親已看出了芝卿的情形，隨意和芝卿的母親談了幾句，便起身別去。

那時，芝卿的病漸漸痊癒，他母親的精神也恢復了原狀；芝卿向他母親提議，要進京去探秀華的消息，他母親不好過於阻攔，只得料理芝卿動身，又雇了一名小廝，給他作為路上的伴當。

光陰如矢，不日到了京中，芝卿去借了一個寓所住下，便天天往各地茶坊酒館；先從結交內監入手，初時結識了幾個小監，對宮中的事情多不大明瞭。後來由小監代他介紹，又和那些中官認識；不知怎樣的，居然和馮保訂了交誼。芝卿探詢宮中妃嬪，馮保一一說了出來，芝卿才知道秀華已冊為妃子，晉封昭妃；他這一股酸氣真是直透頂門，當夜回寓，寫了長長的一封信，託馮保帶入宮中遞給昭妃。

昭妃接讀了芝卿的書信，哭得氣也鬱不轉；想芝卿是為了自己北來的，如今身羈深宮，不能和他見面，撫心自問，覺得很對不住芝卿。想來想去，只有召馮保進宮和他商量，要想與芝卿敘一敘舊情；馮保沉吟了半晌，點頭說道：「且看個機會，我自有好音。」昭妃大喜，謝了馮保，叮囑他趕緊設法；並令馮保須去安慰芝卿，免得他望眼欲穿，馮保答應著去了。

自馮保去後，有三四天沒有回音，昭妃連脖子也望長了；正在悶悶不樂，忽見她姐姐晉妃很高興地走進宮來，說道：「好了！鄭貴妃今天可被人拖倒了。」

昭妃沒精打采，淡淡地問道：「卻為甚麼緣故？」

晉妃笑道：「大概是她惡貫滿盈了，不知那裏弄來了一個陌生男子，在她的宮中坐談，恰巧被皇上撞見；現在，那男子還被侍衛綁在宮門前咧。」說著，一把扯了昭妃同往永春宮去。

穿過承雲殿，便望見永春宮前，一列齊地站著五六個侍衛，兩名武士擁著一個少年；昭妃仔細一打量，不禁倒退了幾步，兩手索索地打顫，眼眶中簌簌地流下淚來。晉妃不懂昭妃為甚要垂淚，正要問時，昭妃把晉妃衣袖上一拉，姐妹兩個同回到永寧宮中；昭妃一面掩著淚，嗚咽著說道：「鄭貴妃宮中的那個男子，就是任家表弟，妳不認識麼？」

晉妃吃了一驚，道：「任家表弟，不是叫做芝卿的麼？」

昭妃應道：「正是的！」原來晉妃自幼兒進宮，那時芝卿還不過五六歲，如今芝卿已經成人，晉妃怎會認識呢？

這時，昭妃把自己和芝卿的事，約略告訴了晉妃；晉妃皺眉道：「他既進京來找妳，又是誰將他帶進宮來的？」

昭妃說道：「我曾叫馮保設法的，想是他又轉委別人，把宮名記岔了，因此弄出這件事來的。」

晉妃道：「但事已這樣了，不能眼看表弟去砍頭顱，須得想個良策去救他出來。」

昭妃著急道：「又有甚麼辦法呢？」

晉妃回顧一個內侍道：「快去請馮中官進來，我有事兒和他商議。」內侍領命，匆匆地去了。

過了一會，內侍傳來回報：「馮中官奉有緊急上諭，此刻出城去了。」

晉妃奮然說道：「馮中官不在那裏，這事可就糟了；這樣吧，拚著我的性命去皇上面前說明了，倘能挽救得回最好，萬一不成功，我也聽死就是。」晉妃說著，頭也不回地逕向永春宮而去。

昭妃要待阻攔，芝卿已在千鈞一髮的時候，除了晉妃是沒人去救的了；但如不阻擋她，不幸觸怒了皇上，那可不是玩的。昭妃左右為難，只是呆呆地站在永寧宮的門前發怔；想了一刻，究竟骨肉關心，晉妃此去，吉凶還沒有決定，自己眼睜睜地瞧著晉妃去冒死，心裏終覺不安。

一個人到了急中就會生出智來，昭妃其時急得和熱鍋上的螞蟻一般；忽然被她想著了，驀地立起身來，道：「姐姐去指認芝卿是表弟，皇上不信也是枉然的。倘犯了聖怒，姐姐必是無幸，芝卿也休想活得成；可是姐姐承認得表弟，我難道不能去承認麼?索性姊妹兩個都去承認了，皇上如變了臉，要死大家死在一塊兒，倒也很乾淨的。」主意打定，也急急往永春宮來。

那時，晉妃正跪在神宗帝的面前涕泣稟陳；神宗帝因鄭貴妃宮中有了外人，心中十分大怒，晉妃的話那裏肯相信，還當鄭貴妃用賄囑出來的，否則，晉妃也不是個好人。神宗帝心裏疑雲陣陣，正要喝罵；見昭妃急急地走進來，噗的一聲，和她姐姐並跪在地，還沒有開口，眼淚便如貫珠般流下來了。

神宗帝冷笑道：「妳們為甚麼都跪著？想替鄭妃求情麼？」

昭妃垂淚稟道：「臣妾自己也有罪，比鄭貴妃更要重上幾倍，怎敢代他人求情。」

神宗帝詫異道：「妳有甚罪名？本和妳不相干的，何用妳著急？」

昭妃俯伏說道：「因鄭貴妃宮中的男子，是臣妾的表弟，他私下來探望臣妾姐妹，卻走差了地方，致遭陛下譴責；這都是臣妾等大膽，敢私引外戚進宮，鬧出這樣的事來。不過臣妾等違犯祖訓（太祖高皇帝祖訓中，有后妃私戚不奉諭旨，一概不得入宮一條），雖死不足惜；至誣害了鄭貴妃，衷心自覺抱愧，所以臣妾等特向陛下陳明，並來請死！」說畢失聲痛哭，晉妃在旁也不禁哭了起來。還有那個待罪的鄭貴妃，其時正百口難辯，得晉妃、昭妃兩人前來替她聲明，她芳心中的感激，自不消說得，由感激中忍不住也哭了；好好的一座永春宮，霎時哭聲並作，一室中，滿佈著了慘霧愁雲，就是鐵石人到了這時，也要被這些燕語鶯啼般的嬌聲哭軟了。

何況神宗帝是個風流好色的皇帝，平日又是憐惜昭妃的，被她這樣的一片陳訴，將神宗皇帝的氣早消了一半；便伸手將昭妃拉起，道：「既是妳的表弟，是朕錯怪鄭貴妃了。」說著，令晉妃也起身了，

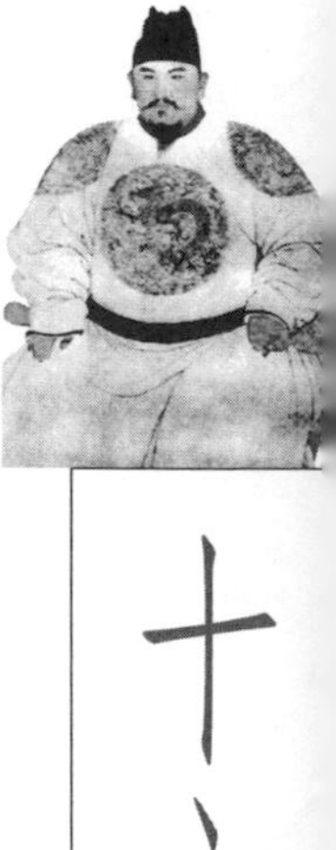

叫侍衛放了芝卿，由內監把芝卿帶進來。

芝卿見了神宗帝只是發抖，那裏還敢抬頭，晉妃和昭妃在一旁著急，想要告訴芝卿，只管放大了膽陳設，又不好開口；神宗帝便問芝卿道：「你姓甚麼？喚甚麼名兒？是那裏人？」

芝卿見問，雖說腦子已嚇昏了，對於地方和姓名，卻是不曾忘記的，於是顫顫巍巍地一一答覆了；神宗帝聽說地方和姓名與昭妃所陳相符，疑心已完全冰釋，就命內侍傳一名侍衛進來，把芝卿帶出宮去。臨走時，又吩附道：「今天的事，是晉妃、昭妃求的情，姑且饒你初犯；可速還故鄉，倘以後再私行進宮，定按國法。」芝卿得了性命，連忙磕一個頭，隨著侍衛出宮去了。

昭妃見芝卿獲救，心中暗自替他歡喜；這時見侍衛押了出去，滿心的柔情離恨，眼見得不能敘談，真是啞子吃黃連，說不出的苦處。又不知芝卿到底怎樣進宮來的？怎的會到鄭貴妃的宮中去？這個疑團，一時卻打不破它；後來才明白過來，這事還是馮保一個人做的。

原來馮保和那鄭貴妃，素來是有怨恨的，馮保幾番要陷害她，總難找到機會；恰巧昭妃託他設法把芝卿去帶進宮來，馮保領了芝卿，悄悄地進了寧安門，經過永春宮時，忽然想起了對鄭貴妃的仇恨，以為芝卿橫豎是不認識路徑的，便指著永春宮命他進去。自己卻三腳兩步地回到紫雲軒中，見神宗帝正倚欄垂釣，馮保便上去半跪著，把鄭貴妃宮中有陌生人的話稟明神宗帝；神宗帝聽了大怒，擲下釣竿，親自到永春宮中來看。

那芝卿大著膽走進永春宮去，宮人們都很詫異地把他攔住，問他是做甚麼的？芝卿不知道這裏是鄭貴妃的宮中，便一言不發地往內直衝；宮人們一齊嘩噪起來，內侍們聽得也過來盤詰。芝卿只說來瞧劉娘娘，宮人們回說，此地不是劉娘娘的宮裏，芝卿那裏肯信，硬說有人指點領我來的，怎會弄錯？問他是誰領你來的，卻又說不出名兒來。

其實，芝卿除了馮保領他到永春宮之外，第二個地方他就不認得了；宮侍說這裏不是，芝卿回想：出去也是沒處找尋的，又不知道昭妃居的是那一宮，還是就在這個宮裏找吧。所以他只往裏直鑽，不管它是不是，進去了再說；宮人和內監們那肯放他進去，兩下一爭鬧，給裏面的鄭貴妃聽見了，便問是甚麼人？

宮女回答：「有一個莽男子，自謂要找劉娘娘，卻走錯了地方，強要到這裏來找；對他說不是此處，他又不肯相信，是以內監和他爭鬧起來了。」

鄭貴妃聽得是個陌生男子來尋找劉妃的，他能夠獨自進宮來，想必其中有曖昧的事情了；鄭貴妃和劉家的晉妃、昭妃原是冤家對頭，巴不得妳有錯事我捉，我有壞處妳拉，大家在暗中鬥得很是劇烈。這時，鄭貴妃要想弄些晉妃或是昭妃的錯處，便借此可以推翻她們了；當下命宮侍們將那男子宣進來，鄭貴妃即親自向芝卿盤詰，問他和劉妃怎樣認識的？此刻怎樣會進宮來？

芝卿正要回答，不提防宮門外靴聲橐橐，赫然走進那位神宗皇帝來；鄭貴妃心中大喜，以為神宗帝

來得湊巧，正好將那個男子令神宗帝親自勘問一番，如詢出劉家兩妃的曖昧事來，不怕晉妃、昭妃不受貶罰。那知鄭貴妃笑吟吟地迎接上去，忽見神宗帝將臉一沉，喝令內監把那男子拿下了，回頭對鄭貴妃冷笑了幾聲，怒氣勃勃地坐了下來；鄭貴妃弄得她丈二金剛摸不著頭腦起來。

神宗帝大聲喝道：「這個男子是妳的何人？可老實說了，朕決不難為妳的。」

鄭貴妃聽了神宗帝的話，才知神宗帝是誤會了，把那男子當做自己的私人了；於是忙跪下稟道：「此人是來找劉娘娘的，和臣妾並不認識。」

神宗帝怒道：「他找劉娘娘，怎會上妳宮中的？還要推賴到別人身上去嗎？」

鄭貴妃見神宗不肯相信，深悔自己多事；又恍然大悟道：「我上了當了！這明明是劉家姐妹使他來陷害我的，我太糊塗了，不把他打出去，反喚他進宮來；今日，這不白之冤如何辯得明白呢？」

鄭貴妃正在呆呆地發怔，見晉妃走進宮來，鄭貴妃仇人相見，眼中幾乎冒出火來；又聽得晉妃在神宗面前陳述，承認那男子是她的表弟，鄭貴妃不禁暗暗叫聲「慚愧」，心中已寬了一半。不多一刻，昭妃也來了，兩妃跪著同求，口口聲聲說不要連累了鄭貴妃；鄭貴妃這時感激晉妃姐妹，自不消說得。

神宗帝將芝卿釋放，這場風潮總算平息，鄭貴妃的受冤也得洗刷明白；於是鄭貴妃對於晉妃和昭妃，也不似從前一般的冰冷了，兩下裏竟和睦起來。是年，鄭貴妃和王嬪人各生了一個皇子，王嬪人所生的，賜名常洛，鄭貴妃所生的，賜名常洵。

神宗帝誕了皇子，百官自然上表朝賀，那時神宗帝雖然糊塗，有杜太后把持著，不敢十分放肆；朝廷有張居正為相，邊地守將如戚繼光、李成梁輩，都是一時的名將相，外犯的侵略稍稍斂跡。神宗帝以為天下太平了，便終日遊宴宮中，不臨朝政；群臣奏事看不見皇帝的面，只由中官傳達而已，這且按下。

再說徐州的楊樹村中，有一個少年叫做張懌的，性情亢爽，好替人家鳴不平，江湖上很有名氣，都稱他為玉金剛；因張懌的身材魁梧，儀容卻甚是俊美，齒白唇紅、面如冠玉，所以有玉金剛的徽號。張懌自幼兒失恃，他的父親張紀常，也做過一任袞州通判；後來慢慢地升擢，做到了大理寺丞，不久又出撫袁永諸州。

正值神宗帝採辦花石，太監張誠奉旨經過袁州；知府楊信箴竭力地要討好，饋了張誠三萬兩，張誠大喜，便使人諷示張紀常需索饋金，美其名叫做路金。張紀常做官，比不得那楊信箴任意去剝削小民，卻清廉自持的，那裏來有這許多的銀兩？但礙在張誠的臉上，勉強湊了五十兩，著一個家人送去。

張誠接來一看，見名帖上寫著「程儀五十金，望哂納」；張誠把名帖和銀子一齊擲於階下，道：「張紀常這傢伙裝窮，我卻不稀罕這一點。」說罷，怒沖沖地進後堂去了。

張紀常的家人拾起銀帖，踉踉蹌蹌地回來據實說了一遍；紀常也怒道：「我因他是內廷中官，留些

面子給他，將我的俸金送去；張誠那傢伙倒這樣無禮，我就一文不名，看他有甚擺佈。」

這話有人去傳與張誠，張誠恨恨地走了；不到三個月，上諭下來，將張紀常內調，授為吏部主事。那鄭貴妃自產了皇子，神宗帝晉了鄭貴妃封號，是「端淑」兩字；廷臣都不服道：「王嬪人生的皇長子，未曾得有封號，鄭貴妃似不應晉封。」

張紀常也上一疏，更覺力持大體，語語金玉；這神宗帝曉得甚麼國體不國體，下旨逮張紀常下獄。群臣凡進言的，褫職罰俸不計其數；張誠聞得紀常下獄，賄通了獄卒，把張紀常鴆死獄中。

紀常的女兒繡金小姐，一聽到她父親的噩耗，大哭了一場，自縊而死；剩下了張懌一人，越想越悲慟，直哭得死去活來，咬牙切齒地要去報仇。當下，張懌草草地殮了他的妹子繡金小姐，星夜入都，去收他父親的靈柩；幸得張紀常生前的好友周小庵御史，往獄中收殮了紀常，厝柩禪檀寺內。

張懌到了京中，遍訪他父親的故舊，遇見了周御史；周御史親同他到禪檀寺中領了靈柩，張懌哭謝了周御史，扶柩回到了徐州原籍安葬。張懌料理父親的喪事畢，靜心在楊樹村守制，並習練些武技，預備替他父親復仇；但他只知仇人是昏皇帝，不曾曉得張誠才是鴆死他父親的大仇人。

光陰如流水般過去，忽忽又是三年了，徐州楊樹村中茅室內，一個美少年正按劍伴燈夜讀；那茅屋門突然呀地自開，走進一個披髮垂肩的女郎，櫻唇微啟地向那少年笑道：「你幾時北行？方才我父親回來，說京師因皇上好久不臨朝政，人心很是慌亂；又聽得關外的建州滿人已進兵定了遼東，聲勢赫赫，關中謠傳滿洲人將入寇出海關。不知這消息是真還是假的?京都的亂象或者是有的,你要行事,可以趁此時去幹了。」

那少年霍地立起來道:「莫管它真偽,我明天起身就是。」女郎笑了笑,回身去了。

那少年是誰?正是張懌;女郎即是徐州有名的俠士羅公威的女兒。張懌曾在羅公威處學藝,和公威的女兒碧茵姑娘認識,兩人感情日深,暗中已訂為夫妻,只要張懌大仇報得,他們就好行結婚禮了;因碧茵姑娘是無母的孤女,她父親羅公威愛碧茵如白璧一般,凡碧茵姑娘要怎樣,公威沒有不答應的。

至於這婚姻問題,公威更是不管了,任碧茵姑娘去選擇她的如意郎君,公威只在旁邊指示罷了;現在碧茵姑娘愛上了張懌,公威很是贊許,他兩人的婚事就此訂定了。第二天,張懌便單身就道,隨帶一劍之外,別無長物;碧茵姑娘也來相送,兒女情長,少不了有一番的叮囑,張懌的報仇心急,馬上加鞭,兼程進京。

不日到了都下,擇一處僻靜的寺院住下了,日間只在熱鬧的市廛上遊戲,晚間就去探皇宮的路徑;那時,京中人心惶惶,「韃子殺來了」這種謠言喧聒耳鼓,街巷小孩子都是這樣亂喊亂叫。有人說這是一種童謠,識者早知不是吉兆。

這個當兒,經略宋應昌正奉諭出師,往剿倭寇;京師留戍軍紛紛調動,一隊隊的人馬出德勝門,街

道上的步伐聲和馬蹄聲晝夜不絕，人民越發不安。在這風聲鶴唳、草木皆兵的時候，忽然禁中又傳出一種驚人的消息，是神宗皇帝被刺駕崩；人民不知虛實，人心越覺較之前慌亂起來了。

第八十五回　禁宮刺帝

金爐焚香，碧筒斟酒，翠玉明瑠的美人嬌笑滿前，那種脂香粉氣真個薰人欲醉；席上的檀板珠喉，聽得誰也要魄蕩神迷。神宗帝擁著鄭貴妃金樽對酌，眾嬪妃唱的唱、舞的舞，一時嬌音婉轉，如空谷啼鶯，餘韻嫋嫋、繞樑三匝；此情此景及此佳曲，幾疑是天上，不是人間了。

神宗帝擁抱了豔妃，坐對著許多佳麗，怎不要玩迷聲色；正在笑樂高歌的當兒，忽見樹蔭中一道白光飛來，直撲到席上，鄭貴妃眼快，叫聲「哎呀！」身軀往旁邊一讓，伸著粉臂去擋那白光。神宗帝卻不曾提防的，被鄭貴妃身子兒這樣的一傾，因酒後無力，不由得連人帶椅往後跌倒；神宗帝倒地，鄭貴妃也支撐不住，恰好撲在神宗帝的身上。

接著便是嗶啷的一響，一口寶劍也落在地上，猩紅的鮮血飛濺開來；嚇得一班嬪妃、宮人、內監都不知所措。外面的值班侍衛聽得霽玉軒中出了亂子，一齊吆喝著搶將進來，見燈光影裏有個人影兒一閃，轉眼就不見了；眾侍衛大嚷：「有刺客！」便蜂擁地向那樹蔭中追去。

這時皓月初升，照著大地猶如白晝；一個侍衛喊到：「簷上有人逃走了！」喊聲未絕，一支短箭飛

來，正中在那侍衛的頭上，撲地倒了。其中有兩名侍衛，一個叫徐盛，一個喚做丁雲鵬，都能飛躍騰起的；兩人就縱上屋檐，月光下，見一個黑衣人飛也似的，已逾過大殿的屋頂去了。

丁雲鵬一面盡力追趕，一手在衣囊裏掏出哨子，嘘嘘地吹個不止；這種哨聲是他們宮中遇警的暗號，也是叫喊幫手的意思。那前殿的侍衛早聽得了哨聲，從大殿的頂上吹來，知道屋上有警；於是能跳躍的，便紛紛上屋，霎時來了五六名，都向後殿趕來。

原來張懌自到了京中，日間休息，夜裏便進宮探視路徑；這天晚上，張懌又躍入御苑，瞧見神宗皇帝擁著一個美人，兩旁粉白黛綠，排列幾滿，大家歡笑酣飲，快樂之狀，真不知人間有憂患事了。張懌看了，不禁憤火中燒，暗罵一聲：「糊塗蟲！你還在那裏酒色昏迷，眼見得死期到了！」一想著，潛身下了屋檐，縮在樹林深處。

時露玉軒中燈燭輝煌，張懌看個清楚，拿昆吾寶劍對準了神宗帝咽喉擲去，只聽得「哎呀」一聲，神宗帝和那美人一併倒在地上，軒中立刻就鳥亂起來；張懌見已擊中，忙飛身上屋。這時簷下腳步聲雜沓，一個侍衛嚷著簷上有刺客，張懌回頭射了一箭，正中嚷喊的那個侍衛，翻身倒了；轉眼噗噗地跳上兩個侍衛，各提著鋼刀，大踏步趕來。

張懌無心和他們交手，只顧向前狂奔，聽見背後哨聲響處，面前的屋上，又來了五六個短衣窄袖的侍衛，當頭把張懌攔住；張懌見前後受敵，深怕眾寡難禦，便施展出鶻鷹捕鯨的解數，忽地一個躥身，翻過大殿的屋脊，竟飛躍出宮牆，落在平地竭力地奔馳。

那些侍衛怎肯相捨，在後緊緊地追逐；徐盛揚手一鏢，打在張懌的腿上。因走得太急，腿裏受著苦痛，幾乎傾跌，又給地上的草根一絆，翻觔斗跌了有四五尺遠，慌忙爬得起來，腳下軟綿綿的，走路就緩了；侍衛們又不肯放鬆，張懌料想走不脫身，咬一咬牙，推出了腰刀，大喊一聲挺刀來鬥。

徐盛、丁雲鵬也舞刀相迎，五六名侍衛一擁上前；還有前殿、中殿、大殿、宮門前，御苑中的那些不會騰躍的侍衛，已從偏殿上兜了過來，向前助戰。於是把張懌團團圍在中間，你一刀、我一槍的；任你張懌有三頭六臂、渾身是本領，也逃不走的了。

張懌奮力苦鬥，一個失手，被丁雲鵬劈在左腕上，豁啷的把刀擲在十步外；張懌慌了，揮拳亂打，徐盛又是一刀剁著了張懌的左肩，接著又被侍衛一槍刺著了大腿。張懌吼了一聲，如泰山般倒了下來；徐盛、丁雲鵬和五六個侍衛，七手八腳地向前把張懌按住。其時大殿上的甲士也趕到，將張懌牢牢地捆了起來；眾人擒住了刺客，由丁雲鵬去御苑中稟知皇上。

那時，神宗皇帝和鄭貴妃撲倒地上，鄭貴妃用手去擋那白光，粉臂上被劍擦著，叮的掉下去，在神宗帝足骨上刺個正著，鮮血直冒出來；內監宮侍慌忙攙起神宗帝和鄭貴妃，一面忙著去宣太醫進來替神宗帝敷了傷藥，裹上一幅白綾，又給鄭貴妃也在臂上縛好了。

大臣走後，神宗帝覺得腳上疼痛，行走很是不便；鄭貴妃的臂上只擦去些皮膚，還不算重創。神宗

帝定了一定神，忽然大怒道：「禁闕之地竟敢有賊人行刺，那還了得麼？」

正要傳諭去召總管太監，恰好侍衛官丁雲鵬來稟道：「刺客已捉住了。」神宗帝命押上來，侍衛們擁著張懌，在石階前令他跪下。

張懌那裏肯跪？徐盛怒道：「到了這時，你還倔強麼？」說著，就侍衛的手中拉過一把儀刀來，向張懌的腿彎上砍了兩刀；張懌站立不住，翻身坐倒在地。

神宗帝含怒說道：「你姓甚名誰？受了何人的指使，膽敢到禁中來行刺朕？」

張懌朗聲答道：「我坐不更名，行不改姓的，老爺張懌便是！因和你有不共戴天之仇，自己要來行刺的，沒有甚麼指使不指使。」

神宗帝要待再說，鄭貴妃在一旁道：「此人似有神經病的，不必問他，推出去砍了就是。」

神宗帝道：「且慢！他敢這般大膽，其中諒有隱情。」吩咐侍衛把張懌交刑部嚴訊回奏。

徐盛、丁雲鵬奉諭，橫拖倒拽地拉了張懌便走；張懌大叫道：「我既被擒，要殺便殺了，把我留著做甚？」徐盛和丁雲鵬等也不睬他，將張懌押至刑部衙門，自去覆旨。

那時，神宗皇帝嫌御苑中的地方散漫，命中官馮保在西苑的空地西邊，建起一座極大的園林來；這座御園四周的宮牆，都用大理石堆砌而成的。自大門直達內室，一重重的純用鐵柵；屋頂和園亭的頂上，盡護著鐵網，園中的奇花異卉種植殆遍。

正中一座喚作玉樓的，便是鄭貴妃的寢室，玉樓旁邊一間精緻的小室，題名金屋，是神宗帝和鄭貴妃休憩之所。屋內設著象牙床、芙蓉帳、翠幃珠簾，正中一字兒列著雲母屏；真是銀燭玳筵、雕樑畫棟，雖嫦娥的廣寒宮、龍王的水晶闕也未必勝過咧。當這座園子落成時，神宗帝親自題名叫做翠華園；又派了內監，向外郡搜羅異禽珍玩送入園中。

那些太監奉旨出京，有的駕著大車，錦幔繡簾、黃蓋儀仗，聲勢烜赫；有的特製一隻龍頭大船，船上都蓋著黃緞的繡幔，名叫採寶船。一路上笙歌聒耳、鼓樂震天，所經的地方官吏迎送；略有一點不如意，不論是知縣、府尹以至司道、巡撫，任性謾罵。強索路金多到十餘萬，少也要幾千；地方官吏不勝供給，只好向小民剝削，人民叫苦連天，怨聲載道。

其中，差赴雲南採辦大理彩紋石的太監楊榮，性情更是貪婪無厭；官府進食，非熊掌鹿脯不肯下箸，所居館驛，須錦氈鋪地，綾羅作帳，凡經過的街道市肆，一例要懸燈結彩。其時正值酷暑，楊太監怕太陽炙傷了皮膚，勒令有司路上搭蓋漫天帳，延長數十百里，必此縣與彼縣相銜接；楊榮坐著十六名伕役舁的繡幃大轎，從漫天帳下走過，沿途不見陽光還嫌不足，又命差役五六名，各持了大扇，步行跟著大轎打扇。

那漫天帳是用紅綠彩紬蓋成的，每縣中，只就這帳篷一項，已要花去五六萬金了；可憐有些瘠苦的小縣分，那裏來這許多錢去奉承這位太監老爺？但又不敢違忤，沒奈何，只把小百姓晦氣了。當楊榮過

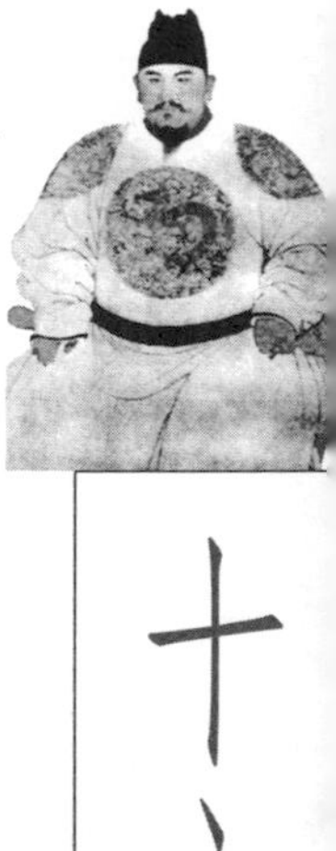

石屏縣時，三日前，便令使者通知石屏知縣；叫他照各縣的辦法，搭蓋漫天帳、打掃館驛、供給飲食等等，一切務求奢華。

這石屏縣是有名的枯瘠地方，又當蝗災之後，官民都窮得不得了；石屏知縣黃家驤接到了楊榮太監的命令，要比聖旨還厲害，怎敢不依呢？可是縣中實在窮得很，咄嗟間那裏來這些巨金？別的縣分中還可以在國庫銀子上支挪一下，待事後再設法彌補；獨有石屏縣中，連倉庫銀子都沒有分文，用甚的錢去供給？

黃家驤在急中生智，和百姓們去商議，富戶每家假銀若干；小康的假銀若干，至少的貧民，公攤也要每家派到紋銀一兩。這樣一來，百姓齊到縣堂上來噪鬧，謂災荒連年，貧民飯食也不濟，那一兩紋銀又從何處而來？況剝削了人民的膏血去供給一個太監，尤其是不值得。

黃家驤見動了眾怒，便都攤在楊榮身上，親自出來慰諭眾百姓，道：「人民的艱苦，我做父母官的豈有不知的道理，我恨不得典質了所有財產來救濟你們百姓；無奈自己也窮得要死，叫做有心而無力，也是枉然的。現在又奉著這樣的上命，我是個小小的知縣，怎敢違拗他？你們百姓如其不肯出錢，等楊太監來時，你等自去求他就是。」

眾人見黃知縣說得有理，齊聲說道：「知縣老爺是明白的，很愛我們百姓，這都是那個楊太監不好；他若到我們這裏來，我們只向他軟求便了。」眾人說罷，一哄地散去了。

光陰駒隙，眨眨眼到了第三天了，日色將亭午，眾百姓齊集了四五千人，在十里外等著楊榮；大家站在片瓦無遮的廣地上，人又眾多，頭上烈日似火傘般逼下來，一個個汗流浹背，直熱得氣喘如牛。看看正午，遠遠地聽得鑼聲震天，喝道聲隱隱；眾百姓嚷道：「來了！來了！」這時，知縣黃家驤也率著縣丞及全署胥吏，站在烈日中等候。

不多一刻，四騎清道馬如飛般馳來，大叫：「石屏縣何在？」

黃家驤忙上前應道：「下官便是！」

那馬上的人喝道：「楊總管快到了，須小心侍候。」黃家驤諾諾連聲答應。

眾百姓見了這樣情形，心中已個個不服，道：「他不過是楊太監手下的清道伕役，知縣職雖小，也是朝廷命官，卻容得伕役們來吆喝麼？」

正在議論紛紛，楊榮的前導儀仗已經到來；但見繡旗錦幟、白旄朱幡，竟似公侯王爺的排場，那裏是太監的行徑？一對對的執事儀仗過去，是兩百名親兵，後面五十名穿錦衣的護衛；護衛過去，便是四十八名藍袍紗帽、騎著高頭大馬的官兒，看上去品級還在知縣之上。騎馬的官兒後面，是白袍紅帶、戴寬邊大涼帽、掮豹尾紅纓槍的親隨，其實就是皇帝的侍衛了。

有句古語，叫做「在京和尚出京官」；休說是出京的太監，自然任他在外橫行不法，誰來管他？即使是英明的皇帝也管不了外面的事，何況神宗是糊塗昏憒的皇帝，臺官上的奏疏，他一概置之不理，就

是有幾個忠直的御史上章彈劾太監，往往忤旨下獄；所以楊榮等輩在外鬧得天昏地黑，也沒人敢多嘴的了。

這位楊太監也越弄膽越大，私用儀仗，差不多和鑾輦一樣，連金爪銀鉞都齊備，只缺得馱寶瓶的御象沒有，其餘的沒有一件不全；甚麼金響節、紅杖、金爐、白麾之類，都是外郡所無的東西，全是楊榮盜出來私用的。

那時，把個知縣黃家驤看得呆了，暗想：人家怪不得要稱他做皇帝太監，原來太監竟擺起皇帝仗來了；這黃家驤是三考出身，由翰林改授知縣，於皇帝的鑾輦儀仗都曾目睹過，因此看得他只是發怔。

那楊榮的前導儀仗過盡了，最後是兩騎黃衣黃帽的武官，算是楊太監跟前的親信人；他見石屏縣在那裏迎接，既未佈置燈彩，又不搭蓋漫天帳，便把黃家驤喊到了面前，高聲大喝道：「楊總管的命令，你難道不曾接到麼？」

黃知縣忙打拱答道：「接到的。」

那黃衣官兒又喝道：「那麼，你為何不奉行？」

黃知縣陪笑說道：「不是卑職違命，實是本縣貧瘠得很，無力備辦，只委屈些楊總管了。」

話猶未畢，只聽得「啪」的一響，馬鞭已打在黃知縣的背上；接著又喝罵道：「好大膽的狗官，你有幾個頭顱，敢違忤我楊爺的上命！」黃知縣嚇得不敢回話，低了頭、垂著兩手一語不發；黃衣官兒冷笑了兩聲，策馬過去了。

後面便是楊榮所坐的十六人大轎，轎的四周垂著大紅排鬚，繡幕錦披、黃幔青幛，繡頂上五鶴朝天，槓上雙龍蟠繞，儼然是一座鑾輿；輿中端坐著一位垂髮禿額的老太監楊榮，黃知縣忙上上前參見，卻不行跪拜禮。楊榮不禁大怒，因他進石屏縣地界時，不見蓋搭彩棚，心裏已老大的不高興；及至到了市上，又不見百姓掛燈結彩，心中十分動怒。

這時，見黃知縣只行個常禮，滿肚皮的氣再也忍不住了，探頭向四面瞧了瞧，見空場上聚集著好多百姓；因平日每到一處，人民總這樣聚歡的，因也不放在心上，只向黃知縣大喝道：「咱們到貴縣來，貴縣連一點場面也沒有，莫非小覷咱麼？」

黃知縣躬身說道：「怎敢小覷總管？實是敝縣貧瘠，只求總管見恕吧！」

楊榮怒道：「我素知石屏是出魚米的地方，你卻來我的面上裝窮，看我打不得你麼？」說罷，回顧左右道：「給我拿下了！」這句話才出口，轎後暴雷也似地一聲哄應，早搶過五六名紫衣黃帽的隨役來，把黃家驤兩手捆住。

楊榮又喝道：「石屏縣可惡極了，先給我打他一百鞭！」左右又嘎地應了一聲，走過兩名執鞭黑衣的皂冠人來；一個將黃家驤按在地上，那一個舉鞭便打，黃家驤叫喊連天。

正在這個當兒，聚著觀看的百姓，大家都有些憤憤不平；便由那為首的人發了一個暗號，把預備著

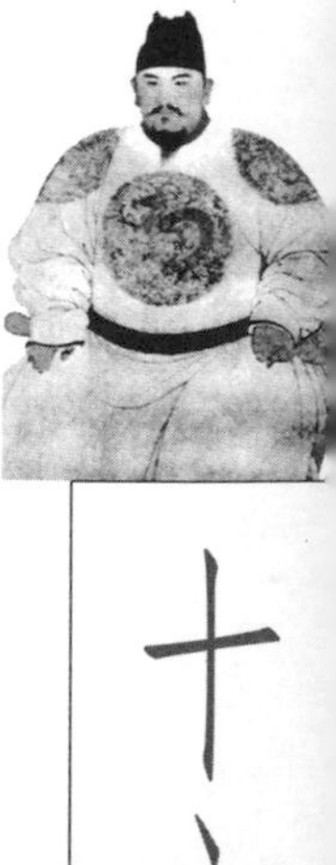

的降香一一燃著了，各人雙手捧了香，齊齊的一字兒跪在楊榮的轎前，高叫：「石屏縣的百姓替黃縣尊請命！」人多聲眾，好似雷震一般。

楊榮看了，益發大怒，道：「你這瘟知縣倒好刁猾，卻串通了百姓想來壓倒我麼？看我偏要辦你！」說著，令左右將黃家驤帶在轎後，十六個轎夫吆喝一下，三十二條腿走開大步，飛也似地抬著楊榮進城去了；那班百姓見黃知縣如囚犯般地被綁在轎後，眾人也跟著轎兒進城。

楊榮到縣署下轎，升坐大堂，令傳本邑的千總、營副進見；千總黃翰鳴是黃知縣的兄弟，聞得家驤被綁，正領著幾十名營兵來探聽消息。見楊榮傳他，就便衣進謁；楊榮含怒道：「本縣的官吏倒自大得很，做了一個千總，連官服都不上身了。」

黃翰鳴一聽，到底是個武舉出身，心裏已有些動氣，便冷冷地答道：「我不知楊爺到來，不曾預備的。」

楊榮大聲道：「我的傳檄，你沒有瞧見麼？」

黃翰鳴道：「我是武官，只曉得上司的兵符，不知甚麼檄不檄。」

楊榮大怒道：「你道我不能管得武官麼？」喝令將黃翰鳴拖下打軍棍一百；左右叫應著，正要來褫黃翰鳴的衣服，不提防外面的營兵大噪起來，不問三七二十一，直入大堂擁了黃千總便走。待到楊榮命家將去追，黃翰鳴已經去遠了；楊榮大叫：「反了！反了！我非殺一儆百不可。」說罷喚過家將，把黃知縣推出去砍了。

家將拖著黃家驤下堂，外面許多的百姓執香，跪在縣署前苦求；楊榮咆哮如雷，令眾家將出去，先把那些百姓趕散。家將們領命，提著藤鞭向人叢中亂打；黃知縣淚流滿面地哀告道：「情願殺了卑職，莫害手無寸鐵的好百姓！」眾人民聽了個個憤氣衝天，大嚷一聲，一哄地擁進縣堂來。

為頭的是個白鬚的老兒，伸手先抓住了楊榮；家將們也吶喊一聲，各挺著器械來爭，眾百姓也搶了刀槍互相對敵。縣堂上成了戰場，大家混打了一陣，那些假充侍衛和家將們，一古腦兒不滿三四百人，百姓有五六千名，以一打十，就是飛天的本領也雙拳不敵四手；楊榮所帶的一班人，一個個被眾百姓打得頭青臉腫、四散逃命。

眾人打走了那些狐群狗黨，又把楊榮的轎子也拆了，大家亂了一會，那白鬚老兒放下楊榮來，想要教訓他幾句；不料楊榮有了幾歲年紀，吃不起驚嚇和苦痛，給那老兒在他的領圈上一抓，絲帶扣緊了咽喉，竟一命嗚呼哀哉了。眾人見打死了楊榮，曉得禍已闖大，便發聲喊，各自滑腳，逃得無影無蹤了。

黃家驤由家人出來放了綁，看見大堂上，直挺挺地躺著楊榮的屍首，只叫得一聲苦！不知所措；楊榮的家將、隨員、親兵等，望得眾百姓散去，才敢陸續走攏來。見他們的主人楊太監已死在地上，大家狐假虎威、吆吆喝喝地向黃家驤痛罵，又把這位知縣老爺綁了起來；黃家驤也自知性命攸關，只有束手

待死，家眷們都哭哭啼啼的，縣署中頓時一片的哭聲。

忽聽得縣署外喊聲起處，幾百名兵丁直奔進來，將楊榮手下的家將又一陣打走了；後面黃翰鳴趕到，大叫：「哥哥！我們這官兒不要了，快收拾了大家走吧！」黃家驤到了這時，也沒得話說，只好聽了他兄弟的話，吩咐家人們打疊起細軟什物，駕了一輛騾車，匆匆地開了東門，回他的家鄉去了。

這裏，楊榮的家將把楊榮草草地盛殮了，一面去報告雲南府尹；巡撫王眷飛章入奏民變，謂打死太監楊榮，知縣黃家驤、千總黃翰鳴均不知下落。王巡撫明知黃知縣逃走的，那叫做官官相護；也是楊榮作惡太甚，人人忿恨的緣故。

神宗皇帝見了這奏疏，不由得勃然大怒，道：「楊榮死不足惜，紀綱為甚麼廢到了這樣地步？」於是下諭，令雲南府尹捕緝為首的按律懲辦；聖旨到了雲南，當然雷厲風行，立時把石屏縣為首的幾個百姓當即捕住正法，不提。

神宗帝下了這道上諭，怒氣未息，恰好刑部侍郎夏元芳入稟，讞訊刺客張懌，直承行刺不諱，並無指使的人；神宗帝見奏，命將張懌凌遲處死。夏元芳領諭，把張懌從獄中提出，驗明了正身，便押同劊子手赴校場，將張懌處斬；並支解屍體畢，自去覆旨。

張懌凌遲的消息傳開來，京中的人民才知神宗帝被刺是確有的事，不過未曾致命，只略受微傷罷了；都下的人言藉藉，漸漸四處都知道了，徐州也傳到。羅公威在城中聽得這個噩耗，恐他女兒傷心，回來並不提起；誰知過了三四天，楊樹村中的人也都講遍了，大家議論紛紛，都講張懌可惜，說他是個英俊的少年，不幸為父復仇，死於非命。

一傳兩、兩傳三地，到了碧茵姑娘的耳朵裏；她正伸長著脖子，天天盼望張懌的好音，看看過了三四個月，竟消息沉沉，料想他是候不到機會，然芳心中總覺十分不安。這天聞得村中人說著張懌行刺被捉的事，碧茵恐怕還有訛傳，可是心裏已砰砰地跳個不住；便草草地梳洗好了，走到村前的魯如民家裏，去探個真假。

這魯如民是徐州的掾吏，於官場中的消息，自較別人來得靈通；碧茵姑娘見了魯如民，笑著叫了一聲：「魯伯伯！」就問他京中張懌行刺的事。

那魯如民見問，先歎了口氣道：「不要說起，張懌倒是個有為的好男子；現在為了父仇，已被凌遲處死了。」碧茵姑娘聽了，立時花容變色，忙問幾時正法的。

魯如民道：「這還是十幾天前的事。聽說張懌黑夜入宮，一劍刺在皇帝的身上，卻不曾刺死的，反被侍衛們捉住了；上諭命凌遲處死，據說屍骸到今還暴露著呢！」

碧茵姑娘聽罷，哇的吐了一口血來，噗的昏倒在地上；嚇得魯如民叫喊不迭，由如民的妻子趕出來，把碧茵姑娘扶起，一面將熱水灌下去。甚麼掐人中、拎頭髮，忙了一天星斗，碧茵姑娘才得悠悠地醒過來，只是掩面痛哭；魯如民知道碧茵姑娘定和張懌有密切的關係，當面不好說破她，只用好話安慰

了幾句，便令妻子牛氏，送碧茵姑娘回家。

牛氏走後，羅公威從城中歸來；碧茵姑娘見了她父親，忍不住頓足大哭道：「張懌死了，連屍都沒人去收，不是很可憐的麼？萬不料孝子有這樣的結局，蒼天也太沒眼睛！」說罷又哭。

羅公威歎道：「人的生死是前定的，不過張懌的死，似乎很覺可惜！他學得一身的好武藝，不曾顯身揚名，就這樣的死了，我算空費一番教授的心血。但人既已死不能復生，妳也不必去悲傷他，還是保重自己身體要緊；須知我這副老骨頭，要靠在妳身上的了。」

碧茵姑娘含淚答道：「父親體恤，女兒豈有不知？可憐張懌身首異處、露屍暴骨，叫女兒的心裏怎能容忍得下？必進京去，把他的屍骨收回來葬殮了，女兒雖死也瞑目的。」

公威說道：「妳是個女孩兒家，單身如何去得？」

碧茵姑娘答道：「這卻不打緊，古時的女子常獨行千里，人只要有志，沒有幹不來的事；至於報仇一節，等父親天年之後再談。」

公威不好十分阻攔，又不放心他愛女孤身遠去，便毅然說道：「妳既決意要去，我還很健，不如同妳去走一遭吧！」碧茵姑娘見她老父肯同去，不覺破涕為笑，忙忙進房去收拾了些衣物；父母兩人把家事託了鄰人張媽，便匆匆起程進京。

不日到了京中，張懌的屍體已有人替她收殮了；那人是誰？便是誤進宮闕、死裏逃生的任芝卿。原來芝卿被釋出宮，胸臆中一股怨氣，一時那裏肯消，當時就匆匆地回到山西；他的母親已經去世，芝卿大哭了一場，葬殮已畢，把家中所有一併典賣乾淨，得了些現銀子仍然進京，終日癡癡呆呆地往來各處，希望遇著一個機會，再和秀華（昭妃）見面。

及至見張懌凌遲無人收屍，芝卿歎道：「我恨無這樣的本領，也躍進宮去和秀華晤敘一面，就死也甘心的了；想姓張的要去行刺，當然也有說不出的隱情，和我可算得是同志。現在他暴屍在那裏無人聞問，我就替他盛殮了吧！」誰知芝卿起了這一個惻隱之心，倒得著極好的報恩。

那時，羅公威父女見芝卿已收殮了張懌，問起來，和張懌並無交情的；羅公威很讚芝卿仗義，碧茵姑娘尤其感激芝卿。大家一談，方知芝卿是為了未婚妻被選做了妃子，弄得鴛鴦分離，終日逗留京師，倒是個多情的少年；公威以芝卿孤身無依，便收他做了義子，同回徐州。後來羅公威死後，碧茵姑娘替張懌復仇，芝卿得夫妻完聚；這是後話，暫且不提。

再說神宗帝命馮保在六個月中，把一座翠華園構造成功，把愛妃、選侍等都遷入翠華園中；天天弦歌酒宴，晝繼以夜，絲竹簫管，往往達旦。鄭貴妃又工吹笛，酒至半酣，便按著宮商，悠悠揚揚地吹將起來；神宗帝聽得心曠神怡，直喝得酩酊大醉，差不多沒有一天不是如此。

這時正當酷暑，神宗帝覺得玉樓和金屋中都太熱，攜了鄭貴妃的手，共上翠華園的樓臺極頂；那園中最高的一座樓臺，本名摘星樓，神宗帝惡他是亡國之君所取的（紂有摘星樓），就改名叫做琴臺。這

座樓臺中的佈置，也是錦屏玉欄、四面臨風，熱天到了這裏，自覺暑氣全消、涼爽非常。

一天，神宗帝在琴臺上豪飲，眾宮侍歌舞侑酒，正在興高采烈的當兒；選侍中有個名喚金蓮的，生得嬌小玲瓏，神宗帝平日很是憐愛她。這時金蓮因婆娑曼舞、失足傾跌，指爪劃在鄭貴妃的粉臉上，立時起了一條綻痕，鮮血滴將出來；神宗帝大怒，以為金蓮有意抓破鄭貴妃的玉容，趁著酒興把金蓮只一腳，由琴臺上直摜到園中的地上。

第八十六回　東林風骨

神宗帝醉中一腳，把選侍金蓮踢得攛下樓去，嚇得那些宮人、侍嬪，一個個花容失色，索索地只是發抖；神宗帝還餘怒未息，把酒杯玉盞等擲了一地。鄭貴妃再三地婉勸，才含著怒，扶了鄭貴妃，一顛一跛地回玉樓安寢；那神宗帝自從被刺傷足，走起路來右腿變了跛足，常常引為恨事。

第二天起來，聞得選侍金蓮死了，很為詫異；鄭貴妃把昨夜酒後腳踢金蓮的事，約略說了一遍，神宗帝聽了，懊悔不迭道：「朕怎會醉到這樣地步，妳也不旁阻攔的麼？」

鄭貴妃笑道：「那時誰敢阻擋，怕也和金蓮一樣了。」

神宗帝笑了笑，便親自去瞧金蓮，只見她頭顱粉碎、腦漿迸裂，玉容已模糊得看不清楚了；神宗帝長歎一聲道：「這是朕負了妳了！」說罷，不覺也流下幾點眼淚來，吩咐司儀局，從豐依照妃禮厚殮。

從此以後，神宗帝飲酒不敢過醉，每到興豪狂飲的時候，鄭貴妃就把金蓮死的經過說出來；神宗帝即釋杯停飲，道：「朕決不再負金蓮，宮中也沒有第二個金蓮了。」說時便淒然不樂。

光陰如箭，忽忽數年，其時宰相張居正逝世已久，邊將如戚繼光、李成梁等，也先後俱逝；明廷的

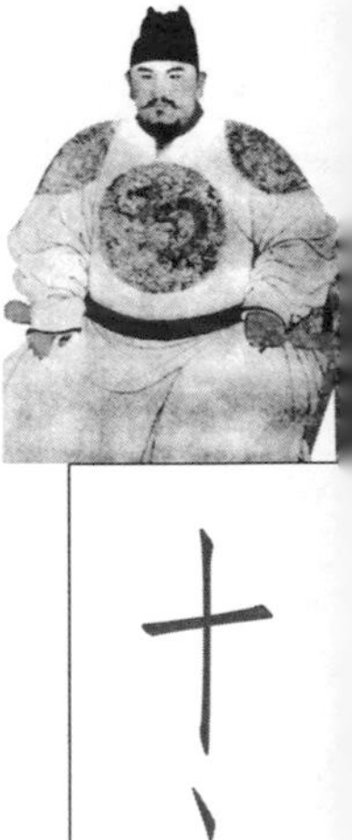

朝政也一天不如一天了。當在申時行為宰相的時候，尚能護內調外，沒有甚麼事兒鬧出來；及至申時行致仕，沈一貫入閣當國，就鬧出這黨案來了。

因沈一貫的為人，自恃才高傲視同輩，朝中的名臣故吏，一個也不放在他的心上；這時神宗帝還未立儲，長皇子常洛年齡已經弱冠，神宗帝雖有立他為太子的心意，卻都被鄭貴妃梗阻，強迫著神宗帝，要立她自己的兒子。

皇長子常洛本是王嬪人所誕，鄭貴妃也生了皇子，取名常洵；朝廷眾大臣的主見，當然提議立皇長子常洛，神宗帝也因為廢長立幼，見議後世，弄得猶疑不決。鄭貴妃在旁晝夜絮聒，神宗帝只含糊敷衍過去，終不曾把立太子的這件事實行；似這樣一年年的挨下去，以致鬧出了不少的是非來。

不知怎的，鄭貴妃纏著神宗帝立福王（鄭貴妃誕子常洵時，封福王）的話，被一班大臣知道了；便一齊著急起來，道：「皇上廢長立幼，吾輩身為大臣如不力爭，留傳到了後世，歷史上少不得留個罵名。」於是御史孫丕揚、侍郎趙南星、主事高攀龍、學士鄒元標等，紛紛上章諫阻。

無奈這位神宗皇帝除了元旦臨朝受賀之外，平日足跡不履正殿，眾大臣雖有奏疏也無法傳達；即使呈了進去，神宗帝也無心去看它，不過一個留中不報罷了。那時，文選司郎中顧憲成，草了請立太子常洛的奏牘，其中語涉鄭貴妃，謂鄭氏蒙蔽聖聰，希圖廢長立幼云；憲成草好了疏，賄通馮保，把章奏夾在閣臣白事折的裏面。

神宗帝對於外來奏疏概置不閱，只命閣臣代閱了，有緊要的事兒，摘錄在白事折上，由中官送呈批答，這樣的十餘年來，已成了一種牢不可破的習慣；所以神宗帝深居宮中，只看閣臣的白事折，其他奏牘照例是不聞不問的。

這天，神宗帝見白事折積得多了，隨批閱幾種；忽的發現了顧憲成的奏疏，忍不住翻閱了一遍，不由得大怒起來道：「朝廷立儲自有祖宗成規，顧憲成何得妄測是非？朕豈肯背卻祖訓，廢長立幼，遺後人譏評？」說罷，便命查究這奏疏是誰呈進來的？

馮保在一旁叩頭道：「此疏本留在閣中，想是奴婢取白事折時，誤夾在裏面的。」

神宗帝點點頭，含怒說道：「顧憲成無禮，若不懲他，恐廷臣將蜚語迭興，朕必不勝其煩。」於是在原疏上批了「褫職」兩字，交閣臣辦理。自憲成去職，如高攀龍、鄒元標、趙南星、孫丕揚等也紛紛辭職；不待批准，竟自掛冠走了。

這顧憲成、高攀龍等輩，學術本習王陽明一派，狂妄不羈，逐漸自成為一派（顧、高皆無錫人）；去職之後，在無錫故楊時書院開堂講學，一時士人相附的很是不少，號稱為東林黨（時改楊時書院為東林書院，顧憲成主其事）。

因為當時儒林很多贊成顧憲成和高攀龍的，附黨的人日多，勢力也日漸廣大；朝廷六部九卿，大半是東林黨中人，他們的主旨當然和顧憲成一鼻孔出氣，專門攻訐鄭貴妃，彈劾宦官，保護皇長子常洛。

東林黨黨人有任言官的，便俟隙奏劾大臣，章疏連綿不絕；朝廷大臣聞得「東林黨」三個字，人人膽寒心驚。

首輔沈一貫見東林黨十分厲害，多半是顧憲成、高攀龍的一類人物，自己處在孤立地位，未免岌岌自危；於是密令御史楊雋（楊一清孫）、翰林湯賓怡，也建樹起一個儒黨來，一時科道中人，也有許多歸附沈一貫的，時人號為浙黨。

兩黨比較起來，顧憲成、高攀龍的東林黨潛勢力自然大於浙黨；幾科道中人附入東林黨的，一登仕籍就替己黨張聲勢，任意上疏參奏閣臣，浙黨科道儒者，也以其人之法還治其人之身，兩相抵制。日久，東林黨的勢力蔓延入了齊楚晉豫各地，江淮士人尤多趨向東林黨的，由淮撫李三才為首領，作東林黨的外援；朝中東林黨的潛勢力又進了一層，結果兩黨各上章交攻，互論是非。

神宗帝見奏牘日多，兩黨互訐的奏疏堆積三四尺，神宗帝閱不勝閱，頭也被他們纏昏了；從此把兩黨的奏章一概擱置不問，唯蘭臺奏疏糾劾廷臣，立即批管，也大半奏准。這樣一來，言官疏劾廷臣，疏才上去，那被糾劾的人，不待上命便棄官逕去；廷中規章雜亂，群臣無主，處事也各不一致。每有一建議，各舉各的，各行所事；好好的明朝朝儀，至此弄得敗壞不堪，紀綱日墮，亡國的徵兆已見。

後來南北科道、東林黨和浙黨攻擊得到了極點，已至於無所攻訐了；東林黨人揑造一種謠言，謂鄭貴妃將謀死太子常洛，立己子常洵，並寫成無數的簡帖，昏夜張貼京師各門。內監揭了簡帖進呈大內，神宗帝也聞知了，拍案大怒道：「賊子鬧得這般可惡？」下諭嚴究發簡帖的黨羽。司儀郎沈令譽因嫌疑被捕，由刑部侍郎李廷機承讞，辭連東林黨中人；逮侍御胡憲忠、翰林黃恩基、主事陳駿、員外郎趙思訓、大理寺丞何復等一百三十七人下獄。李廷機一概刑訊，黃恩基、趙思訓等誣服，並株連言官多人；又捕高僧達觀，也再三拷掠，又逮捕多人下獄。尚書趙世卿見案情愈鬧愈大，永遠牽連下去，將無停止的時日，便上書諷沈一貫，叫他從中主持；沈一貫也覺冤戮的太多了，不免良心發現，在神宗的面前竭力維持，總算勉強結獄，只殺了袁衷、徐有明等幾個觀政進士。大獄結後，統計前後兩案，東林黨人死者三百六十餘人，浙黨死者相等，也算得明朝未有的巨案了。

神宗帝見都下謠言日盛，人人說鄭貴妃謀太子，便召沈一貫進宮，親自書了手詔，立皇長子常洛為儲君；沈一貫奉諭退出。鄭貴妃已得宮監密報，自己本想做太后的，聽說立了常洛，自然要來爭執；神宗帝和鄭貴妃在枕席愛好的當兒，曾答應她立常洵為太子，如今突然變卦，鄭貴妃怎甘罷休，便嬌啼婉轉地要神宗帝收回成命。

神宗帝正色道：「國立長子，是祖宗的成規，朕怎敢因私廢公，受人譏評。」

鄭貴妃不依道：「皇上曩日有言，必立福王（常洵）的；天子無戲言，如何可以賴得？」

神宗帝笑道：「那時朕和妳開玩笑，豈能作真？況皇長子年齡已經弱冠，天下人誰不知道；萬一廢

長立幼，廷臣議論倒還罷了，倘因此人心疑慮，激出亂子來，不是以小誤了大事麼?」

鄭貴妃見神宗帝意志堅決，不由得放聲大哭，一頭撞在神宗帝的懷裏，立時要尋死覓活；神宗帝令內侍們把她勸開，鄭貴妃索性倒在地上打滾，大哭大喊，口口聲聲要冊立福王，否則情願死在皇帝面前。神宗帝眼見得鄭貴妃這樣撒潑，也觸惱了性子，霍地立起身，直到光華殿召集群臣，命把立儲之意速行布告中外；一面著尚書趙世卿、大學士楊廷珪持節往迎太子常洛，正位東宮。

諸事已畢，神宗帝才緩步回宮；大事既定，鄭貴妃知道爭不回來，也只好死了這個念頭。那裏曉得群臣意還未足，以福王自受封後，年將弱冠，留在京中有許多不便，應令即日就藩；這章疏一上，鄭貴妃怎捨得母子遠離，於是又在神宗帝面前哭鬧，弄得神宗帝打不定主意起來。

吏部侍郎夏靜安將這件事密白兩宮，李太后忙召鄭貴妃入見，把她大罵一頓；鄭貴妃不敢回話，忍氣吞聲地回宮。次日皇太后傳出懿旨，催促福王常洵就藩；鄭貴妃沒法，只得任福王起程。故例：皇子赴封地，母妃是不能隨行的；福王臨行向鄭貴妃辭行，母子兩人哭得氣也鬱不轉來，經內侍們相勸，福王始含淚出宮，向河南就藩去了。

福王就國後，宮中的大殿角上，突發現木人三個；上書皇帝、太子、李太后的生辰，木人身上有釘四十九根，大概是苗人的一種巫法。神宗帝看見了，心中怒氣勃勃，追究置木人的主使；司理王日乾奏稱，木人係道士孔學所製，孔學與鄭貴妃宮中的內侍姜田稼私下串通，居心要謀太子。

神宗帝見奏，怒不可遏，甚至將御案推倒，命速逮孔學刑訊；孔學死不承認，尚書葉向高稟道：「王日乾也是都下無賴，貪緣中官獲職；若窮詰此事，小題大做，反使得小人得逞了。」

神宗帝聽了，恍然大悟道：「非卿一言，幾乎又興大獄了。」於是將木人一案擱置不提。

時四川宣慰使楊應龍，和他的兒子楊朝棟佔據險要，擁兵稱叛；應龍本宋代楊業後裔，撫治西蜀苗人頗著威望，後來被妖人李贇所感，遂起叛意。那李贇曾放過一任知府，他自己說得異人傳授，能呼風喚雨、撒豆成兵，在鄂西一帶倡言傳道，名叫白蓮教；鄂撫劉光漢見李贇舉止妖異，下令驅逐出境，李贇立不住腳，奔到蜀中，也假傳教為名，四處招搖。

宣慰使楊應龍有個愛女妙姑，忽然被妖邪蠱惑，白晝赤體嗷叫，似與人交合一般；應龍只有這個女兒，平日愛如掌珠，一朝患了奇疾，急得走投無路，即懸重金徵醫，有能治癒妙娘的，立賞黃金千兩，並將妙姑贅他為婿。這個消息傳播各地，誰不願得千金和美婦？上門自薦的也不知多少，都沒甚效驗，妙姑的病反越重了。

那時，李贇被鄂撫趕走，正沒處容身的時候，便來見楊應龍，當日設壇建醮、焚香請神，居然把妖邪驅去；妙姑就醒了過來，不似前幾天的裸臥噪鬧了，楊應龍大喜，立給李贇千金。待要拿妙姑嫁他，李贇辭謝道：「我已是世外之人了，要金帛女子也沒用，只求賜我一所小宅，得修煉傳道就夠了。」

應龍連聲答應容易，立命土木工人在蜀西建起一座大廈來，正廳上供一尊白眉真人，大概就是白蓮

教的祖師了；大廈落成，李贄就在那裏傳教，又替那些人民治病，倒很是靈驗。四川的愚夫愚婦，都稱李贄為活神仙；李贄每天坐了八人大轎遊行街衢，百姓迎道跪拜，好似神佛一樣的尊崇。

楊應龍也常常和李贄交談，兩下很覺投機；李贄也不時邀應龍高飲，醉後自炫他的本領，能千里外攝取財物、剪羽毛可以代弓矢、撒豆能夠變兵、裁紙可成駿馬。楊應龍深信他的話，幫著他四方傳揚；不到一年，江淮荊楚教徒遍地，愚人紛紛來歸，統計不下十萬人。

李贄便勸應龍起事，應龍心動，暗中和他兒子朝棟商議；朝棟躍起來道：「天下有這樣的奇人肯來相歸，是天助我了。」應龍意決，私下密遣兵卒把守要隘，於八月中秋舉旗起義；擁眾二十萬，聲勢十分浩大。

李贄為軍師，籌劃一切，他見軍中少硬弓，就連夜捏成泥人千百，各給紙剪一把；李贄唸唸有詞，吹口氣，許多泥人就不見了。到了晚上，泥人紛紛回來，布囊中滿貯著羽毛；李蟄令將羽毛堆積成了小丘，略一眨眼，化成了千萬支硬弩強矢，用時和真的一般無二，也可以殺人射擊，比真弓還靈便不少。應龍越發相信了。

其時，江淮南北謠言紛興，相傳有妖人剪雞羽的怪事；夜間只聞雞聲一鳴，忙燃燭去瞧，那雞身上已剪得光光的了。日久，人家知是妖術，畜雞的人持著犬羊血俟在籠畔，一聽得雞聲，拿犬羊血潑去，砰的一響，落下一個持紙剪的泥人來，長不過三四寸，形狀似垂髫的童子；這法術一破，剪羽毛的事漸少。

又換了剪人頭髮的妖法，民家婦女晚上睡醒，往往失去青絲；於是民間大擾，半夜互相驚起，鳴鑼走告，謂妖人來剪頭髮，弄得婦女們晚上不敢睡覺。經有人指點，謂妖術最怕污穢；婦女們聽了，各人把褻帶縛在髻上，剪刀的風潮至此才得平息。

後來越鬧越厲害了，美貌婦女無故失去，在失去的時候，不論白日或是黑夜，家人坐著談笑的當兒，轉眼已空，人就去得無影無蹤了；可是楊應龍的營中，婦女卻無故多起來了。應龍性好淫，又是厭故喜新的，一個少婦共枕三四次就要厭棄；不論暑寒，婦女們不准著褲，只穿一件長袍，盡裸下體。

到了厭棄時，把那些婦女賜與兵卒；稍違他的心意，即用尖刀刺婦女下身，碎割片片，垂斃至止。到了應龍高興時，又令眾婦女在營前裸體笑逐，令其赤身列成雁行，使兵士削圓頭箭，互相較射，以中陰者為勝；婦女負痛捫體嗷叫，應龍看了拍手大笑。

又令丐者捕蛇千條，密藏在籠中，有小兵專司飼蛇，稱為蛇奴；應龍和眾婦女行樂，有幾個貞婦不肯受汙，應龍命把那婦人的手腳縛住，傳蛇奴進帳，取蛇十餘條，蛇尾繫硫磺火種，以蛇首入女陰爇火蛇尾。蛇受灼，奮身入腹，長者從口中出，不及盈尺，人蛇並死；當蛇入腹時，婦女婉轉叫嚎，應龍便使兵士攙住，強要她們直立著，不令倒臥。

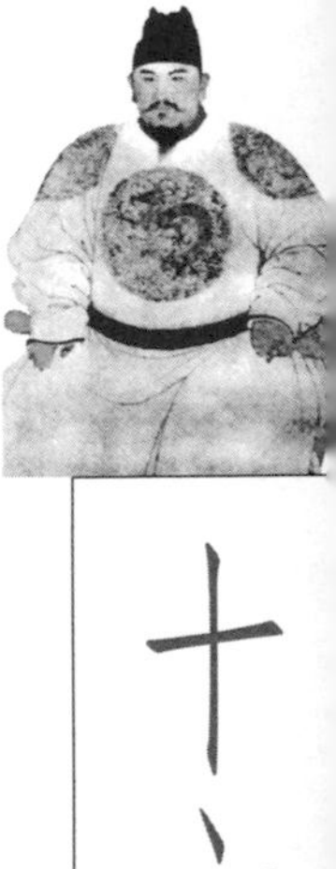

又捉苗人士兵，以刀架在人身上，使父女對淫、翁媳相交，弟與姐妹、叔與姑嫂；每姦一婦，必命其夫充侍役，在旁供奔走，有不從的便殺無赦。像這樣的顛倒淫亂，人心渙散，敗象已經呈現出來了；應龍還是不悟，作惡如舊，楊應龍的兒子楊朝棟，尤其是淫惡無倫。

至於那個李贇，也借著傳教的名兒，見美貌婦女便留住不放，本夫畏懼他的勢力，不敢和他計較，只暗暗地記恨罷了；四川的人民受楊應龍父子的蹂躪，怨憤衝天，被害的人家，大都敢怒而不敢言。

其時，有個無賴阮小二，他的妻子也被應龍霸佔去了；小二忿怒叫罵，應龍的黨羽將小二捕去，打了二百鞭才釋放了。命小卒三四人對著小二，輪姦他的妻子；小二氣憤填膺，便糾了同黨百人，暗俟在楊應龍的營後，趁夜大喊殺入。

應龍正和諸婦女淫樂，聽得喊殺之聲，不知來兵多少個，忙叫左右張號；不到一刻，朝棟引親兵五百名殺到，應龍又自營中殺出。人馬愈殺愈多，阮小二不過百人，怎能敵得應龍的大隊，轉眼百人被殺得乾乾淨淨，只逃走了一個阮小二。

事後，應龍查點人馬，也被殺傷不少，不覺大怒道：「區區幾個賊人，也敢來太歲頭上動土！一不做二不休，索性殺了府尹，佔了城池，倒也不過如此。」

朝棟聽說，便踴躍爭先，率領了一千苗兵，直殺入永寧；知府馬知忠不及防備，被苗民亂刀剁死。遊擊柳成美、參將羅成聞得府署有警，忙忙地點起本部人馬趕到西門，正遇朝棟的苗兵；朝棟見柳成美帶兵前來，就大吼一聲，挺一支渾鐵點鋼矛，飛馬殺將過去。

柳成美揮刀來迎，羅成趕至舞刀助戰；朝棟一支矛，左右輪動好似旋風一般。成美臂上刺著一矛，撥馬便走；羅成抵敵不住，也只好策馬落荒而逃。朝棟趁勢大殺一陣，官兵死傷大半；柳成美死在亂軍之中，羅成身負重創，逃回建昌。

四川巡撫王如棠上疏告變，神宗帝看了奏疏，回顧沈一貫，道：「小丑跳樑，不早剷除，今日養成巨患，該守土督撫咎有應得了。」沈一貫點點頭，神宗帝命一貫擬旨：知府馬知忠、遊擊柳成美既死勿議、參將羅成遷戍、巡撫王如堂褫職、總督羅兆銘貶級；一面以李如松為討賊大將軍，統兵十五萬剷平川亂。

那裏曉得李如松浮躁輕進，被楊應龍父子誘入重地四面圍殺，幾乎全軍覆沒；敗耗傳到京師，神宗帝大怒，即將李如松拿辦，另以劉綎為大都督，調齊四省（陝甘綏貴）兵馬，即日出師。

劉綎初任大同總兵，因征寇有功，改授都督兼五城兵馬司，為人勇冠三軍，每戰必身先士卒；平時布衣糧食，甘苦和小兵相共，不分將卒，惟行起兵來，號令嚴明，違者斬以殉，不留一點情面，所以軍紀肅然。當他在宣府的時候，不過做了遊擊，出兵上陣，很具大將的風範；總兵戚繼光常說他有大將之才，幾番保薦他，改授參將。

那時，蒙人不時寇邊，劉綎領兵迎戰，持著一口九環的大刀，重有七八十斤，舞起來呼呼有聲，口

裏大呼陷陣；胡兵見了紛紛倒退，所向無敵，於是劉大刀的名兒遠震關外。蒙人一見劉綎，便相顧驚走，道：「劉大刀來了！」此次奉旨往征四川，大軍浩浩蕩蕩地殺奔前去。

楊應龍素知劉綎能軍，更兼猛勇，心中早已有些膽寒；獨有楊朝棟卻年輕不知厲害，摩拳擦掌地準備迎敵，忽探馬來報，劉綎大軍離永寧只有四十里了。

第八十七回　皇太極

劉綎統著王師，不日到了永寧，離城三十里下定寨柵；一面下令副指揮岑範、李慕、齊容孫等，各營緊排鹿角，要防敵兵劫寨。那邊楊應龍聞得劉綎的大兵已到，囑咐他的兒子楊朝棟、義兒楊奉、偽將軍舒壽、彭毓靈等，小心巡城。

到了晚上，楊應龍親自登城瞭望，見明軍營中火光燭天，一字如長蛇一般，刁斗聲不絕；應龍看了，打個寒噤道：「王師的聲勢，到底和常軍不同的。」又回顧諸將道：「你們瞧，劉大刀的人馬多麼整齊！」

楊朝棟大聲道：「父親莫長他們的銳氣，我家的兵馬不見得弱於他，只恐鹿死誰手，正不能決定。」

楊應龍道：「話雖這樣說，總是仔細了的好。」

朝棟不待應龍說畢，便欲領兵出城前去劫寨；應龍慌忙阻攔道：「胡大刀這傢伙不比別個，他在邊庭鎮守十年，現在的官兒還是槍刀頭上掙得來的，可算是一位能征慣戰的勇將；如今率師遠來，難道會

不預防咱們去偷他的營寨麼?你快休妄動，待咱們和軍師商量了再說。」說罷下城回署。朝棟與諸將也陸續到來，應龍一迭連聲地命請軍師來商議軍情。

小軍去了不多一會，李贇帶了兩名親隨，掌著大紅紗燈，騎了高頭駿馬到帥府前；下馬進署，應龍和朝棟降階相迎，三人攜手進了大堂坐定。諸將參見過了，應龍便發言道：「咱們自把朝廷的李如松殺敗，此刻又換了個劉大刀來了；我聞得他是一員名將，倒要留神一下，不知軍師可有甚麼妙計破他?」

李贇舉手笑道：「主帥無須擔心，明日敵人如來搦戰，且先試他一陣；我看日中黑子出現，這血光之災，當應在敵人身上。不出三日，包管殺得他片甲不回。」

楊應龍大喜道：「全仗軍師幫助了。」是夜計議已定，準備次日和明軍交鋒。

再說劉綎下寨後，親自巡視了一周，進帳坐在虎皮交椅上按劍看書，直至天交五更，才朦朧睡去；辰初時候，諸將進帳致候，劉綎草草梳洗了，全身披掛。升帳點卯已畢，便問：「今天和賊人見仗，那位將軍出馬?」

副將何兆威應道：「末將願打頭陣。」

劉綎點頭，即發下一支令箭，叮囑道：「何將軍領人馬五千，先去刺探兵力如何，但不可折了銳氣。」何兆威領令，自去點齊人馬，頂盔貫甲、耀武揚威地去了。

劉綎又傳指揮馬進忠、慕容孫，進帳道：「兩位將軍可引兵馬三千，接應何先鋒。」馬進忠和慕容孫去了；劉綎自己率同李齊、岑揚，押著大隊觀陣。

那何兆威領了五千人馬，直抵永寧城下搦戰；城上楊朝棟領了三千人馬，左有楊奉，右有舒壽，一聲炮響，城門大開，三騎馬並肩飛出，兵丁一字兒排列。雙方射住了陣腳，何兆威暗暗喝采，道：「楊氏父子到底是武官出身，兵士齊整，不像個烏合之眾；怪不得李如松要敗在他們手中了。」想著，便一馬當先，大罵：「楊應龍逆賊！朝廷有何虧負了你，卻據城造反？看我天兵下臨，不束手早降，更待何時！」

楊朝棟大怒，也不回話，正要挺矛出馬，舒壽已舞刀躍馬，直取何兆威；兩馬相交，雙刀直舉，戰有三四十回合。楊奉忍耐不住，飛馬出陣助戰，明軍陣上，慕容孫拈槍而出，敵住楊奉；四騎馬馱著兩對戰將，團團兒打著戰。

楊朝棟見楊奉、舒壽不能取勝，大喝一聲，舞動鋼矛，馳到了戰場上，一矛向何兆威刺來；兆威不及避讓，右腿上著了一矛，負痛敗下陣來。舒壽那裏肯捨，緊緊趕來；明軍陣上，馬進忠一瞬飛出，救回何兆威，掄槍抵住舒壽。

舒壽心中大怒，暗自罵道：「你這傢伙救他，我就擒你也是一樣的。」這時，舒壽手中的大刀飄飄，如潑瑞雪，只見白光閃閃，瞧不出一點兒破綻來。

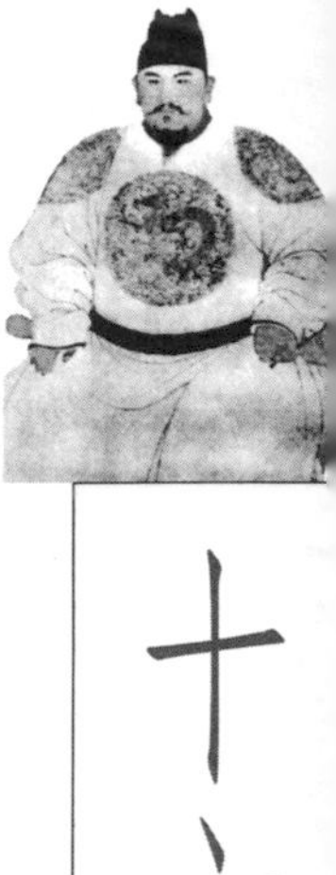

劉綎在陣上遠遠地望見，便問岑範道：「賊兵中有這樣的能手，叫甚麼名兒？」岑範未曾回答，李齊是李如松的舊將，接口應道：「此人名舒壽，還有一個叫彭毓靈，都是賊中有名的勇將；前次李將軍（指李如松）一半敗在妖法，一半便是吃虧在他們手裏的。」劉綎驚道：「賊人有妖法的麼？倒不曾預備破它的東西。」說時，忽見馬進忠翻身落馬，軍士忙去搶了回來；劉綎大怒，便待親自出馬，岑範早躍馬直奔舒壽。

那邊楊朝棟刺傷了何兆威，回頭來幫著楊奉雙戰慕容孫，一個失手被楊朝棟輕舒猿臂，將慕容孫活捉去了；李齊要去搶救，那裏還來得及？惱得個劉綎咆哮如雷，這時再也忍不住了，就把烏駿馬一拍，直取楊朝棟。

那慕容孫已由楊奉擁入城中，朝棟正在得意洋洋，見劉綎一馬飛出；細看他，生得黑臉如鍋底，兩道濃眉分八字，烏盔玄甲，坐下烏駿馬，手提九環大刀，威風凜凜，又是和常人不同。楊朝棟心中尋思道：「他們說的劉大刀，此人只怕就是了。」

楊應龍在敵樓上觀戰，認得是劉綎親出交鋒，忙令軍士飛馬下城，通知楊朝棟，那黑漢正是劉大刀，須要格外小心了；楊朝棟自恃勇猛，怎把劉綎放在心上，他仗著鋼矛奮力一矛刺去，劉綎架開，還手一刀劈來。朝棟不知厲害，用矛去迎時，只覺得刀碰在矛上，來勢十分沉重；朝棟在馬上連晃了晃，才有些吃驚道：「胡大刀果然是兇狠的！」

欲想回馬，身在陣上，萬萬不能下臺，只得硬著頭皮，拚死力戰了有七八回合；累得頭昏耳鳴，出了一身冷汗，正擬策馬逃命，胡綎手敏眼快，一手拖住了朝棟的馬轡，只向前一帶，朝棟坐不住馬鞍，翻身撲將過來，被劉綎如提小孩般地，一把擲在地上。明兵齊上，七手八腳地捆了朝棟便走，賊也想來救，都被劉綎攔住了，一個也不敢上前；這邊岑範戰不下舒壽，李齊來躍馬相助，舒壽力戰兩將，全無懼色。

城上，楊應龍見兒子朝棟被擒，急得雙足亂跳；彭毓靈和楊奉雙馬齊出，劉綎擋住了兩將廝殺。楊應龍忙叫請軍師，李贇趕上城頭，口中唸唸有詞，潑剌剌的一陣大風，向明兵陣上刮來，吹得士卒皆睜不開眼；李齊知道妖法來了，忙撥馬先逃，岑範也拍馬回陣，舒壽無心追趕，勒馬自歸本陣。

劉綎正大戰兩將，見黑風陡起，恐怕有失，虛晃一刀策馬便走，一面傳令鳴金收兵；彭毓靈和楊奉曉得劉綎勇猛，不敢來追，雙方各自罷戰。

劉綎回寨計點人馬，受傷的五六人，惟折了指揮慕容孫，及何兆威、馬進忠受傷；擒了賊將楊朝棟，算來還不十分吃虧。劉綎吩咐何、馬兩將，且去後帳休息，令左右推上楊朝棟來；朝棟立著不肯下跪，劉綎笑道：「你到了今日，還要倔強麼？」喝令打入囚車。

待擒到了楊應龍，一併解上京去；朝棟破口大罵，劉綎只做沒聽見一樣。過了一會，楊應龍遣使前來，要求劉綎將朝棟交換慕容孫；劉綎沉吟了半晌，對來使說道：「准如你主將之意，來日各便衣相

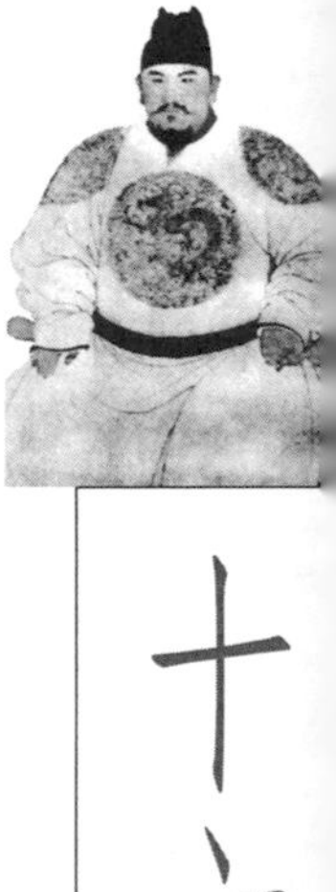

見，互換敗將就是了。」使者領諭，自去回報應龍。

當下劉綎點鼓，大集諸將，何兆威、馬進忠等，不過一些輕傷，這時仍上帳聽令；劉綎說道：「我要破應龍，就在明日的機會上了。」因把應龍提議交換被擒將官的話，對諸將宣布了一遍；又接著說道：「我知應龍一心在兒子身上，他便衣出陣，後方雖有預備，城上必然空虛；我們趁這個時候暗襲北門，薄城進去，再從南門全力地殺出來。賊兵疑飛將軍從天下來，定要自相踐踏；那時我領兵攻入，前後齊上，怕他不敗，這永寧也垂手可得了。」諸將聽了，無不摩拳擦掌，躍躍欲試。

劉綎即下令，岑範、李齊各引步兵五百人，悄悄去襲它北門；馬進忠、何兆威各在離營三里處去埋伏，聽得鼓響，揮兵殺出。分佈已定，一宿無話。

次日起來，點鼓傳將正罷，忽報賊兵已便衣列陣相待；劉綎點點頭，命千總仇勇先率便衣兵百人，也去列在陣上，劉綎卻故意遲了不出，以便兩路兵馬得以安然到達目的地。這樣地過了好一會，劉綎方同著五名親隨，捧了兩面大鼓在陣前放下，小車擁出楊朝棟來；楊應龍也命將慕容孫推出陣前，兩方各一聲鼓響，楊朝棟和慕容孫各自跑回本陣。

誰知慕容孫與朝棟打照面時，揚手一鏢，打在朝棟的額上，翻身跌了個觔斗；明軍陣上，一聲鼓罷，咚咚地連續打起鼓來。楊應龍見兒子著了一鏢，心中正在忿怒，要想揮兵殺過陣去；那時劉綎已經回馬，陣上只剩得一百個兵丁同擂鼓的幾名親隨。彭毓靈狐疑道：「劉綎戰又不戰，一味令軍士擂鼓，其中必然有詐。」

舒壽也說道：「他此刻回進營去，定然披掛衝殺出來了。」話猶未畢，果見劉綎頂盔襲甲，立馬營門前，卻並不出兵。

楊應龍大疑，正待令探馬去哨探，猛聽得城內喊聲大震；楊應龍驚道：「咱中了賊人奸計了。」忙令兵士火速進城；馬進忠已左邊殺來，何兆威從右方殺來，劉綎自引大軍，與慕容孫直撲南門，楊應龍抵擋不住，人馬自相踐踏。

彭毓靈護了楊朝棟，舒壽保著楊應龍，大敗進城；當頭正遇李齊、岑範殺來，應龍前後受敵，無心戀戰，急急地逃到帥府，意欲保護了家屬，同出西門逃命。等得家人齊集起來，府門外明兵已團團圍住；舒壽被絆馬索絆倒，給明兵捉住，楊奉死在亂軍之中。彭毓靈見大勢已去，自刎而死；楊應龍惶急萬分，知道必難倖免，便和他兒子朝棟、妻子彭氏、媳婦尤氏等，一齊自縊而死。

不到一刻，明兵攻進帥府殺散餘黨，劉綎入署，令出榜安民；一面收了人馬，將楊應龍等屍身解下，俟上命定奪，當即草疏報捷。兵士又押舒壽進署，劉綎忙親自替他釋縛，用好言撫慰，並置酒給舒壽壓驚；舒壽感劉綎義氣，自願投降。不日，上諭到來，命將楊應龍父子戮屍，大軍即日班師，所有將士回京聽候封賞；劉綎領旨，如律戮應龍父子屍首畢，下令旋師。

日月如梭，大軍曉行夜宿，不日到了京中；劉綎朝見，神宗帝獎諭了幾句。第二天下旨，劉綎授大

將軍，晉封子爵；李齊、岑範、慕容孫等各授為將軍，馬進忠、何兆威均擢都指揮，仇勇加遊擊，舒壽以副將隸劉綎部下，有功再行賞。

四川既平，神宗帝和諸嬪妃等在宮中大開筵宴，慶賀得勝；正在興高采烈，忽接山海關守將總兵劉禹錫飛章入報：「建州衛滿人努爾哈赤，統了建州部屬，攻破了葉赫，略取遼東，現在兵進撫順關；明兵屢敗，請朝廷速選強兵猛將，以禦外侮。」

神宗皇帝看了這封奏牘，不覺驚得目瞪口呆，半晌做聲不得；還是內監王進在一旁說道：「滿人既如此猖狂，陛下宜臨朝召集文武大臣，籌議禦敵的辦法。」神宗帝見說，才如夢中甦醒過來，連連叫馮保出去傳命；王進知神宗帝這時神精錯亂了，就自己充著馮保，出宮宣召大臣。

原來自張居正死後，馮保勉強挨延了幾年，終覺孤立無援，被廷臣們一再地彈劾，神宗帝命他赴南京閒居；此時奉諭賜死也已有六七年了，你想，還有甚麼馮保，不是神宗帝昏頭了麼？

原來建州的滿人，自努爾哈赤獨立部落，一天興盛一天，努爾哈赤便招兵買馬、養精蓄銳；初時尚劫掠塞外，漸漸併吞那些小部落，不到十年，那些大部落也紛紛投順。至明朝的萬曆四十四年，努爾哈赤見部落已十分廣大，勢力強盛，便老實不客氣，不待明朝的封典，竟自己做起皇帝來了；建元叫做天命，也就是滿清開國的第一個太祖。

努爾哈赤既據位稱帝，還仗著他人強馬壯，明朝氣數衰頹的當兒，常常來寇邊地；不過不敢進逼內地，只就交界的地方，縱兵飽掠一會，便收兵回去。邊廷將吏大都好偷安的，見滿兵不來相逼，樂得眼開眼閉，任他擄些財帛，橫豎是百姓晦氣；這樣一來，滿人的膽子愈弄愈大，連年所掠得的金銀、積草屯糧，兵力日漸雄厚，便率領著強兵猛卒先寇遼東，進兵撫順。

警報傳來，京師人心惶惶；這時神宗帝臨明華殿，召集文武大臣商議出兵的要策。丞相方從哲主張進兵痛剿，眾臣也並無異議；神宗帝即以楊鎬為兵部右侍郎，總督兵馬經略遼東，劉綎為副都督，即日出師。

這道旨意下來，真是雷厲風行，誰敢怠慢？怎奈明朝的武政久已不修，兵卒多半老弱，未曾出兵，先已倒了銳氣。楊鎬見士兵羼雜，不能臨陣，傳令大兵暫行屯駐，要挑選一番再行進兵；一面向朝鮮、葉赫兩處徵兵。

可是京師風聲日緊，人民一夕數驚，神宗帝下諭，王師火速進剿；兵部尚書黃嘉善奉到了皇帝催兵的飛敕，那裏還敢延緩，當即令飛騎齎紅旗赴邊，令楊鎬進兵。這種紅旗是明朝的舊制，恐將帥在外，君命有所不受，所以擬定一種紅旗，上蓋有御寶，中繡火珠三顆，並書著「萬急如律令」的字樣；邊將接到了這張紅旗，無論如何困難，也要拚死進兵。

倘仍按兵不動，紅旗再發，依舊不肯進兵，紅旗三頒；到了第三次紅旗頒至，將帥再按兵坐視，則是該將帥已有變心，兵部就要奏聞，下旨拿辦了。從前太祖高皇帝的時候，徐達北征，李善長為兵部尚

書，七頒紅旗，令徐達進兵；徐達只是按兵不動，善長忙以徐達有變上聞。

太祖驚道：「徐達與朕相交患難，決不至有二心；紅旗乃緊急要命，豈可連發七次？」於是調令兵部，此後非至萬不得已時，不得濫發紅旗；並載在祖訓中。自永樂以後，紅旗從未用過；現在，到了這位萬曆皇帝時代，反是重翻舊調，破歷朝未有的規例，這也是明朝將亡的預徵了。

當下，楊鎬在山海關駐兵，接到兵部的紅珠火旗；知道上命緊急，看來不能挨延，只得召集了諸將，大開軍事會議。劉綎首先言道：「邊卒多年勞苦，士無戰心；各處強行湊集的兵丁，又多未上過戰場，連隊伍也齊不起來，怎好出兵打仗？」

楊鎬說道：「這叫做：君上有命不好不遵；就算兵士不堪一戰，也只有拚死去幹他一下吧！」眾將聽了，各自默默無聲。

楊鎬便發令，命副都督劉綎，帶領人馬一萬五千，前去會合朝鮮人馬，由寬甸繞至興京，看滿兵營帳移動；即從東路攻入，截住他的歸路，劉綎領令去了。楊鎬又命開原總兵馬林，率領鐵騎三千、步兵一萬，督同金臺人馬越過鐵嶺，攻打滿人的北路；馬林領命，自和副將劉遇節、程貝引兵去了。

楊鎬又命遼東總兵李如柏上帳，吩咐道：「你可領大兵三萬，繞道亞骨兒關，直搗他的老巢；但那裏路途多是羊腸鳥道，人馬難行，宜晝夜兼程而進，莫誤了時程。」李如柏領命，統了大軍自去。

楊鎬又命山海關總兵杜松，領兵一萬五千名，由撫順關沿渾河攻取西路；杜松領命去了。這四路兵馬約二十多萬，楊鎬號稱五十萬，並定在春盡，四路兵馬在滿洲二道關會齊，進攻赫圖阿勒；楊鎬自己統著中軍，徐徐地東進。

是年為萬曆四十六年，蚩尤旗見（蚩尤旗，星宿也，似彗星而尾形似旗，見者，其處必遭刀兵禍亂），光芒射四方，長可數十百丈；彗星亦現，地震東南，都下士人預料，出兵必是敗徵。

單講山海關總兵杜松，平日勇悍善戰，塞外稱他為杜黑子；因他交鋒時擄起兩臂，烏黑如漆，持著金刀亂殺亂砍，胡兵十分畏懼他。時大兵出關，天空紛紛飄下一天的大雪來，兵馬艱於行走，已誤了出師路程；那杜松急於立功，率同本部人馬，在風雪滿天中踏雪進行。天寒地凍，路有滑冰，人馬往往跌倒；杜松不顧，兼程如前，兵士已有怨聲。

看看出了撫順關，越過五嶺關，已到了渾河；那裏有滿洲皇帝努爾哈赤的長子大貝勒岳勒托，和八貝勒皇太極對河守著，遙相呼應。那時，大貝勒岳勒托見明兵衝過五嶺關來，便在河南岸把人馬擺開，舞刀躍馬，立在陣前；杜松正督兵疾馳，忽聽得喊聲大起，前隊兵來報，滿洲兵攔往去路。杜松大怒，喝令兵士紮住；自己立馬橫刀，前來觀陣。

但見滿洲兵人馬雄壯、衣械鮮明，黃蓋下一員大將錦袍黃褂、緯帽烏靴，相貌很是威風；杜松高聲叱道：「你是那一路人馬，敢阻擋天朝大兵？」

岳勒托應道：「我滿洲皇帝陛下駕前大貝勒，岳勒托便是！你是明朝那裏的無名小卒？留下頭顱

來，放你過去！」

杜松聽了，不由得心頭火起，也不再說，舞刀直取岳勒托；岳勒托也挺刃相迎，兩人拚命地大戰，雙刀並舉，都舞得如旋風一般。戰有三四十回合，杜松奮起神威，大喝一聲，一刀把岳勒托劈在馬下；明兵一擁上前，亂殺了一陣，只殺得滿洲兵走投無路，刀下逃得性命的，多半落水死了，一千五百名滿洲兵，殺得一個也不剩。

對岸的八貝勒皇太極，見自己的人馬大敗，岳勒托陣亡，只叫得一聲苦；又不敢渡河來救，眼睜睜地瞧著杜松在南岸耀武揚威。這裏杜松割了岳勒托的首級，飭飛騎去楊鎬軍中報捷；楊鎬又將捷音上聞，神宗皇帝聽得楊鎬出兵，西路已經得勝，不覺大喜，下諭擢杜松以將軍記名，宮中大開筵宴慶賀。

那時，宮廷中的腐敗一天不如一天；東宮太子常洛的郭妃已誕了皇太孫，賜名由校，就是將來的熹宗皇帝。太孫的乳母客氏，是定興縣人，丈夫叫做侯二，不幸早歿；客氏十八歲便成寡婦，遺腹兒又不滿一歲，也隨著侯二做陰間父子而去。

客氏十九歲進宮乳哺皇太孫，她正值青春少艾的當兒，怎能夠孤幃寂處，不免有傷春之感了；誰知事有湊巧，司禮監王進有個義兒魏朝，本是京師的無賴，因巴結上了王進，在司儀處，充當奔走的小監。其實魏朝並未淨身，王進卻含含糊糊地把他留在屬下；這也是明朝氣數垂盡，自有三合六湊的事發生出來，將明朝的一座江山，斷送在他們幾個妖孽的手中。

這客氏正琴挑無人，魏朝正有求凰之心，兩人在平日間總是眉來眼去，漸漸地心心相印；有時魏朝在無人處遇見了客氏，便摩乳撫腰的常常逗引她，客氏也不過一笑罷了。

過了幾時，正值魏朝調到了千秋鑒，這千秋鑒是專管宮女、內侍死亡的，地方很是幽僻；一天，恰好客氏經過，魏朝見四面無人，一把摟住了客氏要接吻。客氏將魏朝一推，道：「空有丈夫相，也和我們一樣的，卻發甚麼雌性？」

魏朝見話，知道客氏有意，便微笑說道：「妳莫小覷了我，焉知我是沒有鬚眉氣的？」說罷，輕輕把客氏擁在榻上，慢慢地替她解開羅襦；這時，客氏已嬌軀無力，只是格格地笑著。

正在深情旖旎、半推半就時，魏朝已劉阮步入天臺；客氏吃了一驚，一時嬌怯怯地說不出話來，心中明白魏朝是不曾受過宮刑的。兩人在千秋鑒的室內情話絮絮，講的十分得趣；不提防一個人搶將進來，嚇得魏朝和客氏縮做一團。

第八十八回　魏忠賢

魏朝和客氏正在千秋鑒中打趣，不提防魏忠賢直搶進來，報告慈寧宮的宮侍雲娥仰藥自盡；神宗帝命魏忠賢到千秋鑒，召太監去檢視收殮。

魏忠賢一口氣跑進來，見室內寂無一人，待要高聲呼喚，回顧榻上，幔鉤蕩動，忙去揭開蚊帳，不覺倒退了幾步；魏朝見是忠賢，才得放心，於是慢慢地走下榻來。客氏眠在榻上，拿錦被蒙著臉兒，羞得她不敢抬頭；忠賢只做沒有瞧見一般，把神宗帝的諭旨宣布了一遍。魏朝便隨著忠賢同至慈寧宮，循例收殮好了，回到千秋鑒時，客氏已經走了；從此以後，客氏每天到千秋鑒來，和魏朝纏綿愛好，儼然是夫婦了。

這時，神宗帝有了幾歲年紀，索性居在深宮裏；又因左足被刺客所傷（張懌行刺，中神宗帝足），行動很覺不便，連明華殿也難得登臨了，這且按下。

再說徐州楊樹村的羅公威，忽然一病死了，任芝卿便幫著料理喪事，碧茵姑娘直哭得死去活來；芝卿再三地慰勸，自己也披麻帶孝的循禮含殮。芝卿曾認公威做了義父，當然依著子女例，一樣上孝守

制；看看過了三年，碧茵姑娘和芝卿商量，賣去產業，擇了一塊地皮，替她父親公威安葬好了，便收拾起家私什物，同芝卿北去。

不日到了京師，碧茵姑娘是個女子，不好住甚麼廟宇，便由芝卿去選了一所民房住下；人家當芝卿和碧茵姑娘是一對少年夫婦，那裏曉得他們各自有意中人的，兩人雖同室相處，卻是各不侵犯，並且連說笑也不常有的。

碧茵姑娘自到都中，天天夜出晨歸，去探宮廷的路徑；芝卿沒有甚麼本領，終日只有向大街小巷遊覽而已。碧茵姑娘因報仇心急，和芝卿講起張懌的事來，便咬牙切齒的，一會兒又流下淚來；有一天，碧茵姑娘慘然對芝卿說道：「我從明日起，要與你長別了！」

芝卿驚道：「姑娘為甚麼說這樣的話？」

碧茵姑娘歎口氣道：「我自張懌死後，心志俱灰，此身同於枯木，又似孤雁，永無比翼之時了；但我也不作如是想，只願老父相佑，報得大仇，我就心滿意足了。現在，我已把宮中的路徑探明，前去取仇人的頭顱，欲先將你那秀華放出來，再去刃那仇人；可是如不幸不中，和張懌一樣，身被仇人所捉，不是和你要長別嗎？」

芝卿忙安慰道：「姑娘心誠，自然神靈見護，怕不馬到功成！」碧茵姑娘略略點頭，這天晚上，便換上緊身衣靠，插上寶劍，飛身向皇宮中去了。

芝卿獨坐著無聊，拿出平日的詩稿來，在燈下吟哦解悶；約有三更多天，猛聽得簷瓦亂響，碧茵姑娘已揹著一件東西跳下地來，叫芝卿幫著解下。只見她粉臉兒上濺滿了血漬，芝卿正要問話；碧茵姑娘說道：「我大事已妥，你快打開布裹來，看弄錯沒有？我們明天清晨就要出京的，否則，萬一給他們查獲，豈不白費了心血。」

芝卿見說，把繡袱打開，裏面端端正正地睡著劉秀華；芝卿又驚又喜，見秀華星眸緊闔，兀是好睡。碧茵姑娘笑道：「她還受著我的薰香味兒，所以不容易醒過來。」說著，去取了一杯冷水來，在秀華的臉上輕輕地噀了幾口。

秀華打個呵欠，開眼見地方有異，嚇得跳起身來；回頭瞧見了芝卿，不由得一怔，半晌才說道：「我們這是在夢中麼？」

芝卿一面扶她下榻，微笑著說道：「那裏有這樣的好夢？人家為了救妳，幾乎被侍衛所傷。」秀華見說，回頭一打量，指著碧茵姑娘道：「敢是這位姐姐來救我的？」

芝卿道：「怎麼不是。」

秀華忙向碧茵姑娘行下禮去，慌得碧茵姑娘還禮不迭，道：「這算甚麼，我自己要報大仇，不過便中效些微勞罷了。」於是互詢了姓名，芝卿將被釋出宮，老母逝世，收殮張懌；認羅公威為義父，及碧茵姑娘報仇，救援秀華，前後細細講了一遍。

秀華聽了，噗簌簌地垂下淚來，道：「你卻這樣的多情，我真辜負了你了。」

芝卿說道：「這都是妳姐姐的不好，我決不怪妳的。」兩人絮絮唧唧，情話纏綿，把個碧茵姑娘看得悲從中來；想自己當年和張懌，也是這般的情深義厚的，現在弄得人亡鸞拆，憶念昔日，怎不心傷！芝卿和秀華久別重逢，又是珠還合浦，不啻破鏡重圓，他們兩人自有說不出的快樂，還去管甚麼碧茵姑娘；碧茵娘姑觸景傷情，只在暗裏偷彈珠淚罷了。

天色微明，雞聲遠唱，碧茵姑娘起身草草梳洗了；芝卿和秀華香夢正酣，碧茵姑娘喊道：「芝卿！快起來料理走吧！此刻是甚麼時候，卻還這樣的安心！」

芝卿聽了，慌忙從榻上直坐起來，秀華卻嬌羞滿面地低垂著粉頸，似乎十分慚愧；碧茵姑娘知趣，故意往外面轉了個身，秀華手忙腳亂地穿好了衣服，由碧茵姑娘替她梳了個長髻。芝卿辭去了房主，兩女一男，三個人雇了一輛騾車，把衣物等放在車上，揚鞭款段出了都門，回他們的徐州去了。

到了楊樹村中，就碧茵姑娘家中住下；芝卿和秀華這時總算有情人成了眷屬，碧茵姑娘卻自去築了一所茅舍，終年在茅舍中茹素誦經，直到七十多歲無疾而逝。芝卿那時也死了，由秀華為她收殮安葬；墓上題曰：「貞烈女子羅碧茵墓」。

再說神宗帝深居簡出，大臣們多不能見到御容，一班新進臣子只聞得上諭，至於皇帝是怎樣一個面貌，誰也沒有瞧見過；就是內廷的嬪妃，不大得寵的，也經年地不得一近天顏。從前的昭妃（劉秀華）、晉妃（劉秀媛），神宗帝多麼的寵愛；如今卻拋在一邊，弄得兩位劉妃如進了冷宮一樣。

因為神宗帝晚年，只愛一個鄭貴妃；如王皇后、王貴妃（誕太子常洛者），一年中，在元旦朝見一回。此外逢到甚麼佳節，或宣王皇后賞節，帝后同飲幾杯，餘下就不常敘面；好在兩宮李太后、陳太后已先後崩逝，神宗帝沒了管束，越發比之前放肆了。

那天，神宗帝酒醉，扶了鄭貴妃，一步一顛地回到玉樓；恰好碧茵姑娘縱進宮牆來，在玉樓的窗檻上倒身下去，正對著神宗帝所坐的地方。碧茵姑娘見了仇人，眼中幾乎冒出青煙，便拔出了寶劍，「颼」的一劍刺去；直戳在神宗帝的胸前，血光飛處，神宗帝斜倒椅上，喊也喊不響了。

鄭貴妃正背身立著，內侍宮人眼見著白光一耀，神宗帝冒血而倒，便一齊嚷了起來；鄭貴妃嚇得回身不迭，眾人慌亂著把神宗帝扶起身來，早已雙眼發呆、氣息奄奄，胸口的鮮血兀是咕嘟嘟地冒個不住，一把寶劍，寒光閃閃地落在地上。

鄭貴妃渾身不住地打顫，叫嬪妃們幫著將神宗帝的衣襟解開，只見前胸深深地一個窟窿，把內侍宮人都看得嚇呆了；鄭貴妃淚流滿面地說道：「你們呆著做甚，還不去請太醫來替皇帝診視麼？」內監們如夢方醒，兩個內侍搶著去召太醫；鄭貴妃又命宮女，去報知王皇后及各宮嬪妃。

不一刻，太醫來了，王皇后和王貴妃及六宮嬪妃陸續到來；太醫診過了脈搏，知道脈已下沉，看來不中用的了，便屈著半膝，老實稟知了王皇后。皇后和六宮嬪妃聽說皇帝已危，個個嬌啼婉轉地，淚珠

紛紛滾滾都哭起來了；大家哭了一會，還是王皇后有主意，忙令司禮監王進傳出諭旨，召集左輔宰相、六部九卿等，火速進宮商議大事。

王進連跌帶跑地跑出宮去，在侍事處選了一匹快馬，往各大臣的私第一一去通知了；王進事畢回宮，大臣如方從哲、朱賡、趙世卿、趙嘉善、趙興邦等，已先後入宮。那時太子常洛、皇太孫由校，也站在旁邊痛哭；神宗帝已不能說話，只拉著太子常洛的右手及宰相方從哲的右手，點頭示意，兩眼就往上一翻，雙腳一挺，嗚呼哀哉了。

王皇后、皇太子、皇太孫、嬪妃、大臣，無不痛哭失聲；方從哲便收了眼淚，朗聲說道：「皇帝既已賓天，咱們一味的慟哭也不是事體，大家且議正事要緊。」眾臣聽了，都各止哭；由方從哲領頭至華明殿上，先擬草詔，傳位與太子，又草了正位的詔書，以便頒佈天下。

諸事方畢，天色已經破曉，方從哲命司儀處在奉天殿上撞鐘擂鼓，召集各部官吏；一面扶太子常洛登位，是為光宗皇帝。改明年為泰昌元年，追尊神宗帝為孝顯皇帝，廟號神宗；晉王皇后為孝端皇太后，生母王貴妃為孝靖太后，鄭貴妃晉太妃。冊妃郭氏為皇后，侍嬪李雅雲為莊妃，李飛仙為康妃；劉嬪人為貴妃，趙氏為選侍。

封方從哲為太師左柱國、攝行丞相事，趙世卿為吏部尚書兼華益殿大學士；趙嘉善原任兵部尚書、兼任文淵閣大學士，加少師銜。朱賡為謹身殿大學士，趙興邦為武英殿大學士兼禮部尚書；又擢左光斗為都御史，給事中楊漣為吏部侍郎。下詔免人民賦稅，罷神宗時弊政；又下諭停止收取礦稅，罷江浙織造局，罷雲南採寶船，停止山西採人蔘等，百姓免其充役。

詔書頒發後，天下歡聲雷動，大家以為新君登極，舊政革新，天下頗有望治之心；那裏曉得這位光宗皇帝，別的都還不差，就是好色太過。他那兩個妃子，一個莊妃，一個康妃；莊妃稱東李，康妃稱西李。西李便是李康妃，出落得玉膚花貌、婀娜多姿，光宗帝十分寵幸；其時的孝端皇太后、孝靖太后又相繼崩逝，郭皇后又病歿，光宗帝因喪母喪妻，悲傷過度，就此染起病來了。

那鄭貴妃雖晉了太妃，心裏還是不足，又見孝端、孝靖兩太后逝世，滿心要想做太后；李康妃也為了郭皇后已死，自己想光宗帝立為皇后。一個想做太后，一個想做皇后，兩人都一想盡願，暗暗地結連了魏朝，從中設法；魏朝在光宗帝在東宮時，已經侍候有年，很得皇上的信任，於是在光宗帝面前，竭力替鄭貴妃和李康妃進言。

光宗帝還算明白，對魏朝說：「先帝未曾立鄭貴妃為后，這時遽然晉為太后，朝臣不要議論嗎？」魏朝正色道：「陛下但宸衷獨斷，臣下何能強回聖意？」光宗帝沒法，又被李康妃在耳畔絮聒著，一時打不定主意起來；只得扶病臨朝，把立鄭貴妃的諭旨先行向大臣宣布過了，命閣臣頒發。

宰相方從哲本來是個混蛋，曉得甚麼的紀綱儀禮？正要將上諭繕發，恰好侍郎孫如遊聽得這個消息，忙來見方從哲，道：「我聞朝廷將晉鄭太妃為太后，相公意下怎樣？」

方從哲答道：「這是上命下來，自然只有照辦。」

孫如遊變色說道：「相公不顧現在的聲名，難道連後世的唾罵也不顧麼？」

從哲詫異道：「皇上有旨，干我甚麼事？」

如遊大聲道：「鄭貴妃為先帝寵妃，未見冊立為皇后；今上無端晉為太后，朝廷封典從此墮盡，名器也濫極了，還做他甚麼鳥官，大家只胡亂苟且一回就得了。況公為當朝首輔，這事相公不諫，誰來多嘴？後人不是要罵相公麼？」

方從哲聽了恍然大悟，向如遊連連作揖道：「多承見教！我即刻入宮去諫阻，公等可聯名上本就是。」孫如遊大喜．辭了方從哲，當夜草奏，次日進呈。

光宗帝那道尊鄭貴妃為皇太后的手諭雖已下了，心中不由得懊悔起來；又被方從哲面陳歷朝制度，謂未有妃子在隔朝進尊太后的，開立國所無之例，將為後世譏評。光宗帝見奏，心裏越覺不安了；第二天，侍郎孫如遊、御史左光斗、尚書孫永高等，又紛紛上疏，請晉鄭貴妃為太后的成命立即收回，方從哲又把那道上諭循例封還。

鄭貴妃自逼著光宗帝下了晉太后的諭旨，便天天伸長著脖子，希望著內閣發表；一天天過了，消息沉沉，接連了十多天，音息毫無，鄭貴妃有些不耐煩了，便令魏朝到內閣中來打聽。方從哲說道：「皇上現擬收回成命，所以不敢宣布。」

魏朝聽了，忙去報知鄭貴妃；鄭貴妃含怒道：「天子無戲言，怎麼中途可以變更的？」於是又來見光宗帝，拿方從哲的話向光宗帝質問。

光宗帝也不回答，只把孫如遊等的奏疏，一古腦兒遞給那鄭貴妃；鄭貴妃看奏牘中，無非是說些祖宗的成規、朝廷的禮儀，每一句都打著鄭貴妃的心坎，不禁老羞變怒，把奏章一拋，便氣憤憤地回宮去了。

那李康妃見鄭貴妃的事成畫餅，自己的事當然也不能成為事實，眼見得這皇后是別人的了；大凡女子的量器最小，民間的正室和偏室，常有許多的爭執與區別，偏室往往想扶做正室，都是為的名分關係。如今堂堂一皇后，誰不想染指？就是李莊妃也未曾不想，但沒有李康妃那樣熱烈罷了；康妃要做皇后，她除了百般地獻媚光宗帝外，沒有第二個妙策。

光宗帝本是好色的，又兼寵愛李康妃，雖在病中，於床第間的歡愛仍然沒有少減；一個人在患著痛疾的時候又要淫慾，到底是人身，能有多少的精神？因此不到兩個月工夫，光宗帝的病症便日漸沉重起來。看看一天不如一天，大臣多勸光宗立儲；其時的皇長子由校已很長大，光宗帝自己曉得病入膏肓，即下諭立皇子由校為太子，即日正位東宮。

時鴻臚寺丞李可灼進紅丸一枚，謂能治不起的絕症；光宗帝巴不得病癒，便吞了李可灼的紅丸，第一次果然略有起色。等到第二丸再進，光宗帝當夜就覺頭昏眼花，忙召左柱國方從哲、大學士楊漣、御

史左光斗等吩咐後事；及至方從哲等進宮，光宗帝已撟舌不下，言語含糊，只手拍著太子由校，連說幾個「唉！唉！」就此氣絕駕崩。

方從哲等正要扶太子正位，回頭不見了太子由校，從哲吃了一驚，急同楊漣、左光斗等，去尋那皇太子時，卻被太妃鄭氏攔去；那鄭貴妃的意思，是要大臣擬遺詔的時候，詔中諭令尊鄭貴妃為太皇太后，把她的名分定了，才肯放太子由校出來。

方從哲等又不好進宮去搜，又不敢擅自專主，真急得走投無路；御史左光斗便哄鄭貴妃道：「太妃的要求，廷臣自當照辦，但不見太子，怎可定得遺詔？必由太子出來親自署名，這詔書方得有效，然後頒發出去，天下應無異議了。」

鄭貴妃究竟是個婦人，不知左光斗騙她，就領著太子由校出來；左光斗一眼瞧見，趁鄭貴妃不防，一把拖了太子便走，口裏大叫道：「方太師！楊尚書！速即太子登位，早定大事要緊。」楊漣、方從哲等應聲出宮，大家一哄地擁著太子出宮；鄭貴妃方知受欺，忙叫魏朝、魏忠賢、李進忠、王進等一班閹豎上前來奪。

撫遠侯朱靖攘臂大喝，道：「誰敢奪太子的，我就請他嘗拳頭滋味。」話猶未了，王進第一個上前，被朱靖飛起一腿，把王進直踢到了丹墀下面。

李進忠繼上，也被朱靖打倒；魏朝和魏忠賢乖覺，見朱靖是武將出身，氣力又大，諒是爭不過的，各自縮回去了。還有那些附和的小太監，見魏朝、魏忠賢退下，他們怕吃苦痛，也就一哄地逃散了；朱靖見眾人不來追奪，不由得哈哈大笑道：「我在戰場上，千軍萬馬也不怕，何妨你們幾個小丑。」說罷，就踏步走出去了。

那方從哲、楊漣、左光斗等一班大臣，已扶太子由校正位，是為熹宗皇帝；改明年為天啟元年，追尊光宗帝為孝貞皇帝，廟號光宗。尊謚郭皇后為孝元皇太后，鄭太妃為太皇太妃；李康妃、李莊妃、劉貴妃一例尊為太妃，並冊立張氏為皇后。

又封方從哲為上柱國，晉太師太傅兼武英殿大學士，加伯爵；左光斗為吏部尚書，加少師銜，楊漣為禮部尚書，隨同首輔入閣辦事。以朱靖為成國公，趙世卿、趙嘉善均授為供奉大臣，賜紫金玉帶，得封章白事；又以史繼階為吏部侍郎，沈㴶為右都御史，賈繼春為左都御史，王永江為大理寺卿，大赦天下，免各郡厘稅。

當光宗登極時，大革弊改，罷採運等工程，人民都讚他英明，怎奈在位不久；萬曆神宗皇帝在位，苛刑暴斂，百姓又嫌他太久（神宗在位幾四十八年，不臨朝政者二十五年，內外蒙蔽，人民怨之；光宗帝英明神武，在位不滿四月，人民頗為悼惜），好的皇帝，壽便不永，這也是明朝的氣數將盡的緣故。

那時，熹宗登位，正大封功臣，頒發遺詔的當兒，忽然內監來稟道：「太皇太妃自縊了。」眾大臣都吃了一驚，熹宗尤其是不悅；因他第一天登基就鬧出這樣的事來，不是太不吉利麼！

原來，鄭貴妃想做皇后得不到手，太后又成畫餅，所以氣得自縊了；當下熹宗帝下諭，令將鄭貴妃照平常妃子例安葬了。並頒旨葬神宗帝后於定陵，光宗帝后於慶陵，梓宮起行時，直出中門，繞東安門，過西直門，再出德勝門達於陵寢。

那時熹宗帝親自扶了梓宮，遍體縞素，步行相送；朝中王公以下文武輔臣，一例青衣素冠，執紼隨駕。靈車所經的地方，人民都香花燈燭，迎祭光宗皇帝；對於神宗帝卻連神位也不供設，君民的情感由此可見一斑了。

熹宗帝葬了兩朝帝后，把光宗帝的莊妃（東李妃）、康妃（西李妃）一併令遷入噦鸞宮；這噦鸞宮是最冷僻的地方，莊妃和康妃兩人孤幃寂處，悲感欲絕，後來便釀出極大的穢史來，後話暫且不提。

再說自熹宗登位，那客氏是熹宗的乳母，當然要欣膺榮封了；熹宗便親書鐵券給客氏，進祿為奉聖夫人。魏朝和客氏有密切關係，由客氏將魏朝引薦熹宗；熹宗帝因魏朝對答如流，善侍色笑，便命他掌了司禮監，魏朝又帶引魏忠賢覲見，熹宗帝不問好歹，即命魏忠賢留在宮中侍候。

這魏忠賢是明朝宦宮中的巨憝元惡，做書的，應該把他的來歷敘述一下。忠賢本姓劉，名進忠，是肅寧縣人，性很聰黠，就是目不識丁；是以專政的時候，奏牘須請人讀給他聽，再講解一番，才能酌奪，讀奏牘的人，把緊要事都抹去，弄成以奸蒙奸，因此斷送了大明天下。

忠賢又好嗜酒、精騎射，也很有膽力；弱冠時和人賭博，虧負太多了，索債的戶檻皆穿。一天，眾債主把忠賢困住，要他償還負金；忠賢急了，持刀解衣把腎囊割去，擲於眾人的面前道：「你們要我的命拿去！」嚇得那些債主一個個抱頭逃走；從此以後，大家再不敢和忠賢要錢。忠賢割去腎囊，便去投在沈漼的門下做一名親隨，沈漼又把他改名忠賢，薦與魏朝；這時魏朝掌權，忠賢也做了熹宗的近侍太監。

那魏朝仗著寵信，和客氏雙飛雙宿，毫不避人的耳目；日子久了，熹宗漸漸知道，索性下一道上諭，欽賜客氏和魏朝成婚。這樣一來，廷臣都駭詫萬分，又不敢上疏阻諫，只大家嗟歎一回罷了。

到得客氏與魏朝結婚的那一天，全宮宮侍、內監紛紛地向客氏道喜；羞得個客氏紅霞上頰，只是掩著口微笑。不一會兒，司禮高唱吉時到了，由宮女扶了客氏，內監擁著魏朝，在光華殿上雙雙交拜；正在興高采烈時，忽然後宮失起火來。

第八十九回　看破虛實

巍巍的高樓，都被無情的烈火燃著了，卻照得內外宮殿到處通紅，火光熊熊中，夾雜著必必剝剝的爆烈聲不絕，喊聲和啼哭聲鬧成了一片；只見黃瓦朱簷、金碧交輝、畫棟雕樑的殿庭，一座座地坍倒下去，一霎時化做灰燼了。

這時，宮中的內侍宮人，大家豕突狼奔地亂竄，中殿、內殿的侍衛，忙著提桶搬梯，奮力地撲救；一會兒，外殿侍衛也趕進來了，還有五城兵馬司、殿前指揮等，督著御林軍幫著來救火。到底人多手腳快，一座火城似的宮殿，漸漸被水灌熄了；熹宗帝卻站在琴臺觀看，一迭連三地叫內監去救人。

那些內監自己也慌了手腳，還會救甚麼的人？幸得一班侍衛猛勇，在火中搶救宮人，多半從火窟中拖出來。火勢熄滅後，總管太監王安顫兢兢地前來稟道：「宮殿各處都無恙，只一座巇鑾宮燒毀了，兩位皇太妃不知下落。」王安說罷，不住地叩頭，似恐怕熹宗要見罪，俯伏在地上不敢起來。

誰知熹宗帝反笑嘻嘻地說道：「康太妃和莊太妃都沒有影蹤麼？倒是燒死了的乾淨。」王安聽了，真覺出人意外，反弄得瞪著眼，說不出話來了。

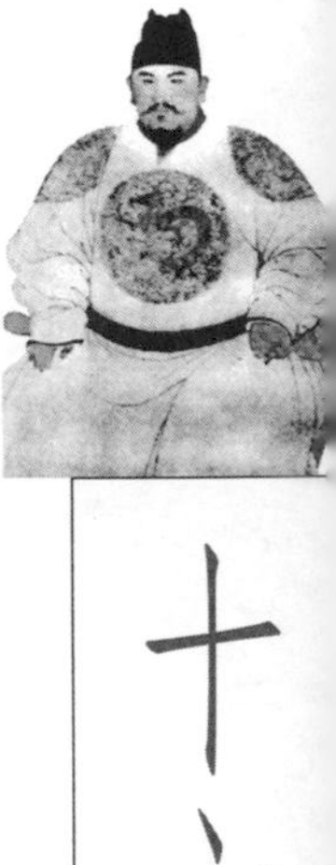

魏忠賢在一旁說道：「這時還亂哄哄的，或者有不曾查到的地方；王總管宜再去查勘它一下才好。」熹宗帝點點頭，王安趁勢起身，出殿查詢去了。

原來噦鸞宮的火起，是李康妃放的火；康妃的縱火，起因在劉昭妃的失蹤。當神宗皇帝被刺時，碧茵姑娘趁亂揹了昭妃飛奔出宮；在這亂紛紛的當兒，竟沒人留心到那個昭妃。晉妃雖是知道的，昭妃是她妹子，別人不追究，她怎肯說出來！其中還有一個人曉得昭妃失了蹤的，就是那李康妃。

其時康妃做著東宮選侍，對於宮中的事倒極其留神；神宗帝臨終，東宮太子（光宗）率同妃子、選侍都來侍候，李康妃也在其內。她舉眼一瞧，神宗帝諸妃中，獨不見了昭妃；及至光宗嗣位，康妃將這話向光宗提起，當即追查昭妃，晉妃怕累到自己，就畏罪自盡了。後來昭妃的近身宮侍講出來，在昭妃失蹤的前一天，有個女賊從屋檐上跳下來，和昭妃、晉妃密談了半晌；第二天神宗帝遇刺，那女賊趁亂揹了明妃走了，李康妃聽在耳朵裏，暗讚那女賊的手段敏捷。

光宗帝駕崩，李康妃失勢，被熹宗帝貶她居了噦鸞宮；這康妃是快樂慣的，叫她怎能過得寂寞的日子？不多幾時，便和外殿的侍衛官鄒元龍，發生了曖昧情事。因康妃遷宮時，元龍在旁督領內監，與康妃不免眉來眼去，兩下就勾起情來；是夜，鄒元龍恃著他飛躍的本領，偷進噦鸞宮中，和康妃私聚。

康妃是個水性楊花的少婦，正苦著孤裯獨抱，一見了鄒元龍，好似枯魚得水，恩情自倍逾常人；但每天總是這樣偷偷摸摸的，似嫌太不爽快，於是康妃生出一個辦法來，叫鄒元龍在噦鸞宮內，縱起一把烈火，兩人趁此機會，一溜煙逃出宮去了。只苦了那個李莊妃，同她的七齡幼女，一齊燒死火中了。

那時的魏朝和客氏既成了正式夫妻，兩人自由出入宮禁，在宮中總是伴著熹宗帝遊樂；那個魏忠賢在旁邊，漸得熹宗帝的信任，幾乎奪寵魏朝。忠賢又密求牛醫，替自己補好了生殖器，和常人一般的能夠伸縮；這補腎的法兒，是用驢腎削去前後，取它的中心，由魏忠賢竊了宮中的鸞膠，拿驢腎膠結起來。

這鸞膠為外邦所進，以膠接物並無裂痕，與天生成一樣的；忠賢接好了生殖器，也知痛癢，據醫生說，還能養育子女，就是忌酒罷了。於是忠賢得間便勾引客氏，客氏見忠賢年紀比魏朝輕，面貌又比魏朝漂亮，就恐他無鬚眉氣，和初遇魏朝時同一心理；忠賢知道客氏必疑自己是個閹寺，所以不大親熱。

一天清晨，客氏在後苑灌花，被忠賢從背後躡足上去，一把摟了柳腰便走；客氏正待叫喊，回頭見是忠賢，也就忍住不喊了。忠賢將客氏抱到牡丹亭上，客氏連喘帶笑道：「我當是誰？卻是一個騙背賊。」

忠賢也笑道：「我那裏是騙背，這叫做騙面。」說著，勾住客氏的粉頸，甜甜蜜蜜地親了個嘴兒。

客氏吃吃笑著，一手掠著那髮絲，低低地說道：「雌雞兒也想化雄麼？」

忠賢涎著臉，歪著頭頸、斜睨了眼睛，拍拍胸脯道：「妳當我不如魏朝嗎？」說時按倒客氏，初試他的利器。

客氏在忠賢的背上輕輕打了一下，道：「你們這班閹豎，原來都是冒充的。」忠賢笑了笑道：「誰不是冒充？魏朝那傢伙還娶妻子咧。」客氏瞟了忠賢一眼，於是兩人又笑謔了一會，各自散去。從此，忠賢和客氏便打得同火般的熱，反把魏朝拋在一邊；熹宗帝也親近忠賢，漸疏魏朝，熹宗帝每天臨朝，忠賢便站在龍案旁，代熹宗帝裁答。

這位熹宗帝，自幼兒便不喜歡讀書；神宗帝立太子，光宗帝已二十二歲，第二年就誕熹宗。熹宗帝到了十歲，神宗帝只昏昏瞀瞀地躲在後宮尋歡作樂，那裏想得到皇太孫的讀書問題；光宗帝自己還在武英殿就講筵，也沒有工夫去顧兒子。幸得郭妃想到，入奏神宗帝，令皇太孫在武英殿太子講筵上附讀；神宗帝准奏了，下諭拜夏壽祺太史，為皇太孫的師傅。

這夏老先生是有了年紀的人，精神又衰頹，他又不想升擢，終身做個老翰林罷了；故對於皇太孫的講授，不過是敷衍了事。熹宗帝只要有得遊戲，讀書算是掛個名兒而已；光宗帝登位，熹宗就武英殿的講筵，也是三日不到兩日的，甚麼太傅、侍讀、侍講，實在等於虛設。

光宗帝嗣位後三個多月，便逝世了，熹宗帝時已有十六歲了，西瓜般的字，識不滿一擔；平日聽政下諭草詔，一古腦兒由宰相方從哲去擬稿，草稿擬成了，再讀給熹宗帝聽，又須講解一番，熹宗帝才得明白。應該酌改和意思不對的地方，仍須從哲再起草稿，再讀再講；一紙草詔、半張上諭，往往三番五次地竄改塗抹，弄得顛倒不通。

又有翰林們所進的文稿，熹宗帝本一竅不通的，卻要近臣讀給他聽了，硬拿自己的杜撰文言及似通非通的語句摻加進去；一篇很好的文章，經熹宗帝瞎指摘一回，就此變了一種不可思議的文辭，叫至聖先師再世，也讀它不懂的了。

那班翰苑學士雖有錦心繡口、龍筋鳳髓的文才，放在這熹宗帝手裏，好似張天師被鬼迷，有法無處用；很好的文章被熹宗帝弄得七牽八扯，翰苑詞臣又不敢擅移皇帝的御書，只好任它不通。頒發出去，朝野人士皆看得笑不可抑，往往鬧出笑話來。

有一次，江西撫軍剿平寇亂，上章報捷，疏中有「追奔逐北」一句；熹宗帝是一字不識橫劃的，左右近臣如柳楚材、江煥升、何費等人，也多半是「打牛皮鼓——不通又不通」的人物（打鼓聲謂噗通，諧不通也）。何費看了疏上的「追奔逐北」，便提起筆來改為「逐奔追比」；又講給熹宗帝聽，謂逐奔，追逐逃走也，追比，追求其贓物也。又說江西撫軍不通，錯用辭句。

熹宗帝聽了大怒，道：「身為大臣，連這點也弄不清楚，莫非他欺朕不識字嗎？」當時命將撫軍掛誤貶俸。

大學士顧慥在旁，忍不住好笑，再三地替熹宗帝解釋，熹宗帝還是不相信，把奏章一擲，道：「任你們去怎樣辦吧。」那時廷臣如方從哲、趙世卿輩，因李可灼進紅丸案被嫌去職；楊漣、左光斗入閣，每代熹宗擬詔，大家很怕他麻煩，大臣人人頭痛。

自魏忠賢得寵，所有奏事因忠賢也目不識丁，囑廷臣等一概面陳，忠賢得口頭批答；大臣算脫了讀疏講解這罪孽，熹宗帝本來怕的是文縐縐，如今一概口述，樂得省事了許多。至於外郡的章奏，由忠賢令閣臣挪留，待散朝後，忠賢自赴閣中，把外郡奏牘袖歸私第；命進士李實、李天升兩人慢慢地講讀過了，忠賢記著，再入宮面奏。若較小的事兒，忠賢隨手叫李實批答，竟然不必上聞。

忠賢所好的是記憶力，外省奏疏，多至數十百起，但經講解一過，便牢牢記在心上；一會兒進宮去面陳，一樣也不漏落的。君臣大家不識字，這樣一天天地混過去，魏忠賢的權力一天大似一天，朝廷大政都由他一個人包攬。

那時有扶餘、琉球、暹邏三國入貢，扶餘進的紫金芙蓉冠、翡翠金絲裙等；琉球貢的是溫玉椅、海馬、多羅木醒酒松等。暹邏獻的是火浣絨、吉里賽布、兜羅呢錦、五色水晶圍屏、三眼鎏金鳥槍等；每月派使臣兩名，奉有表章，所書的都是漢文。這是天朝的規例，凡小國進貢上邦，疏上須用上邦的文字，否則就是不敬（唐李青蓮曾醉草嚇蠻書，其時以蠻文相往來，為蠻邦不敬天朝之意；故唐以蠻文作答，曉以利害，蠻乃驚服）。

當使臣跪在丹墀，上呈表章，例由內侍接取，遞上御案；皇帝看了，便加慰幾句，令大臣陪同使臣，往仁和殿或光明殿賜宴。宴畢，使臣謝宴，皇帝在謹身殿召見，又勉勵一番，賞賜使臣珠玉及貴重品一二事；使臣謝恩退下，仍由大臣陪至館驛安息，翌日，使臣再入朝覲見皇帝辭行。皇帝又賜他國王綿緞寶玉等物，使臣叩頭辭出，大臣相送，抵朝門止步；或送出乾清門，再由四品以下的朝士陪了使臣，直送至德勝門外。使臣揚鞭自去，朝士回來覆旨；那是向來的舊規，還是太宗皇帝所定的。

這時，內侍接了使臣的表章，遞上御案去，放在魏忠賢的面前；忠賢怎樣識得，他一時急中生智，忙把表章轉呈給熹宗帝。熹宗帝在使臣們跟前，不好露出醜態來，就假意看了半晌；忽然大怒起來，將表章一擲道：「外邦小國好沒道理。」說罷，拂袖退朝。

那六位使臣弄得丈二和尚摸不著頭腦，其實，熹宗帝也不知表章裏說些甚麼，魏忠賢便去拾起表章，命給事中劉永看了；劉永把三國進貢的意思大略說了一遍，忠賢即令劉永和員外郎傅寬，邀那使臣入了館驛。一面經魏忠賢面陳熹宗，重行下諭召見，熹宗帝向使臣慰諭了幾句，著左光斗陪了使臣赴明華殿賜宴，使臣辭出；飲宴既罷，使臣要入宮謝宴。左光斗說道：「皇上有旨，朔日謹身殿朝見，今天請至館驛休息吧！」使者謝了，自往館驛。

那六位使臣中，以琉球的兩個使臣算最刁滑；他們見熹宗帝看了表章，向地上擲去，不知是甚麼意思，就悄悄地去向驛中的小監打探，方才曉得熹宗是不識一丁的，把進貢的表章當做了甚麼交涉奏疏看待，所以發起怒來。及至魏忠賢進宮稟明，熹宗帝懊悔道：「他們既是好意前來，為甚麼你們不早說！」魏忠賢不好回答，於是代熹宗帝傳諭出去，在謹身殿召見。

那琉球使臣聽了小監的話，不由得忍不住的好笑，便將熹宗不識字的緣故對暹邏、扶餘兩國的使臣

講了，大家聽得大笑不止。次日，熹宗帝召見使臣，六位使臣的舉動已沒有昨日的謙恭，而且臉上似乎露出驕傲的表情；熹宗帝卻全然不覺得，照例賞賚獎諭，使臣們草草謝了恩，匆匆辭朝下來。

左光斗心中明白，知道使臣們已探得熹宗帝不識字，眼光中不免看輕熹宗帝；光斗送使臣出乾清門，一路聽見他們操著土語，互相嘲笑。左光斗是稍諳琉球言語的，辨出使臣許多的輕薄話，心裏十分難受，顏面也覺沒有光彩；巴不得到了乾清門，由給事中劉永、員外郎傅寬兩人接著，自來陪送使臣，左光斗即回宮來覆命。

從此以後，外邦傳言開來，謂明朝天子是目不識丁，連表章都瞧不來的；這樣你說我談，不多幾時，各島國都曉得了，說得個熹宗皇帝竟然半文也不值。自那年起，外邦各國大都停止了貢獻，熹宗帝是含含糊糊的，管自己的事也來不及，休說海外的島國了；外邦紛紛離心，明朝的勢力日漸孤立，衰頹的現象至此益發顯明了。

那宮廷中的淫亂也日甚一日，起先的時候，閹宦裏面不過一個魏朝，仗著熹宗固寵，和宮妃侍嬪們任意淫樂，甚至夜臥龍床，白晝宣淫；熹宗帝還是矇在鼓裏，一概置之不問。現在又添了一個魏忠賢，忠賢更引進黨羽倪文煥、阮大鋮等，也冒充太監入侍宮廷；於是大家瞞著熹宗帝，姦淫宮侍、調謔嬪妃。

那些終年得不到召幸的冷落選侍，遇著了這樣的機會，真是久旱逢著霖雨，樂得沾潤；嬪妃宮女們只知圖歡尋樂，想不到珠胎暗結，肚腹一天天膨脹起來，內侍外臣紛紛竊議，朝野醜聲四播，熹宗帝仍舊是聾子一般。魏忠賢見事兒鬧大了，怕熹宗帝得知，便命大肚的嬪妃人只推說有病，躲在宮裏寸步不出；等到小孩子下地，由小監接著，都去拋在御河裏。

魏朝眼睜睜看著忠賢橫行胡為，心中非常的氣不過，又不敢在熹宗帝面前多說話；其時忠賢和客氏勾搭，魏朝已有點風聞，就是不曾親眼瞧見過，客氏對魏朝也慢慢地冷淡下去，魏朝愈覺心疑。一天晚上合當有事，魏忠賢和客氏正在秋色軒歡會，恰好魏朝奉諭，往春華宮去，經過那裏；聽得裏面有笑語聲，似很稔熟的，魏朝心中一動，再仔細站著一聽，那笑聲明明是客氏。魏朝詫異道：「她獨自到這裏來做甚麼？」想著，便輕聲輕腳地躡進去。

這秋色軒是從前光宗皇帝暑天午酣的地方，也設著牙床几案，收拾得十分精緻；光宗帝賓天，那座靜雅的秋色軒變做了冷僻地方了。忠賢和客氏令小監把軒中打掃潔淨，做他們幽會的佳境；因秋色軒不經人跡，誰也想不到，忠賢、客氏會在裏面取樂尋歡的。

今天無巧不巧，被魏朝辨出了聲音，竟大膽衝進去，正見客氏同魏忠賢一絲不掛地摟在榻上；魏朝這一氣，幾乎氣得發昏，怒氣沖沖地大踏步趕到床前，將魏忠賢的髮髻一把揪住，橫拖倒拽地拉下榻來。忠賢這時嚇昏了，兩手護著頭髮，口裏如殺豬似亂叫；客氏見是魏朝，起先還有些膽寒，旋覺忠賢為著自己受這樣的苦痛，心中老大的不忍，便咬一咬銀牙，也顧不得甚麼羞恥，竟赤身走下榻來，狠命

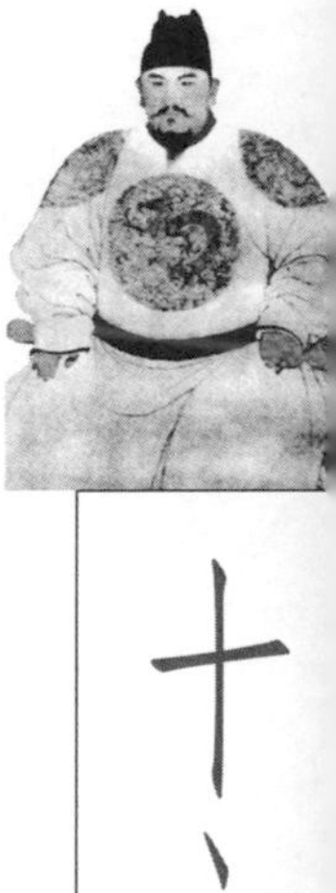

地將魏朝的右臂扳住。

魏朝向客氏唾了一口，罵道：「無恥的淫婦！還敢來幫姦夫打我嗎？」客氏也不回話，只拖了魏朝的右手，在無名指上盡力咬了一下；痛得魏朝直跳直嚷，手裏一鬆，被忠賢放開他的左手，拿魏朝的衣領扣住，揮拳便打。

魏朝本沒甚氣力，因拉住了忠賢的髮髻，所以佔了上風，一經給忠賢掙脫，身體就活潑了；更兼忠賢把子很好，魏朝怎樣敵得他過？被忠賢迭連摔了兩跤，氣得魏朝咆哮如雷，大叫：「反了！反了！忠賢逆賊，咱家帶你近宮，你此時得志，便忘恩負義了麼？」忠賢手裏和魏朝扭打，一面也大聲回罵。

兩下裏這樣的大鬧，聲達後宮；這時宮中的內侍、太監、宮侍、嬪妃，都聞聲來瞧看熱鬧。忠賢愈打愈覺起勁，打得魏朝在地上亂滾；客氏忘了自己不曾穿衣服，還指手劃腳地，把魏朝的壞處一齊搬出來，說給宮侍嬪妃們聽。

眾人見客氏粉汗盈盈、青絲散亂，一身玉雪也似的皮膚，加上兩隻紅潤柔嫩的一對香乳，說一句話，那粉乳便顫動一下，引得眾人個個掩口匿笑；客氏方知有異，再向自己的身上一看，對魏忠賢一瞧，原來兩人都沒有衣裳遮蔽，真是纖毫畢露。羞得客氏拿雙手護了下體，趕忙縮身不迭，三腳兩步地回到榻上，穿好上下衣服，倒反不好意思再到眾人的面前來了；但魏朝和忠賢兀是打個不休，只得硬著頭皮走出來相勸。

第九十回　兵敗遼東

魏忠賢自恃勇力，將魏朝揪著亂打，魏朝吃不起疼痛，不由得狂叫起來；又有瞧熱鬧的嬪妃，嘻嘻哈哈的喧笑聲，把沉寂的宮廷霎時鬧得沸盈翻騰、聲達內宮。這時，熹宗帝已擁了馮貴人就寢，被魏朝的喊聲和忠賢的喝打聲驚醒過來，忙問宮外甚麼事噪鬧？宮侍們不敢隱瞞，把兩魏相毆之事稟陳，熹宗帝命傳魏朝和忠賢進宮。

那時，客氏已穿好衣服，正要出來相勸，宮女奉諭來召兩魏；魏朝聽了，拖著忠賢便走，忠賢也扭了魏朝。兩人隨了宮女進宮，忠賢卻忘了自己一絲不掛，客氏很著急，忙回身取了衣服，想替忠賢披上；待等到出秋色軒時，忠賢早已走得遠了，客氏沒法，只得捧了衣裳追去。

兩魏扭扭結結地走進瑞春宮（馮貴人所居），大家才放了手；那魏朝的一領外衣，被忠賢扯得粉碎，指頭又被客氏咬傷，便噗的跪在熹宗帝面前，連哭帶訴地說忠賢和客氏欺他。

忠賢因看見魏朝的衣服果然百衲粉碎，忙向自己身上一看，不但碎衣服沒有，竟連布絲都不繫一根；忠賢這一驚，嚇出了一身冷汗，想這樣赤體跪在皇帝面前，算甚麼樣兒？心裏不禁著急；恰好客氏

捧著衣服進來，魏忠賢急急地取了件外衣披了，仍去跪在榻前。

待魏朝哭訴完了，忠賢自有一番辯論，兩人你一言、我一句的，重又爭吵起來；魏朝說忠賢霸佔他的妻子，忠賢說魏朝的對食（閹寺娶婦叫做對食）也不是正式的，謂客氏本侯二的妻子，應該大家可以結歡，不限定一人獨佔。

魏朝怒道：「我的對食是皇上欽賜，怎說不正式？」

忠賢也怒道：「你既正當，客氏為甚又愛上了咱家？」魏朝被忠賢塞住了口，氣往上衝，眼瞪筋暴的又要廝打；忠賢也摩拳擦掌地不肯讓步。

兩個太監在皇帝面前吃醋爭鬧，熹宗帝一點也不動氣，反而呵呵大笑；有這樣無禮的內監，自有這種糟糕的皇帝，君臣間的禮節威儀，至此掃地以盡了。

熹宗帝笑了一陣，看兩魏爭執著呶呶不休，一時不好袒護是誰，倒弄得這位熹宗皇帝難做人了；馮貴人在旁低低說了幾句，熹宗帝連連點頭，便向忠賢和魏朝說道：「你們兩人口頭相爭，都是空鬧；朕也不左護右袒，只叫老姥姥（皇帝的乳母，稱為老姥姥）自己來講吧！」

客氏這時低著頭，默默地站在一邊，聽得熹宗帝提著了她，就姍姍地走過來，跪在忠賢的身旁；熹宗帝笑著道：「姥姥聽見麼？朕命妳在他們兩人當中擇定一個，自今天起，不得再有爭執。」

客氏見說，嫣然一笑，故意跪上一步道：「皇上的恩典，肯賜民婦再嫁成婚，就感激不盡。」

熹宗帝大笑道：「這樣說來，妳是要換新鮮人兒咧。」說著，令魏朝退去，並准客氏和忠賢成婚。忠賢喜出望外，叩了個頭，挽著客氏，親親熱熱地並肩出宮去了；只苦了那個魏朝，被忠賢白打一頓，又失了客氏，真是賠了夫人又折兵了。

誰知第二天，忽然諭旨下來，把魏朝遷戍鳳陽；這樣一來，直氣得魏朝一拂出世，二佛涅槃，又不敢忤旨，只得垂著眼淚出宮往就戍所。那解差到了半途上，驀地將魏朝綁了，獰笑著說道：「魏總管叮囑的，不必送你到戍地，咱們也是奉的上命，你死了莫要見怪。」

魏朝聽了，才知遷戍的上諭是魏忠賢矯旨做的鬼戲，但自己勢力不敵，只有向解差苦求饒命；那解差當做沒有聽見似的，把魏朝拖到石樑上，噗通一聲，推落水中去了。一個萬般作惡的閹豎，以毒攻毒喪在大江，葬身魚鱉腹中，這不是老天的報應麼？這裏，魏忠賢和客氏奉旨結婚不提。

做書的趁這個空兒，把楊鎬進兵撫順的事，來敘述它一下。

再說楊鎬兵出山海關，命遼東總兵李如柏出兵鴉鶻關，山海關總兵杜松，從撫順進渾河；開原總兵馬林，統葉赫兵出三岔口，遼陽總兵劉綎領朝鮮兵出寬甸口。這四路兵馬約定在滿洲境二道關會齊，進攻赫特阿勒城；楊鎬自己統著大軍東進。

偏偏逢著天時不好，雨雪連天，塞外人馬難行，沙漠中結了滑冰，馬腳踐踏在上面，往往連人帶馬翻倒；於是兵進遲緩，把預定的會師期限被滿洲人探知，也派人馬四路阻攔，明師弄得首尾不能相顧，

七零八落地不得齊集。有的在半道上敗走，有的中滿兵的埋伏，等到大兵到二道關，四路人馬接不著力；滿兵倒傾國而來，一戰大敗明軍，幾乎全軍覆沒。

原來那四路人馬，因山海關總兵杜松急於立功，領著兵馬直抵撫順關；越過五嶺關先到渾河，和滿洲的大貝勒岳勒托交戰了一場，斬了岳勒托，大兵渡過渾河。滿洲八貝勒皇太極勢孤，抵敵不住大敗而走；杜松性急躁進，連夜驅兵飛追。

將至蘇子河地方，正遇滿洲二貝勒代善，統著建州鐵騎及步兵兩萬、鳥槍隊三千迎將上來；讓過了八貝勒皇太極，滿洲兵一聲吶喊，將杜松的人馬團團圍住。杜松便大喊一聲，揮起大刀左衝右突，滿洲兵越圍越厚；杜松雖勇，到底寡不敵眾，又被滿兵的鳥槍隊乒乒乓乓地一頓亂射，明軍紛紛落馬。杜松身中五槍，血流遍體，兀是奮力死戰；忽然颼的一支冷箭飛來，正中杜松的咽喉，翻身墜馬。

明軍見失了主將，各自棄戈，拋甲而逃；代善喝令大隊全力向前，這一陣大殺，明兵大半死在刀劍下面。逃出重圍的要想渡河，竹筏已被滿兵焚去，後面又有滿兵追來，王師赴水逃遁，都在河中淹死了；有幾個逃得回來的，不過三四百名，而且多半身受重傷，這一路兵馬算已了結。

還有開原總兵馬林，統了葉赫兵出三岔口，正遇代善大兵繞道過來；馬林猝未防備，兵不甲、馬不鞍，見了滿兵各自往後倒退。馬林喝止不住，連斬了兩員隊官；兵士衝亂了大隊，一時那裏立腳得牢？索性一哄的走了。遊擊麻岩奮勇上前，大呼陷陣，代善下令放箭，矢如飛蝗，麻岩被亂箭射得和刺蝟一般，死於陣中；馬林拚死抵敵，驀然馬失了前蹄，代善部下大將扈爾赫，一馬馳將過來，手起刀落，將馬林砍做了兩段。

第三路兵馬劉綎，統了朝鮮人馬，自寬甸口進馬家寨；滿兵一見劉綎的旗號，就嚷著：「劉大刀來了！」一路上所向無敵，被劉綎連破十二寨，進兵三百餘里。

滿洲皇帝努爾哈赤聞得各寨的敗訊，不由得拍案大怒，命額駙巴古特、三貝勒阿拜、四貝勒湯古臺、六貝勒搭拜、貝勒巴布泰、巴魯（官名）恒吉穆特等等，各領滿洲鐵騎三千，分六路出兵，務必擒住劉綎；眾人領命，紛紛統兵而去。

其時，二貝勒代善、八貝勒皇太極率領從騎來會，由代善著兵士取出掠來的明軍衣甲，暗暗地喬裝好了，假充作明師杜松的人馬，騙進劉綎的營中大殺起來；劉綎下令，兵士不許亂動，第一營被代善殺得落花流水。三營、四營的人馬因劉綎鎮住，代善幾次衝突不入；貝勒巴布泰在劉綎的後寨放起火來，霎時間，各營一齊著火，兵士大亂。

劉綎提刀上馬，出營來看時，劈頭遇見恒吉穆特，劉綎舞動九環金刀，大喝一聲；穆特措手不及，被劉綎一刀斬於馬下。明兵吶喊一聲，一齊衝出營來，代善叫兵士只遠遠地圍住，把長槍手立在前排，短刀在後，槍刺馬上人，刀砍馬腳；劉綎敗馬衝出，都被亂箭擋住。

自辰至申刻，劉綎屢次突圍，終被刀槍所阻，並強弩射回；看看天近黃昏，劉綎回顧，只剩得三四

百騎，自己也人困馬乏。滿洲兵愈逼愈近，箭如飛蝗般射來，劉綎身中數箭，兀是奮力死鬥；怎奈滿洲兵圍得和鐵桶似的，重重疊疊休想殺得出去。

劉綎知道萬萬不能脫身，仰天歎道：「我領軍半生，不料今日死在這裏。」說罷，大叫了三聲，拔出劍來，直向頸子上一抹，鮮血直冒，一個倒栽蔥，倒摔下馬來。

這時，八貝勒皇太極、貝勒巴布泰、三貝勒阿拜、四貝勒湯古臺、額駙巴古特，紛紛提刀躍馬，一齊吆喝一聲，把明軍殺得如砍瓜切菜，只恨不曾生得翅膀，逃得慢的都被滿洲兵殺死；這一場好殺，王師個個魂銷膽落。

明朝的四路兵馬已結果了三路，還有遼東總兵李如柏一路，由清河出鴉鶻關，聞得馬林等兵破消息，嚇得李如柏不敢出兵，把兵馬停在模特里河口，結營自固；正在進退維谷的當兒，恰好楊鎬的大令頒到，著李如柏即日將兵馬撤回，總算四路人馬，這李如柏的一路得全軍回來。

那時楊鎬兵敗的音耗傳密京師，都下風聲鶴唳，人心惶惶，謠言盛興，謂滿洲人已殺進山海關來了；山海關的警報也如雪片般地飛來，廷臣一個個交頭接耳，議論紛紜。這位神宗皇帝雖昏昏瞀瞀地躲在宮裏，接到了這樣緊急奏疏，倒也有些著急起來，忙召集了群臣，籌議對付的方法；右輔方從哲保御史熊廷弼為遼東經略使，即日出師。

熊廷弼奉了上諭，點起了十五萬大軍，誓師祭旗起程；神宗帝因步履不便，派宰相方從哲代為告廟祭祀，又發出內帑若干。鎬賞兵士畢，熊廷弼統了大軍，浩浩蕩蕩地殺奔山海關，和滿洲兵一場的交戰，把滿洲兵直趕出撫順去；捷報到京，神宗帝加熊廷弼為遼東都督兼經略使，諭令經鎮其地。

那時，熊廷弼在邊地築墩煌、造像臺、建警鐘、置鎮市、通商賈；訓練兵士、籌貲集餉、修築城池、開墾荒地，將冷僻的一個省分，整理得井井有條，所以邊地獲安寧者兩年。

誰知熊廷弼做御史的時候，和御史馮三元、大學士顧慥、尚書姚宗文等不睦；當時前經略遼東楊鎬已被熊廷弼逮解進京，有旨諭斬，遼東總兵李如柏見事機急迫，連夜出關投滿洲去了。

楊鎬正罪，楊鎬的叔父楊淵，怪廷弼不肯保奏楊鎬，反把他械繫進京，心裏很忿恨；於是結連了顧慥、馮三元、姚宗文等，上疏參劾廷弼。謂廷弼是一個庸材，在邊地假名增稅，勒索小民，聲言築城禦敵，實是誤囯欺君；神宗帝大怒，詔下熊廷弼於獄，左輔楊漣上疏挽救，才下旨革熊廷弼職，以袁應泰為遼東經略。

滿人聞得熊廷弼去職，又來邊地擾亂，擄掠邊民，百姓怨聲載道；袁應泰恐怕開了邊釁，任滿人在邊地怎樣的鬧去，他一味地裝聾作啞，把滿洲人的膽量放大，漸漸踏進了疆界來了。

神宗帝崩逝，噩耗傳到了塞外，滿人趁明朝國喪，大掠遼東金雞鎮而去；神宗賓天，光宗帝接位不到四個月又崩，熹宗帝嗣位，是為天啟元年。

滿洲的皇帝努爾哈赤聞得兩朝迭換皇帝，知道新君繼統，人心未寧，便令大將扈爾赫，統領馬尼剌

率滿兵侵略遼東；袁應泰出兵拒敵，被滿兵殺得大敗，努爾哈赤接得扈爾赫的捷報，又令二貝勒代善，領鐵騎三千夜襲遼東。

那袁應泰是個書生出身，曉得甚麼軍事，致被代善趁虛而入；明兵未曾防備，見了滿洲人馬如龍似虎，嚇得不敢迎敵，只顧四散逃命。袁應泰從夢中驚覺，慌忙披衣起身，叫左右提燈前導，還文縐縐地搭他經略的架子；不期馬尼剌領著健卒，正從右面撲來。

袁應泰見眼前火把照耀通明，人馬都穿的短褂、縛著腿、紮了頭，雄赳赳的儘是滿洲兵了，慌得應泰撥馬便走；左面又是滿將齊齊克殺來，應泰回馬投南而走，正遇著二貝勒代善，袁應泰一時著了慌，只領了三十餘騎，策馬往北而逃。

拚命地狂奔了一程，看看將到北門，遠遠瞧見城門大開，袁應泰把馬加上兩鞭，衝出城去；耳畔聽得喊聲大震，火把一字兒排開，當頭衝出一員大將，正是扈爾赫。袁應泰大驚，要待回馬已是不及，扈爾赫追上，一刀砍於馬下，餘騎吶喊一聲，各自逃散了；扈爾赫揮兵進城中，來會合代善、馬尼剌等軍馬。

這時，經略署前人馬四面雲集，喊殺聲連天，御史兼遼東巡撫張銓、守道何廷魁、監軍崔儒秀，皆紛紛應敵；怎奈滿洲的兵馬已到處都是，馬尼剌等又分四面殺來。巡撫張銓見大勢已去，在馬上自縊；監軍崔儒秀死在亂軍之中。守道何廷魁又是個文官，眼見得被滿洲兵衝落馬下，被馬腳踐踏得如肉泥一般；明兵這時無了主帥，各自逃走。

代善進了經略署，一面出榜安民，一面著大將扈爾赫領了得勝軍，順流進取瀋陽；扈爾赫令投降的明兵扮做袁經略部下的敗兵，騙開城門，滿洲兵一擁而進，就此大殺起來。瀋陽總兵賀世賢、參將陳世功、副將陳策、遊擊童仲揆，及石砫（縣名，屬於四川，為川中土司）、土官秦邦屏（秦邦屏為四川土官，從征遼陽，死於軍中；後女將秦良玉帥師勤王，即秦邦屏妹也）、副總兵尤春發等，倉卒集兵禦敵。

滿洲兵銳氣正盛，明軍紛紛倒退，賀世賢奮力苦戰一晝夜，力盡自殺；陳世功和陳策為敵兵砍死。又有遊擊童仲揆、四川土官秦邦屏，還想衝出重圍去求救，滿兵放箭射來，童仲揆中箭而逃；復行十餘里，墜馬氣絕。

秦邦屏身被十二槍，首中雕翎五支，下馬持刀，僵立在城門口，屍體屹然矗立不倒；滿兵只當他是不曾死的，大家遙遙圍定吶喊，不敢近前。時二貝勒代善的大兵也到了，部兵忙去報知扈爾赫，由扈爾赫親自來看，也覺有些疑惑，又稟知二貝勒代善；代善帶了親兵三十名，蜂擁來到城邊，見秦邦屏瞪目橫眉，挺刀要和人廝殺的樣兒，但身體卻只是不動。

代善詫異道：「這是甚麼緣故？」叫左右取過雕弓，颼的一箭，射在秦邦屏的臉上，邦屏仍立著不動；代善大疑，回頭向扈爾赫說道：「不要是死的吧！」於是令兵士上前，方知邦屏已經氣絕身冰，死

得多時了。

代善聽了，不由得毛骨悚然，道：「這是忠烈之氣不泯，所以屍身不倒。從前金兀朮破潞安州，那州尹陸登自刎，屍首也屹立不動；經兀朮祝禱一番，才得把屍體舁去。咱們要奪明朝天下，應該尊敬忠烈之臣；待咱們也來祭禱一會吧。」說畢，令軍中設起香案，代善恭恭敬敬地拜了四拜，扈爾赫以下，都來叩頭。代善吩咐用上等棺木，照將軍禮葬了秦邦屏；大軍便列隊進了瀋陽，代善親自書表，上聞滿洲興京。

那時滿人既定遼東，陷了瀋陽，文武守臣多半殉難；敗耗飛達北京，熹宗帝是不識字的，那裏會知道外面的事。魏忠賢又好偷安，把外來的羽毛章奏一概挪沒，不肯上言；尚書楊漣見遼東緊迫，與大學士顧慥、左光斗等，封章密白成國公朱純元，由純元入宮，面奏熹宗。熹宗帝大驚，急召廷臣商議，又把魏忠賢痛罵一頓；忠賢因此忿恨左、楊諸人，後來終被魏忠賢所讒。

其時遼東已失，廷臣還議赴救，楊漣又舉熊廷弼，仍以廷弼為遼東經略使；巡撫張銓殉難，以參議王化貞繼任巡撫，熊廷弼奉命，再赴遼東。

熹宗帝在宮中，又鬧出很大的慘劇來。初時，光宗皇帝的莊妃、康妃一死一逃後，還有一個趙選侍，居在永壽宮內；宮裏內監、宮女，都尊她為趙太妃。這趙太妃性情極其嚴厲，嬪妃們見了她，個個都畏懼她的；客氏和魏忠賢結縭後，兩人形影不離，當著宮侍內監調笑浪謔，毫不避忌的，獨有見了趙太妃，雖在嘻笑的當兒，立時就垂手斂容，不敢十分放肆。

一天，客氏從後宮出來，忠賢趁她不備，忽地擁住了接吻；客氏驚慌嬌嗔，宮人們也都拍手哄笑。恰好趙太妃走過，聽得笑謔聲，一眼瞧見忠賢，太妃頓時沉下臉，把忠賢罵出了英明殿；又將客氏責罵了幾句，羞得客氏滿面通紅，低頭一語不發。

太妃猶憤憤不息，喝散宮女們，便含怒去見熹宗，痛斥魏忠賢無禮；並謂客氏是妖孽，應當驅逐出宮，不准逗留禁闕。熹宗帝聽了，不過唯唯而已，過了一會，忠賢、客氏入見，熹宗帝便將兩人埋怨了幾句；客氏和忠賢心裏因而恨著趙太妃，不多幾天，矯旨將趙太妃賜死。

裕妃張氏是與熹宗帝張皇后同時冊立的，和客氏不睦，賜紅綾縊死；還有熹宗帝最愛的馮貴人，勸熹宗逐忠賢、客氏，又被忠賢矯旨賜綾，熹宗帝查究，說是馮貴人自縊的。又有李成妃也很得熹宗帝寵幸，客氏心中妒忌她，忠賢又偽傳上命賜死。

又張皇后性靜婉明察，魏忠賢心畏皇后，密令客氏候張皇后的間隙；值張皇后懷娠臨盆，客氏從榻後繫住張皇后的頭頸，皇后母子同時氣絕。宮人們雖目睹，不敢聲張，客氏偽說皇后是誕子難產死的；從此熹宗終不得子，竟至絕嗣。

客氏又設計斃了胡貴人，假說是暴疾死的；一時，六宮粉黛都被客、魏殺盡。

新大明十六皇朝（三）金陵風暴

（原書名：大明十六皇朝［參］皇城風雲）

作者：許嘯天
發行人：陳曉林
出版所：風雲時代出版股份有限公司
地址：10576台北市民生東路五段178號7樓之3
電話：(02) 2756-0949
傳真：(02) 2765-3799
執行主編：朱墨菲
美術設計：吳宗潔
業務總監：張瑋鳳

出版日期：2024年2月 新版一刷
ISBN：978-626-7369-27-2

風雲書網：http://www.eastbooks.com.tw
官方部落格：http://eastbooks.pixnet.net/blog
Facebook：http://www.facebook.com/h7560949
E-mail：h7560949@ms15.hinet.net
劃撥帳號：12043291
戶名：風雲時代出版股份有限公司

風雲發行所：33373桃園市龜山區公西村2鄰復興街304巷96號
電話：(03) 318-1378
傳真：(03) 318-1378
法律顧問：永然法律事務所 李永然律師
北辰著作權事務所 蕭雄淋律師

行政院新聞局局版台業字第3595號 營利事業統一編號22759935

定價：380元

國家圖書館出版品預行編目資料

新大明十六皇朝 / 許嘯天著. -- 初版. -- 臺北市：風雲時代出版股份有限公司, 2024.01-　冊；　公分

ISBN 978-626-7369-27-2 (第3冊：平裝). --

857.456　　112019066